Elisabeth Büchle
Sturm im Paradies

Elisabeth Büchle

Sturm im Paradies

Roman

Für Jule

1. Kapitel

25. Dezember 2003

Die Rotorblätter bewegten sich immer schneller, das Motorengeräusch nahm an Intensität zu. Rebecca Siebeck kletterte auf den Sitz hinter den Bordtechniker und schnallte sich an.

Die 25-Jährige warf einen Blick auf die einige Jahre ältere Notärztin Lara König, die sie auf diesem Rettungseinsatz begleitete, wurde jedoch abgelenkt, als sowohl der Bordtechniker als auch der Hubschrauberpilot ihre Türen schlossen. Routiniert setzte sie sich ihren Helm auf und hörte, wie die beiden Männer sich zwischendurch über den Schnee unterhielten, während sie den Helikopter startbereit machten. Ein Vibrieren ging durch die Eurocopter BO105, die Kufen hoben ab, und Tim drehte den Rettungshubschrauber in Richtung Hinterzarten.

Mit leicht gesenkter Nase beschleunigte der Helikopter und entfernte sich schnell vom Krankenhaus.

Häuser, die wie Perlen an einer Schnur entlang der Straßen aufgefädelt waren, zogen unter ihnen vorüber, von den Straßenlaternen, die an dem jungen Tag noch nicht erloschen waren, in orangefarbenes Licht getaucht.

Je weiter sie flogen, umso dichter wurde die Schneedecke. Die Felder, Wiesen, Bauernhöfe und auch die mächtigen schwarzen Fichten des Schwarzwaldes lagen wie unter einer weißen Daunendecke. Schnell wurden aus den sanften

Hügeln bewaldete Berge, an denen sich schmale Straßen wie dunkle Bänder entlangwanden.

Die BO105 und ihre Rettungscrew schwebten über die Bergrücken hinweg. Rebecca lauschte über den Kopfhörer den Navigationsanweisungen von Martin an Tim. Seit die beiden aufgehört hatten, Rebeccas Aufmerksamkeit erlangen zu wollen, flog sie gern mit ihnen. Tim war mittlerweile verheiratet; Martin hatte sich als ziemlich hartnäckig erwiesen, bis sie ihn einmal deutlich in die Schranken verwiesen hatte. Zu ihrer Erleichterung war das heilsam gewesen, ohne dass er ihr etwas nachgetragen hätte. Eigentlich war er ein feiner Kerl …

„Pass auf!", rief Martin plötzlich. Rebecca fuhr hoch, Tim blieb souverän. „Hochspannungsleitungen!", erklärte Martin, was inzwischen jeder der Insassen gesehen hatte.

Der Helikopter mit dem Funkrufzeichen *Christoph 11* flog einen kleinen Bogen, um den zwischen metallisch blitzenden Trägern gespannten Leitungen auszuweichen.

Mittlerweile war die fahle Wintersonne über die bewaldeten Hügel an den nahezu wolkenlosen Himmel gestiegen. Der Schnee leuchtete unter ihren Strahlen auf. Gleich darauf rückte eine der von Schneehaufen umgebenen Höhenstraßen in Sichtweite. Mehrere Autos standen wild geparkt herum, eines von ihnen schien förmlich an einem Baum zu kleben. Der Unfallwagen.

Rebeccas Magen zog sich schmerzhaft zusammen. Ob der Fahrer des Autos überhaupt eine Chance hatte? Gott sei Dank waren ihnen von der Leitstelle keine am Unfall beteiligten Kinder gemeldet worden. Wenn Kinder in einen Unfall verwickelt waren, bereitete das Rebecca nach wie vor mehr als diese besorgten Bauchschmerzen, die sie kurz überfielen, dann aber einer routinierten Geschäftigkeit wichen.

„Hundert Meter rechts." Martins Stimme erklang gewohnt ruhig durch den Kopfhörer. Rebecca beugte sich nach vorn, um den von ihm auserkorenen Landeplatz zu begutachten, und zog eine Grimasse. Dort wies die Straße eine etwas breiter ausgebaute Kurve auf, an deren äußerem Rand der Fels steil ins Tal abfiel. Das musste ihnen wohl zum Aufsetzen genügen.

„Flieg anständig, Tim, wir haben zwei Damen an Bord."

„Was glaubst du, weshalb ich auf Loopings verzichte?", lachte der Pilot, was Lara dazu verleitete, gekonnt ihre himmelblauen Augen zu verdrehen.

Der Hubschrauber drehte sich langsam um seine eigene Achse und sank dabei tiefer, wobei er den Schnee vom Boden und den mächtigen Fichten aufwirbelte. Rebecca sah nur noch eine um sie tanzende weiße Wand. Vermutlich war Tim gezwungen, blind zu landen.

Sie spürte, wie das Fluggerät aufsetzte und bevor sie den Kopfhörer abnahm, hörte sie Martins Anweisung: „Solange der Rotor sich bewegt, steigt niemand aus! Sonst können wir in der Kiste nachher Schneemänner bauen!"

„Lara, irgendwo rechts von uns ist der Abhang. Pass auf!", warnte Tim, der mit Knöpfen und Schaltern beschäftigt war. Das Motorengeräusch nahm an Intensität ab, begleitet von einem in Rebeccas Ohren unangenehm sirrenden Geräusch.

Sobald sich der von ihnen verursachte Schneesturm gelegt hatte, erfolgte jede Bewegung und jeder Handgriff schnell und routiniert. Sie sprangen aus dem Hubschrauber und trugen die Einsatztaschen zum verunglückten Fahrzeug. Lara und Rebecca versorgten als eingespieltes Team den verletzten Fahrer. Die Beifahrerin saß, in eine Decke gewickelt, etwas abseits im Schnee. Sie zitterte und weinte, hatte aber nur oberflächliche Blessuren, wie ein Ersthelfer auf Laras

Nachfrage erklärte. Dennoch warf Rebecca einen kurzen Blick auf die junge Frau. Sie konnte die Einschätzung des Laien jedoch bestätigen, sodass sich die Frauen ausschließlich auf den bewusstlosen Mann konzentrierten.

Martin und Tim kamen mit der Trage und halfen dabei, den Verletzten darauf zu betten. Rebecca legte einen zweiten Zugang und drückte dem Ersthelfer die Infusionsflasche in die Hand.

„Können Sie die hochhalten oder ist Ihnen schlecht?", fragte sie, als sie schon wieder mit dem nächsten Handgriff beschäftigt war.

„Das geht schon. Ich bin Altenpfleger."

Lara schimpfte halblaut vor sich hin. Sie hatte dem Verletzten den Smoking aufgeschnitten, doch Unmengen von Blut erschwerten eine klare Einschätzung der Verletzung. Rebecca riss weitere Mullpackungen auf und warf vollgeblutetes Material achtlos von sich.

Der Mann, festgeschnürt, verkabelt und mit einer Cervicalstütze zusätzlich fixiert, ließ ein Stöhnen hören. Lara schnalzte nur auffordernd mit der Zunge; Rebecca erhöhte die Schmerzmitteldosis. Sie arbeitete gern mit dieser Ärztin, verstanden sie sich doch während eines Einsatzes nahezu wortlos.

Blaue Lichtblitze beleuchteten plötzlich in regelmäßiger Abfolge die Szene. Endlich traf der Rettungswagen ein. Türenschlagen und Stimmengewirr erhoben sich, dann traten schwarze stabile Stiefel in Rebeccas Gesichtsfeld. Gleich darauf folgte die Frage an Rebecca und Lara: „Braucht ihr hier Hilfe?"

„Kümmert euch um die Beifahrerin!" Rebecca deutete mit der Hand im blutverschmierten Handschuh auf das zitternde Häufchen Elend am Straßenrand. Die Frau wurde von zwei

Helferinnen betreut, sah aber aus, als sei sie kurz davor, in einen Schockzustand abzugleiten.

„Abmarsch!", befahl Lara schließlich. Tim und Martin packten mit an und so trugen sie den Mann die knapp 80 Meter über die glitschige Fahrbahn und luden ihn durch die Heckklappe in die BO105.

Rebecca kletterte in den Hubschrauber, zog das Gestell der Tragbahre nach vorne durch und nahm an der Kopfseite des Patienten Platz. Lara setzte sich an seine Seite, und gemeinsam machten sie sich daran, die Infusionen umzustecken. Martin lud die Taschen ein, schloss sämtliche Türen und gleichzeitig war das vertraute Geräusch des anspringenden Motors zu vernehmen. Sofort schnallten die Frauen sich an und stülpten die Helme über, um über die Helmmikrofone eine Konversation zu ermöglichen, ohne schreien zu müssen. Mit einem Ruck hob der Rettungshubschrauber ab, dabei stob der Schnee erneut meterhoch auf.

Martins Stimme klang leicht blechern. „Mir wäre es recht, wenn du an die Hochspannungsleitungen denken könntest. Ich will ungern das Weihnachtsessen bei meiner Mutter heute Abend verpassen!"

„Ich wollte dich ohnehin auf Diät setzen, die alte Dame hier hängt schon in deine Richtung durch."

Rebecca unterdrückte ein Schmunzeln. Jeder in diesem Team hatte seine eigene Art, mit dem Anblick von Blut und Schmerzen, dem Kampf um Leben und Tod ihrer Patienten fertigzuwerden. Lara versuchte bereits, sich auf einem Klemmbrett einige Notizen zu machen. Sie hielt sich gern beschäftigt. Rebecca legte dem Mann die Hand auf die Stirn, spürte die Mischung aus normaler Körperwärme und der Kälte, der er im Freien ausgesetzt gewesen war, und betete für ihn, während sie über die südlichen Ausläufer des

Schwarzwaldes hinwegschossen und einen winzigen Schatten auf die weißen Schneehauben der Bäume zeichneten. Schnell näherten sie sich der Klinik.

Rebecca bückte sich, stellte ihre Schuhe ordentlich unten in ihren Spind und unterdrückte dabei ein Gähnen. An allen Weihnachtsfeiertagen war es spät geworden, ehe sie ins Bett gekommen war. Alle sechs Geschwister samt Familien waren bei ihren Eltern zu Besuch, und da sie als kinderloser Single über Weihnachten Dienst geschoben hatte, verlegten sich ihre Gespräche und vor allem die wenig diskreten Fragen nach ihrem Beziehungsstatus eben auf die Abend- und Nachtstunden. Aber jetzt hatte sie erst einmal bis zum zweiten Januar frei.

Rebecca seufzte leise. Die freien Tage würden ihr guttun ... allerdings nur, wenn sie sich in eine einsame Hütte zurückzog. Denn nun hatte der gesamte Siebeck-Clan nicht mehr nur abends, sondern den ganzen Tag die Möglichkeit, sie nach einem womöglich irgendwo verborgenen Freund zu befragen oder ihr zum wiederholten Male zu raten, sich doch endlich einen Mann zu suchen. Bei diesem Thema versagte sogar der seit Kindheitstagen ausgeprägte Beschützerinstinkt ihrer drei ältesten Brüder. Michael, nur etwas mehr als ein Jahr älter als sie, war hingegen schon immer dafür zuständig gewesen, sie gnadenlos aufzuziehen.

Rebeccas vier Brüder und auch die zwei jüngeren Schwestern waren allesamt bereits verheiratet, und die Neffen und Nichten purzelten förmlich auf die Welt. Den biblischen Auftrag „Seid fruchtbar und mehret euch" nahmen ihre Geschwister überaus ernst.

„Hallo, Rebecca!"

Sie schrak auf, war ihr doch entgangen, dass jemand den Umkleideraum betreten hatte. Mia, eine der Intensivkrankenschwestern, stand einige Meter entfernt von ihr und hantierte an ihrem klemmenden Spindschloss herum.

„Hallo, Mia", grüßte Rebecca und stemmte sich gegen ihre Metallspindtür, da sie anders nicht schloss. „Hast du Feierabend oder fängt deine Schicht erst an?"

„Ich bin fertig – im wahrsten Sinne des Wortes. Die Schicht war anstrengend."

„War viel los?"

Mia verschwand hinter der endlich geöffneten Tür. Etwas hohl klang ihre Stimme zu Rebecca. „Du und Dr. König, ihr habt uns doch den US-Amerikaner gebracht?"

„Du meinst den Verletzten vom Autounfall auf der Bergstraße?"

„Genau der. Gut aussehender Ami im zerstörten Smoking, der mindestens drei Tausender gekostet hat, und seine anhängliche und leicht hysterische deutsche Freundin."

Rebecca brummte nur. Vermutlich wäre sie auch leicht hysterisch gewesen, wenn sich ihr Freund um eine Fichte gewickelt hätte. Falls sie je einmal einen Freund haben sollte!

„Was ist mit ihm?", hakte sie besorgt nach.

„Ach, der ist halbwegs über den Berg. Ich denke, in einigen Tagen wird er auf die normale Station verlegt."

Rebecca schlüpfte in ihre schwarze Jacke, ohne sie zu schließen. Sicher würde es noch länger dauern, ehe sie erfuhr, was an dem gebürtigen US-Amerikaner Mia so angestrengt hatte.

„Jedenfalls stammt er aus einer steinreichen Familie. Die rufen ständig an, weil sie immer andere Ärzte in den USA konsultiert haben. Sie wollen haargenau wissen, ob wir dies

13

und das getan haben oder tun werden. Ein Anwalt der Familie hat angerufen, um irgendetwas wegen der Kosten abzuklären, und die Mama hat sich wohl in den Flieger gesetzt und wird morgen hier eintreffen."

„Das habt ihr auf der Intensiv alles mitbekommen?"

„Na ja, mit einer Angestellten in der Verwaltung lassen die sich nicht abspeisen. Da müssen schon der behandelnde Arzt, die zuständige Intensivschwester und natürlich der Chef ran!"

„Sie sind besorgt und weit weg", versuchte Rebecca Verständnis für die drängenden Fragen der Angehörigen zu wecken.

„Klar sind sie das. Aber zwölf Anrufe innerhalb weniger Stunden sind einfach …" Mia knallte die Spindtür zu, grinste allerdings. Offenbar fand sie das alles sehr aufregend. „Du kannst froh sein, dass du dich in deinem Helikopter verkriechen kannst."

Rebecca schenkte Mia ein amüsiertes Lächeln. Diese winkte ihr zu und verschwand, die Jacke in der Hand, den Schal hinter sich her ziehend nach draußen.

„Vielleicht wäre es eine gute Idee, mich im Helikopter zu verstecken", murmelte Rebecca und zog den Reißverschluss ihrer Jacke zu.

Es war nicht so, dass sie ihre Geschwister und deren Anhang nicht liebte, doch alle auf einem Haufen waren ziemlich anstrengend. Vor allem dann, wenn sich ihr Interesse auf Rebeccas nicht vorhandenes Privatleben fokussierte.

„Becci ist da! Becci ist wieder da!" Eines der 18 Kinder, die derzeit das sonst so beschauliche Schwarzwaldhaus bevölkerten, hüpfte Rebecca laut brüllend entgegen. Das Gesicht der

Sechsjährigen war gerötet, die blonden Haare lockten sich feucht in ihrem Nacken, ein Indiz für die Hitze im großen Wohnzimmer oder für das gemeinschaftliche Toben mit den anderen Kindern, die bereits des Laufens mächtig waren.

Ein gewaltiges Tohuwabohu aus Stimmen, Weinen, wildem Kreischen und dem Klirren von irgendetwas, das gerade zu Bruch gegangen sein musste, begrüßte Rebecca und ließ sie auf der Türschwelle innehalten. Sie drehte den Kopf und blickte in den leichten Schneefall hinaus, zurück zu ihrem Toyota. Es war das einzige Fahrzeug des im Hof abgestellten Fuhrparks, das nicht unter einer Schneeschicht von fünfzehn Zentimetern verschwand.

„Abhauen gilt nicht!", sagte eine tiefe Stimme hinter ihr.

„Warum nicht?", fragte Rebecca ihren Vater. Dieser saß erstaunlicherweise auf der nach oben führenden Holztreppe und war offenbar von dem kleinen Wirbelwind, der soeben vom Trubel im Wohnzimmer angesaugt worden war, nicht wahrgenommen worden.

„Lass mich bitte nicht allein", flehte Alfred Siebeck mit einem vergnügten Augenzwinkern. Seit er vor drei Jahren vorzeitig pensioniert worden war, war er ein geduldiger Vollzeitopa geworden.

„Du bist doch auch geflohen!" Rebecca pellte sich aus ihrer Jacke, schleuderte die Schuhe auf den wilden Berg der anderen und setzte sich neben ihren Vater auf die enge, steile Treppe.

„Nur für einen Augenblick zum Atemholen. Und um dir den hier heimlich zu überreichen." Alfred drückte ihr einen Schlüssel in die Hand. „Ich blockiere seit einer Stunde das große Bad oben, damit du es in Ruhe benutzen kannst."

„Du bist mein Held!" Rebecca legte ihren Kopf an die breite Schulter ihres Vaters. Er hauchte ihr einen Kuss auf

15

das feuchte, schwarze Haar. Fußgetrappel auf der Treppe ließ sie näher zueinander rutschen. Das älteste Enkelkind zwängte sich an ihnen vorbei. Florian war ein aufgeweckter 12-Jähriger mit demselben blonden Lockenhaar wie Rebeccas ältester Bruder Karsten.

„Alle Klos besetzt", meldete er und sah dann den Schlüssel in Rebeccas Hand. Er grinste und reichte ihr zur Begrüßung die Rechte. „Und? Viele Menschenleben gerettet?"

„Eins."

„Eins ist mehr als keins."

„Stimmt."

„Gehst du gleich hoch oder darf ich mir den Schlüssel kurz ausleihen?"

„Ich würde gern sofort ins Bad verschwinden, wenn dein Opa sich schon so sehr für mich ins Zeug gelegt hat."

„Okay. Ich stehe dann mal hier unten Schlange!"

„Viel Erfolg!"

„Schwimm nicht so weit raus", gab Florian noch einen Spruch von sich, der seit Generationen in der Familie herhalten musste, und verschwand.

„Bis später." Rebecca drückte ihrem Vater einen Kuss auf die kratzige Wange, zerstrubbelte – wie sie es oft tat – spaßeshalber sein noch erstaunlich dunkles Haar und ging daraufhin die knarzenden Stufen in den ersten Stock hinauf. Ihre kleine Wohnung lag noch ein Stockwerk höher unter dem Dach, aber dort hatte sie nur ein winziges Bad mit einer Dusche.

„Pass auf die Haie auf!"

„Klar doch!", kommentierte Rebecca den zweiten abgenutzten Badewannenwitz des Familienclans. Sie steckte den Schlüssel ins Schloss des erst kürzlich vollständig renovierten und vergrößerten Badezimmers. Kerzenlicht und angenehme Wärme begrüßten sie.

„Ach Papa, du bist *mehr* als mein Held!", seufzte Rebecca verzückt.

„Vermutlich ist das dein Problem!" Valerie, eine ihrer beiden jüngeren Schwestern, schlang von hinten die Arme um sie und warf dabei einen neugierigen Blick auf das Lichtermeer im Bad.

„Du willst einen Mann wie unseren Dad. Das kann nicht klappen!"

Rebecca wurde einer Antwort enthoben, da aus dem Nebenzimmer markerschütterndes Geschrei erklang.

„Mensch! Ich dachte, sie schläft", stöhnte Valerie. „Ganz ehrlich, ich weiß nicht, wie Großer Bruder Karsten und die Vorzeige-Mama Miriam das mit ihren fünf Kindern hinkriegen!"

Valerie verschwand und gleich darauf verstummte das Babygeschrei.

Rebecca huschte in das blau gekachelte Bad mit den heimeligen Holzwänden, zog eilig die Tür zu und schloss von innen ab. Aufseufzend lehnte sie sich an das Türblatt. Es war, bis auf das gedämpfte Stimmengewirr von unten, eine Kinderstimme aus einem der Zimmer im ersten Stock, die ein Flugzeuggeräusch nachahmte, und das Knacken der Holzbalken des in die Jahre gekommenen Gebälks, beinahe ruhig. Rebecca fragte sich, ob das alte Haus sich ebenfalls nach der sonst üblichen Ruhe und Beschaulichkeit sehnte. Sie stieß sich ab, drehte den Heißwasserhahn der Wanne auf und versank Minuten später im warmen Wasser. Eine Stunde Auszeit wollte sie sich gönnen, ehe sie sich ihrer heiß geliebten, aber turbulenten Familie stellen würde.

„Die Soße, Rebecca, nicht den Salat", rief Karsten ihr über den langen Tisch hinweg zu und schüttelte vorwurfsvoll den Kopf. Die Gerügte stellte die Schüssel mit dem Kartoffelsalat ab und griff stattdessen nach der Sauciere. Wie sollte sie bei dem Krach auch verstehen, was ihr ältester Bruder wollte?

„Sagt mal, klingelt das Telefon?" Marianne, Rebeccas Mutter, hob die Hand, doch im Gegensatz zu früher, als auf dieses Zeichen hin alle sieben Kinder brav verstummt waren, funktionierte das heute nicht mehr.

„Ich gehe!", verkündete Alfred.

„Du fliehst schon wieder!", rief Rebecca ihm nach und erntete ein vergnügtes Lächeln. Noch ehe er den Raum verlassen konnte, kam die siebenjährige Clara mit dem Telefon in der Hand hereingestürmt und brüllte: „Ein Tim für Becci."

Erstaunlicherweise kehrte nun mit einem Schlag Ruhe ein. Nur die beiden Dreijährigen plapperten weiter, verstummten dann aber auch. Sämtliche Augen waren auf Rebecca gerichtet, und sie spürte, wie ihr das Blut in den Kopf schoss.

„Wer ist Tim?", fragte Valerie ihre Mutter, diese hüllte sich allerdings in Schweigen.

Das Kind reichte Rebecca das Telefon. Sie sah es an wie ihren ärgsten Feind, ehe sie den Blick hob und den mitleidigen Ausdruck in den Augen ihres Vaters sah. Vermutlich ahnte er, welcher Sturm von Fragen sich in den Köpfen seiner Kinder und Schwiegerkinder zusammenbraute und in Kürze über Rebecca hereinbrechen würde.

„Hey, Tim, warte mal kurz, bitte." Rebecca verließ fluchtartig den Raum und schloss demonstrativ die Tür hinter sich.

„Entschuldige die Störung." Im Hintergrund war Kinderlachen zu hören. Tim hatten Zwillinge, ein fröhliches Paar Mädchen, das ihn und seine Frau gehörig auf Trab hielt.

„Was gibt es denn?"

„Sowohl Peter als auch Franz haben sich krankgemeldet. Ich habe morgen keinen Rettungsassistenten im Team. Ich dachte, ich rufe dich an und warne dich vor. Vermutlich ruft in den nächsten Minuten die Leitstelle an und will dich für morgen einbestellen."

Rebecca atmete tief durch. „Ist die Neue mit ihrem Kurs noch nicht fertig?"

„Sie hat kurz vor der Prüfung abgebrochen. Wusstest du das nicht?"

„Mist."

„Tut mir leid."

„Du kannst ja nichts dafür. Ich will mich nicht drücken. Du kannst unmöglich mit jemandem fliegen, der das nicht gewohnt ist und das Vorgehen nicht kennt."

„Du bist ein Schatz."

Die Tür ging auf, und Valerie erschien im Türrahmen, gerade als Rebecca sagte: „Wir sehen uns dann morgen."

Valerie drehte sich um und rief in den Raum: „Sie trifft ihn morgen!"

Pfiffe und vielstimmiges Johlen war die Antwort.

„Was ist denn bei dir los?", hakte Tim prompt nach.

„Das willst du gar nicht wissen."

„Hört sich ja an wie beim Basketball. Spieler und Cheerleader?"

„So etwa."

„Einen schönen Abend noch."

„Den wünsche ich dir auch. Grüß bitte Eva und die Prinzessinnen."

„Es gibt eine Eva und Prinzessinnen!", gab Valerie hörbar enttäuscht weiter.

Missbilligende Brummlaute und ein mehrstimmiges „Oh" ließen Rebecca grinsen. Kaum dass sie aufgelegt hatte, folgte der Anruf der Leitstelle mit der Bitte, ob sie für einige Tage einspringen könne. Rebecca sagte mit gemischten Gefühlen zu. Sie war als einziger Single in der Familie oft genug außen vor. Wenn sie bei den wenigen Treffen, bei denen sie alle beisammen waren, mehrere Stunden pro Tag fehlte, stellte sie das noch weiter ins Abseits. Ein Gefühl, das sie seltsamerweise ihr ganzes Leben lang begleitet hatte.

Zögernd legte sie das Telefon beiseite. Die Erleichterung darüber, zeitweise vor dem Chaos fliehen zu können, mischte sich mit dem innigen Wunsch, nicht zu viel vom weihnachtlichen Zusammensein ihrer Familie zu verpassen. Zusätzlich angefeuert wurde diese ihr nur allzu bekannte Spannung dadurch, dass sie zeitlebens das Gefühl gehabt hatte, um ihren Status im Familiengeflecht kämpfen zu müssen. Häufig hatte sie sich als Kind und Jugendliche nicht richtig dazugehörig gefühlt. Woher dieser Eindruck stammte, konnte sie sich nicht erklären, denn gleichzeitig fühlte sie sich sowohl von ihren Eltern als auch von ihren Geschwistern geliebt. Was ihre Familie betraf, schwebte sie ihrem Gefühl nach in einer seltsamen Blase, die sie von den anderen isolierte und die sie zwar durchdringen konnte, aber nicht immer wollte ...

Karsten fing sie an der Tür ab. Die rechte Schulter seines dunkelblauen Hemdes war mit einem unansehnlichen „Vaterorden" geschmückt, vermutlich von der Nase seines Dreijährigen. Ihr Bruder versperrte ihr den Weg zum Essen, von dem sie noch so gut wie nichts abbekommen hatte, indem er vor sie trat und die Arme vor der Brust verschränkte. „Du musst also arbeiten?"

„Zwei Krankmeldungen von Kollegen sind entschieden zu viel."

„Deine Schichtdienste, vor allem an den Wochenenden, machen es nicht einfacher, jemanden kennenzulernen."

„Sobald du ein Gesetz durchbringst, nach dem Unfälle ab sofort nur noch zwischen acht Uhr morgens und acht Uhr abends und an Werktagen passieren dürfen, bin ich bestimmt innerhalb eines halben Jahres verheiratet."

„Der Familiendruck ist enorm, nicht?"

„Du bist daran nicht unbedingt unbeteiligt. Fünf Kids in zwölf Jahren. Und wenn ich Miriam so ansehe …"

„Psst. Das behalten wir noch ein bisschen für uns."

„Ihr werdet bald froh über die ledige, kinderlose Tante sein, zu der ihr gelegentlich einige Kids abschieben könnt, falls Oma und Opa gerade von anderen Enkelkindern belegt sind."

„Ich will nur, dass du glücklich bist, Kleine!"

„Sehe ich denn so aus, als ob ich es nicht bin?"

„Nein."

„Ich konzentriere mich lieber auf das, was ich habe, anstatt auf das, was ich nicht habe."

„Kluges Mädchen!" Karsten nahm sie kurz in die Arme, ehe er sich wieder in das Getümmel im Wohn-Ess-Bereich warf.

„Meine Güte, ich bin fünfundzwanzig!", lachte Rebecca kopfschüttelnd. „Wer legt fest, wann ich spätestens über den Mann meines Lebens gestolpert sein muss?"

2. Kapitel

Herbst 2004

Rebecca, Martin und Tim waren es gewohnt, dass sich Neugierige in der Nähe des Heliports einfanden, sobald sie gelandet waren und die Patienten ausgeladen hatten. Es gab vor allem in den wärmeren Monaten immer Patienten und Angehörige, die in der Umgebung des Krankenhauses frische Luft schnappten, manchmal fanden sich auch Spaziergänger aus dem nahe gelegenen Wohnviertel ein. Doch das junge Pärchen, das an diesem Nachmittag innehielt und zusah, wie sie die BO105 desinfizierten und die verbrauchten Materialien auffüllten, wirkte weder wie Patienten oder Angehörige noch wie Müßiggänger aus der Umgebung. Vielmehr schien es, als warteten die beiden darauf, dass sie ihre Arbeit beendet hatten.

„Ob sie einen Rundflug buchen wollen?", witzelte Martin.

„Quatsch. Das ist ein Autorenpaar, und sie recherchieren über Rettungshubschrauber!", vermutete Tim und tätschelte liebevoll das rotlackierte Metall des Hubschraubers.

„Sie planen den Ausbruch eines Strafgefangenen und brauchen dafür einen Heli samt Pilot!", schlug Martin vor.

„Du denkst, das wäre was für mich?"

„Wenn die Kohle stimmt …" Martin grinste.

„Deine Arbeitsstelle ist in Gefahr, nicht meine", gab Tim zurück.

Martin brummte nur vor sich hin. Aus Kostengründen wurden die Stellen der Bordtechniker nacheinander abgeschafft; die Rettungsassistenten übernahmen die Navigation in den Helikoptern. Unsanft schloss er die linke vordere Tür.

„Fertig?", erkundigte sich Rebecca und kontrollierte, ob die Ladeklappe im Heck richtig verschlossen war.

„Feierabend. Vielleicht!", schränkte Tim ein. Falls während der nächsten zwanzig Minuten noch ein Notruf reinkam, würden sie über ihre Schicht hinaus gefordert sein.

Die drei schlenderten in Richtung der Klinikeingänge, und das Pärchen kam ihnen entgegen.

„Bitte", sagte der Mann mit breitem amerikanischem Akzent. Rebecca runzelte die Stirn. Der Mann, der aussah, als sei er einem Modejournal entsprungen, und seine deutlich weniger attraktive Partnerin kamen ihr bekannt vor.

„Man sagte uns, Sie seien diejenigen, die mir im vergangenen Dezember das Leben gerettet haben."

„Letzten Dezember? Am ersten Weihnachtsfeiertag? Auf der Straße im Wald?", fragte Martin.

„Genau." Der US-Amerikaner reichte erst Rebecca, dann ihren Kollegen die Hand und stellte sich als Marty Jason und die Frau an seiner Seite als seine Verlobte Regina Schmidt vor. „Ich verdanke Ihnen also mein Leben. Ich möchte mich bei Ihnen bedanken."

„Das ist unser Job", erwiderte Tim, doch er strahlte dabei. Es kam selten einmal vor, dass ein Patient seine Ersthelfer aufsuchte, um ihnen persönlich zu danken.

„Mit Frau Dr. König haben wir bereits gesprochen", fuhr Marty fort und drückte dabei Regina an seine Seite. Sie lächelte zu ihm auf, schwieg aber weiterhin. „Wissen Sie, wenn man ein zweites Leben geschenkt bekommt, versucht man, vieles besser zu machen als zuvor. Sobald ich mich

einigermaßen erholt hatte, habe ich Regina einen Heiratsantrag gemacht."

„Gratuliere!", schaltete Martin sich in das Gespräch ein,
und dieses Mal war er es, der von der fülligen Blonden ein
Lächeln geschenkt bekam.

Tim zog seinen Piepser hervor. Rebecca fragte sich, ob er
gerade angefunkt wurde, was bedeuten konnte, dass ihnen
ein erneuter Einsatz bevorstand, oder ob er bloß beschäftigt
wirken wollte, um das Zusammentreffen möglichst schnell
zu beenden.

„Wir möchten Sie heute Abend zu einem Picknick einladen. Als Zeichen unserer Dankbarkeit."

„Das ist … sehr nett!", sagte Martin und warf Rebecca
einen hilflosen Blick zu. Er war ein absoluter Feiermuffel,
der es in den vergangenen fünf Jahren nur ein einziges Mal
geschafft hatte, bei einer Weihnachtsfeier anwesend zu sein.

„Geplant ist ein Picknick am Titisee mit unseren Freunden, zu deren Hochzeit wir damals übrigens eingeladen waren."

„Frau Dr. König hat bereits zugesagt", erklärte Regina mit
einer auffällig hohen Piepsstimme. Rebecca erinnerte sich sofort an die unangenehme Tonlage. Offenbar hatte das nicht
am Schock gelegen, wie sie letztes Jahr angenommen hatte.

„Das ist sehr großzügig, aber …" Tim brach unvermittelt
ab.

„Überlegen Sie es sich. Hier ist die Adresse unseres Treff-
punktes. Neunzehn Uhr." Marty streckte Tim die Visitenkarte eines Anwalts aus Neustadt entgegen. „Ich habe das
übrigens rechtlich abgeklärt. Nicht dass Sie Konsequenzen
wegen der Annahme von geldwerten Leistungen befürchten."
Marty zwinkerte. „Es ist eine Einladung zu einem Picknick
unter Freunden – kein Problem!"

Rebecca bedankte sich, dann verabschiedeten sich die beiden und schlenderten eng umschlungen davon.

„Ungewöhnlich", meinte Martin nur. Für Rebecca klang das, als ob sie auf seine Gesellschaft würden verzichten müssen.

„Ich kann heute Abend nicht. Elternabend im Kindergarten. Ich habe Eva versprochen, dass ich mich dieses Mal stundenlang auf den kleinen Stühlen herumquäle."

„Ich weiß auch nicht ..." Zögernd nahm Rebecca die Visitenkarte von Tim entgegen.

„Sprich doch mal mit Lara. Sie hat ja anscheinend bereits zugesagt."

„Na, mal sehen", sagte Rebecca ausweichend, wobei sie die Idee, bei diesem herrlichen Sonnenschein einen Ausflug an den Titisee zu unternehmen, durchaus verlockend fand.

Vom Treffpunkt aus waren Lara und Rebecca den vorausfahrenden Autos, einem Korso von zwölf Wagen, zu einem Hotel direkt am Ufer gefolgt. Das „Picknick" entpuppte sich als ein vom hauseigenen Restaurant gecatertes opulentes Grillfest auf der Seeterrasse.

Lara mischte sich nach einigem Zögern unter die Gäste, während Rebecca sich ein bisschen abseits hielt. Das war jedoch nicht ganz einfach, da sich unter den Partygästen einige junge Männer ohne Begleitung befanden, die sehr schnell entdeckten, was Rebeccas Vater eine „klassische Schönheit", sie selbst einen „nervenden Umstand" nannte. Mit 13 Jahren war sie noch ein richtig wildes Naturkind gewesen, ohne irgendwelches Interesse am anderen Geschlecht, weshalb sie die Frage „Willst du mit mir gehen?" aus dem Munde männlicher Mitschüler erst belustigend, irgendwann aber lästig gefunden hatte. Verschlimmert hatte sich das Ganze, als ihre Klassenkameradinnen damit begonnen hatten, sie um ihre Beliebtheit bei den Jungen zu beneiden. Die Mädchen hatten sie praktisch von allen gemeinsamen Unternehmungen ausgeschlossen, als sei sie eine Aussätzige. Und nicht einmal die fünf Jahre, in denen sie eine Zahnspange getragen hatte, hatten daran etwas grändert. Und selbst als sie die abgelegten Klamotten ihrer Brüder auftrug und sich einen burschikosen Kurzhaarschnitt zugelegt hatte … Verfestigt hatte sich da nur eines: Alle Jungs, mit Ausnahme ihrer Brüder, waren in ihren Augen absolute Nervensägen.

Nachdem sie mehrere Angebote, ihr einen Platz an einem der Tische zu suchen, einige Aufforderungen zum Tanz und mindestens ebenso viele Drinks abgelehnt hatte, gelang es ihr, sich in den Schatten zurückzuziehen. Von dort aus beobachtete sie Marty und Regina. Die beiden konnten sich den ganzen Abend über kaum voneinander trennen. Das Paar, zu dessen Hochzeit die beiden im Vorjahr eingeladen gewesen waren, als der Unfall geschah, war schon etwas älteren Semesters, wirkte jedoch nicht minder verliebt.

Allmählich brach die Dunkelheit herein. Eine Kellnerin zündete die bunten Lampions über den mit weißen Tischtüchern und Blumenbuketts geschmückten Tischen an. Nur Sekunden später schwirrten unzählige Insekten in einem ungestümen Tanz um die sanften Lichtquellen. Rebecca fröstelte im auffrischenden Wind, der über den See strich und einen brackigen Geruch mit sich führte. Sie erhob sich, um sich einen Pullover aus dem Auto zu holen.

Der Kies auf dem Parkplatz knirschte unter ihren Schritten. Sie hörte die entfernt vorüberfahrenden Autos, die Stimmen einiger Spaziergänger abseits des Hotels und das aufdringliche Zirpen der Grillen. Fahle Wolkenschleier zogen über das Sternenmeer am dunklen Himmel hinweg, und Rebecca blieb stehen, um die goldenen Lichter zu bewundern.

„Sind Sie auch für einen Augenblick geflohen?"

Rebecca wirbelte herum. Erst jetzt entdeckte sie eine schlanke Gestalt neben einem der geparkten Fahrzeuge. „Entschuldigen Sie. Ich dachte, Sie hätten mich bemerkt."

„Nein", keuchte sie und versuchte, ihren rasenden Herzschlag zu beruhigen.

„Alles in Ordnung?" Der Mann kam näher, trat in den Lichtschein der einzigen Lampe beim Parkplatz und blickte besorgt auf sie herunter. Dunkelblonde Haarsträhnen fielen ihm frech in die Stirn, das Weiß um seine braune Iris leuchtete förmlich aus dem glatt rasierten und sonnengebräunten Gesicht.

Rebecca erinnerte sich, dem leger in kurzer Hose und einem kurzärmeligen Hemd gekleideten Mann vorgestellt worden zu sein, konnte sich jedoch partout nicht an seinen Namen erinnern. Er war der Sohn von Frau Schneider, nach deren Hochzeit damals Martys Unfall geschehen war Sie schätzte ihn auf Ende 20.

„Mir geht es gut, keine Angst", lachte sie und öffnete ihren Wagen. Sie holte einen leichten Pullover aus ihrem Korb und streifte ihn sich über. Mit ihren Fingern fuhr sie sich durch die schulterlangen Haare, ehe sie die Tür zuwarf und das Auto wieder verschloss.

„Sie sind die Rettungsassistentin, die Marty in den höchsten Tönen lobt, nicht?"

„Ersteres ist zumindest mein Beruf."

Der junge Mann musterte sie mit einem Lächeln und meinte dann: „Ich kann mich nur an Ihren Vornamen erinnern. Rebecca?"

„Rebecca Siebeck, ja. Aber Rebecca genügt."

„Lukas Becker." Er streckte ihr seine Hand entgegen, und sie ergriff sie und ließ sich ihre reichlich kräftig drücken.

„Und weshalb stehst du auf den Parkplatz herum?", erkundigte sich Rebecca, um ein peinliches Schweigen zu umgehen.

„Ich brauchte eine Pause. So viel Trubel und die damit verbundene Lautstärke bin ich nicht gewohnt."

Rebecca lachte und schlenderte langsam zurück in Richtung See, begleitet von Lukas.

„Hast du mich gerade ausgelacht?", fragte er gutmütig.

„Nein. Aber ich fürchte, dass du keine Ahnung hast, was wirklicher Trubel ist. Ich bin eines von sieben Geschwistern. Meine Brüder und Schwestern sind alle verheiratet und haben sich anscheinend zum Ziel gesetzt, die durchschnittliche Kinderzahl deutscher Familien nach oben anzuheben."

Von Lukas kam ein Lachen, das in Rebeccas Ohren äußerst angenehm klang; herzhaft, aber nicht aufdringlich laut. „Das stelle ich mir extrem herausfordernd vor. Ich bin ein verwöhntes Einzelkind."

„Da du dich selbst verwöhnt nennst, gehe ich mal davon aus, dass dieser Wesenszug auf dich überhaupt nicht zutrifft."

„Finde es doch heraus."

Rebecca senkte den Kopf und versteckte damit ihr Schmunzeln. Dazu würde sie wohl kaum die Gelegenheit haben, denn seine Einladung klang für sie wieder einmal zu interessiert. Hier leistete sie sich nach wie vor eine trotzige Schutzhaltung.

Gemeinsam betraten die beiden den Garten des Hotelrestaurants. Flotte Musik schallte ihnen entgegen. Die Lampions schaukelten im Wind und beleuchteten ein paar tanzende Gäste vor dem schwarzen Wasser des Sees, auf dem sich die Sterne, die Mondsichel und die vorderste Reihe der Lampions spiegelten.

Rebecca entdeckte Lara auf der Tanzfläche. Sie wirkte auffällig aufgekratzt und schien mit einem dunkelhaarigen Mann zu flirten.

„Darf ich dir etwas zu trinken bringen? Ein Glas Wein? Einen Cocktail?", erkundigte sich Lukas.

Rebecca atmete tief durch und musterte ihr Gegenüber abschätzend. Lukas wirkte im Moment keineswegs aufdringlich, sondern nur höflich. Vielleicht konnte sie heute einmal eine Ausnahme machen, ohne dass der Mann gleich zu viel hineininterpretierte. „Nur Wasser, bitte. Ich muss nachher noch fahren."

Wenig später saßen sie etwas abseits der Tänzer und der schwankenden Lichter im Sand. Lukas interessierte sich für Rebeccas Arbeit im Einsatzteam der Luftrettung, und sie erfuhr, dass er als Ingenieur mit einem Master in Medizintechnik eine Menge von den Geräten verstand, die sie täglich nutzte, und an Neuerungen oder Verbesserungen forschte.

Gegen Mitternacht drängte Lara schließlich zum Aufbruch, da sie beide am nächsten Tag doch Frühschicht hatten. Auf der Heimfahrt redete die Ärztin ununterbrochen über Marco, der wie sie ein Mittdreißiger und offenbar sehr charmant war. Wie es schien, hatte Lara nur Augen für ihn gehabt. Rebecca war darüber nicht traurig, entging sie damit doch einer Frage nach ihrem Gesprächspartner – eine Wohltat, wie sie spätestens wieder seit dem gut gemeinten Fragenkatalog ihrer Geschwister am vergangenen freien Wochenende fand.

Zwei Tage waren seit Martys und Reginas „Picknick" vergangen. Noch nie hatte sich Lukas so gern an eines der ausgefallenen Feste erinnert, die Marty mit Vorliebe zelebrierte. Das lag weniger am Ambiente des Restaurants am See oder an dem leckeren Essen, sondern vielmehr an Rebecca Siebeck, dessen war sich Lukas durchaus bewusst.

Sie war ihm sofort nach ihrem Eintreffen aufgefallen. Allerdings auch anderen Männern in seinem Alter, wie er amüsiert beobachtet hatte. Sie hatten Rebecca umschwärmt wie die Motten das Licht. Die junge Frau hatte höflich, aber bestimmt alle Angebote für einen Sitzplatz, einen Tanz oder ein Getränk abgelehnt. Dabei hatte Lukas jedoch den Verdacht gehegt, dass sie nichts gegen eine überdimensional große Fliegenklatsche einzuwenden gehabt hätte. Offenbar hatte sie oft genug gesagt bekommen, wie umwerfend sie aussah mit ihrem schwarzen Haar, den leuchtend blauen Augen und der gebräunten Haut, die wie Samt schimmerte. Ihre schlanke, vielleicht etwas zu athletische Statur tat ein Übriges. Dennoch hatte sie den Eindruck gemacht, als mache sie sich nichts daraus.

Im ersten Augenblick, als sie kurz nach ihm auf dem Parkplatz aufgetaucht war, hatte er sich gestört gefühlt, wollte er doch in Ruhe Luft holen. Aber sie hatte ihn gar nicht ansprechen wollen. Unweit von ihm war sie stehen geblieben, hatte den Kopf in den Nacken gelegt und die Sterne betrachtet.

Lukas hatte sie einfach ansprechen müssen. Dabei hatte er schnell bemerkt, dass die Faszination, die sie auf ihn ausübte, nicht ausschließlich von ihrem anziehenden Äußeren ausging. Ihr Wesen beeindruckte ihn: die souveräne Gelassenheit, mit der sie über ihren sicherlich aufreibenden Job redete, und ihre angenehme Zurückhaltung.

„Wo bist du mit deinen Gedanken?", sprach Marty ihn auf Englisch an. Sie waren mit einem Doppelzweier auf dem See unterwegs und Marty, der vor ihm saß, musste bemerkt haben, dass er seit geraumer Zeit aufgehört hatte zu rudern.

„Rebecca", gab er offen zu.

„Die fliegende Rettungsassistentin?"

„Ja."

„Sieh an!", feixte Marty, hörte ebenfalls auf zu skullen und wandte sich zu ihm um. Das schmalgeschnittene Sportboot kam dabei bedenklich ins Wanken, was Marty nicht beeindruckte. Es wäre nicht das erste Mal, dass er aus einer reinen Laune heraus ihr Boot zum Kentern bringen würde. Dieses Mal hätten sie aber wenigstens keine Minusgrade ... „Sie gefällt dir?"

„Sieht so aus", erwiderte Lukas mit einem schiefen Grinsen.

„Sie gefällt ihm!", brüllte Marty über den See und erschreckte damit ein älteres Touristenehepaar. Deren Hund, ein Mops, begann zu bellen und nach Luft zu schnappen.

Marty lachte und fuhr dann aufgeregt fort: „Wie wäre es mit einer Wanderung? Du wolltest Regina und mir doch ohnehin noch diesen Canyon ... diese Wutachschlucht zeigen. Wir laden Lara und Rebecca ein. Ich könnte es auch noch mal bei dem Piloten und dem Techniker versuchen, aber ich fürchte, dass sie einfach zu beschäftigt sind. Vermutlich werden sie auch mein Dankeschön-Angebot nicht ernsthaft in Betracht ziehen."

„Dein Dankeschön-Angebot?"

„Ich habe daran gedacht, alle vier zu Reginas und meiner Hochzeit einzuladen."

„Das ... ist ungewöhnlich!", murmelte Lukas, der annahm, dass die Hochzeit in den Staaten stattfinden würde.

Allerdings war Marty für derlei außergewöhnliche Aktionen bekannt.

„Regina und ich haben beschlossen, an meinem ersten zweiten Geburtstag zu heiraten, also am ersten Weihnachtsfeiertag, und zwar in Thailand, wo wir uns vor zwei Jahren kennengelernt haben."

Lukas lachte leise auf. Wie hatte er nur auf den Gedanken verfallen können, irgendetwas, das Marty plante, könne normal vonstattengehen?

„Du kannst übrigens auch gleich deinen Urlaub einreichen. Wir laden alle unsere Gäste für eine Woche nach Khao Lak* ein."

Lukas zog die Augenbrauen hoch und bedankte sich noch immer etwas fassungslos für die großzügige Geste. Doch Marty winkte einfach ab.

„Jetzt müssen wir nur noch meine vier Lebensretter, zumindest jedoch die zwei Frauen dazu bringen, dass sie die Einladung annehmen."

„Ich frage mich, ob sie ein derartiges Angebot rein rechtlich überhaupt annehmen dürfen", murmelte Lukas. „Soweit ich weiß, ist für Ärzte und Pflegekräfte streng reglementiert, wie hoch ein materielles Dankeschön ausfallen darf – falls sie überhaupt eines annehmen dürfen."

„Ach, bis dahin haben wir uns mehrmals privat getroffen und sind gute Freunde geworden. Die Einladung hat dann nichts mehr mit dem Dienstlichen zu tun." Marty drehte sich um und legte sich wieder in die Riemen. Lukas passte sich seiner Geschwindigkeitsvorgabe an. Demnach war diese Picknick-Einladung also lediglich ein Vorwand gewesen, um

---

* Khao Lak (dt: Pfahl-Berg) ist der Name eines Berges und zugleich eine beliebte Urlaubsregion in Thailand.

die Vier aus dem Einsatzteam der Luftrettung später zu Martys und Reginas Hochzeit einladen zu können? Lukas schüttelte den Kopf. Marty war – wie sein Vater – ein begnadeter Ränkeschmied. Und dazu ein dankbarer und außergewöhnlich großzügiger Mensch.

Ein Lächeln breitete sich auf dem Gesicht des Ingenieurs aus. Ihm gefiel die Vorstellung, Rebecca wiederzusehen. Er konnte nur hoffen, dass sie Martys Einladung zu der Wanderung annahm. Eine gemeinsame Unternehmung würde ihm viel Zeit bieten, Rebecca besser kennenzulernen – und sie ihn. Einen Augenblick fragte er sich, ob er nicht ein bisschen zu forsch vorging, Aber seiner Erfahrung nach erreichte man nicht viel, wenn man nicht kontinuierlich an einer Sache dranblieb. Allerdings stammte diese Erkenntnis aus seinem Berufsleben ... Gewohnt zielorientiert schob Lukas alle aufkeimenden Zweifel beiseite.

Obwohl sie sich kaum kannten, schien sein Herz zu ahnen, dass aus ihnen mehr werden könnte ...

Die kleine Wandergruppe ließ die Ausläufer der Schlucht nahe der Wutachmühle hinter sich. Lara und Regina, beide mit vor Anstrengung roten Gesichtern, warfen sich aufseufzend auf die Holzbänke eines Grillplatzes, während Marty sein Smartphone herausholte und zu telefonieren begann. Marco stellte seinen Rucksack auf den Tisch und kramte die letzten Wasserflaschen hervor, von denen er eine Lara reichte. Die Ärztin bedankte sich mit einem strahlenden Lächeln.

Suchend wandte Lukas sich um. Rebecca stand noch am Einstieg der Wutachschlucht und blickte an den hellen Birkenstämmen vorbei hinab auf das sprudelnde Wasser, das sich über die Flusskiesel hinweg seinen Weg bahnte. Schmetterlinge flatterten um sie herum, als bestünde sie aus leckerem Nektar, was Lukas nicht einmal unwahrscheinlich vorkam. Mit leicht geneigtem Kopf betrachtete er ihre wohlgeformten Beine, soweit die Shorts und die stabilen Wanderschuhe das zuließen. Auch ihr klebten einige feuchte Haarsträhnen an der Stirn, doch sie wirkte nicht so erschöpft wie die beiden anderen Frauen. Ein Zeichen dafür, dass sie sich häufig sportlich betätigte?

Lukas holte sich von Marco zwei Wasserflaschen und ging zurück in Richtung Fluss. Rebecca war eine unkomplizierte und fröhliche Begleitung, allerdings nicht die Gesprächigste. Ob das damit zusammenhing, dass sie mit sechs Geschwistern aufgewachsen war? Vielleicht war sie nie viel zu Wort gekommen.

„Du solltest etwas trinken." Lukas tippte ihr mit der kleinen Plastikflasche auf die Schulter. Sie trug ein Top, sodass er ihre gebräunten und für eine Frau recht muskulösen Oberarme bewundern konnte.

„Danke." Rebecca zog ihm die Flasche aus der Hand und öffnete den Verschluss. Kohlensäure stieg nach oben und spritzte ihr zischend ins Gesicht. Sie lachte auf, und Lukas hätte sie am liebsten umarmt. Er kannte genügend Frauen, die bei einer derart unfreiwilligen Dusche vielmehr pikiert gequietscht oder aufgebracht reagiert hätten. Sein Entschluss festigte sich: Er musste Rebecca unbedingt für sich gewinnen!

„Ich war schon lange nicht mehr hier. Ich glaube, das letzte Mal hat mein Vater uns hier durchgejagt, als Birgit, meine jüngste Schwester, gerade mal vier war. Meine Mutter muss vor Angst um ihre Kükenschar fast gestorben sein, jedenfalls fiel sie abends um acht völlig fertig ins Bett." Sie prostete ihm vergnügt zu und setzte die Flasche an die Lippen.

„Du solltest etwas trinken", wiederholte sie dann seine Worte und trat wieder auf den Trampelpfad.

Ob sie bemerkt hatte, dass er sie anstarrte? Lukas zog eine Grimasse und sah ihr nach, wie sie den Weg entlangschlenderte und sich zu Regina und Lara gesellte. Sie war demnach nicht darauf erpicht, mit ihm allein zu sein. Da hatte er, der Planer, der von seinen Arbeitskollegen gern mal „Pitbull" genannt wurde, weil er sich so lange in etwas verbeißen konnte, bis er das gewünschte Ziel erreicht hatte, wohl noch eine gehörige Wegstrecke vor sich. Nur gut, dass er Herausforderungen mochte.

„Mann, habe ich einen Hunger", sagte Marty und versuchte sich dabei an einem süddeutschen Akzent. Damit brachte er die ganze Gruppe zum Lachen.

„Und? Was hast du vor?" Marco, der Marty ebenfalls bereits vor vielen Jahren als Austauschschüler kennengelernt hatte, wusste über dessen spleenige Einfälle nur zu gut Bescheid.

„Abwarten", sagte der grinsend, drückte Regina einen Kuss auf die Wange und lehnte sich auf der unbequemen Bank zurück. Während die Frauen sich leise unterhielten, Marty döste und Marco mit seinem Smartphone beschäftigt war, begab sich Lukas auf die Suche nach Feuerholz. Er zog dürre Zweige unter Büschen hervor und fand schließlich mehrere dickere Äste. Geschickt schichtete er sie in der mit Steinen eingefassten Feuerstelle auf. Plötzlich hupte auf der Straße oberhalb des Rastplatzes mehrmals ein Auto.

„Ah, das Essen!", rief Marty, nun wieder hellwach. Er stieß im Vorbeieilen Lukas an, damit er ihm folgte, und so standen sie wenig später vor dem kleinen Lieferwagen eines Pizzaservices, der sie praktisch mitten im Wald gefunden hatte. Marty stapelte Lukas die Pappschachteln in die Arme, stellte die Salatschüsseln obendrauf und steckte das Plastikbesteck

in die Gesäßtaschen seiner Jeans, sodass er die Hände freihatte, um die Bestellung zu bezahlen. Dann nahm er Lukas
die obersten zwei Schachteln mitsamt den Salaten ab und sie
eilten zur Grillstelle zurück.

Marco und Lara begrüßten sie mit lautem Hallo, Regina
zeigte ihr hübsches Lächeln und Rebecca schüttelte schmunzelnd den Kopf. Sie musste sich wohl noch an Martys ungewöhnlichen Lebensstil gewöhnen. Lukas hoffte, dass ihr
das gelang, denn die Aussicht, eine Woche mit ihr an einem
Strand in Thailand zu verbringen, gefiel ihm außerordentlich
gut. Allerdings würde dies nur geschehen, wenn sie bis dahin
begriff, dass diese außergewöhnliche Einladung von Marty
nicht an Bedingungen geknüpft war und einfach angenommen werden konnte. Sie und die anderen hatten Marty das
Leben gerettet, und er würde sie vermutlich für den Rest seines Lebens mit Aufmerksamkeiten überschütten, so wie es
nun mal seiner Art entsprach.

Bald begann es zu dämmern. Bevor irgendjemand zum
Aufbruch mahnen konnte, zündete Lukas sein zuvor aufge-
schichtetes Holz an. Erfreut über die spontane Verlängerung
des schönen Tages rückten sie auf den Bänken rund um die
Feuerstelle zusammen. Lukas ergatterte einen Platz neben
Rebecca. Er genoss ihre Nähe und die leise Unterhaltung mit
ihr, die sich ganz natürlich ergab, als Regina sich an Marty
kuschelte und die beiden gedankenverloren in die Flammen
schauten und Lara nah zu Marco rutschte und seine Aufmerksamkeit einforderte.

Lukas fragte Rebecca über ihre Familie aus, und an ihrem
liebevollen Tonfall hörte er, dass sie alle ihre Geschwister, deren Ehepartner und Kinder sehr liebte, obwohl sie mit einem
leichten Anflug von Spott – der sie selbst jedoch einschloss –
von ihnen sprach.

Schließlich kehrte Schweigen ein. Nur das Prasseln der Flammen untermalte das Rauschen des Windes in den Bäumen und das Glucksen des Flusses. Der herbe Geruch des Holzfeuers mischte sich mit dem modrig-harzigen des Waldes. Immer mehr Sterne zeigten sich am dunklen Himmel, irgendwo schrie ein Kauz. Ein noch feuchter Ast im Feuer knallte laut, und Lukas spürte, wie Rebecca zusammenzuckte. Er musterte ihr vom Feuerschein unruhig angeleuchtetes Gesicht; allerdings entspannte Rebecca sich schnell wieder. Er lehnte sich mit seitlich auf der Holzlehne liegenden Armen zurück, sodass sein linker Arm ihren Rücken berührte. Sofort wich sie ein Stück nach vorn aus. Er nahm es mit Bedauern wahr, rief sich aber zur Geduld. Eine Frau wie Rebecca war nicht so leicht zu erobern, das war ihm im Laufe des Tages klar geworden.

Einmal mehr kam ihm Marty zu Hilfe: „Was haltet ihr davon, wenn wir uns morgen gleich wieder treffen?"

„Ich weiß nicht ..." Rebecca zuckte mit den Schultern. Der Pullover, den sie sich umgelegt hatte, verrutschte, und sie nahm das zum Anlass, sich zu erheben und ihn anzuziehen.

„Nach der Kirche", erwiderte Lukas, der seiner Mutter versprochen hatte, mit ihr und ihrem Mann den Gottesdienst zu besuchen. Ein Lächeln von Rebecca traf ihn. Offenbar erhöhte dieser Einwand seine Chancen auf ein weiteres Wiedersehen mit ihr.

„Vielleicht am frühen Abend?", schlug er vor in der Annahme, dass Rebecca bei all ihren Wochenenddiensten einen freien Sonntag gern mit ihrer Familie verbringen würde.

„Wir könnten uns doch am Nachmittag treffen", meinte Lara, ohne Marco aus den Augen zu lassen, „und die anderen kommen später einfach dazu?"

„Am besten, wir tauschen Telefonnummern aus. Dann können wir denen, die nachkommen wollen, mitteilen, wo wir sind." Marty blickte fragend in die Runde.

Bis auf Rebecca zückten alle ihre Mobiltelefone. Vermutlich hatte sie es nicht dabei, wusste sie doch, dass sie in der Schlucht ohnehin keinen Empfang hatte. Sie nannte ihre Nummer, und Lukas konnte ein Grinsen nicht unterdrücken, als er sie einspeicherte. Das hatte Marty, der Manipulator, ja wieder prima hinbekommen. Jetzt befand Lukas sich zumindest schon einmal im Besitz von Rebeccas Nummer!

Da das Feuer noch kräftig brannte, erklärten Marco und Lara sich bereit dazubleiben, bis sie es guten Gewissens verlassen konnten. Die vier anderen schlenderten zum Wanderparkplatz. Lukas bot Rebecca an, sie nach Hause zu begleiten und sich dort von Marty abholen zu lassen.

„Du willst mit mir mitfahren?" Rebecca schüttelte lachend den Kopf. „Das brauchst du nicht. Für euch wäre das ja ein gewaltiger Umweg!" Ohne sich auf eine Diskussion einzulassen, winkte sie Marty, Regina und ihm zu, setzte sich in ihren kleinen blauen Toyota und fuhr davon.

Wortlos schlug Marty Lukas auf die Schulter und öffnete dann für Regina die Beifahrertür, während Lukas sich nach hinten auf die Rückbank klemmen musste.

„Das wird ein hartes Stück Arbeit, Junge", sagte Marty mit einem Blick in den Rückspiegel. Lukas nickte, ohne zu wissen, ob sein Freund das in der Dunkelheit überhaupt sehen konnte. Er fand es interessant, dass Rebecca zwar keineswegs schüchtern war, sich aber dennoch gern im Hintergrund hielt und damit vielleicht versuchte, einem vorschnellen Interesse an ihr zu entgehen. Aber genau das machte es auch für Lukas schwierig, sich ihr zu nähern. Es war beinahe so, als hielte sie Männer grundsätzlich auf Abstand.

Sie verließen den Parkplatz und bogen auf die Straße ein. Von Rebeccas Rücklichtern war nichts mehr zu sehen.

„Anders wäre es ja langweilig", erwiderte Lukas brummend.

„Das finde ich nicht", lachte Marty und nahm Reginas Hand in seine.

Marty und Regina hatten sich im Urlaub kennengelernt. Vermutlich war die lockere Atmosphäre und Reginas anhänglicher Charakter Marty bei seinem Eroberungsfeldzug entgegengekommen. Zwar war Rebecca durchaus unkompliziert, aber offenbar immun gegen normale Annäherungsversuche. Ihn hingegen hatte die Zuneigung zu Rebecca wie ein erfrischender Regenguss aus heiterem Himmel überfallen. Ohne eine Chance, sich dagegen zu wehren … was er aber ohnehin nicht wollte. Er war bereit für eine tiefer gehende Beziehung. Doch bis jetzt hatten seine kleinen Versuche, Rebeccas Aufmerksamkeit auf sich zu lenken, wenig gefruchtet.

Einen Tag nach dem Ausflug in die Klamm betrat Rebecca kurz vor Mitternacht das Schwarzwaldhaus, stellte ihre Halbschuhe an ihren Platz und schrak zusammen, als sich die Wohnzimmertür öffnete. Im fahlen Schein der Leselampe erkannte sie vor sich die Silhouette ihres Vaters.

„Du kommst spät", sagte er leise.

Rebecca kicherte und zog den Reißverschluss ihrer Sommerjacke auf. „Ich habe mich gerade gefühlt wie damals mit sechzehn, als ich nach der einzigen Party, bei der ich jemals war und dabei gleich das Zeitlimit überschritten hatte, heimlich ins Haus schleichen wollte."

„Gut so!", kommentierte ihr Vater.

„Wie bitte?"

„Das, was ich dir damals gesagt habe, gilt auch heute noch."

„Dass es pubertierende Jungs gibt, die-"

„Ich nehme mal nicht an, dass du dich noch mit pubertierenden Jungs abgibst", unterbrach er sie, ergriff ihre Hand und zog sie ins Wohnzimmer. Anscheinend wollte er sie weder in ihre Wohnung gehen lassen noch riskieren, dass Marianne oder eines der womöglich in dieser Nacht hier schlafenden Enkelkinder aufwachten.

„Ich kann verstehen, dass du nicht gern über deine neue Bekanntschaft sprichst. Immerhin haben wir dir in den vergangenen vier Jahren ziemlich zugesetzt."

Rebecca registrierte verwundert sein schuldbewusstes Grinsen. Ihr Vater hatte sich nie an den Mutmaßungen, Verkupplungsversuchen und drängenden Fragen des Rests der Familie beteiligt, doch offenbar seinen Spaß daran gehabt.

In knappen Worten berichtete sie von Marty und Regina, von Lukas und Marco und von Laras Bitte, sie weiterhin zu den Treffen zu begleiten, da die Ärztin sich ansonsten etwas seltsam vorkommen würde.

„Sie ist eine erwachsene Frau, gut zehn Jahre älter als du."

„Sie ist immer noch sehr einsam, obwohl sie schon seit einigen Jahren hier lebt."

Alfred wiegte den Kopf hin und her, und Rebecca ahnte, was er dachte. Lara hatte sich ebenfalls einem Beruf verschrieben, der keine geregelten Arbeitszeiten zuließ.

„Sie ist eine gute Ärztin, aber außerhalb ihrer Arbeit ein bisschen ..."

„Schüchtern?"

„Nein, gar nicht. Vielleicht etwas unbeholfen?", versuchte Rebecca zu erklären, wie sie Lara einschätzte. „Und ein wenig naiv."

„Und auf welchen der Männer hat sie es abgesehen?"

Wieder lachte Rebecca leise auf. „So, wie du fragst, hört sich das reichlich unromantisch an. Ich frage mich, wie du Mama erobern konntest."

Alfred blies die Wangen auf und ließ die Luft langsam entweichen. „Deine Mutter war ein harter Brocken. Sie war überhaupt nicht an mir interessiert. Ihr Leben war damals völlig ausgelastet. Platz für einen Mann gab es da nicht."

„Und?"

„Wie du weißt, habe ich dennoch gewonnen! Übrigens hast du ziemlich viel Ähnlichkeit mit ihr. Wenngleich sie wohl nie auf so vielen Bäumen saß wie du, über so viele Mauern und Hecken gesprungen ist oder so oft vor lauter Übermut in einem See oder Fluss lag, wie du das getan hast. Und ihr Dickkopf ist um einiges kleiner als deiner. Aber das weißt du selbst. In einem aber schenkt ihr euch nichts: In euer beider Leben muss ein Mann sich die Zeit sehr hart erkämpfen, die er mit euch verbringen will."

Rebecca senkte den Kopf. Ihr Vater hatte nicht ganz unrecht. Sie hatte keine Ahnung, wie sie in ihrem übervollen Alltag noch eine weitere Person unterbringen sollte, die ihre Aufmerksamkeit und Zeit wollte. Außerdem baute sie nun Lara zuliebe zumindest für begrenzte Zeit einen zweiten Freundeskreis auf. Andererseits fühlte sie eine zunehmende Leere in sich, die unangenehm heiß brannte, wenn ihre Geschwister sie wieder einmal mit der Frage bedrängten, wann sie sich auf die Suche nach einem passenden „Deckel zum Topf" zu machen gedenke. Hieß das, dass sie sich allmählich doch nach der Zuneigung eines Mannes sehnte?

„Du hast meine Frage nicht beantwortet", durchbrach Alfred ihre Gedankengänge.

„Warum musst du wissen, in wen Lara sich verguckt hat?"

„Weil ich dich dann fragen kann, wie der übrig bleibende Kerl so ist."

Rebecca prustete, beugte sich vor, küsste ihren Vater auf die Wange und ließ ihn einfach stehen. Auf dem Weg über die knarzenden Stufen nach oben war ihr allzu bewusst, wie unklar ihre Zukunft vor ihr lag. Doch sie hatte sich vor Jahren vorgenommen, am Ende ihres Lebens nicht auf eine gewaltige Anzahl von vertanen Tagen zurückzublicken, die sie sich mit Grübeln über Geschehnisse verderben hatte lassen, die außerhalb ihres Einflussbereichs lagen. Sie würde das Beste aus jeder der ihr geschenkten Stunden machen.

Momentan war ihr ihre Arbeit wichtig. Sie wollte für die ihr anvertrauten Patienten alle Energie und Liebe aufbringen, zu denen sie fähig war. Sie wollte Zeit mit ihren Eltern verbringen, die sie nicht immer um sich haben würde, ebenso die Stunden mit ihrer lauten und turbulenten Familie genießen. Womöglich würden sich eines Tages ihre Prioritäten verschieben. Aber bis es so weit war, lag in dem, was sie im Augenblick als wichtig erachtete, der Sinn ihres Lebens.

„Diese Woche soll die schönste in unserem Leben werden und wir, Regina und ich, möchten euch, meine Lebensretter, unbedingt dabeihaben."

Rebecca blieb kurz die Luft weg, als sie begriff, was Marty da sagte.

„Moment!", brachte sie ein wenig mühsam hervor und hob, wie ihre Mutter es gern tat, die Hand, um Martys ungeteilte Aufmerksamkeit einzufordern. „Du willst Lara und mich für eine Woche nach Thailand einladen? Auf deine und Reginas vermutlich aus allen Nähten platzende Hochzeitsfeier?"

„Da kommt es auf zwei Personen mehr wirklich nicht an", hörte sie Regina murmeln, die, wie so oft, Marty reden ließ.

Noch verwirrter runzelte Rebecca die Stirn. In den vergangenen drei Wochen hatte sie Regina nun einige Male getroffen. Allerdings konnte sie die stille junge Frau überhaupt nicht einschätzen. Sie hatte sie kaum näher kennengelernt als bei ihrer ersten Begegnung, bei der Regina zitternd und völlig aufgelöst im Schnee gesessen hatte, während Rebecca und Lara versucht hatten, Martys Blutungen zu stillen.

„Ist das aufregend!", jubelte Lara und hängte sich bei Marco ein. Offenbar sah sie sich bereits mit dem Mann am sandigen Traumstrand unter Palmen liegen.

„Marty …", begann Rebecca, aber der Angesprochene trat auf sie zu und nahm sie einfach in den Arm.

„Ihr seid mir und Regina wirklich wichtig. Unsere Hochzeit ist nur möglich, weil ihr damals so professionell gehandelt und mir das Leben gerettet habt."

„Jedes andere Team hätte das auch fertiggebracht", widersprach Rebecca und löste sich unangenehm berührt aus der Umarmung. So viel Nähe bereitete ihr Unbehagen, zumal Regina ihr böse Blicke zuwarf.

„Das mag sein. Allerdings seid nun mal ihr zur Stelle gewesen. Und deshalb möchten wir euch zu unserer Hochzeitswoche einladen. Außerdem sind wir doch inzwischen Freunde geworden, nicht wahr?"

Rebecca warf erneut einen Blick auf Regina. Sie mochte Marty und seine selbstlose Art, seine spontanen und oft verrückten Ideen brachten sie zum Lachen. Regina hingegen würde sie nicht als Freundin bezeichnen. Zu fremd und unnahbar erschien sie ihr.

„Ich überlege es mir", sagte sie unverbindlich und setzte sich. Es war keine leichte Entscheidung. Über die

Weihnachtsfeiertage war sie noch nie von zu Hause fortgewesen. Zudem musste sie mit jemandem sprechen, am besten mit ihrem Vater, ob sie eine solche Einladung wirklich annehmen durfte. Ihr Blick fiel auf Lukas. Er saß mit gesenktem Kopf auf einem der Restaurantstühle, knetete eine Serviette in den Händen und wirkte, als sei er sehr weit weg. Er und Marco hatten offenbar kein Problem mit dem Vorhaben des Paares, aber immerhin kannten sie Marty bereits seit vielen Jahren.

Der Kellner brachte ihr Essen und das Gespräch plätscherte mit wechselnden Themen vor sich hin.

Als Rebecca zur Toilette ging, folgte ihr Lara. „Spring du bitte nicht auch noch ab!", sagte sie übergangslos, sobald sich die schwere Tür hinter ihnen geschlossen hatte. „Ich käme mir komisch vor, wenn ich als Einzige unseres Quartetts nach Thailand fliegen würde."

„Diese Einladung ist ziemlich verrückt. Und unangemessen, Lara!", fand Rebecca und lehnte sich an ein Waschbecken. „Wir kennen Marty und Regina seit drei Wochen. Und gleichgültig, wie-"

„Das hat doch nicht nur etwas mit Dankbarkeit zu tun. Verstehst du das denn nicht? Es hat eine gewisse Symbolik für Regina und vor allem für Marty. Er spricht so oft von seinem zweiten Leben, das wir ihm ermöglicht haben."

„Trotzdem … Allein die Kosten für unsere einwöchige Unterbringung!"

„Er hat Geld wie Heu!"

„Noch! Wenn seine Familie von seinen ausufernden Hochzeitsplänen erfährt, wird sie ihn enterben."

„Ach Quatsch. Er steht seit Langem auf eigenen Füßen."

„Ich war noch nie so weit fort im Urlaub. Außerdem … über Weihnachten …"

„Ich weiß genau, dass du noch nicht einmal deinen Jahresurlaub genommen hast, weil Franz ständig krank und dann in Reha war. Du bist immer für ihn eingesprungen."

Rebecca schnitt ihrem Spiegelbild eine Grimasse. Diesem Argument hatte sie wirklich nichts entgegenzusetzen.

„Nimm dir drei Wochen frei. Den Flug und zwei Wochen Urlaub in Thailand kannst du dir leisten, die dritte Woche hängst du auf Kosten der beiden Turteltäubchen an, die sich sehr freuen würden, wenn du ihren großen Tag mit ihnen verbringst!"

„Ich kann mir nicht vorstellen, dass man so kurzfristig ein Hotelzimmer in Thailand buchen kann."

„Aber du könntest es versuchen! Marty sagt, dass Khao Lak ein Geheimtipp ist."

„Ich weiß nicht …"

„Du musst doch auch mal raus. Oder würden dir die Arbeit und deine anstrengende Großfamilie so fehlen?"

Rebeccas Spiegelbild schien sie förmlich anzustarren. Es war nicht das erste Mal, dass sie einen Anflug von Furcht vor dem geballten Zusammentreffen mit der Familie an Weihnachten empfand – weil sie noch immer solo war, weil erneut gut gemeinte Vorschläge, zweideutige Fragen und mühsam verstecktes Mitleid auf sie niederprasseln würden. Und weil die leere Stelle in ihrem Herzen beträchtlich größer geworden war.

„Gib mir bitte zwei Tage Bedenkzeit."

„Zwei! Nicht mehr. Immerhin musst du buchen und deinen Urlaub einreichen!" Lara klang erstaunlich selbstbewusst. Wie während ihrer Einsätze, wenn sie ihr medizinisches Wissen abrufen konnte und sie ganz genau wusste, was zu tun war.

Lukas blickte lächelnd auf. Seine rechte Hand drehte an einem Regler, dabei beobachtete er den Ausschlag der grünleuchtenden Linie auf dem Monitordisplay. Das Ergebnis war nicht zufriedenstellend, dennoch blieb die Heiterkeit auf seinem Gesicht, weil Marty ihm am Telefon gerade euphorisch berichtete, dass Rebecca für Thailand zugesagt hatte.

„Wie sagt man? Sie macht Schrauben mit Köpfen?"

„Nägel!", verbesserte Lukas.

„Ah, Nägel mit Köpfen. Sie hat sich für zwei Wochen in einem Hotel in Khao Lak eingebucht, direkt vor unserer Hochzeitswoche."

„Nägel? Wozu brauchst du denn die?", fragte Lukas' Kollege und bemerkte erst dann, dass dieser telefonierte.

„Ich dachte mir schon, dass du das hinbekommst!" Lukas war begeistert. Er spürte eine angenehme Wärme in sich bei der Aussicht, einige Zeit mit Rebecca in dem Urlaubsparadies verbringen zu dürfen. Sie verhielt sich ihm gegenüber noch immer sehr zurückhaltend, wenngleich sie sich gern mit ihm unterhielt, viel mit ihm lachte und durchaus den Eindruck vermittelte, seine Gesellschaft zu genießen. Freilich tat sie das auch mit Marty und Marco, mit Lara und all den anderen in ihrem Bekanntenkreis. Lukas schien seinem Ziel nicht nähergekommen zu sein als an jenem ersten Abend am Titisee. Rebecca für sich zu gewinnen hatte er sich nicht ganz so schwierig vorgestellt. Hartnäckig schien sie jedem seiner vorsichtigen Versuche auszuweichen, etwas Zeit mit ihr allein zu verbringen.

„Regina und ich fliegen morgen in die Staaten und von dort aus dann für ein paar Tage nach Thailand. Dort stimmen wir die letzten Details mit dem Hotel ab."

„Grüß Regina lieb von mir. Wir sehen uns dann an Weihnachten."

„Ich freue mich!" Marty klang wie ein Kind: begeistert, voll Vorfreude und schlichtweg glücklich. Grinsend schob Lukas das Handy in die Jacke am Garderobenhaken und wandte sich wieder seinem aktuellen Projekt zu. Allerdings war er mit den Gedanken nicht ganz bei der Sache. Er mochte Marty sehr, fast wie einen Bruder oder einen Vetter – was er beides entbehren musste. Sie hatten während des Schüleraustauschs jeweils ein Dreivierteljahr beim anderen gelebt. Martys Austauschzeit in Deutschland war in die Monate direkt nach dem Unfalltod von Lukas' Vaters gefallen. Eine schwierige Zeit für ihn, die er ohne den gutmütigen Freund mit den verrückten Ideen weitaus schlechter überstanden hätte.

Diese Monate hatten sie zusammengeschweißt, und das Band war bis heute, mehr als zehn Jahre später, nicht zerrissen, obwohl sie in zwei völlig verschiedenen Welten lebten. Um Martys willen wollte Lukas auch Regina mögen, wenngleich ihm das schwerfiel. Regina war so gar nicht die Art Frau, von der Lukas angenommen hatte, dass sie eines Tages in Martys Leben treten würde. Er hatte sich immer vorgestellt, Marty würde sich in ein Mädchen verlieben, das er beschützen und verwöhnen konnte, das zugleich aber über eine gehörige Portion Humor verfügte und seine Eskapaden fröhlich mitmachte oder ihn, wenn er übertrieb, auch mal deutlich in die Schranken verwies.

Regina hatte unübersehbar eine große Portion Bewunderung für Marty übrig, vermittelte jedoch nicht den Eindruck, als ob sie seine Fürsorge genoss. Sie schien sie als Selbstverständlichkeit hinzunehmen, ebenso wie seine teilweise überzogenen Ideen, von denen sie ihm nie abzuraten schien.

Lukas kniff ein Auge zu, während er das Gerät neu zu justieren versuchte. Regina war irgendwie weder positiv noch negativ greifbar, sondern wirkte immer seltsam unbeteiligt. Er hatte nie zuvor jemanden kennengelernt, der so irritierend passiv in den Tag hineinlebte. Aber Marty war glücklich mit ihr, und das allein zählte für Lukas.

Rebecca war dagegen völlig anders. Sie betonte gern ihre Unabhängigkeit, ihr Einsatz für ihren Beruf, ihre Familie und ihre Freunde war enorm groß, sie schien sich für unendlich viele Dinge begeistern zu können, sodass in ihrem Leben offenbar kein Platz mehr für *ihn* blieb.

Lukas runzelte die Stirn. Irgendetwas stimmte nicht. Er wandte sich den Plänen zu und fragte sich einen Moment, ob dieser Eindruck sich nun auf das medizinische Gerät oder auf Rebecca bezog. Seufzend vertiefte er sich in die Konstruktionszeichnungen, gab es aber bald auf und drehte sich zur Tür um.

„Wo willst du denn hin?", fragte sein Kollege, überrascht von seinem plötzlichen Aufbruch.

„Ich muss nachsehen, wie viele Urlaubstage ich noch übrig habe."

Bevor der Mann nach dem Grund fragen konnte, klappte die Tür hinter Lukas ins Schloss.

3. Kapitel

Rebecca bog in die Zufahrt oberhalb des Schwarzwaldhauses ein und entdeckte auf der Wiese vor der Terrasse eine Kinderschar. Acht laufende Meter bedeuteten die Anwesenheit von mindestens drei Geschwistern plus Ehepartner und ziemlich sicher noch weiterer Knirpse irgendwo in einem Bett oder auf einem Schoß.

Sie quetschte ihren Wagen zwischen einen der Vans und einen Kleinbus und betrachtete mit gerunzelter Stirn einen schwarzen BMW. Das sportliche Geschoss war ihr unbekannt.

Ein kräftiger Windstoß entlockte den Fichten, Birken und Kiefern ein gewaltiges Brausen, das lange Gras duckte sich unter seiner Kraft. Rebecca sah nach oben. Einige der im Wind zappelnden Birkenblätter hatten bereits ihr Grün eingebüßt, die Böen waren erste Vorboten der kommenden Herbststürme. Polternd betrat Rebecca das alte Haus, hängte die Jacke auf und ging durch den Flur in die Küche. Die Spülmaschine lief, auf ihr stapelte sich dennoch benutztes Geschirr. Ein Rest kalter Kaffee stand in der Glaskanne der Kaffeemaschine, Krümel auf einer Kuchenplatte deuteten darauf hin, dass sie für diese Schleckerei zu spät kam.

Sie durchquerte die geräumige Küche und das anschließende Wohnzimmer und näherte sich der Terrassentür. Auf den Gartenstühlen, eingepackt in warme Pullover oder Jacken, saßen ihre Eltern und drei ihrer Brüder, Karsten, Jürgen und Michael. Und mittendrin entdeckte sie niemand anderen als – Lukas!

Die durch ihren Kopf schießende Frage, woher er ihre Adresse haben mochte, wurde sofort von der verdrängt, wie sie Lara dafür wohl am besten bestrafen konnte. Ohne Hast trat sie einen Schritt zurück, da die Runde sie noch nicht bemerkt hatte. Allerdings ließen Jürgens Worte sie innehalten: „Becci hatte schon immer eine gewaltige Portion Mut! Erinnert ihr euch, wie sie mit sieben oder acht auf diesen riesigen Baum geklettert ist?"

Michael nickte, und obwohl er Rebecca den Rücken zuwandte, ahnte sie das Grinsen auf seinem Gesicht, das die zwei weit auseinanderstehenden oberen Schneidezähne offenbarte. „Mut? Ich tendiere dazu, es Sturheit zu nennen. Wir dachten, sie sitzt da oben fest, aber niemand von uns wagte sich auf die oberen dünnen Äste hinauf."

Jürgen lachte und schlug Alfred freundschaftlich auf die Schulter. „Du wolltest sogar schon die Feuerwehr alarmieren, nicht wahr?"

„Richtig", fiel Michael ihm ins Wort. Mit gewohnt großer Gestik erzählte er weiter: „Mama hat uns dann davon abgehalten, etwas zu unternehmen. Sie meinte, Becci würde nur schmollen."

Dieses Mal war es an Marianne zu nicken. Rebecca betrachtete das Profil ihrer Mutter. Ihr Blick war auf den Gast gerichtet, der das jedoch nicht zu bemerken schien. Lukas saß zurückgelehnt auf dem Holzklappstuhl und schaute von einem zum anderen. Sein Gesicht wirkte entspannt, interessiert und amüsiert. Ganz offensichtlich fühlte er sich in der Runde ihrer Eltern und Brüder sehr wohl.

„Was war denn noch gleich der Grund für ihren stundenlangen Baumsitzstreik?"

Rebecca kniff die Augen zusammen. Michael klang lauernd. Sie alle wussten sehr wohl, weshalb sie damals aufgebracht auf einem der obersten Äste der Rotbuche gesessen hatte, die ziemlich genau ein Jahr später einem Blitz zum Opfer gefallen war.

„Es war Valeries Geburtstag", erzählte Alfred. „Die ganze Familie war anwesend, dazu einige von Valeries Kindergartenfreundinnen mit ihren Geschwistern und Müttern."

Rebecca ballte die Hände zu Fäusten, das Blut pochte unangenehm in der frischen Platzwunde auf ihrer Stirn, die sie sich beim heutigen Einsatz zugezogen hatte.

„Einer der Jungs, der große Bruder einer Freundin von Valerie, hatte es tatsächlich gewagt, unseren Wildfang auf die Wange zu küssen!" Jürgen prustete bei der Erinnerung los, und Rebecca sah sich nach einem Wurfgeschoss in der Nähe um, fand aber nichts.

Michael streckte sich, schob die Beine unter den Tisch und fuhr genüsslich und unübersehbar an Lukas gewandt fort: „Zur Strafe hat sie ihn geboxt und in den Gänseteich gestoßen."

Jürgen lachte noch immer, und auch auf Alfreds Gesicht zeigte sich ein Schmunzeln. Rebecca hob die Augenbrauen, was sofort mit einem ziehenden Schmerz bestraft wurde. Ihr Vater hatte sie damals gerügt, ihr später allerdings zugeflüstert, dass er eigentlich ein bisschen stolz auf sie sei. Heute wusste sie, dass er damals innerlich über das Geschehen gelacht hatte.

„Die Mutter des Kleinen hat einen gewaltigen Aufstand veranstaltet." Marianne schüttelte in Erinnerung an die Aufregung den Kopf. „Meine Zeit, hat die gezetert und getobt. Und das wegen eines blauen Auges und nasser Klamotten bei fast dreißig Grad im Schatten. Sie hat Becci gezwungen, sich bei ihrem Filius zu entschuldigen und ihr daraufhin einen Vortrag darüber gehalten, wie süß es doch sei, wenn ein Gleichaltriger ihr seine Zuneigung auf diese Weise zeige."

„Ich vermute, das Wort ‚süß' hat bei ihr dann vollends die Sicherung durchbrennen lassen", stellte Karsten mit einem breiten Grinsen fest.

„Jedenfalls ..." Michael setzte sich aufrecht hin und beugte sich zu Lukas hinüber. „Jedenfalls hat sie seit damals einen großen Bogen um süße Jungs gemacht."

„Ich war schon froh, dass sie nach mehreren Stunden luftigen Aufenthalts bei den Vögeln endlich wieder von dem Baum runtergekraxelt kam", sagte Marianne in einem reichlich sinnlosen Versuch, von Michaels provozierender Aussage abzulenken.

„Ich habe sie runtergelockt, indem ich gedroht habe, das letzte Stück Torte zu essen", gestand Karsten. Die Blicke der anderen verrieten Rebecca, dass er dieses Detail bisher noch niemandem erzählt hatte.

„Da war noch Torte übrig? Unmöglich!" Jürgen wandte sich empört an den Ältesten der Geschwister.

Karsten grinste. „Ich hatte das Stück für Becci vor der gefräßigen Meute versteckt."

„Hallo Becci!", rief im gleichen Moment Clara. Die sechs Personen am Tisch drehten die Köpfe und schauten die heimliche Lauscherin an.

„Verräterin", zischte Rebecca Clara zu, die sie irritiert anblickte und dann zu ihren Spielkameraden und den Müttern auf der Wiese zurücklief.

„Wie lange stehst du schon da?", fragte Michael und sein Zwinkern offenbarte den Anflug eines schlechten Gewissens.

„Lange genug, um festzustellen, dass Karsten mir heutzutage keine Kuchenstücke mehr aufhebt."

Lukas, der sich höflich erhoben hatte, warf einen betroffenen Blick auf den Kuchenteller vor sich. Er wirkte, als habe er allein die halbe Torte verdrückt.

„Wie lange bist *du* schon hier?", sprach Rebecca ihn an. Während er auf seine Armbanduhr blickte, schickte sie hinterher: „Bist du inzwischen über alle meine Schandtaten informiert?"

„Ich finde, ein Faustschlag und ein Schubser in den Teich sind keine Schandtaten", stammelte er.

Ihre Brüder stießen sich wenig unauffällig gegenseitig an und Michael sprach aus, was sie dachten: „Dann sieh dich besser vor!"

„Kühlschrank, in deiner Küche oben!", raunte Karsten ihr zu. Er war aufgestanden und holte ihr einen Stuhl.

„Danke!" Rebecca eilte nach oben, zog sich eine bequeme Jogginghose an und kam mit dem für sie versteckten Stück Mandarinen-Sahne-Torte wieder herunter. Marianne hatte ihr in der Zwischenzeit einen frischen Kaffee aufgebrüht, und so setzte Rebecca sich zu der kleinen Runde an den Tisch.

„Ich wollte noch klarstellen", begann Karsten, „dass es nicht nur Rebecca selbst war, die sich die *süßen Jungs* vom Leib gehalten hat. Als großer Bruder war das vor allem mein Job!"

Sein Vater lachte: „Dann hast du bei Valerie und Birgit aber kläglich versagt."

„Moment!" Karsten hob die Hand. „Jürgen hat Valeries Ehemann ins Haus eingeschleppt. Ich konnte ja nicht wissen, dass der mehr als ein Freund der Familie sein wollte. Und Birgit hat sich ihren Typen auf einer Urlaubsreise eingehandelt. Was hätte ich da tun können?"

„Dir sei verziehen", sagte Marianne.

„Können wir vielleicht das Thema wechseln?", schlug Rebecca vor.

„Ich bin dafür!" Alfred setzte sich so, dass er sie besser im Blick hatte. „Mit wem hast du dich *heute* geprügelt?" Er deutete auf das Pflaster über ihrem linken Auge.

„Mit dem herunterfallenden Ziegel eines einsturzgefährdeten Hauses, in dem zwei zwölfjährige *süße* Jungs ihre Zigaretten versteckt hatten."

„Dir ist ein Ziegel auf den Kopf gefallen?" Marianne war entsetzt.

„Viel größer konnte der Schaden-"

„Ist das genäht worden?", fuhr Alfred Michael über den Mund.

„Das Ding hat mich nur gestreift", winkte Rebecca ab und wich Lukas' besorgtem Blick aus.

„Du hast deinen Schutzengel schon immer sehr strapaziert", kommentierte Jürgen brummend. Nach wie vor sah er sich gern in der Rolle des Beschützers und Rebecca als ein Küken, das aus dem schützenden Nest gestoßen worden war.

„Was ist mit den Jungen?", fragte Karsten gleichzeitig, und Alfred fügte hinzu: „War das Gebäude denn nicht abgesperrt?"

Rebecca ließ die Flut von Fragen an sich abprallen, amüsierte sich jedoch über Lukas, der von einem zum anderen blickte, je nachdem, woher die Fragen kamen.

Sie wusste noch immer nicht, weshalb er am Terrassentisch ihrer Eltern saß, zumal er nun einen leicht überforderten Eindruck machte, was Rebecca mit leiser Genugtuung wahrnahm. Er hatte von ihrer sehr großen Familie gewusst, war also bewusst das Risiko eingegangen, einen Teil von ihnen hier anzutreffen.

Rebecca entging weiteren Fragen, da zwei von Karstens Kindern eine ihrer Cousinen anschleppten, die lauthals brüllte. Auf dem Rasen kümmerten sich drei Mütter gleichzeitig um zwei andere weinende Kinder. Offenbar hatte es einen Zusammenstoß zwischen einem Fahrradfahrer, einer Puppen-Mama und einem Fußballer gegeben, und Michael meinte trocken: „Wir sollten die Wiese ab einer gewissen Anzahl Sprösslinge wegen Überfüllung abriegeln lassen."

Nun, da sich die Aufmerksamkeit aller auf die Kinder richtete, lehnte sich Rebecca zu Lukas hinüber und fragte: „Woher hast du meine Adresse?"

Er beugte sich ebenfalls über die Armlehne in ihre Richtung und gab leise zurück: „Lara war so nett-"

„Dachte ich's mir doch."

„Ist das … ein Problem?"

„Du hättest dir das hier ersparen können." Sie deutete viel-sagend in die aufgeregte und lautstarke Runde.

„Ich finde deine Familie sehr sympathisch und …" Of-fenbar fehlte ihm die passenden Worte für eine detaillierte Umschreibung. Er zuckte mit den Schultern. „Ich bin ja schließlich kein *süßer* Junge!"

„Sieh dich vor! Meine Familie will mich seit Jahren ver-kuppeln."

„Und Karsten boykottiert das?" Der Schalk in Lukas' brau-nen Augen gefiel Rebecca.

„Alle Anfragen laufen ausschließlich über ihn!"

„Gut, dann wende ich mich an Karsten." Lukas richtete sich auf, und Rebecca riss erschrocken die Augen auf.

„Untersteh dich!", fauchte sie ihn an, erntete jedoch ledig-lich ein unergründliches Lächeln.

„Okay, ich verschiebe das vorerst. Aber kann ich vielleicht mal mit dir reden?"

„Klar", sagte Rebecca. Im gleichen Augenblick kletterte Karstens dreijähriger Sohn Mike auf ihren Schoß und be-trachtete ehrfürchtig ihr Pflaster.

„Tut das weh? Soll ich pusten?"

„Wenn es geht, allein!", versuchte Lukas ihre Aufmerksamkeit zurückzuerobern.

„Hier? Wie stellst du dir das vor?" Rebecca, der ihr kleiner Neffe kräftig ins Gesicht pustete, lachte schallend.

„Du könntest mir besagte Rotbuche zeigen."

„Die ist das Opfer eines Blitzeinschlags geworden."

„Dann den Gänseteich."

„Die Gänse gibt es nicht mehr. Wenn ich so darüber nachdenke, sind die in dem Jahr abgehauen, als sich hier Enkel Nummer acht und neun angekündigt haben."

„Und der Teich? Ohne Gänse?" So schnell gab Lukas nicht auf.

„Das ließe sich machen."

„Ich darf nicht an den Teich. Ich kann ertrinken", schaltete Mike sich in das Gespräch ein.

„Wie praktisch!", murmelte Lukas.

„Das ist ganz richtig. Der Teich ist für alle Enkel verboten!", lobte Rebecca den Kleinen, hatte allerdings Mühe, ernst zu bleiben.

„Darf ich deinen Kuchen aufessen?"

„Aber sicher." Rebecca erhob sich mit dem Jungen auf dem Arm, setzte ihn auf ihren Stuhl und wartete, bis Lukas erkannte, dass er tatsächlich seine Chance bekam. Er sprang wie elektrisiert auf, und gemeinsam verließen sie die Terrasse. Sie schlenderten an den spielenden Kindern vorbei, von denen sich die Mütter plötzlich auffällig eilig trennten. Ebenso hastig gesellten sie sich an den Tisch zu ihren Männern. Rebecca nahm es einerseits mit Belustigung wahr, andererseits mit Beunruhigung, war ihr doch völlig klar, dass ihnen alle Augenpaare folgten und sie und der „süße Junge" das alleinige Gesprächsthema darstellten.

„Dir ist hoffentlich bewusst, dass die Meute dich ab heute als potenzielles neues Familienmitglied handelt?"

Lukas rieb sich über das glatt rasierte Kinn und schaute stur geradeaus. Nach einem längeren Schweigen erwiderte er: „Du hast wirklich noch nie jemanden mit hergebracht?"

„Ganz ehrlich? Ich hatte lange kein Interesse an Jungs, und später war ich auch eher zurückhaltend. Hier läuteten ständig die Hochzeitsglocken, und ich war mir bei dem Kerl, der sich für mich interessierte, einfach nicht sicher. Und irgendwann war es vermutlich reiner Trotz angesichts der ständigen Anspielungen meiner Geschwister, der das verhinderte", räumte Rebecca selbst ein wenig erstaunt über ihre Offenheit ein. Sie warf Lukas einen prüfenden Seitenblick zu, in der Hoffnung, weder Spott und noch Mitleid in seinem Gesicht zu entdecken. Das, was sie sah, war jedoch weitaus beunruhigender: Das Lächeln, das Lukas' Lippen umspielte, sah eigentümlich zufrieden, fast siegessicher aus.

„Freu dich nicht zu früh", flüsterte sie rebellisch.

„Hast du etwas gesagt?"

„Da ist er. Der Gänseteich!" Rebecca deutete auf einen zwischen sanften grasbewachsenen Hügeln gebetteten Teich, dessen grünes Wasser vom Wind gekräuselt wurde. Die Binsen am Ufer neigten sich, die Seerosenblätter waren der Jahreszeit entsprechend unansehnlich braun.

„Dumme Gänse!"

„Wie bitte?" Rebecca drehte sich zu Lukas um. Er war auf dem kleinen Hügel vor dem Gewässer stehen geblieben.

„Das ist ein hübsches Plätzchen", erklärte Lukas den Hintergrund seines Gedankengangs.

„Ja, das stimmt. Offenbar hat das Federvieh nicht damit gerechnet, dass mein Vater ein allgemeines Enkel-Invasionsverbot über den Teich verhängen würde."

Lukas lachte, was Rebecca veranlasste, ihn intensiver zu mustern. Für ein Einzelkind, das auf der Grillparty am Titisee kurzzeitig einen ruhigen Rückzugsort gebraucht hatte, war er in der Gegenwart ihrer Eltern und Brüder erstaunlich gelassen geblieben. Ein wenig erinnerte Lukas sie an ihren Vater und auch an Karsten. Wie sie besaß er eine gewisse Ernsthaftigkeit und eine gute Portion Ehrgeiz, hatte aber auch viel Humor.

„Mich würde interessieren, worüber du gerade nachdenkst." Lukas' Stimme riss sie aus ihren Gedanken. Schnell senkte sie den Blick und fragte sich dabei, wie lange sie wohl schon in sein schmales, markantes Gesicht gestarrt hatte, ohne sich dessen bewusst zu sein.

„Ich frage mich, wann du auf dein Anliegen zu sprechen kommst", sagte sie in dem Versuch, die Situation zu entschärfen.

„Es … es geht um die Hochzeit in Thailand."

Rebecca nickte. War Lukas gekommen, weil Martys deutsche Clique eine besondere Aktion planen oder ein ausgefallenes Geschenk besorgen wollte?

„Ich weiß von Lara, dass du früher hinfliegen und dort Urlaub machen wirst."

„Lara mutiert derzeit zu einem kleinen Plappermäulchen", brummte Rebecca und schob die Hände in die Taschen ihrer schwarzen Jogginghose.

„Das war kein Geheimnis, es wussten noch mehr davon", stellte Lukas klar.

„Ich pflege viele dunkle Geheimnisse, aber du hast vollkommen recht: Meine Urlaubspläne gehören mit Sicherheit nicht dazu."

Jetzt wirkte Lukas verwirrt, weshalb Rebecca ihm verschwörerisch zuzwinkerte.

Er räusperte sich und sagte dann: „Ich reise ebenfalls bereits einige Tage vor der Hochzeitswoche an und habe im gleichen Hotel ein Zimmer gebucht. Ich wollte dir das sagen, bevor wir uns dort über den Weg laufen ..." Er wusste nicht mehr weiter und verstummte. Vielleicht, weil Rebecca ihn mit leicht zusammengekniffenen Augen fest im Visier hatte. Sie war sich unsicher darüber, was sie von seiner Ankündigung halten sollte, wischte dann jedoch alle ihr durch den Kopf schwirrenden Mutmaßungen beiseite. Vermutlich würden sie und Lukas nicht die einzigen Gäste dieser überdimensionalen Hochzeitsfeier sein, die einige Zeit früher anreisen oder ein paar Tage anhängen wollten.

„Das ist schon in Ordnung", sagte sie etwas lahm. Es könnte ja ganz nett sein, ein bekanntes Gesicht um sich zu haben. Immerhin war sie es nicht gewohnt, allein zu verreisen, und Lara hatte keine zusätzlichen Urlaubstage mehr übrig.

Da Rebecca ihrem Empfinden nach genug Zeit mit Lukas an dem lauschigen Ort verbracht hatte, schlug sie den Rückweg ein, und dem jungen Mann blieb nichts anderes übrig, als ihr zu folgen. Sie wollte rasch wieder in Sichtweite ihrer Familie gelangen, um wilden Spekulationen vorzubeugen – soweit das überhaupt noch möglich war. Ob Lukas auch nur im Entferntesten ahnte, was er mit seinem unangekündigten Besuch losgetreten hatte?

Zurück im Blickfeld der spielenden Kinder und der Erwachsenen auf der Terrasse bewies er, dass er nicht völlig ahnungslos war. Er rempelte Rebecca kameradschaftlich mit dem Ellenbogen an. „Es ist dir vermutlich keine Hilfe, wenn ich dich jetzt in den Arm nehme und küsse?"

Rebecca musste erst einmal schlucken, ehe die Heiterkeit über den Schreck siegte. „Um den Schubs in den Teich bist du herumgekommen. Das mit dem Veilchen ist aber durchaus noch drin!"

Lukas lenkte das Auto unter den beiden windgeschüttelten Kastanien hindurch in die Garage und schaltete den Motor ab. Vor ihm an der Wand hing sein seit Wochen nicht mehr benutztes und mittlerweile eingestaubtes Mountainbike. Er stieg aus, verließ die Garage durch das Tor und zog es zu. Der Wind brauste laut durch die bereits verfärbten Blätter und ein Regen aus Kastanien fiel zu Boden. Sie sprangen wild über den Teer und kullerten anschließend die leicht abschüssige Auffahrt entlang zum Gehsteig.

Marty war in die Staaten zurückgereist und somit wuchs in Lukas die Befürchtung, dass die regelmäßigen Treffen mit Rebecca ein Ende hatten. Vermutlich würden sie sich erst in Thailand wiedersehen. Vor ihm lagen einige lange Wochen ohne Rebecca, und er wusste schon jetzt, dass er die junge Frau schmerzlich vermissen würde.

Er schlenderte über die grauen Steinplatten in Richtung Eingangstür des Mehrfamilienhauses, in dem er eine Wohnung gemietet hatte. Bei der Erinnerung an das Zusammensein mit Rebeccas Eltern und den Brüdern lächelte er. Rebecca mochte noch so spöttisch über sie sprechen – dass die Beziehung der Familie von Liebe geprägt war, war nicht zu übersehen. Das gegenseitige Aufziehen glich einem innerfamiliären Wettkampf, wobei Lukas nicht einschätzen konnte, ob Rebecca als einzige Ledige zumindest in den vergangenen drei oder vier Jahren nicht doch ein wenig unter der harmlosen Neckerei, den gut gemeinten Ratschlägen und Verkupplungsversuchen gelitten hatte. Hielt sie ihn deshalb auf Abstand? Aus Prinzip, wie sie ihm recht offen erklärt hatte? Oder sah sie einfach nicht mehr in ihm als einen Kumpel; den Freund des Mannes, dessen Leben sie gerettet hatte?

Ob er Rebecca besser anrufen und sich für sein unangekündigtes Eindringen in ihre kleine private Welt entschuldigen sollte? Allerdings hatte sie nicht so gewirkt, als würde sie es ihm verübeln. Und auch ihre Brüder, deren Ehefrauen und die Eltern hatten ihn herzlich in ihrer Mitte willkommen geheißen. Rebeccas Vater, der ihn an der Haustür eher reserviert begrüßt hatte, hatte ihm zum Abschied kräftig die Hand gedrückt und ihm zugenickt. Der Eindruck, dass er Lukas damit sein Wohlwollen zum Ausdruck gebracht hatte, konnte natürlich seinem Wunschdenken entspringen ...

Seine Lebensplanung hatte eine Ehefrau und Kinder vorgesehen gehabt, allerdings war er in den vergangenen Jahren zu sehr von seiner Arbeit in Anspruch genommen worden, als dass er neben dem Sport noch viel Freizeit übrig gehabt hätte, um seine sozialen Kontakte zu fördern. Und nun war ihm Rebecca über den Weg gelaufen. Wie ein Sturm war sie in sein Leben geweht, und sie hatte es fertig gebracht, dass er ihretwegen seine Prioritäten verschob.

In den letzten drei Wochen hatte er keine Überstunden mehr gemacht, seine ehrgeizigen sportlichen Aktivitäten beschränkten sich plötzlich auf ein Minimum, wollte er doch jede freie Minute mit dieser aufregenden Frau verbringen. Lukas schüttelte über sich selbst den Kopf. Niemals hätte er gedacht, dass ein einziger Augenblick, eine Frau, die zwischen geparkten Autos die Sterne betrachtete, sein Leben so durcheinanderwirbeln könnte. Einschließlich seiner Gefühlswelt. Er betrachtete den Schlüsselbund in seiner Hand und stellte erneut fest, dass ihm diese Veränderung sehr gefiel.

Lukas schloss die Eingangstür auf, betrat den dunklen Flur und öffnete die ebenerdige Wohnungstür. Er griff nach dem Briefkastenschlüssel, trat an die fünf im Flur angebrachten Klappen und holte zusammen mit ein paar Briefen ein schmales Päckchen hervor. Der Inhalt stellte sich als die von ihm bestellte DVD über das alte Siam und das moderne Thailand heraus. Nachdenklich drehte er die Plastikhülle im Kreis herum, ähnlich wie seine Gedanken sich in seinem Kopf bewegten. Er könnte Rebecca ja zu einem DVD-Abend einladen, damit sie sich gemeinsam über ihr Reiseziel informierten …

Lukas beschloss, dass es besser wäre, das Telefonat auf den nächsten Tag zu verschieben. Heute hatte er Rebecca ja persönlich treffen und mit ihr sprechen dürfen. Das musste erst einmal genügen. Morgen könnte er sie anrufen und einige Minuten ihrer Stimme lauschen, und vielleicht sagte sie ihm gleich für den darauffolgenden Tag zu. Er musste sich erst einmal mit „kleinen Häppchen Rebecca" begnügen, so schwer ihm das mittlerweile auch fiel.

Rebecca hatte sich verspätet. Umso erfreuter, dass sie endlich da war, riss Lukas die Tür auf. Sie hatte ihr vom Regen feuchtes Haar mit einem Band zurückgebunden, trug die auffällig rote Jacke, deren Rückenaufschrift sie als Rettungsassistentin auswies, die gleichfarbige Arbeitshose und robustes schwarzes Schuhwerk. Die Reflektorstreifen an ihrer Kleidung leuchteten silbern im Flurlicht.

„Entschuldige bitte meinen Aufzug, aber ich komme direkt von der Arbeit. Wenn ich zuerst nach Hause gefahren wäre, hätten mich wohl keine zehn Pferde mehr weggebracht."

„Komm rein." Er trat zur Seite und deutete auf seine Wohnungstür. Mit klopfendem Herzen wie ein Schuljunge angesichts seiner großen Flamme folgte er ihr. Vor dem Schuhregal zog sie die schlammverkrusteten Schuhe aus und tappte auf Socken weiter.

„Zweite Tür rechts", dirigierte er sie ins Wohnzimmer.

Sie drehte sich um, und Lukas, der ihr eilig gefolgt war, wäre beinahe gegen sie geprallt.

„Entschuldige bitte, dürfte ich kurz dein Bad benutzen?"

„Klar, einfach geradeaus. Frische Handtücher liegen auf der Ablage neben dem Fenster."

Sie zögerte, und er betrachtete einen Moment missbilligend die blutige Schramme an ihrer Stirn, die ihm deutlich zeigte, wie gefährlich ihre Arbeit sein konnte. Dann versenkte er den Blick in ihre Augen und hatte das Gefühl, in einem Meer aus Unsicherheit zu versinken.

„Vielleicht hätte ich nicht mehr kommen sollen", merkte sie leise an.

„Ich freue mich, dass du da bist", erwiderte er sanft und spürte, wie sich in ihm eine zufriedene Wärme ausbreitete. Rebecca war seiner Einladung gefolgt, obwohl sie damit ihre Zurückhaltung aufgeben musste. Sie würde das erste Mal, seit sie sich kennengelernt hatten, allein mit ihm Zeit verbringen.

Unschlüssig zog sie die Schultern hoch, dabei entdeckte er einen dunklen Fleck auf dem Rot der Jacke, den er bisher übersehen hatte. War das Blut?

„Ich könnte dir einen Pullover von mir anbieten."

Sie blinzelte, wirkte verwirrt und ungewohnt verletzlich. Dies ließ die Frage in ihm aufkeimen, warum sie nicht tatsächlich nach Hause gefahren und ihm telefonisch abgesagt hatte. Weil sie ihn ebenso gern hatte sehen wollen wie er sie?

„Hast du auch eine Jogginghose für mich?"

„Warte kurz." Lukas betrat sein Schlafzimmer und kramte einen Wollpullover und eine Jogginghose hervor, die ihm viel zu eng war, weshalb er sie nicht mehr trug. Er reichte beides Rebecca und deutete einladend auf die Badtür.

„Wenn du direkt von der Arbeit kommst, heißt das, dass du noch nichts gegessen hast?"

Sie schüttelte den Kopf.

„Ich bin kein großartiger Koch, aber in der Pfanne gebratene Maultaschen mit Pilzen und Tomaten bekomme sogar ich hin."

„Klingt gut!"

Er sah ihr nach, wie sie in seinem Bad verschwand und die Tür fest hinter sich schloss. Es gefiel ihm, dass sie sich hier – wenn auch zwangsläufig – so ausbreitete.

Er bereitete die Mahlzeit für sie zu, stellte den Teller zu den Gläsern und den bereitgestellten Getränken und legte die DVD ein. Rebecca erschien wenig später im Türrahmen. Obwohl sie zwar schlank, aber nicht zart gebaut war, versank sie förmlich in seinen Klamotten, was sie ein bisschen wie ein Kind aussehen ließ. Völlig unkompliziert setzte sie sich neben ihn auf die Couch, bedankte sich für die Maultaschen und senkte den Kopf zu einem lautlosen Dankgebet. Er sah es mit Zuneigung – seiner Mutter würde das gefallen.

„Entschuldige bitte, wenn ich …" Sie zog die Schultern hoch, und erneut huschte ein Ausdruck von Unsicherheit über ihr ebenmäßiges Gesicht.

„Ihr hattet heute viel zu tun?"

„Regen und Nebel", meinte sie, als genüge dies als Erklärung.

Sie schob den letzten Bissen in den Mund und machte Anstalten, aufzustehen. Offenbar wollte sie das Gedeck in die Küche tragen. Lukas drückte sie an der Schulter zurück in das Polster und nahm ihr mit der anderen Hand den Teller ab. „Bleib sitzen."

„Du verwöhnst mich."

„Du siehst aus, als könntest du es gebrauchen."

Er eilte davon, räumte das Geschirr in die Spülmaschine und hatte es eilig, zu ihr zurückzukommen. Betroffen betrachtete er seinen Gast. Rebecca hatte den Hinterkopf ans Sofa gelehnt und die Augen geschlossen, wirkte jedoch keineswegs friedlich.

„Was ist passiert?", fragte er beunruhigt. Dieser schmerzliche Ausdruck auf ihrem Gesicht tat ihm weh.

„Ehrlich gesagt hätte ich dir einfach absagen sollen. Aber ich wollte nicht nach Hause gehen."

Lukas ließ sich in einigem Abstand zu ihr nieder und drehte sich ihr zu. Was sie sagte, brachte sein Kartenhaus des Hochgefühls zum Einsturz und machte Besorgnis Platz. „Möchtest du darüber sprechen?"

Sie zog erneut die Schultern hoch und schloss wieder die Augen, als wolle sie die ganze Welt ausschließen – einschließlich ihm?

„Heute sind meine Schwestern und der vierte Bruder mit ihren Familien zu Besuch. Vermutlich als Ausgleich, weil sie vor zwei Tagen gefehlt haben." Der angedeutete Humor in ihrer Erklärung beruhigte ihn. „Sie planen den runden Geburtstag von Karsten. Das sollte eine fröhliche Angelegenheit sein ..."

„Und du bist dazu nicht aufgelegt?"

„Nein."

Lukas wartete ab, beobachtete, wie sie sich mit beiden Händen über das Gesicht strich und tiefer in das Polster rutschte, als suche sie Schutz.

„Heute war kein guter Arbeitstag", erzählte sie leise. Die Qual in ihrer Stimme sackte schwer in sein Herz. „Vier Autos sind auf der A81 miteinander kollidiert, darunter ein Kleinbus mit fünf Kindern …"

Sie atmete tief ein und hielt einige Zeit die Luft an, ehe sie wieder ausatmete. „Wir waren die ersten Hilfskräfte am Unfallort. Es war nahezu unmöglich zu entscheiden, wo wir anfangen sollten. Lara blieb extrem cool, entschied sich spontan für die Eltern der Kinder. Es dauerte entsetzlich lange, bis die anderen Sanitäter und Notärzte eintrafen. Wir konnten das Ehepaar retten. Eines der Kinder und eine ältere Frau haben wir verloren, eine zweite Frau mussten wir in kritischem Zustand nach Freiburg fliegen."

Rebecca sah ihn an, als wolle sie prüfen, ob sie ihm mit ihrem Bericht zu sehr zusetzte. Er neigte leicht den Kopf, um ihr zu zeigen, dass sie seine ungeteilte Aufmerksamkeit besaß. Ein freudloses Lächeln war die Antwort, ehe sie sich erneut zurücklehnte.

Minutenlang saßen sie einfach nur schweigend da. Lukas lauschte auf das intensive Pfeifen des Sturmwinds im Kamin und den jetzt wieder starken Regen, der gegen die Fensterscheiben prasselte, während draußen nächtliche Dunkelheit herrschte.

Mit einem Seitenblick stellte er fest, dass Rebecca die Augen geschlossen hatte. Sie machte auf ihn den Eindruck, als bete sie. Da er das nicht für abwegig hielt und zudem für eine ausgezeichnete Möglichkeit, damit Rebecca zur Ruhe kommen konnte, störte er sie nicht. Irgendwann hob sie den Kopf und deutete auf die DVD-Hülle auf dem Wohnzimmertisch aus massivem Kiefernholz.

„Du wolltest doch diesen Film über Thailand anschauen."

„Wir müssen das heute nicht tun."

„Ein bisschen Ablenkung wäre mir ganz recht." Sie lächelte ihn an und löste damit ein warmes Kribbeln in seiner Brust aus. Allein ihr Lächeln versetzte ihn in Aufregung. „Möchtest du etwas trinken?"

„Nur Wasser", beschloss sie und griff nach der Flasche. Lukas legte seine Hand über ihre, und als sie aufsah, schüttelte er sanft den Kopf. „Ich mache das. Ruh dich aus." Wieder schenkte sie ihm ihr ungemein betörendes Lächeln, sodass er sich zwingen musste, den Blick von ihr abzuwenden, ihnen beiden einzuschenken und nach der Fernbedienung zu greifen.

Der Film startete mit grandiosen Naturaufnahmen und der Geschichte Siams. Interessiert nahm Lukas die Bilder und Informationen in sich auf, runzelte allerdings irritiert die Stirn, als Rebecca plötzlich überraschend vertraut ihren Kopf an seinen Oberarm lehnte. Es dauerte mehrere Sekunden, bis ihm klarwurde, dass sie eingeschlafen und in seine Richtung gesunken war. In der Hoffnung, dass sie es warm genug hatte, blieb er reglos sitzen, um sie nicht zu wecken. In dieser etwas ungemütlichen Position verweilte er auch noch, als der Dokumentarfilm längst zu Ende war.

Rebecca fuhr hoch. Das Erste, was sie sah, war ein Palmenstrand auf einem Flachbildfernseher, gleichzeitig nahm sie den Geruch einer fremden Wohnung wahr. Das Wohnzimmer war in warmen Braun- und Grüntönen gehalten, mit einer Menge Kissen und sogar mit Dekorationsstücken geschmückt. Im Gegensatz zum nahezu kahlen Flur und der fast erschreckend funktionell ausgestatteten Küche, in die sie beim Weg ins Bad kurz hineingeschaut hatte. Lukas'

Wohnung wirkte, als sei jeder Raum perfekt durchdacht eingerichtet – mit Ausnahme des Wohnzimmers. Hier hatte er offenbar Wert auf Gemütlichkeit gelegt. Spiegelten diese Räume sein Wesen wider? Ein rational denkender, sehr aufgeräumter Typ, in dem ein warmes, fürsorgliches Herz schlug?

Als Rebecca den Kopf drehte, sah sie im Dämmerlicht zwei dunkle Augen auf sich gerichtet, nah und intensiv. „Ich habe geschlafen", stellte sie überflüssigerweise fest und rückte ein Stück von Lukas ab. Selten einmal hatte sie sich so unsicher gefühlt wie in diesem Augenblick.

„Wie ein Murmeltier", entgegnete er leise.

„Das ist peinlich."

„Du hattest es nötig", beschwichtigte er.

„Ich fürchte, ich habe nicht viel von der DVD gesehen."

„Wir wiederholen den Abend einfach ein anderes Mal."

„Dann aber ohne Nickerchen", erwiderte Rebecca spontan und wunderte sich über das begeisterte Strahlen auf Lukas' Gesicht. Offenbar lag ihm etwas an ihrer Gesellschaft. „Wie spät ist es?"

„Nach zwei."

„Meine Güte, warum hast du mich nicht geweckt?"

„Weil ich den Eindruck hatte, dass dir der Schlaf guttat. Komm, ich fahre dich nach Hause."

Rebecca, im Begriff, sich zu erheben, sank auf das bequeme Sitzmöbel zurück. „Auf gar keinen Fall! Das schaffe ich wirklich allein."

„Sicher?"

„Ich bin jetzt ja ausgeruht", lachte sie leise und sprang demonstrativ schwungvoll auf die Füße. „Außerdem brauche ich morgen mein Auto. Ich muss schließlich irgendwie zur Arbeit kommen." Sie sah an sich hinab. „Ich bringe dir deine Sachen demnächst vorbei, ist das in Ordnung?"

„Aber sicher." Wieder war da dieses begeisterte Lächeln auf Lukas' Gesicht.

Er folgte ihr in den Flur, half ihr in die Jacke und sah schweigend zu, wie sie ihre Arbeitshose zu einem Knäuel zusammenrollte und vor dem Schuhregal ihre Schuhe schnürte.

Rebecca klemmte sich die Klamotten unter den linken Arm und streckte Lukas ihre rechte Hand entgegen. Er sah ihre Finger einen Moment irritiert an, ehe er sie ergriff und kräftig drückte. Was hatte er erwartet? Dass sie zuließ, dass er sie zum Abschied umarmte – oder gar küsste?

„Ich bringe dich zu deinem Auto", sagte er mit belegter Stimme, griff an ihr vorbei und öffnete die Eingangstür. Noch immer prasselte der Regen vom Himmel und ließ die Bodenplatten schwarz glänzen.

„Das brauchst du nicht. Wir müssen ja nicht beide nass werden."

„Ich möchte es aber", beharrte er und trat vor ihr auf die Steinplatten.

Der leicht abschüssige Garagenplatz mit den nassen Kastanienblättern und aufgesprungenen Kastanienschalen war glitschig, weshalb Rebecca vorsichtig auftrat, zumal sie nebenbei in ihrer Jackentasche nach dem Autoschlüssel kramte. Sie warf die schmutzige Arbeitskleidung in den Kofferraum und schob sich an Lukas vorbei, der ihr galant die Autotür aufhielt.

Sie blickte hoch, als er sich zu ihr hinabbeugte. Regentropfen rannen aus seinem dunkelblonden Haar über sein Gesicht. „Tu mir bitte den Gefallen und ruf an oder schicke eine SMS, sobald du daheim bist, ja?"

„Habe ich jetzt einen fünften großen Bruder?", lachte Rebecca leise und steckte den Schlüssel ins Schloss. Als sie wieder aufsah, wirkten seine Gesichtszüge seltsam traurig.

„Versprich es mir", drängte er.

„In Ordnung."

„Danke für den Abend."

„Entschuldige bitte-"

„Mach dir keine Gedanken. So komme ich wenigstens in den Genuss eines zweiten DVD-Abends mit dir."

„Okay, gute Nacht."

„Fahr vorsichtig, Becci. Gute Nacht."

Rebecca ließ den Wagen an, parkte aus und ließ die Stadt zügig hinter sich. Sie war ausgeruht genug, um nicht gegen den Schlaf ankämpfen zu müssen. Dagegen beschäftigte sie der aufkeimende Verdacht, dass Lukas vielleicht mehr für sie empfand, als ein Freund dies für gewöhnlich tat. Die Überlegung verunsicherte sie; weshalb, wusste sie selbst nicht genau. Ob es tatsächlich daran lag, weil ihre Geschwister mit ihrer Vermutung, auch sie würde eines Tages über einen famosen Mann stolpern, recht behalten sollten? Sie spürte einen inneren Widerstand in sich anwachsen, den sie in diesem Zusammenhang nur zu gut kannte. Ihm mischte sich, als eigentümliches Gespann, Zorn über sich selbst bei und die Enttäuschung darüber, dass sie ihrer Familie gestattet hatte, dieses Thema so in den Vordergrund zu rücken. Irgendwie fühlte sie sich in Bezug darauf wie ein verkrüppeltes Wesen. Liebe war doch nichts, vor dem man Angst haben musste. Dennoch wehrte sie sich mit Händen und Füßen dagegen. Aber aus welchem Grund? Sie war in eine Familie hineingeboren worden, die sich liebte und füreinander einstand. Auch hatte sie nie eine schmerzliche Trennung durchleiden müssen. Woher also stammte ihre übermäßige Vorsicht, wenn es darum ging, jemanden außerhalb der vertrauten Familie an sich heranzulassen? War das wirklich nur ein trotziges Gebaren, das sie sich aus ihren wilden Kindheitstagen bewahrt hatte und sich – hervorgerufen durch die gutmütigen Spötteleien der Geschwister – auf alle halbwegs netten Männer fokussierte?

Als Rebecca ihren Kleinwagen vor der Haustür geparkt hatte, kramte sie ihr Handy aus der Jackentasche und suchte nach Lukas' Nummer. Geraume Zeit betrachtete sie seinen Vornamen und versuchte zu ergründen, was er für sie war. Ein fünfter großer Bruder? Ein guter Freund? Mehr als ein Freund? Sie wusste es nicht.

Endlich tippte sie eine Nachricht ein und schickte sie ab. Zu mehr als einem knappen „Bin da" hatte sie sich allerdings nicht durchringen können.

4. Kapitel

Dezember 2004

Rebecca rief sich zur Ordnung, zumal sie ahnte, wie albern sie mit ihren staunend aufgerissenen Augen und dem offen stehenden Mund aussehen musste. Die Fahrt mit dem Taxi vom Flughafen Phuket zum Hotel war bereits ein Erlebnis. Die Nationalstraße 4 führte nur wenige hundert Meter vom Meer entfernt in Richtung Norden, vorbei an kleinen Ansiedlungen und sehr unterschiedlich angelegten Hotelanlagen. Rechts von ihr erhoben sich bewaldete Hügel, die mit ihren wilden Blüten und verschlungenen Lianen einen undurchdringlichen Dschungel bildeten. Das satte Grün unter dem tiefblauen Himmel betörte Rebeccas Sinne.

Schließlich bogen sie in eine Nebenstraße und später in die Auffahrt ihres Hotels ein. Dort umgaben sie schlanke hohe Palmen und ein Labyrinth aus Bougainvilleas mit gelben und weißen Hochblättern und den jeweils drei zarten, hellen Blüten, die aus ihrer Mitte emporwuchsen. Das zweigeschossige Gebäude mit einer ausladenden Veranda, auf der Teakholzmöbel zum Verweilen einluden, vermittelte einen gediegenen Eindruck und war aus Holz und Beton errichtet. Die Veranda war in der gelben Farbe der Bougainvillea-Blüten gestrichen und fügte sich harmonisch in die Landschaft ein. Der quadratische, azurblaue Pool, umgeben von Liegen und weißen Sonnenschirmen, rundete das idyllische Bild ab.

Zwischen den Büschen, Kasuarinabäumen und Palmenstämmen wand sich ein schmaler Weg an den Hecken und niedrigen Mauern einer deutlich größeren Hotelanlage vorbei in
Richtung Meer. Von der Auffahrt aus, auf der das Taxi nun
stoppte, war nur ein kleiner Strandabschnitt zu sehen. Doch
das, was sich Rebeccas Augen zum Bewundern anbot, war
vorerst auch einmal genug: weißer Sand, leuchtend blaues
Wasser und noch mehr Palmen. Ob sie sich so das Paradies
vorstellen durfte?

Sie stieg aus, und ehe sie sich versah, stand ihr Koffer
auf dem Vorplatz und das Fahrzeug knatterte hustend und
spuckend davon. Ein leichter Wind, von der Andamanensee
kommend, machte die bereits hohe Tagestemperatur erträg-
lich und ließ die Palmblätter hoch über Rebecca knattern.
Die rutenähnlichen Zweige der Kasuarinen schwankten, die
Blütenköpfe der Bougainvillea nickten Rebecca zu, als wollten sie sie willkommen heißen.

Eine stämmige, kleine Thai mit sorgfältig aufgestecktem
schwarzglänzendem Haar – ihr Alter war für Rebecca schwer
zu schätzen, musste jedoch ebenfalls um die Mitte 20 liegen –, verließ die ebenerdige Eingangstür und lächelte dabei strahlender, als Rebecca es jemals bei einem Menschen
gesehen hatte. Es lag so viel Freude, Offenheit und Glück
in diesem Lächeln, dass Rebecca sich daran kaum sattsehen
konnte.

„Willkommen in Khao Lak!“, sagte die junge Thai in
kaum verständlichem Deutsch, ehe sie in ein lediglich leicht
eingefärbtes Englisch wechselte. „Ich bin Malee.“

„Rebecca“, stellte sie sich vor, obwohl sie angesichts der
deutschen Begrüßung davon ausging, dass Malee wusste, wen
sie vor sich hatte. Das Hotel verfügte nur über zehn Zimmer
direkt im Haus und zusätzlich drei etwas näher am Strand

stehende Bungalows. Die Gästeanzahl war demnach über-schaubar.

Malee ergriff Rebeccas Koffer und trug ihn scheinbar mü-helos in eine Eingangshalle mit schwarzglänzender Rezeptionstheke. In einer kleinen Nische ihr gegenüber stand ein Altar, bestehend aus einem Miniaturtempel mit den typischen spitzzulaufenden Dächern samt Buddhafigur, der von Schalen eingerahmt war, in denen Lotusblüten, duftender Jasmin und Hibiskusblüten eine bunte Farbenpracht verbreiteten. Daneben hing eine goldgerahmte Fotografie des beliebten thailändischen Königs Bhumibol und seiner Frau Sirikit. Der Rahmen war mit mehreren frischen Blumengirlanden behängt worden.

Die Wände waren weiß gestrichen, die Einrichtung bestand aus dunklem Holz und wirkte erstaunlich edel. Rebecca war eigentlich davon ausgegangen, in einem eher einfachen Hotel ein Zimmer gebucht zu haben, das hauptsächlich Rucksacktouristen aufnahm. Alles war blitzsauber und gepflegt. Zum Speisesaal, der Veranda und in das Treppenhaus führten Durchgänge, die sie an gotische Spitzbögen erinnerten. Nicht einmal der silbergraue Gecko mit den orangefarbenen Flecken in der Ecke des Flurs erschreckte sie, wusste sie doch von Lukas' DVD, dass die kleinen Echsen als Insektenjäger gern gesehene Gäste waren.

Malee stellte den Koffer ab, huschte hinter die Theke und erledigte die Formalitäten. Daraufhin nahm sie einen Schlüssel vom Hakenbrett, hob erneut den Koffer an, als wiege er nichts, und bat Rebecca, ihr in das obere Stockwerk zu folgen.

Das Treppenhaus war eng, die Holztreppe knarrte unter ihren Schritten und erinnerte Rebecca an ihr Zuhause. Das Zimmer, in das Malee sie führte, war ein Eckraum, gleich der erste nach der Treppe. Vier bis zum Boden reichende Fenster mit einem schmiedeeisernen Gitter davor standen weit offen, der sanfte Wind blähte die cremefarbenen leichten Vorhänge und das Moskitonetz am Bett auf. Der dunkle Holzboden und die ebenfalls fast schwarzen Möbel in dem sparsam möblierten Raum bildeten einen hübschen Kontrast zu den weißen Wänden und zu den Palmen draußen, zwischen denen nicht nur der blaue Himmel, sondern auch das Meer zu sehen war.

„Ist das schön!", seufzte Rebecca und erntete ein dankbares Lächeln von Malee.

„Meiner Tante Nu und meinem Onkel Baow gehört das Hotel. Ich bin das Mädchen für alles. Wenn es Probleme oder Fragen gibt, wende dich bitte an mich."

„Vielen Dank."

„Möchtest du zuerst auspacken und dich frischmachen oder soll ich dir gleich die Anlage zeigen?"

„Ich bin neugierig", lachte Rebecca und eilte zur Tür. Der lange Flug war bereits vergessen, so sehr faszinierte sie die exotische Landschaft. Sie wollte so wenig Zeit wie möglich in ihrem kleinen, wenn auch schmucken Zimmer verbringen; auspacken konnte sie später noch.

„Ich warte unten, bis du dir etwas Leichteres angezogen hast." Malee zwinkerte ihr vergnügt zu und verließ den Raum. Die Thai hatte recht. Für die lange Hose und das T-Shirt, die Rebecca trug, war es entschieden zu warm. Hastig schlüpfte sie in Shorts und ein Top, kramte ihre Sandalen aus dem Koffer und stand Minuten später an der Rezeption, wo Malee sich mithilfe von Händen und Füßen mit einem etwa zehnjährigen, weißblonden Jungen unterhielt. Die beiden lachten viel, vermutlich, weil sie einander kaum verstanden.

„Sven!", stellte das Kind sich kein bisschen schüchtern vor und streckte Rebecca seine schmale Rechte entgegen. Sie ergriff sie und schüttelte sie kräftig.

„Rebecca, aus Deutschland", sagte sie, erst auf Englisch, dann auf Deutsch.

„Meine Mama ist aus Deutschland. Aber wir leben mit Papa in Schweden", erklärte Sven ihr in flüssigem Deutsch und offenbarte grinsend ein Milchzahngebiss mit vier sehr großen bleibenden Schneidezähnen oben und unten.

Eine Männerstimme rief nach dem Jungen und der stob davon.

„Eine wunderbare Familie. Du wirst dich sicher gut mit ihnen verstehen", meinte Malee, ehe sie Rebecca in den beengt wirkenden Speiseraum führte und dabei erläuterte, dass dieser nur während der Regenzeit benutzt werde. Hintereinander betraten sie die möblierte und von Palmen und Kasuarinabäumen beschattete Veranda.

Malee nannte Rebecca die Zeiten für die Mahlzeiten, zeigte ihr den gut ausgestatteten Fitnessraum und den kleinen Poolbereich, und endlich gingen sie an den üppigen Bougainvilleahecken und den Bungalows vorbei auf einem gewundenen Sandpfad zum Strand. Der Weg führte sie durch unbebautes Gelände, an einer anderen Hotelanlage und einer aus Palmenstämmen errichteten Strandbar vorbei an den feinen weißen Sandstrand. Staunend versuchte Rebecca, die berauschend schöne Landschaft in sich aufzunehmen und so entging ihr, dass Malee sich verabschiedete und zu ihrer Arbeit zurückkehrte.

Völlig gefesselt von dem klaren, azurblauen Wasser und der ins Meer hinausragenden Landzunge zu ihrer Linken, auf der schwarze Felsen den weißen Sand durchbrachen, ging sie auf die Wasserlinie zu. Sie bewunderte den sanften Schwung der Bucht, den Strand mit den Liegestühlen, Sonnenschirmen und dem sattgrünen Bewuchs, der dieses Fleckchen Erde wie ein sorgfältig angepasster Bilderrahmen umgab. Der Meeresgrund war sandig und fiel nur flach ab. Dies war wohl gerade für Kinder ein sehr sicherer Badeort.

Sie wandte sich nach links, in Richtung Süden, und ging mit den Füßen im Wasser den Strand entlang. Kleine Wogen mit hübschen weißen Schaumkronen rollten heran, als streichelten sie die Bucht. Ein paar wenige Federwolken schmückten den blauen Himmel, die dunkle Horizontlinie verschwamm in einem zartrosa Dunst, der den Zauber des Landstrichs zusätzlich hervorhob. Kinderlachen, das leise Rauschen des Windes in den Baum- und Palmenkronen und das Zischen der anrollenden Wellen vermischten sich mit der bunten Klangfarbe exotischer Vogelstimmen zu einer ungewohnten und wunderschönen Melodie, die Rebecca so noch nie gehört hatte. Die Sonne brannte heiß auf sie herunter, und irgendwann wurde Rebecca bewusst, dass sie sich nicht eingecremt hatte. Was für ein Leichtsinn, zumal die schützende Bräune des Sommers in Deutschland längst verblasst war.

Sie drehte sich um und ihre Augen weiteten sich. Unmöglich konnte sie sich so weit vom Hotel entfernt haben! Sie hatte, versunken in ihrer Faszination, gar nicht bemerkt, wie lange sie bereits unterwegs war.

Rebecca verließ die Wasserlinie und begab sich im Schatten der Palmen, die den Strand von den dahinterliegenden Hotelresorts trennten, auf den Rückweg. Bevor der schmale Pfad zu ihrer Unterkunft führte, warf sie einen neugierigen Blick in die benachbarte Hotelanlage. Diese musste gewaltige Ausmaße haben, wie allein die enorme Anzahl der im asiatischen Stil erbauten Bungalows und die weitläufige Poollandschaft erahnen ließen.

Ein zu dem Resort gehörendes Strandcafé lud mit flatternden Sonnenschirmen aus Kokospalmenblättern, Rattansesseln und bunten Blütengestecken auf den Tischen zum Verweilen ein. Rebecca, interessiert und auch durstig, trat näher und studierte die Preisliste auf einer Tafel an der Bambushütte. Zu ihrem Bedauern hatte sie kein Geld eingesteckt.

„Sie haben sich einen Sonnenbrand geholt", sagte eine raue, tiefe Stimme in ihre Richtung, als sei es selbstverständlich, dass sie Deutsch sprach. Rebecca drehte sich um. An einem der ersten Tische hinter der niedrigen Umfriedungsmauer des Cafés saß ein älterer Herr mit grauem Bürstenhaarschnitt und glatt rasiertem Gesicht. Er war braun gebrannt, was seine auffällig grünen Augen noch unterstrich, und trug ein knallrotes Hemd mit aufgedruckten grünen Palmen und dazu Bermudashorts in einem dunklen Orange, das sich schrecklich mit dem Rot des Oberteils biss. Vor ihm stand eine unberührte Tasse Kaffee.

„Ich bin erst vorhin angereist und war so begeistert von der Schönheit um mich her, dass ich völlig die Zeit vergessen habe", erläuterte Rebecca lächelnd.

„Setzen Sie sich doch. Sie müssen durstig sein."

„Aber-"

„Doch, doch. Setzen Sie sich bitte. Hier muss man nicht nur auf die Sonne achtgeben. Eine ausreichende Flüssigkeitszufuhr ist ebenso wichtig."

Etwas unschlüssig rang Rebecca die Hände, was den Mann dazu verleitete, sich zu erheben. Zu ihrem Erstaunen war er nicht nur sehr schlank, sondern auch einen ganzen Kopf größer als sie. Sie gewann den Eindruck, dass sie es mit einem ehemaligen Spitzensportler zu tun haben könnte. Er rückte ihr galant einen Stuhl zurecht und deutete einladend darauf.

Rebecca sah sich um. Zwar war das Café bis auf ein junges Pärchen leer, aber was sollte ihr hier am Strand schon zustoßen? Ein womöglich unmoralisches Angebot seinerseits könnte sie ja schlichtweg ablehnen. Immerhin war sie nicht auf den Mund gefallen.

Sie setzte sich und beobachtete, wie der Mann zwei Tassen Kaffee holte und zum Tisch trug, obwohl die Angestellte des Cafés sie eigentlich hatte bedienen wollen. Etwas irritiert betrachtete er die dort bereits stehende volle Tasse und stellte diese, sobald er seine Hände wieder freihatte, auf die Mauer.

„Ich spendiere Ihnen gern einen Kaffee", erklärte er noch und schob das weiße Gefäß mit der dampfenden Flüssigkeit näher zu Rebecca, die ein Glas Wasser eigentlich bevorzugt hätte.

„Das ist sehr aufmerksam von Ihnen. Vielen Dank."

„Und nicht ganz uneigennützig. Ich plaudere gern ein bisschen. Aber ich spreche nicht besonders gut Englisch und Thai gar nicht. Das ist mit seinen fünf verschiedenen Tonhöhen auch kaum zu erlernen."

Rebecca streckte dem Mann, den sie auf etwa Mitte 70 schätzte, die Hand entgegen. „Rebecca Siebeck."

Seine Hand zitterte leicht, als er sie ergriff, doch der Händedruck fiel kräftig aus. „Nathanael Seefeld. Sehr erfreut!"

Angesichts des nun eintretenden Schweigens nippte Rebecca an ihrem Kaffee, der zum Glück nicht gesüßt war – offenbar wusste Nathanael, wie er ihn in einem Land bestellen musste, das gern alle Getränke süßte –, dafür aber einen Hauch eines nicht definierbaren Gewürzes in sich trug, und verbrannte sich dabei die Lippen.

„Wir sind das erste Mal in Thailand", erläuterte Nathanael. „Früher waren wir über die Feiertage gern Skifahren. In Österreich, der Schweiz oder in Frankreich. Ja, ja, doch irgendwann waren meine Knochen zu alt dafür." Er lachte, als habe er einen Scherz gemacht.

Rebecca entspannte sich, da sie annahm, dass er mit „wir" sich selbst und seine Ehefrau meinte. Offenbar wollte der alte Herr wirklich nur mit ihr plaudern.

„Zuerst war ich von Annalisa-Maries Vorschlag wenig begeistert, einmal nach Thailand zu reisen, muss jedoch zugeben, dass mir die Wärme guttut. Zu Hause würden wir jetzt wohl frieren und Schnee räumen, Eisschichten von den Autoschreiben kratzen und auf glatten Gehwegen ausrutschen."

Rebecca lachte leise in sich hinein und ließ Nathanael weiter erzählen. Er berichtete von seinen beiden Kindern, den fünf Enkeln und seiner Arbeit als Architekt. Schließlich kam er auf die vielen Reisen zu sprechen, die seine Frau und er seit seiner Pensionierung unternommen hatten, wobei sie niemals in ein Flugzeug gestiegen waren. Dies war ihr erster Urlaub in ein wirklich fernes und exotisches Land.

„Da geht es Ihnen wie mir, Herr Seefeld."

„Bitte nennen Sie mich Nathanael. Im Urlaub muss man ja nicht so förmlich sein. Ich denke, wir können uns auch gleich auf ein Du einigen, immerhin werden wir uns in den nächsten Tagen öfter begegnen, nicht wahr, nicht wahr?"

„Wenn Sie das möchten, gern."

„Doch, doch, Rebecca! Erzähl mal, welchen Beruf übst du aus? Und bist du allein hier?"

„Also, also schäm dich, Nathanael!", sagte eine Stimme, die trotz des Tadels angenehm weich klang. „Die junge Dame könnte ja einen völlig falschen Eindruck von dir bekommen."

Nathanael erhob sich und rückte einen weiteren Stuhl zurecht, auf den sich eine pummelige, kleine, ältere Dame mit weißer Dauerwelle fallen ließ. Sie trug einen Lippenstift, dessen knallige Farbe der von Nathanaels Hemd ähnelte.

Ihre Bewegungen wirkten im Gegensatz zu denen ihres etwa gleichaltrigen Mannes ungewöhnlich flink.

„Darf ich vorstellen: Meine Frau, Annalisa-Marie. Und dies ist meine junge Freundin Rebecca", stellte Nathanael vor.

Annalisa-Marie nickte Rebecca zu, wandte sich dann aber mit vorwurfsvollem Tonfall an ihren Ehemann: „Du wolltest *kurz* nachsehen, ob es Platz im Café gibt, und mich dann holen. Über eine Stunde habe ich auf dich gewartet und dich daraufhin auch noch überall gesucht."

„Warum hast du nicht hier im Café nachgesehen, wenn du doch wusstest, dass ich hierher wollte?"

„Weil ich nicht angenommen habe, dass du so lange brauchst, um ..." Sie winkte ab und lächelte Rebecca entschuldigend an.

„Ich hoffe, er hat Sie nicht von etwas Wichtigem abgehalten, Fräulein Rebecca? Wissen Sie, er macht das ständig: läuft einfach irgendwohin, setzt sich zu wildfremden Menschen an den Tisch oder lässt sich von ihnen einladen und vergisst darüber ganz die Zeit – und mich."

„Ich könnte dich niemals vergessen, meine Liebe!", wehrte sich Nathanael und legte seine große Hand auf die kleine seiner Frau.

Rebecca konnte ein Lächeln nicht unterdrücken, während sie dem harmlosen Disput der beiden folgte und die vertrauensvollen Berührungen beobachtete. Dieses Paar war schlicht bezaubernd.

„Und du kannst sie duzen, das haben Rebecca und ich so ausgemacht!", fügte der alternde Charmeur noch hinzu, was Annalisa-Marie zu einem Kopfschütteln verleitete.

„Schon in Ordnung", beschwichtigte Rebecca. „Ich habe doch Urlaub. Nathanael hat mich von gar nichts abgehalten, sondern mich vielmehr vor einem schlimmen Sonnenbrand und dem Verdursten gerettet."

„Ja, ja", erwiderte Annalisa-Marie und tätschelte mit der freien Hand Nathanaels graubehaarten Arm. „Mein Nathanael!", sagte sie voll Zuneigung und Stolz in der Stimme, wobei sie ihn weiterhin mit leicht gerunzelter Stirn anblickte.

Nathanael lächelte seine Frau breit an, seine Augen funkelten dabei fröhlich. Rebecca gewann den Eindruck, dass ihm gewaltig der Schalk im Nacken saß.

Er erhob sich, um einen dritten – Rebecca vermutete mit einem Blick auf die verwaiste Tasse auf der Mauer wohl eher vierten – Kaffee zu besorgen. Damit brachte er erneut die Kellnerin durcheinander, die sich eigentlich aufmerksam um ihre Gäste kümmern wollte und ohnehin auf dem Weg zu ihnen gewesen war. Jetzt musste sie dem weit ausschreitenden Nathanael hinterherlaufen.

„Entschuldige bitte, Rebecca, falls mein Nathanael dir irgendwie …" Annalisa-Marie brach ab und seufzte, ehe sie hinzufügte: „Er ist ein überaus offenherziger Mensch."

„Keine Sorge, Annalisa-Marie. Ich finde ihn äußerst charmant und unterhaltsam."

„Ja, ja, das ist er. Darf ich dich um einen Gefallen bitten?"

„Aber natürlich."

„Bitte nenn mich nicht Annalisa-Marie. Weißt du, meine Eltern konnten sich nicht einigen, wie sie ihr einziges, sehr spät geborenes Kind nennen sollten. Meine Mutter wollte eine Marie, mein Vater eine Lisa und die gestrenge Mutter meines Vaters bestand auf Anna."

Rebecca lachte erneut. Dieses Ehepaar war ein Quell an Heiterkeit und sie freute sich darüber, dass Nathanael sie angesprochen hatte. Sie teilte das auch Annalisa-Marie mit, daraufhin drückte die Frau ihr strahlend die Hand.

„Nenn mich bitte Anna. Das macht jeder – abgesehen von Nathanael. Er hat immer auf dem ganzen Namen bestanden. Er sagte einmal, dass Annalisa-Marie wie eine Liebesmelodie klinge, die mich umschmeichle, und genauso wolle er das haben."

„Gibt es ihn vielleicht noch irgendwo in einer jüngeren Ausgabe?", fragte Rebecca spontan.

„Aber sicher. Du musst nur richtig hinschauen."

Nathanael kehrte in Begleitung der Kellnerin an den Tisch zurück. Diese stellte einen großen Teller mit auf einem Palmenblatt hübsch arrangierten Ananas-, Litschi- und Melonenstückchen ab und nahm die noch volle Tasse von der Mauer mit.

„Ihr verwöhnt mich." Rebecca deutete auf die Leckerei, die bereits einige Fliegen anlockte. Annalisa-Marie verscheuchte die Insekten mit flinken Bewegungen.

„Ach was, ach was", winkte Nathanael ab und ließ sich von seiner Frau die Kaffeetasse in die Hand drücken. „Du wolltest uns gerade erzählen, ob du allein hier bist."

„Nathanael, ich weiß nicht, ob uns das etwas angeht", versuchte seine Frau, ihn zu bremsen.

„Liebe Annalisa-Marie, das kann das junge Fräulein doch selbst entscheiden. Ich halte sie für – wie sagt man heute – *taff* genug, um mir deutlich zu sagen, wenn sie eine meiner Fragen nicht beantworten will. Außerdem habe ich den Eindruck, dass sie sich gern mit uns unterhält."

„Du hast sie auch gründlich bestochen", konterte seine Frau, noch immer mit dem freundlichen Klang in der Stimme, für den Rebecca sie bewunderte. Annalisa-Marie nickte in Richtung der großen Obstplatte.

Gut gelaunt lehnte sich Rebecca auf dem Rattanstuhl zurück, balancierte die fast leere Tasse in ihren Händen und hörte dem Ehepaar bei seinem liebevollen Geplänkel zu. Ein Sehnen danach, auch einmal eine solche von tiefer Liebe geprägte Beziehung erleben zu dürfen, flackerte in ihr auf. Hoffentlich konnte dieses reizende Paar noch viele glückliche Jahre miteinander verbringen!

Die Indische Platte, vom Himalaja bis zu den Malediven reichend, schob sich mit einem leichten Ruck ein kleines Stück weiter unter die Eurasische Platte. Sie hatte keine andere Chance. Wo sollte sie sonst auch hin, traf sie doch in einem Winkel von etwa 60 Grad auf die Platte, auf der der Nordatlantik, Europa und große Teile Asiens liegen.

Seismografen registrierten ein Beben der Stärke 3. Nichts Ungewöhnliches. Schließlich gab es täglich durchschnittlich jede halbe Minute ein Beben. Der Meeresboden vor Sumatra veränderte sich ständig. So auch an diesem Tag. Allerdings hatten sich die Platten ineinander verhakt. Das Abtauchen des Gesteins in die Tiefe, dort, wo es von der Hitze des Erdinneren eingeschmolzen werden sollte, funktionierte nicht mehr. Die Eurasische Platte drückte mit Macht auf die Indische und buckelte darüber drohend und ärgerlich wie eine Katze. Sie verhakten nicht auf ihrer ganzen Länge, sondern nur an einigen Stellen, wie im Sundagraben. Der Druck an diesen Stellen nahm zu, wie eine gespannte Stahlfeder.

Der Meeresboden stöhnte, das Gestein ächzte seit Jahrzehnten. Nicht ungehört, aber ohne preiszugeben, wann der Zeitpunkt gekommen war, an dem die Spannung zu groß wurde …

Vorsichtig cremte Rebecca ihre geröteten Schultern ein. Zum Glück hatte sie eine nicht allzu empfindliche Haut, sonst hätte ihr unbedachtes Handeln womöglich schlimmere Folgen nach sich gezogen. Sie streifte über ihren Badeanzug – Bikinis mochte sie nicht – ein Top, schlüpfte in Shorts und sprang übermütig die Stufen hinab, als wolle sie testen, ob sie lauter knarrten als die im alten Schwarzwaldhaus ihrer Eltern. Wie sie erwartet hatte, war der Speiseraum leer. Auf der Terrasse traf sie bei angenehmen Morgentemperaturen auf einen einzelnen Herrn, der gerade im Gehen begriffen war, ein älteres Ehepaar und die fünfköpfige schwedische Familie, die sie am Vorabend kennengelernt hatte.

Ingrid, die aus Deutschland stammte, mit ihren blauen Augen, dem hellen Teint und dem blonden Haar in ihrer Wahlheimat Schweden jedoch nicht auffallen dürfte, winkte ihr zu. „Setz dich zu uns."

„Wenn es euch nicht stört?"

„Aber nein", erwiderte Henrik, ihr Mann, ein ernster und ruhiger Enddreißiger, unter dessen Augen dunkle Ringe lagen. Seine Finger spielten nervös mit seinem Handy, das er immer in Reichweite behielt. Rebecca gewann den Eindruck, dass er den Urlaub dringend nötig hatte.

Sven stupste seine dreizehnjährige Schwester Liska an, damit sie einen Stuhl weiter rutschte, was das Mädchen tat, sodass Rebecca sich zwischen sie und den Jungen setzte. Bo, der Dreijährige mit dem wilden, weißblonden Lockenkopf, strahlte sie begeistert an.

„Was möchtest du trinken, Rebecca?", erkundigte sich Malee nach einer höflichen Begrüßung.

„Kaffee, ungesüßt bitte", entgegnete Rebecca und folgte Malee zu dem reichhaltigen Büfett. Sie tat sich vor allem von dem frischen Obst auf, immerhin hatten die Früchte von der

Platte am Vortag viel besser geschmeckt als alles, was sie aus Deutschland kannte.

Als sie an den Tisch zurückkam, flatterten zwei Nashornvögel mit wuchtigen Schnäbeln von der Verandabrüstung und schimpften in den wippenden Zweigen eines Kasuarinabaumes laut und tief vor sich hin.

„Du hast sie gestört", erklärte ihr Bo in einem Mix aus Schwedisch und Deutsch. Offenbar hatte er fasziniert die Vögel beobachtet. Rebecca entschuldigte sich überschwänglich bei ihm, was Liska und Sven zum Kichern verleitete.

„Kommst du nachher mit uns an den Strand?", fragte Sven und erntete dafür sogleich einen missbilligenden Blick seines Vaters.

„Rebecca hat bestimmt ihre eigenen Pläne, Junge."

Da sie nicht recht einschätzen konnte, ob Henrik ihr nur ihren Freiraum gewähren wollte, oder ob er keine Lust auf eine Fremde hatte, die sich in seinen Familienurlaub drängte, erwiderte Rebecca: „Ich gehe nachher eine Runde schwimmen. Vielleicht treffen wir uns ja."

Ein dankbarer Blick von Ingrid traf sie. Mit viel Appetit widmete sich Rebecca ihrem Frühstück und nahm sich allerdings vor, einer Einladung an den Tisch der Familie nicht noch einmal Folge zu leisten. Offenbar brauchten die Dahlbergs ihren gemeinsamen Urlaub dringend für sich. Vor allem Henrik, der erneut auf das Handy eintippte, als müsse er wichtige Mitteilungen verschicken. Ob er nicht einmal hier, inmitten dieser tropischen und betörenden Schönheit, für einige Tage abschalten konnte?

Im Hotel klingelte das Telefon. Malee stellte Rebeccas Kaffee vor ihr ab und eilte zur Rezeption. Untypisch laut und aufgeregt drang ihre Stimme zuerst nach draußen, dann wurde sie gedämpft, als habe Malee eine Tür geschlossen.

Als sie wenig später zurück auf die Veranda trat, um nach ihren Gästen zu sehen, war ihr Gesicht gerötet. Rebecca bemerkte besorgt Malees eigentümlich fahrige Bewegungen. Ihr Verhalten ließ darauf schließen, dass sie schlechte Nachrichten erhalten hatte.

Rebecca zuckte zusammen, als der Thai drei Teller aus den Händen rutschten und mit lautem Klirren auf den Steinplatten der Veranda zersprangen.

„Kaputt gemacht", kommentierte Bo, und Ingrid ermahnte ihn mit einem leisen Zischlaut, still zu sein.

Als gleich darauf im Speiseraum einige Besteckteile klappernd über den Boden sprangen, erhob sich Rebecca, betrat durch den Spitzbogen den beengten Raum und half Malee, die das zuerst gar nicht wahrnahm, die Messer aufzusammeln. Erst als Rebecca ihr das Besteck in die Hand drückte, hob sie erschrocken den Blick.

„Bitte, das musst du nicht tun. Setz dich. Ich bringe euch allen als Entschuldigung für die Störung ..."

„Malee, jetzt beruhige dich doch erst mal." Rebecca ergriff die Frau an beiden Handgelenken, da sie mit den Messern wild um sich fuchtelte. Einzelne Haarsträhnen hatten sich aus der aufgesteckten Frisur gelöst und umspielten ihr erhitztes, hübsches Gesicht.

„Setz dich für einen Moment", empfahl Rebecca und nahm ihr das Besteck ab. Sie legte es auf den Tisch und schob Malee auf einen der Rattanstühle des Speiseraums. Nachdenklich betrachtete sie die zusammengesunkene Gestalt. Eigentlich sollte sie sich nicht in das Leben der Thai einmischen, andererseits war Malee unübersehbar zutiefst aufgewühlt.

Rebecca ging vor ihr in die Hocke, während Malee mit fahrigen Bewegungen den bis über die Knie reichenden blauen Rock glattstrich.

„Kann ich dir irgendwie helfen?"

Malee schüttelte den Kopf. Tränen schimmerten in ihren Augen.

„Du hast schlechte Nachrichten erhalten?", forschte Rebecca weiter nach.

Dieses Mal nickte die junge Frau, warf allerdings einen ängstlichen Blick in Richtung der Büroräume, wo sie ihre Tante oder ihren Onkel vermutete. „Meine Cousine ist seit drei Tagen verschwunden."

Rebecca spitzte die Lippen.

„Sie ist fünfzehn und sehr hübsch", murmelte Malee, als sei das eine Erklärung für ihr Verschwinden.

„Sie ist aber nicht die Tochter der Hoteleigentümer?"

„Nein, die Tochter einer Schwester meiner Mutter."

Rebecca nickte, obwohl sie die Worte, die von unterdrückten Schluchzern begleitet wurden, kaum verstanden hatte.

„Wir sind wie Schwestern aufgewachsen."

„Wohnt deine Familie weit von hier entfernt?"

„In Ban Nam Khem*."

„Wo ist das?"

„Zwanzig Kilometer nördlich von hier."

„Besitzt du ein Auto? Kannst du hinfahren?"

„Ich fahre Motorrad. Aber ich kann hier unmöglich weg."

Rebecca warf nun ebenfalls einen Blick auf die geschlossene Bürotür. Sie hatte das Ehepaar Nu und Baow am Vorabend kurz getroffen. Die beiden zeigten sich nicht häufig bei den Gästen, vergruben sich offenbar lieber in ihre Arbeit im Büro und der Küche.

„Das Büfett ist so reichhaltig gedeckt, dass keine Wünsche offenbleiben, und wenn ich das richtig gesehen habe, sind

---

* Salzwasserdorf

die meisten Frühstückstische bereits abgedeckt. Es gibt nicht mehr viele Gäste, die noch nicht gefrühstückt haben."

„Du und die schwedische Familie sind die Letzten."

„Also, dann fahr!"

„Ich muss bedienen und-"

„Wir kommen schon zurecht. Fahr zu deiner Familie und schau, ob du helfen kannst. Niemand wird dir das in dieser Notlage übelnehmen!"

„Ich hätte ohnehin in zwei Stunden frei und erst am Nach- mittag wieder Dienst", überlegte Malee laut.

„Na also!"

„Aber das Büfett, die Getränke, das-"

„Keine Sorge. Weder die Familie Dahlberg noch ich sind so verwöhnt, dass wir nicht allein zurechtkommen würden!"

Malee nickte, zögerte noch einen Moment und stand dann auf. „Du bist sehr zuvorkommend und verständnisvoll. Vie- len Dank", murmelte sie und huschte davon.

Rebecca sah ihr beunruhigt nach. Das plötzliche Ver- schwinden eines jungen Mädchens war schrecklich, und mit dem Wissen um den boomenden Sextourismus in Thailand drängte sich ein finsterer Verdacht auf. Was hatte Malee ge- sagt? Das verschwundene Mädchen sei fünfzehn und auffal- lend hübsch ...

Seufzend ging Rebecca auf die Veranda zurück und be- richtete den Dahlbergs, ohne ins Detail zu gehen, dass Malee einen Notfall in der Familie hatte.

Ingrid und Rebecca brachten die verderblichen Le- bensmittel in die Küche und deckten die anderen mit den bereitliegenden Tüchern ab. Sie stellten das Geschirr auf eine Ablage vor der Küche, und Rebecca ließ es sich nicht neh- men, den Tisch abzuwischen, die Stühle von den Krümeln zu befreien und mit dem bereitstehenden Besen kurz den Boden durchzufegen. Dann erst ging sie nach oben und packte ihre Strandsachen ein.

Wenig später verließ sie nachdenklich das mittlerweile völlig verwaist wirkende Hotel in Richtung Meer. An diesem Morgen hatte das strahlende Paradies eine seiner Schattenseiten gezeigt.

5. Kapitel

Rebecca konnte sich kaum von dem warmen Wasser und der Vielzahl an bunten Fischen trennen, die sich herbeiwagten, sobald sie sich nahezu reglos treiben ließ. Svens spöttische Bemerkung, dass ihr demnächst Schwimmhäute wachsen würden, verleitete sie dazu, doch endlich auf einen Liegestuhl zu sinken, einen Schluck aus der Wasserflasche zu sich zu nehmen und in die Palmkrone über sich zu blicken, die gelegentlich die Sonnenstrahlen durchblitzen ließ. Sie gönnte sich Stunden des Nichtstuns, abgesehen von den Zeiten, in denen Sven und Bo ihre Aufmerksamkeit einforderten.

Von ihrem Platz aus beobachtete sie, wie Bo das Handy seines schlafenden Vaters im Sand vergrub, und schaute schnell weg. Das Fehlen des elektronischen Geräts würde den Urlaub der Familie erheblich bereichern.

Das Murmeln der sanft anrollenden Wellen lullte Rebecca ein, dennoch drehte sie den Kopf, als sich jemand mit einem leisen Ächzen auf der freien Liege neben ihr niederließ. Nathanael hatte sie gefunden.

„Wie geht es deinem Sonnenbrand?", fragte er, als hätten sie sich heute bereits mehrfach getroffen.

„Er ist nicht so schlimm, wie ich befürchtet hatte." Rebecca stellte das Kopfteil hoch, damit sie den Mann besser sehen konnte.

„Das ist gut. Du sollst deinen Urlaub schließlich genießen."

„Das tue ich."

„Dies ist so ein schönes Stück Erde", pflichtete Nathanael bei. „Gott hat bei der Erschaffung seiner Welt reichlich Fantasie walten lassen. Ob wir wohl jemals verstehen werden, weshalb es bunte Paradiese wie dieses gibt, aber auch karge Wüsten und trockene Felsregionen, eisbedeckte Flächen und kilometertiefe Ozeane?"

„Du meinst, er hätte alles gleich karg oder gleich bunt erschaffen können?"

Nathanael, der lediglich mit einer schrill gelben Bermudashorts bekleidet war, wiegte den Kopf. „Ich vermute, hinter all dem steckt ein zutiefst ausgeklügeltes System. Nur sind wir Menschen zu blind, um es zu verstehen, richtig zu nutzen, gerecht zu verteilen und sensibel zu behandeln."

„Was meinst du damit?"

„Ein Beispiel: Ich bin Architekt. Niemals hätte ich hier so nah an der Küste gebaut – es sei denn an den Berghängen. Das liegt aber daran, dass ich nie schwimmen gelernt habe. Ich habe die Hamburger Sturmflut 1962 erlebt und mir damals schon überlegt, weshalb Menschen so gern dicht am Wasser und an Wasseradern bauen."

„Weil das Wasser früher und auch heute noch als Handelsweg dient und für Alltägliches gebraucht wurde, zumal es früher keine Leitungen gab?"

„So, so. Eine gute Antwort", lachte Nathanael und faltete die Hände auf seinem mageren, in dieser Haltung kleine Hautwellen werfenden Bauch. „Wir haben uns also etwas dabei gedacht. Doch haben wir alle Möglichkeiten *durchdacht*?"

Er nickte mit dem Kopf in Richtung eines jungen Pärchens, das soeben eine Flasche Wein bestellte. Nathanael beugte sich zu Rebecca herüber und flüsterte mit seiner Reibeisenstimme: „Die Flasche kostet so viel, wie die thailändische

Angestellte etwa in einem Monat verdient. Ist das durchdacht? Leben wir nicht zu sehr auf die Kosten der Ärmeren?" Nathanael brach ab und setzte sich wieder aufrecht.

„Gut, gut. Du bist ein nettes Mädchen, das bereit ist, sich mit einem alten Esel wie mir abzugeben. Lass dich in deinem Urlaub ruhig ein bisschen verwöhnen und hör nicht auf mich. Nach deinen freien Tagen kannst du dann wieder die Welt retten."

Rebecca lächelte auf die tiefblaue See hinaus, deren Oberfläche unter den Sonnenstrahlen wie tausend Diamanten funkelte. Dann kam ihr ein anderer Gedanke: „Weiß deine Frau, wo du bist?"

„Aber ja. Ich habe ihr vorhin gesagt, dass ich ein wenig am Strand spazieren gehe."

„Und wie lange ist das her?"

Nathanael warf ihr erst einen vorwurfsvollen Blick zu und anschließend sein schelmisches Grinsen. Dabei schoben sich die Falten auf seinem Gesicht zu einer Kraterlandschaft zusammen. „Sie hat dich angestiftet, auf mich aufzupassen, nicht wahr, nicht wahr?"

„Aber nein. Sie konnte ja nicht wissen, dass ich dich treffe."

„Stimmt auch wieder." Er richtete sich auf und griff nach dem blauen Wasserball, den Bo versehentlich in seine Richtung geworfen hatte.

„Wie heißt du denn?", fragte er den Jungen, der wohl dadurch, dass der Fremde mit seiner neuen Freundin Rebecca sprach, keine Scheu verspürte.

„Bo."

„Ich bin Opa Nathanael!"

„Noch ein Opa?" Der Kleine zog die Nase kraus und schien angestrengt nachzudenken.

„Ich bin so etwas wie ein Urlaubs-Opa", erklärte ihm Nathanael, was Bo zu beruhigen schien. Er reckte sich, um den Ball zu fangen, den Nathanael ihm behutsam zuwarf. Ein Windstoß trieb das leichte Spielgerät seitlich fort, und so blieb dem Kleinen nichts anderes übrig, als ihm nachzulaufen, wobei er den Wasserball mit seinen Füßen mehrmals unbeabsichtigt anstieß, sodass die Verfolgungsjagd recht lange dauerte und bis ans Wasser führte.

„Wann hast du Anna gesagt, dass du an den Strand gehst?", wiederholte Rebecca die Frage, der Nathanael auszuweichen versuchte.

„Irgendwann nach dem Frühstück. So um neun Uhr vielleicht?", brummte er.

„Meine Güte! Es ist fast drei!" Rebecca sprang auf, stopfte ihre Sachen in die große rote Stofftasche, warf sie sich über Schulter und Kopf und zog den Mann auf die Beine.

„Wirklich? Wie die Zeit vergeht!", meinte er wenig beeindruckt.

Rebecca verdrehte die Augen, hängte sich bei Nathanael ein und dirigierte ihn in Richtung des nebenan gelegenen Hotelkomplexes. Auf dem Weg dorthin winkte Nathanael hier und dort irgendwelchen Badenden und Sonnenhungrigen zu, was in Rebecca den Verdacht aufkeimen ließ, dass er sich mit jedem von ihnen unterhalten hatte. Beim Strandcafé angekommen registrierte Rebecca, dass die Kellnerin vom Vortag eilig nach einem Telefon griff, sobald sie Nathanael erkannt hatte. Möglicherweise waren die Mitarbeiter des Hotels über einen seit Stunden abhanden gekommenen Gast informiert worden.

„Du musst deine Annalisa-Marie ziemlich in Aufregung versetzt haben", warnte Rebecca ihren charmanten Begleiter vor.

Der zog eine Grimasse und ging etwas schneller zwischen den Pools und Strandliegen hindurch auf einen Bungalow in einer der hinteren Reihen zu. Offenbar blieb der Architekt seinen Grundsätzen treu: Er würde niemals in der unmittelbaren Nähe des Wassers ein Haus bauen – oder bewohnen.

Auf der hübschen, wenn auch winzigen Vorderveranda trafen sie auf die aufgelöste Annalisa-Marie. Sie fiel ihrem verlegen grinsenden Ehemann erst um den Hals, ehe sie zurückwich und ihm mit ihrer kleinen Hand auf die Brust schlug.

„Wir sind hier nicht zu Hause, wo ich sämtliche Nachbarn anrufen und fragen kann, ob du ihnen gerade ihren Kuchen oder die Kekse wegfutterst."

Rebecca unterdrückte ein Kichern, Nathanael übte sich in einem schuldbewussten Blick. Er hatte scheinbar nichts zu seiner Verteidigung vorzubringen, weshalb Rebecca ihn noch sympathischer fand.

„Wenn ich etwas vorschlagen dürfte …", wagte sie sich einzumischen.

Annalisa-Marie sah sie irritiert an, als bemerke sie die junge Frau erst jetzt, Nathanael wirkte erleichtert über die Ablenkung. „Ach, ach Rebecca. Vielen Dank, dass du den Herumtreiber zurückgebracht hast."

Rebecca lächelte und erklärte: „Wie wäre es mit einem Mobiltelefon für Nathanael? Dann könntest du ihn anrufen, wenn er mal wieder die Zeit vergessen hat."

„Siehst du, siehst du, meine Liebe. Dieses wunderbare Mädchen versteht, dass ich niemals *dich* vergesse, sondern immer nur-"

„Halt den Schnabel, du Filou", unterbrach Annalisa-Marie ihn, schmunzelte allerdings dabei. „Geh besser hinein, nimm deine Tabletten, trink was und leg dich für eine Stunde hin. Du hast mir versprochen, dass wir heute Abend zum Tanzen gehen. Ich will einen schnittigen Tanzpartner, keinen verschnarchten!"

Rebecca prustete los, fing sich aber schnell wieder. Sie winkte Nathanael zu, der im Inneren des aus Holz und Bambus erbauten Bungalows mit dem Spitzdach und den nicht verglasten Fenstern verschwand.

Annalisa-Marie ließ sich auf die mit einer feinen Sandschicht bedeckte Treppe fallen, und Rebecca setzte sich wie selbstverständlich neben sie auf die Holzstufe.

„Das mit dem Handy für Nathanael haben wir bereits letztes Jahr in Südfrankreich versucht. Er hat es immerzu im Hotel vergessen. Ich vermute mal, absichtlich."

„Er meint es nicht böse", sagte Rebecca leise.

„Nein, nein, natürlich nicht." Annalisa-Marie lachte kurz auf und ergriff Rebeccas Hand. „Weißt du, er war schon immer so. Er liebt die Gespräche mit seinen Mitmenschen, was ihm übrigens eine Menge Kundschaft eingebracht hat. In jungen Jahren, nach dem Krieg, war er ein absoluter Frauenschwarm. Er sah umwerfend gut aus, war erfolgreich und charmant. Die Mädchen umschwärmten ihn wie einen Filmstar, darunter einige aus wirklich angesehenem Hause. Allerdings hatte er nur Augen für mich, das unscheinbare Pummelchen, das mit Müh und Not über die Runden kam. Ich habe mich lange gegen seine Avancen gewehrt, aus der Angst heraus, er könne mich schnell für eine Attraktivere fallen lassen. Doch schließlich gab ich nach, und ich habe es nicht einen Tag meines Lebens bereut. Selbstverständlich gab es schwere Zeiten und genügend Streitigkeiten, dennoch ließ er mich nicht eine einzige Sekunde daran zweifeln, wie sehr er mich liebt."

Rebecca seufzte leise; aus Freude und Zuneigung für dieses Ehepaar, aber ebenso in der Hoffnung, eines Tages Ähnliches erleben zu dürfen.

Annalisa-Marie drückte Rebeccas Hand. „Irgendwo da draußen gibt es einen Nathanael für dich. Ein Mann, der nicht nur dein hübsches Äußeres, sondern vor allem dein Herz sieht."

„Meinst du?"

„Ja, ja, doch. Halte mich für skurril, aber vorhin, als Nathanael so lange fort war, habe ich für seinen Schutz gebetet. Dabei kamst du mir in den Sinn. Weshalb? Das weiß wohl nur Gott. Also habe ich auch für dich gebetet. Irgendwie war mir, als wolle Gott mir sagen, dass dieser Urlaub für dich etwas wirklich … Großes, Lebensveränderndes bereithält."

Rebecca lächelte und sprach den leisen Zweifel nicht aus, den sie in sich spürte. Einerseits war sie zwar weit fort von ihrem übervollen Leben und von den Sticheleien ihrer Familie. Andererseits war sie sich bewusst, dass Urlaubsbekanntschaften allzu oft in den Mühlen des Alltags in die Brüche gingen. Eben weil im Urlaub das Gefühl von Freiheit und Unbeschwertheit vorherrschte, die übliche Struktur fehlte und Menschen sich fernab des Gewohnten oft ganz anders verhielten als zu Hause.

Während über ihnen die Palmblätter verhalten im Wind knatterten, die Vögel zwitscherten und die Insekten summten, erklang aus dem Inneren des kleinen Ferienhauses ein regelmäßiges Schnarchgeräusch. Annalisa-Marie und Rebecca blieben noch lange auf den Stufen sitzen, als wollten sie über den Schlaf des alternden Charmeurs wachen.

Es war später Nachmittag, als Rebecca ins Hotel zurückkehrte, unschlüssig darüber, was sie mit dem Rest des Tages anfangen sollte. Längeres Nichtstun war nichts für sie, stellte sie wieder einmal fest.

Sie traf an der Rezeption auf die restlos aufgelöste Malee mit dem Telefon am Ohr. Die Worte, für Rebecca unverständlich, sprudelten nur so aus ihr heraus, ihre bisherige Gelassenheit und die in Thailand übliche Etikette, nicht die Stimme zu erheben und immer zu lächeln, hatte die Frau völlig eingebüßt. Rote Flecken hatten sich auf ihren Wangen gebildet und sie schrieb hastig mit einem Stift etwas auf einen Fetzen Papier.

Rebecca zögerte, entschied sich dann aber dazu, in ihr Zimmer zu gehen. Sie hatte gerade einen Fuß auf die unterste Stufe gesetzt, als sie hörte, wie Malee das Telefon knallend beiseitelegte. Kurz überlegte Rebecca, ob sie sich wirklich einmischen sollte, ehe sie kehrtmachte und in die Eingangshalle zurückging.

„Darf ich fragen, wie es um die Suche nach deiner Cousine steht?", erkundigte sie sich vorsichtig und warf der jungen Frau einen mitfühlenden Blick zu.

Malee, der Tränen in den Augen standen, schüttelte den Kopf. Rebecca verstand das nicht als abweisende Reaktion, sondern als Ausdruck von Malees Verzweiflung.

„Es gibt Gerüchte, dass sie in Patong gesehen wurde", flüsterte die Thai.

„Patong?" Rebecca hob nachdenklich die Augenbrauen. Wurde Patong Beach nicht als einer der schönsten Strände der Halbinsel Phuket beschrieben, gleichzeitig aber auch als der, an dem das Nachtleben am lautesten und schrillsten war? Und galt ein Teil Patongs nicht als das wohl größte Rotlichtviertel weltweit?

„Ich gebe jeden Baht, den ich nicht dringend für mich selbst benötige, der Familie. Jetzt ist meine Ba* schwer erkrankt und Alaya, meine Cousine, hat ihre Arbeit aufgegeben und ist ... verschwunden."

„Nach Patong?"

„Dort zieht es viele Mädchen hin, die verzweifelt Geld brauchen", raunte Malee.

Rebecca fragte unsicher: „Du willst Alaya dort nicht wissen?"

„Nein!", Malee klang mühsam beherrscht, das obligatorische Lächeln fiel sehr gezwungen aus.

„Soll ich dir bei der Suche nach ihr helfen?"

Malee schüttelte den Kopf und lachte dabei trocken. „Während der Saison sind in Patong bis zu 200.000 *Thaimädchen*. Wir werden sie nicht finden, vor allem nicht, wenn sie nicht gefunden werden will."

„Aber Alaya wird das nicht wirklich wollen ...?"

„Die Mädchen verdienen gut, viermal so viel wie ... beispielsweise ein Koch."

„Wir könnten sie dennoch suchen", erwiderte Rebecca, nicht bereit aufzugeben, ohne dass sie einen Versuch unternommen hatten.

Malee sah sichtlich hin und her gerissen aus. Schließlich nickte sie. „Ich muss in der Küche Bescheid sagen, dass ich ausfalle."

„Ich ziehe mir noch etwas über. Rufst du bitte ein Taxi?"

Die Thai zögerte, was Rebecca bewog zu sagen: „Ich bezahle es. Falls wir Alaya finden, können wir sie mit deinem Motorrad ja kaum mitnehmen." Rebecca wusste durchaus, dass Motorräder hier ständig mit vier oder mehr Personen

---

* Tante

überladen wurden, und war deshalb froh, als Malee erneut nach dem Telefon griff.

Getrieben von dem Wunsch, das junge Mädchen schnell zu finden, schnappte Rebecca sich ihre Tasche und jagte die Stufen nach oben in ihr Zimmer, um sich eilig umzuziehen. Als sie an den Empfang zurückkehrte, wartete Malee schon auf sie. Gemeinsam verließen sie das Hotel und eilten die Zufahrt hinauf zur Straße, wo sie kurz darauf von einem Tuk-Tuk abgeholt wurden.

Die jungen Frauen setzten sich hinter den Fahrer auf die schlecht gepolsterte Sitzbank. Der Zweitaktmotor verbreitete einen schrecklichen Lärm und einen noch schlimmeren Gestank, und das dreirädrige Fahrzeug, das von dem Chauffeur mit einer verchromten Lenkstange gesteuert wurde, raste die Straße in halsbrecherischem Tempo entlang in Richtung N4.

Während rechts von ihnen immer wieder das glitzernde Meer und die Hotelanlagen zu sehen waren, standen links Wellblechhütten, einzelne Geschäfte und gelegentlich eine Tankstelle, dahinter erhoben sich die bewaldeten Berge. Die Fahrt zog sich über eine Stunde hin, ehe sie auf der Thawe-wong Road die Autorikscha verließen.

Die Dämmerung war hereingebrochen und verleitete unzählige Insekten zu einem wilden Tanz in den letzten Sonnenstrahlen. Das Meer schimmerte goldfarben, Longtails und Motorboote schaukelten auf den Wellen, weiter draußen zog ein einsamer Hochseekatamaran seine Bahn; sein eigentlich weißes Segel wirkte schwarz. Lichtpunkte entlang des Ufersaums zeigten an, wo sich Häuser befanden, der Geruch nach salzigem Wasser war an diesem Abend besonders präsent.

Rebecca sah sich um. Im Gegensatz zu ihrem Hausstrand, dem Pakweep Beach, an dem abends glucksend die Wellen über den Sand ausliefen und sich zischend wieder zurückzogen, vereinzelte Spaziergänger sich leise unterhielten und sanftes Licht auf dem Gelände der Hotels den Rückweg markierte, schien der Patong Beach vor Menschen aus allen Nähten zu platzen. Laute Musik mit harten Rhythmen erklang gleich aus drei Richtungen, Tanzende füllten die Parallelstraße zum Meer und die grell erleuchteten Bars am Strand und schoben sich förmlich die Bangla Road hinauf.

Die Häuser in der Bangla Road waren hinter den blinkenden Leuchtreklamen, den grellen Lichtern und den bunten Lichterketten kaum zu erkennen. Zwischen ihnen tanzte ausgelassen eine johlende Menschenmenge, und der Duft des Meeres mischte sich mit dem Geruch von Bier, Schweiß und verschiedensten Essensaromen.

Rebecca war für einen Moment wie erschlagen und hätte am liebsten die Flucht angetreten. Wenn die malerischen Buchten entlang der thailändischen Küste einem Abbild des Paradieses glichen, musste dies hier die Hölle sein. Eine bunte, turbulente, laute, schrille und hell erleuchtete Hölle für einen Menschen wie Rebecca und vermutlich auch für viele der Mädchen, die gezwungen waren, hier ihren Körper zu verkaufen. Zumindest verstand sie jetzt Malees Zweifel daran, Alaya überhaupt aufspüren zu können.

„Komm", rief Malee ihr zu, ergriff fürsorglich ihre Hand und zog sie mitten durch eine Gruppe sonnenverbrannter französischer Touristen mit spiegelnden Brillengläsern, nicht minder spiegelnden Halbglatzen und vorstehenden Bäuchen. Offensichtlich wusste die Frau genau, in welchem der Etablissements links und rechts – oder versteckt in einer Querstraße – sie die sogenannten Thaimädchen finden würden, denn sie betrat zielstrebig eine Bar.

Grölendes Gelächter und lautstarke Zurufe über die hämmernde Musik hinweg erfüllten den in dunklen Farben eingerichteten Raum. Rebecca registrierte billig wirkende Sitzgruppen, eine Tanzfläche, die vor männlichen Touristen und einheimischen Frauen überquoll, und eine abgeschabte Theke. Diese war offenbar Malees Ziel.

Rebecca, von Malee noch immer festgehalten, als fürchte diese, die Deutsche könne in dem Trubel verloren gehen, sah sich verstohlen um. An zwei Stangen auf einem erhöhten Podest räkelten sich im dichten Zigarettenrauch vier kaum bekleidete Mädchen und mussten sich von den umstehenden Männern begrabschen lassen. Die Kellnerinnen schoben sich aufreizend eng an den Kunden vorbei, obwohl der Raum keinesfalls überfüllt war. Sie trugen einheitliche weiße Kleidchen, die im unruhigen Lichtwechsel der Lampen fluoreszierten. Diese endeten so knapp unterhalb des Gesäßes, dass man sich kaum bücken musste, um festzustellen, ob sie darunter Höschen trugen. Das blauschwarz schimmernde Haar reichte ihnen bis zur Hüfte und stellte neben der bewundernswert sonnenverwöhnten Haut den einzigen Schmuck der jungen Mädchen dar. Rebecca mit ihrem eher athletischen Körperbau kam sich zwischen den zarten Mädchen wie ein Elefant unter Gazellen vor.

Malee und sie hatten den Tresen erreicht. Eine mollige Thai mit aufgestecktem und von silbernen Fäden durchzogenem Haar, obwohl ihr Gesicht fast noch jugendlich wirkte, warf ein Geschirrtuch über tropfende Biergläser und eilte herbei. Über den wuchtigen Tresen hinweg begrüßte sie Malee mit aneinandergelegten Handflächen, die sie vor ihr Gesicht führte. Malee gab den Gruß lächelnd zurück. Rebecca hob die Augenbrauen. Offenbar war ihre Begleiterin hier keine Unbekannte.

Die zwei Frauen unterhielten sich, ohne dass Rebecca ein Wort verstehen konnte. Malee zog ein Foto aus der Tasche ihres Kellnerinnenrocks und reichte sie der Älteren; Rebecca erhaschte ebenfalls einen Blick darauf. Neben Malee und einem älteren Ehepaar sah sie ein bildschönes und äußerst graziles Mädchen mit demselben fröhlichen Lächeln, mit dem die Hotelangestellte sie am Tag ihrer Anreise begrüßt hatte, das nun aber von der Sorge um die Cousine irgendwo auf dem Grund des Indischen Ozeans zu liegen schien.

Die Frau schüttelte den Kopf und verließ mit dem Foto ihren Platz hinter dem Tresen. Rebecca konnte nicht sehen, wohin sie ging, da sich neben ihr und Malee mehrere Männer aufbauten. Einer von ihnen überschrie mit einem unverkennbaren Schweizer Akzent den Lärm: „Schaut mal. Es gibt auch welche, an denen ein bisschen mehr Fleisch dran ist. Die könnten mir gefallen!" Grölendes Gelächter folgte. Rebecca drehte sich um und offenbarte damit, keine Einheimische zu sein. Zumindest zwei der fünf Männer wichen erschrocken zurück.

„Was soll das? Können Sie in der Schweiz keinen Treffer landen?", fauchte sie den Sprecher an.

„Komm, lass uns verschwinden. Ich halte das sowieso für keine gute Idee." Ein pickeliger Kerl mit wild vom Kopf abstehendem Haar machte kehrt und verschwand im gedämpften Licht und den Rauchschwaden, die Rebeccas Kehle unangenehm reizten.

Allerdings blieb der vorlaute Schweizer dicht vor ihr stehen. „Was spielst du dich denn so auf? Die Mädchen sind doch froh über jeden Baht, den wir ihnen geben."

Rebecca musste dem Widerling leider recht geben, dennoch erwiderte sie: „Würde man die Leute anständig bezahlen, die einer Arbeit in der Tourismusbranche nachgehen, Reis anpflanzen oder Kleider nähen, bräuchten ihre Familienangehörigen nicht ihre Töchter hierherziehen zu lassen."

„Was weißt du denn?", brüllte der Mann sie an. Seine Alkoholfahne, in Kombination mit dem beißenden Zigarettenrauch und der Vorstellung, wie die Mädchen wohl von solchen angetrunkenen Freiern behandelt wurden, verursachten in ihr einen Würgereiz.

„Ich habe gesehen, wie Hotelgäste eine Flasche Wein bestellt haben, die mehr kostet, als die Frau, die sie ihnen serviert, im Monat verdient. Und das, obwohl sie mehr als zwölf Stunden am Tag schuftet, wegen Nichtigkeiten beschimpft wird und dabei immer noch lächelt."

„Ach, verpiss dich doch", knurrte der Mann, wurde aber von einem seiner Kameraden gepackt und weggezogen.

„Rebecca!" Malee stieß sie leicht mit dem Ellenbogen an und schüttelte dann den Kopf. Die höfliche Version einer Warnung, dass sie es nicht zu weit treiben solle. Rebecca hob entschuldigend die Hand. Ein Ausbleiben der Touristen würde den Menschen hier auch nicht helfen, dessen war sie sich bewusst. Und selbst die angesprochene Weinflasche brachte Gewinn, der zum Teil auch in das Gehalt der Kellnerin floss. Eine vielschichtige Situation, wie so oft im Leben.

Die Bekannte von Malee kam zurück, redete auf die jüngere Frau ein und reichte ihr mit einem bedauernden Schulterzucken das Foto. Malee bedankte sich, ergriff Rebecca erneut wie ein kleines Kind bei der Hand und führte sie auf die belebte Straße hinaus. Inzwischen war die Nacht hereingebrochen, aber der Dunkelheit gelang es nicht, sich gegen die bunte und blinkende Lichterflut durchzusetzen. Alles wurde angestrahlt, als gelte es, die dunkle Seite dieser Straßen vor den Blicken und dem Bewusstsein aller Anwesenden zu verstecken. Sie könnte ja vielleicht das Gewissen belasten, die Feierlaune verderben und unerwünschtes Mitgefühl erregen …

Rebecca folgte Malee in drei weitere Gebäude, beobachtete, wie sich junge und ältere europäisch aussehende Männer
mit zarten minderjährigen Mädchen davonschlichen. Die einen wirkten irgendwie beschämt, andere stolz auf ihre Erobe-
rung, wiederum andere einfach nur abgeklärt. Dazwischen
feierten die Touristen laut, wild und vergnügt, tranken und
tanzten.

Rebecca entging nicht, dass Malee von einem älteren
Herrn ebenfalls erkannt wurde. Auch er hörte sich ihr Anliegen geduldig und freundlich an, befragte mit dem Foto in der
Hand seine Angestellten und womöglich auch Stammgäste,
ehe er es ihr mit einer bedauernden Geste und einem ent-
schuldigenden Lächeln zurückgab. In einer vierten einschlä-
gigen Einrichtung warf ein Thai um die 40, der der Hitze
zum Trotz in feinen Zwirn gekleidet war, nur einen flüchtigen Blick auf das Bild und jagte Malee und Rebecca dann
wenig höflich davon.

„Wir warten hier, bis eins der Mädchen herauskommt",
erklärte Malee Rebecca. Die nickte, obwohl sie die Hoffnung,
Malees Cousine in dem ausgelassenen und gedrängten Wirrwarr aufzuspüren, inzwischen verlassen hatte. Vermutlich
könnten sie im Abstand von zwei Metern aneinander vorübergehen, ohne sich gegenseitig zu bemerken. Falls Alaya
mit einem Freier unterwegs war, hatten sie keine Chance, sie
zu finden. Unmöglich konnten sie jedes lauschige Plätzchen
oder Hotelzimmer überprüfen. Die Anzahl der Möglichkeiten, wo das Mädchen sich aufhalten konnte, war schlicht
unüberschaubar. Rebecca seufzte. Sie litt mit Malee. Der Frau
war ihre zunehmende Verzweiflung anzusehen. Zudem galt
ihr Mitgefühl Alaya. Ihr verzweifelter Schritt hinein in die
Welt der Prostitution würde tiefe Wunden in die Seele des
Mädchens brennen. Und das eher früher als später …

Die zwei jungen Frauen lehnten sich nebeneinander an eine Arkadensäule, eingehüllt in die aus den Läden nach draußen dröhnende Musik. Rebecca versuchte, ein Stück Himmel und ein paar friedlich blinkende Sterne über den Gebäuden zu erkennen, doch die Lichterflut um sie herum machte ihr Vorhaben zunichte. Es kam ihr vor, als wolle der Mensch in diesem Viertel alles für sich vereinnahmen, es zum Dreh- und Angelpunkt der Welt erheben und dagegen das Licht des Himmels verblassen lassen.

Ein warmer Wind wehte den Duft von gegrilltem Fisch herbei und wirbelte Staub, Sand und Papiermüll vor sich her. Ein Motorrad knatterte vorbei, suchte sich mühsam einen Weg durch die flanierende und sich allmählich lichtende Menschenmenge.

Rebecca glaubte, eine verschleierte muslimische Frau zu sehen, die in eine der Seitenstraßen einbog, war sich da allerdings nicht sicher. Augenblicke später sah sie die orangefarbenen Kutten einiger buddhistischer Mönche, die jedoch schnell hinter einer Schar junger Menschen verschwanden. Diese kamen mehr hüpfend als gehend die Straße vom Strand herauf, dabei reckten sie die Arme in die Höhe, als gelte es, etwas zu feiern, und skandierten lautstark irgendwelche Parolen, die niederländisch klangen. Patong schien ein wahrer Schmelztiegel der Religionen und Nationen zu sein. Friedlich. Ausgelassen. Sinnlich. Rebecca konnte es den Menschen kaum verdenken, immerhin empfand auch sie in dem bezaubernden Land mit seiner angenehmen Temperatur eine gewisse Leichtigkeit. Sie war verzaubert von der landschaftlichen Schönheit, beeindruckt von der herzlichen Gastfreundschaft und könnte sich vermutlich fernab aller Alltagssorgen wähnen – wäre da nicht Malee, die vor Kummer ihr strahlendes Lächeln verloren hatte.

Drei leicht bekleidete Frauen drängten aus der offen stehenden Tür unter die Arkaden. Sie waren bereits etwas älter, Rebecca schätzte sie zwischen zwanzig und dreißig. Zwei von ihnen offenbarten unter ihrer engen, durchsichtigen Kleidung unübersehbar mollige Rundungen. Ob ihre einzige Chance auf einen zahlungswilligen Touristen darin lag, ihn gleich auf der Straße abzufangen, bevor er die grazilen jüngeren Mädchen im Inneren der Disco entdeckte?

Malee grüßte die Frauen respektvoll, was diese veranlasste, den Gruß zu erwidern, und gleich darauf ging das Foto von Hand zu Hand. Zwei schüttelten die Köpfe, eine von ihnen huschte eilig davon und stellte sich einem Mann mit wucherndem Vollbart in den Weg. Der musste an einem der Strommasten Halt suchen, die hier zuhauf dem Himmel entgegenwuchsen und ein Wirrwarr an Stromleitungen über die Dächer hinweg führten.

Rebecca sah nicht mehr, ob der Mann die Prostituierte mitnahm, denn die dritte Frau tippte mit ihren gepflegten roten Fingernägeln auf Alayas Foto und redete auf Malee ein.

Schließlich bedankte sich Malee überschwänglich und ergriff erneut Rebeccas Hand. Sie verspürte tiefe Erleichterung, als ihr Weg sie zurück an den Strand führte. Malee schwieg beharrlich, auch dann noch, als sie aus dem wildesten Gewühl heraus waren und über die Küstenstraße huschten, vorbei an den Strandbars und Buden. Sie wandten sich in Richtung Norden und eilten an zugeklappten Sonnenschirmen und verwaisten Liegen vorüber, als wären sie auf der Flucht. Irgendwann bückte sich Rebecca und zog ihre Sandalen aus. Malee bemerkte dies nicht, sodass die Deutsche ein kurzes Stück hinter ihr herlaufen musste, um sie einzuholen.

Sie ließen das Lichtermeer und die feiernden Urlauber hinter sich, begegneten nur noch vereinzelt Spaziergängern, selbst der Verkehrslärm auf der Straße wurde leiser. Die bei Weitem nicht perfekte Stille schrillte nach dem Krach und der Unruhe von zuvor erst einmal laut in Rebeccas Ohren, dann hörte sie endlich wieder das Rauschen der Bäume, das Brechen der Wellen am Sandstrand und das Flüstern des Sandes bei jedem ihrer Schritte. Wohltuende Geräusche nach der Beschallung aus den Stereoanlagen.

Vermutlich konnte man Stille, die zum Nachdenken und In-sich-hineinhorchen anregte, auch gewaltsam durch überlaute Musik verdrängen, kam es Rebecca in den Sinn. War es denn gefährlich, zur Ruhe zu kommen und sich den dann anstehenden Überlegungen und Gedankengängen zu stellen? Weil sie womöglich das eigene Sein, das eigene Tun kritisch hinterfragten?

Rebecca blickte zu den goldblinkenden Sternen auf, beobachtete die munter über die Wellen springende Spiegelung des halben Mondes und atmete tief die warme, salzige Luft ein. Vielleicht urteilte sie zu pauschal, nur weil sie selbst noch nie ein „Feier-Biest" gewesen war. Andere tanzten eben gern und mochten die Gesellschaft anderer Partyleute; das machte sie aber noch nicht zu oberflächlichen Menschen.

Malee ließ sich plötzlich in den weichen Sand fallen, als versagten ihr ihre Beine. Rebecca wartete einen Moment unschlüssig, den Blick auf das schwarze Wasser gerichtet, das nur dort, wo der Mond sich spiegelte, deutlich auszumachen war, ehe sie sich neben ihr niederließ. Die oberste Schicht des Sandes war von der Sonne aufgeheizt, als Rebecca jedoch die Füße in den Sand grub, bemerkte sie eine fast unangenehme Kühle.

„Ich war mal eine von ihnen", flüsterte Malee. Der leichte Wind trieb die Worte mit sich fort, als sollten sie nicht gehört werden. Rebecca, die etwas in der Art geahnt hatte, vernahm sie dennoch.

„Willst du mir davon erzählen? Und was ist mit Alaya?"

„Sie ist mit einem Mann weggegangen", war alles, was Malee über ihre Cousine verriet. Ihre Stimme offenbarte den abgrundtiefen Schmerz, den sie empfand. Sie waren zu spät gekommen.

„Mein Vater war Fischer. Er starb, als ich zehn war, meine Mutter zwei Jahre darauf. Ba und Lung*, ebenfalls Fischer, nahmen mich auf, doch das Geld reichte einfach nicht. Eines Tages hörte ich die Tante jammern, dass sie Alaya nicht *mehr* bieten könnten, da sie mich ja mitversorgen müssten. Also verließ ich Ban Nam Khem und ging nach Patong. Ich hatte eine Freundin, die dort arbeitete. Sie hatte das Glück, dass sie eines Tages einen Australier als Freier hatte, der sie geheiratet und mit in sein Land genommen hat."

Malee ließ Sand durch ihre Finger rieseln, vermutlich ohne es bewusst wahrzunehmen. Ihr Blick war hinaus auf die Bucht gerichtet, auf die von der Nacht verhüllte Schönheit, die die Touristen anlockte.

„Weißt du, wenn du erst einmal dieser ... Arbeit nachgegangen bist, wird kein Thai dich mehr heiraten. Die Mädchen hoffen alle auf so einen Glücksfall wie bei meiner Freundin."

„Wie alt warst du damals?", hakte Rebecca leise nach.

„Dreizehn, fast vierzehn."

Rebecca schwieg erschüttert. In dem Alter war sie zur Schule gegangen, war mit ihren Brüdern auf Bäume geklettert oder hatte Schnee-Iglus gebaut. Sie hatte, wenn auch wenig erfolgreich, Querflöte spielen gelernt und ihren Vater des Öfteren bei seinen abenteuerlichen Schluchtenwanderungen begleitet.

---

* Ba = Tante; Lung = Onkel

109

Rebecca war plötzlich unendlich froh, dass sie niemals den neuesten Modetrends gefolgt oder einem teuren Hobby nachgegangen war. Wenn sie damals von Malee und ihrem Leben gewusst hätte, hätte sie dann auf den Musikunterricht verzichtet, um ihr das Geld zukommen zu lassen? Mit dem, was das monatlich gekostet hatte, konnte man in Thailand vermutlich viel erreichen. Oder hätte sie einen Teil ihres Taschengeldes hergegeben, obwohl sie sich das immer hatte verdienen müssen? Die Fragen blieben unbeantwortet, waren sie doch zu spät gestellt.

„Anfangs war es widerlich, aber irgendwann stumpft man ab." Malee atmete tief durch. „Ich hatte ausgerechnet, wie viele Freier pro Woche ich brauchte, damit ich über die Runden kam und Alaya unterstützen konnte. War die Zahl erreicht, habe ich mich ausgeruht. Es gibt sehr nette und zuvorkommende Männer. Manche laden dich nach einer Nacht zum Frühstück ein, wollen noch den Vormittag mit dir am Strand verbringen. Gelegentlich spendieren sie dir sogar eine Mittagsmahlzeit. Wenn man sie genügend bewundert und anhimmelt, gibt es auch mal mehr Geld. Und wenn man Glück hat, kommen sie am nächsten Tag wieder. Aber es gibt auch die anderen …"

Malee warf den Sand weg. Er wehte silbern glitzernd im Mondlicht davon und fiel dann – im Gegensatz zu der Wut und Verzweiflung in Malees Innerem – enttäuschend kraftlos zu Boden.

„Für manche bist du nur rechtloses Freiwild. Ein Stück Fleisch, an dem sie ihre Fantasien ausleben, die sie zu Hause nicht verwirklichen können."

Rebecca biss die Zähne fest zusammen. Sie erinnerte sich nur zu gut an die Prostituierte, die sie halbtot in ihrem Helikopter transportiert hatten und die von gleich drei

Männern übel zugerichtet worden war – doch sie schwieg. Malees Schmerz würde wohl kaum dadurch gemindert werden, wenn sie ihr anvertraute, dass andere Frauen Ähnliches durchlitten.

„Als Nu und Baow vor acht Jahren das Hotel eröffneten, nahmen sie mich bei sich auf. Ich verdanke ihnen viel. In diesem Jahr haben sie es gewagt, das Hotel gründlich zu renovieren, um mit den großen Resorts mithalten zu können. Ich verzichte seitdem auf einen Teil meines Gehaltes; sonst könnten sie es nicht schaffen. Sie haben gesagt, dass sie mir das Hotel überlassen, wenn sie einmal zu alt sind, um es zu führen."

„Das ist großartig", erwiderte Rebecca leise.

„Sie haben keine Kinder, und ich werde nie heiraten. Das Hotel ist mein Leben. Aber leider können sie nicht noch jemanden einstellen. Alaya weiß das, sonst wäre sie zu uns gekommen."

Erneut kehrte Stille ein, lediglich unterbrochen von dem sanften Rauschen des Meeres und dem Rascheln der Blätter.

„Was können wir für Alaya tun?"

„Ich habe alle gebeten, ihr zu sagen, dass sie im Hotel anrufen soll." Malee klang wenig hoffnungsvoll, als sie hinzufügte: „Ich hoffe, dass sie meiner Bitte nachkommt."

Rebecca ergriff ihre Hand und drückte sie fest, gleichzeitig schickte sie ein Gebet zum Himmel mit der Bitte, dass Malees Wunsch in Erfüllung gehen möge.

6. Kapitel

Die Seismographen registrierten eines von rund 3.000 Beben täglich. Nichts Aufsehenerregendes, nichts Neues, nichts Beängstigendes. Normalität.

Bei 3.307 Grad nördlicher Breite und 95.947 Grad östlicher Länge vor dem Norden von Sumatra war die Lage jedoch angespannt wie nie zuvor. Der Eurasischen Platte waren Zahlen gleichgültig. Wie ein Zeigefinger auf dem Daumen, bevor er nach vorn schnellt, um eine Papierkugel zu schnipsen, bäumte sie sich auf. Nicht erst seit heute. Doch der Druck wurde allmählich unerträglich. Das Gestein ächzte und stöhnte, knirschte und knarrte und hoffte darauf, bald nachgeben zu dürfen.

Rebecca kraulte parallel zum Ufer durch das selbst am Morgen schon warme Meer. Sie hatte schlecht geschlafen und genoss die frühen Morgenstunden. Der Strand war bis auf wenige Frühaufsteher und das Personal der Hotels noch menschenleer. Wieder strahlte die Sonne vom wolkenlosen Himmel, verstärkte die berauschenden Farben der Natur und lockte schillernde Vögel und bunte Schmetterlinge aus ihren Verstecken hervor.

Keuchend stoppte Rebecca, hielt sich mit kleinen Bewegungen über Wasser und blickte auf die offene See hinaus. Fischerboote, einige von ihnen uralte Holzkähne, andere moderner Bauart, verschmolzen mit der Trennlinie zwischen Wasser und Himmel. Ein Longtail glitt tuckernd an ihr vorbei, der Skipper hob grüßend und lächelnd die Hand, Rebecca winkte zurück, erneut berührt von der Freundlichkeit der Menschen. Mit kräftigen Schwimmbewegungen näherte sie sich dem Strand und stapfte wenig später aus dem Wasser. Dort warteten Nathanael und Annalisa-Marie auf sie, und der Galan reichte ihr sogar das bereitgelegte Handtuch, in das sie sich einwickelte.

„Guten Morgen, meine Liebe", begrüßte seine Gattin sie vergnügt lächelnd und hakte sich wieder bei ihrem Ehemann unter.

„Guten Morgen."

„Es muss schön sein, wie eine Nixe durch das Wasser zu gleiten", merkte Nathanael an und blickte dabei auf die ruhige See hinaus.

„Ich könnte dir das Schwimmen beibringen", erbot sich Rebecca lachend.

„Ich wäre die runzeligste Nixe weltweit", lachte er. „Und warum sollte ich auf meine alten Tage noch schwimmen lernen?" Nathanael zwinkerte ihr zu. „Ich bleibe einfach auf dem Trockenen, dann spare ich mir die Anstrengung. Aber wir haben dich gestern Nachmittag und Abend vermisst."

„Ja, ja, Nathanael hatte Probleme, jemanden zum Plaudern zu finden."

„Unmöglich!", erwiderte Rebecca amüsiert. Der Mann redete notfalls mit Händen und Füßen, sobald er auf irgendwelche Sprachbarrieren traf.

„Richtig, genau richtig. Und deshalb lässt du dich bitte von ihm nicht von deinen Entdeckungstouren abhalten. Hier gibt es außer dem Strand noch so viel Aufregendes und Schönes zu sehen."

Rebeccas Lächeln fiel nur halbherzig aus, da sie an Malee und ihre vergebliche Suche nach Alaya dachte. Aufregend war das durchaus gewesen, schön jedoch nicht.

„Wir gehen ein Stück spazieren", erklärte Nathanael und winkte dabei einem dunkelhäutigen Touristen zu, der am Strand entlangjoggte. Rebecca ließ das Paar ziehen und machte sich auf den Weg zu ihrem Hotel. Als sie sich nochmals umdrehte, sah sie, wie der Jogger auf der Stelle trat, während Nathanael ihn in ein Gespräch zu verwickeln versuchte. Annalisa-Marie stand mit ihren Strandschuhen in den ausrollenden Wellen, beschattete ihr Gesicht mit einer Hand und blickte auf das Wasser hinaus, als gebe es dort etwas wirklich Faszinierendes zu beobachten. Wie Rebecca schien auch sie nicht genug von der sanften Schönheit Khao Laks mit seinen aneinandergereihten bezaubernden Buchten zu bekommen.

Auf der Veranda begrüßten sie Liska, Sven und Bo, von ihren Eltern war nichts zu sehen. Vermutlich gönnten sie sich den Luxus, einmal länger im Bett zu bleiben als ihre Kinder. Nur zu gern setzte sich Rebecca zu ihnen an den Tisch. Malee brachte ihr Kaffee und schüttelte dabei in stummer Absprache den Kopf. Sie hatte noch nichts von ihrer Cousine gehört.

„Wir gehen heute Elefanten reiten", rief Bo und zappelte unter dem Tisch so heftig mit den Beinen, dass sein ganzer Körper zu vibrieren schien.

„Wow, das hört sich ja spannend an." Rebecca stellte Bos Glas mit dem frischgepressten Orangensaft vorsichtshalber weiter in die Tischmitte. Der Kleine strahlte sie an und biss kräftig in eine halbe Scheibe Ananas. Der Saft lief ihm über das Kinn, was ihn nicht störte, Liska jedoch zu einer Serviette greifen ließ.

„Das macht Mama auch", kommentierte Bo die Bemühungen seiner älteren Schwester, ihm das Kinn abzuwischen.

„Elefanten sind meine Lieblingstiere!", verkündete Sven, klang dabei allerdings so, als sei er sich dieser Tatsache eben erst bewusst geworden.

„Es gibt nicht mehr viele Elefanten in Thailand. Seit sie kaum noch als Arbeitstiere gebraucht werden, weil Edelhölzer wie Teak nicht mehr unkontrolliert abgeholzt werden dürfen, ist ihr Bestand zurückgegangen", wusste die belesene Liska. Sie blickte Rebecca entschuldigend an, als fürchte sie, dass sie aufdringlich wirkte.

„Das war mir nicht bekannt", erwiderte Rebecca. Ein scheues, aber dankbares Lächeln erhellte das Gesicht des hübschen Mädchens.

„Willst du nicht mitkommen?", lud Sven sie ein.

„Sicher nicht."

„Warum denn nicht?"

„Weil dies euer Familienurlaub ist. Ihr solltet so viel wie möglich gemeinsam unternehmen und erleben, ohne mich als Eindringling."

„Du bist kein Dingling", meinte Bo und stemmte seine pummeligen Hände in die Hüfte. Er erntete Gelächter von allen Seiten; selbst das Ehepaar aus der Steiermark am Nebentisch fiel mit ein.

Bo grinste stolz in alle Richtungen. Sogar um Malees Mund spielte ein Lächeln, das jedoch schnell wieder verblasste. Ob sie daran dachte, dass sie als gebrandmarkte Frau niemals so ein niedliches Kind haben würde?

Liska beugte sich zu Rebecca und flüsterte: „Danke. Mama und ich sind so froh, dass Papa sein Handy verloren hat und uns jetzt mehr Aufmerksamkeit schenkt."

Rebecca registrierte drei Dinge: Zum einen verschwand das letzte Quäntchen ihres schlechten Gewissens darüber, dass sie wusste, wo Henrik sein wertvolles Gerät „verloren" hatte, zum anderen wurde ihr erneut klar, wie sehr die Familie unter der Arbeitswut des Vaters litt und dass dieser Umstand Liska offenbar zu einer gleichwertigen Gesprächspartnerin ihrer Mutter gemacht hatte, obwohl das eigentlich nicht dem Entwicklungsstand des Mädchens entsprach.

An der Rezeption läutete das Telefon. Rebecca wandte sich auf dem Stuhl halb um, als Malee wie gehetzt aus dem Raum stürmte. Sie legte einen Arm über die Teakholzlehne und lauschte auf die nicht verständlichen, mühsam beherrscht klingenden Worte der Hotelangestellten. Schließlich drehte sie sich wieder um, trank den letzten Schluck Kaffee, griff nach dem Rest ihres Gebäcks und überließ die Kinder sich selbst.

Malee hatte mittlerweile aufgelegt. Sie stand vornübergebeugt an der Theke; ihre Schultern bebten.

Baow trat aus dem Büroraum gegenüber, redete kurz auf sie ein, erhielt aber keine Antwort und verschwand wieder. Vermutlich war es von Vorteil, dass Malees Onkel Rebecca nicht gesehen hatte, weil Gefühlsausbrüche seiner Nichte vor einem Gast ihm vermutlich missfallen hätten. Nun eilte sie zu Malee und legte ihr den Arm um die Schulter. Die ließ es geschehen, obwohl Körperkontakt, das hatte Rebecca inzwischen bemerkt, hier nicht unbedingt üblich war. Sie achtete dabei darauf, den Kopf der Frau nicht zu berühren, war dies doch ein Unding in Thailand, wie Rebecca gelernt hatte.

„Was ist passiert?", flüsterte sie der aufgelösten Frau zu, die daraufhin den Kopf hob. Tränen sah Rebecca nicht, was sie allerdings mehr beunruhigte, als wenn sie reichlich geflossen wären. Vielmehr blickte sie in ein Gesicht, in dem Verzweiflung und Zorn um die Vorherrschaft kämpften.

„Rebecca … Danke, dass du mich gestern begleitet hast. Danke, dass du mich überhaupt dazu überredet hast, es zu versuchen …" Ihre Stimme brach und sie versuchte, auf Abstand zu gehen, sicher mit dem Gedanken, dass Rebecca ein Gast war, dem Malee eigentlich den Aufenthalt so angenehm wie möglich gestalten sollte. Diesmal war es an Rebecca, wie zuvor Bo, die Hände in die Hüften zu stemmen.

„Schließ mich jetzt bitte nicht aus. Ich mag hier nur ein Gast sein, eine Fremde, die nicht viel von eurem Leben und eurer Kultur weiß. Aber ich will es lernen, und vor allem möchte ich helfen."

„Warum?", keuchte Malee, als litte sie unter Schmerzen, dennoch schlich sich, womöglich rein aus Gewohnheit, wieder ein flüchtiges Lächeln auf ihr Gesicht.

Rebecca zog die Schultern hoch. „Warum? Vielleicht, weil das etwas ist, das Gott tief in mir verwurzelt hat. Ich habe schon als Kind jedes aus dem Nest gefallene Küken zu retten versucht. Ich bin …" Rebecca runzelte die Stirn. Ihr fehlte das englische Wort für Rettungsassistentin, also bezeichnete sie sich als Krankenschwester und fuhr fort: „Ich bin immer bemüht, Menschen beizustehen. Zudem dachte ich, wir stehen zumindest am Anfang einer Freundschaft."

Die Thai schaute sie einen Moment lang prüfend an, ehe sie den Blick senkte. So leise, dass Rebecca Mühe hatte, sie zu verstehen, murmelte sie: „Alaya wohnt mit einigen andern Mädchen zusammen. Eine von ihnen hat meine frühere Arbeitgeberin informiert. Alaya ist verletzt. Sie spricht nicht-"

„Lass uns sofort zu ihr fahren!", unterbrach Rebecca sie.
„Aber …"

„Sprich mit deiner Tante und deinem Onkel. Sie haben *dich* da rausgeholt. Sie wollen bestimmt nicht, dass Alaya dasselbe Schicksal erleidet wie du. Und wenn sie verletzt ist ...“

Malee eilte davon, kurz darauf drangen aus der Küche unterdrückte Stimmen. Dann kehrte die Thai zurück. Sie griff nach dem Telefon und tätigte zwei Anrufe, gleich darauf erklärte sie: „Eine Vertretung für mich kommt gleich. Sie hat zufällig Zeit. Ein Tuk-Tuk holt uns ab.“

Rebecca hatte sich nur mit ihrem Badeanzug und einem lockeren Strandkleid bekleidet zum Frühstück begeben. Daher spurtete sie die Stufen hinauf, zog ein T-Shirt und Shorts an und nahm ihr kleines, immer griffbereites Notfallverbandpäckchen mit. Wenig später warfen sich die Frauen auf die Rückbank ihres dreirädrigen Taxis. Der Fahrer war derselbe wie am Vorabend, vermutlich handelte es sich bei ihm um einen Bekannten der Familie.

Kurz bevor sie auf die Landstraße einbogen, wollte ein anderes Taxi in die Auffahrt einbiegen und musste sie vorbeilassen. Im Fond erkannte Rebecca Lukas. Sie hatte völlig vergessen, dass er an diesem Tag anreisen würde.

„Moment!“, stieß sie hervor, sprang aus dem Wagen und klammerte sich an die Reling des anderen Gefährts.

„Welch stürmische Begrüßung“, kommentierte Lukas und sein ausgelassenes Lächeln streichelte Rebeccas Seele. Er wirkte so herrlich unbekümmert und war voll überschäumender Urlaubslaune im Paradies angekommen. Ob sie ihm das wirklich verderben sollte, noch ehe er auch nur den Strand und den Ozean gesehen hatte?

„Was ist denn los?“ Offenbar beunruhigten ihn ihr Zögern und ihr aufgewühlter Gesichtsausdruck.

„Entschuldige bitte, ich erkläre dir das nachher.“

„Steckst du in Schwierigkeiten?" Lukas rutschte auf der Sitzbank auf ihre Seite und machte Anstalten auszusteigen. Sein Chauffeur, ein kleingewachsener Thai mit ergrautem Haar, deutete aufgeregt in die Zufahrt zum Hotel. Er wollte seinen Fahrgast ordnungsgemäß bis vor die Tür bringen.

„Ich muss ... etwas erledigen", sagte Rebecca. „Wir sehen uns später."

„Warte!", rief Lukas ihr nach. Er versuchte, seinem Fahrer klarzumachen, dass er sein Gepäck im Hotel abliefern solle, und streckte ihm ein Bündel Geldscheine entgegen. Der Mann nickte, wenngleich er die Touristen verständnislos ansah. Sein Englisch beschränkte sich auf wenige Worte, dennoch fuhr er, als Lukas ausgestiegen war, zum Hotel hinab.

Rebecca wollte keine Sekunde vertrödeln, deshalb ergriff sie Lukas' Hand und zog ihn zu ihrem Tuk-Tuk. Sie schob ihn unsanft neben den Fahrer und kletterte wieder nach hinten.

Malee, von Rebeccas Eile und Eifer angesteckt, trieb den Chauffeur an, der dem klapprigen Fahrzeug eine gefährlich hohe Geschwindigkeit abverlangte. Lukas drehte sich mühsam auf dem beengten Sitz um und nickte Malee grüßend zu, wandte sich aber direkt an Rebecca. „Was ist eigentlich los?"

„Malees Cousine Alaya steckt in Schwierigkeiten. Wir fahren zu ihr nach Patong."

„Geht dein Helfersyndrom gerade mit dir durch?", fragte er, hörte sich dabei jedoch weder vorwurfsvoll noch spöttisch an, eher verwirrt.

„Das hat niemals Urlaub", konterte Rebecca und stellte ihm Malee vor. Die Frau schenkte ihm ein Lächeln, dem noch immer das Strahlen fehlte, das Rebecca am ersten Tag so an ihr bewundert hatte. Ihr „Herzlich willkommen in Khao

Lak" klang für Rebecca, die die Frau inzwischen näher kannte, deutlich gezwungen.

„Was sind das für Schwierigkeiten?", hakte Lukas nach und hielt sich krampfhaft an der Lehne fest, da das Tuk-Tuk sich gefährlich in eine Kurve legte.

„Das wissen wir nicht so genau", wich Rebecca aus. Sie sprach Englisch, da sie Malee nicht aus dem Gespräch ausschließen wollte. Diese drückte ihr dankbar die Hand.

Lukas runzelte die Stirn, drehte sich nach vorn, ohne weitere Fragen zu stellen und versuchte mühsam, irgendwo seine langen Beine unterzubringen. Froh über sein Feingefühl atmete Rebecca auf. Doch womöglich hatte sie ihn so mit alledem überfallen, dass er zu perplex war, um detailliertere Erkundigungen einzuholen. Rebecca schob alle Überlegungen vor sich. Lukas wirkte wie jemand, der alles immer sehr genau durchdachte und – im Gegensatz zu ihr – wohl selten einmal kopflos agierte. Vermutlich sortierte er gerade gedanklich die Geschehnisse ein.

Es tat ihr leid, dass sie ihn durch ihren unbedachten Überfall in Malees und Alayas Tragödie hineingezogen hatte. Wenn sie ihre freien Tage damit zubrachte, sich in das Leben anderer Menschen einzumischen, war das ihre Sache. Doch Lukas war bestimmt nicht durch die halbe Welt geflogen, um sich von ihr in einer lebensgefährlichen Fahrt durch die herrliche Landschaft jagen zu lassen und sich im Rotlichtmilieu um eine junge Frau zu kümmern, die ihn eigentlich nichts anging.

Er murmelte: „Du hast dich wohl zu sehr von diesem James-Bond-Film inspirieren lassen."

Rebecca wusste, dass er damit er auf den Streifen *Der Mann mit dem goldenen Colt* anspielte, der damals in der nahe gelegenen Bucht von Phangnga gedreht worden war.

Der versteckte Vorwurf, es wohl ein bisschen mit der Theatralik zu übertreiben, torpedierte ihr Gewissen zusätzlich.

Aufgeregte Stimmen, Kleiderrascheln und unterdrücktes Schluchzen begrüßten Rebecca und Lukas, als sie hinter Malee durch die Tür eines winzigen, düsteren Zimmers traten, in dem zwar fünf Mädchen wohnten, allerdings nur drei Betten standen. Die Mädchen schliefen meist in den Zimmern ihrer Freier. Bis auf einen Schrank gab es keine weiteren Möbel, allerdings türmten sich auf dem Boden Kleidungsstücke, die eines der drei anwesenden Mädchen eilig beiseite räumte.

Auf dem Bett im hintersten Winkel hob sich, kaum zu sehen, eine Silhouette ab. Malee fiel auf die Knie und sprach das Mädchen an. Rebecca wandte sich an eine der zwei anderen jungen Frauen, die untätig herumstanden und mit weit aufgerissenen Augen die Eindringlinge betrachteten, und bat sie, für ausreichend Licht zu sorgen.

Beim Anblick der leichtbekleideten Mädchen waren auf Lukas' Stirn tiefe Sorgenfalten entstanden. Schließlich stieß er Rebecca leicht gegen die Schulter und raunte: „Ich warte draußen. Ruf mich, falls du mich brauchst." Er verschwand schneller, als sie reagieren konnte, und wieder rechnete sie ihm seine feinfühlige Reaktion hoch an.

Rebecca war erleichtert, als endlich eine Stehlampe in das Zimmer getragen und angeknipst wurde, doch dies schlug unverzüglich in Entsetzen um.

Alayas Gesicht war so verschwollen, dass sie kaum die Augen öffnen konnte. Ein offener, bereits verkrusteter Schnitt zog sich über ihre Wange und würde sicher eine hässliche Narbe hinterlassen. Ihre Arme waren von Blutergüssen übersät, und als Malee auf Rebeccas Bitte hin die leichte Decke wegzog, zeigten sich auf Alayas schmalem Rücken Striemen wie von Peitschenhieben. Unter dem Mädchen hatte sich eine Blutlache auf dem fadenscheinigen Laken gebildet, und diese bereitete Rebecca allergrößte Sorgen.

„Sie muss in ein Krankenhaus!", sagte sie mit bewusst fester Stimme zu Malee. Die Thai sah sie mit großen, runden Augen fragend an. „Sofort!"

Malee sprang auf und stob davon. Kaum dass sie draußen im Flur des zweistöckigen Gebäudes verschwunden war, drang Lukas' besorgt klingende Stimme herein: „Alles in Ordnung?"

„Mir geht es gut", entgegnete Rebecca und wandte sich zu der Prostituierten um, die die Lampe gebracht hatte. „Ich brauche saubere Tücher und Wasser!"

Das Mädchen, Rebecca schätzte sie auf 16, ignorierte ihre wie wild aufräumende Freundin und wies eine andere an, das Gewünschte zu besorgen. Sie trat näher und raunte: „Alaya lag auf Straße. Abgeladen wie Müll."

Rebecca bemühte sich um die Verletzte, soweit ihr das unter diesen primitiven Umständen möglich war. Ohne das Mädchen anzusehen, fragte sie: „Kannst du nach Hause gehen?"

Sie schüttelte den Kopf. „Vater hat verkauft."

Rebecca hielt inne und starrte in das schmale Gesicht mit der leicht schiefstehenden Nase, die aussah, als sei sie einmal gebrochen gewesen.

„Sonst Geschwister verhungern." Das Mädchen streckte sieben Finger in die Höhe. Rebecca atmete tief durch und wandte sich wieder der Verletzten zu.

Eine blechern klingende Sirene war zu hören. Rebecca tastete nach dem Puls an Alayas Hals. Er schlug schwach, aber regelmäßig. Die Verletzte stöhnte, weiterhin in einer gnädigen Ohnmacht versunken.

„Lukas?“

Er stand innerhalb eines Wimpernschlags neben ihr, als habe er nur darauf gelauert, dass Rebecca endlich nach ihm rief.

„Kannst du sie bitte runtertragen? Sie dürfte nicht viel wiegen.“

Auf sein Nicken hin wickelte Rebecca Alaya notdürftig in das blutige Laken. Lukas nahm das zierliche Mädchen auf die Arme, das Englisch sprechende Thaimädchen legte ein weiteres Tuch auf sie.

Obwohl Alaya lediglich ein Federgewicht war, war es für Lukas eine Herausforderung, sie die schmale, steile Treppe hinunterzutragen, zumal sich im Übergang zur zweiten Wohnung mehrere neugierige Mädchen drängten. Malees ungewohnt energische Stimme verjagte sie in den Flur des ersten Stockwerks.

Lukas verfiel in Laufschritt, kaum dass sie draußen waren. Er brachte Alaya aus dem beengten Hinterhof nach vorn zur Straße, die an diesem Morgen nichts von ihrer Anrüchigkeit zeigte, sondern vielmehr wie eine Einkaufsstraße mit Restaurants und Bars wirkte.

Ein Arzt mit ergrautem Haar und Vollbart kam ihnen entgegen. Rebecca suchte die englischen Begriffe zusammen, um möglichst detailliert die Pulswerte und die von ihr erkannten Verletzungen weiterzugeben.

Der Mann hörte zu, nickte dabei ständig und fragte, als Alaya auf eine Trage in den Wagen geschoben wurde: „Ärztin?“

Wieder fehlte ihr die richtige Berufsbezeichnung, also behalf sie sich mit „Krankenschwester. Im Hubschrauber.“

Ein weiteres Nicken folgte, dann kletterte der Arzt zu seiner Patientin in den Wagen. Die Türen schlugen zu und das Fahrzeug fuhr davon. Zurück blieben eine gewaltige schwarze Abgaswolke und drei Personen mitten auf der Straße.

„Ist es schlimm?" Drängend packte Malee Rebecca mit beiden Händen am Unterarm.

„Ich weiß es nicht. Alaya hat viel Blut verloren."

Wütendes Hupen hinter ihnen trieb das Trio auf den Gehweg und in den Schatten der Arkaden.

„Sie muss den Kerl anzeigen", grollte Lukas. Seine Wut auf den Mann, der ein hilfloses Mädchen dermaßen zurichtete, war unübersehbar.

Malee schüttelte den Kopf. „Vermutlich weiß sie nicht einmal seinen Namen. Vielleicht sein Hotelzimmer, aber er reist sicher bald ab. Und im nächsten Jahr kommt er wieder …"

Die Dünung war sanft und rollte beruhigend wie ein Wiegenlied über den Sand. Für einen Surfer wie Lukas, der Küsten mit ordentlich Seegang bevorzugte, mutete das Meer wie ein Kinderspielplatz an, aber dafür war die Landschaft umso faszinierender.

Vor dem Licht des zunehmenden halben Mondes hoben sich die Schattenrisse der Palmen ab, die schwarze Wasseroberfläche wurde von silbrigen Lichtblitzen verziert und der weiche Sand strahlte noch immer die Wärme des Tages ab, während ein leichter Wind an Lukas' Shirt zupfte und für Abkühlung sorgte.

Obwohl er bereits vor 12 Stunden angekommen war, war es ihm erst jetzt gelungen, an den Strand zu gehen. Rebeccas Hilfseinsatz für das Mädchen und stundenlanges Warten im

Krankenhaus, bis klar war, dass Alaya überleben würde, hatten ihn davon abgehalten.

Er hatte dem Wiedersehen mit Rebecca regelrecht entgegengefiebert und sich sehr gefreut, als sie, kaum dass sie ihn in dem Tuk-Tuk entdeckt hatte, auf ihn zugestürmt war. Allerdings hatte er sich ihr Zusammentreffen grundlegend anders vorgestellt. Ärger verspürte er darüber nicht, vielmehr war es Faszination, die ihn erfüllte. Rebeccas Energie, Mitgefühl und Einsatzbereitschaft waren wirklich außergewöhnlich.

Tief sog er die würzige warme Luft in seine Lungen und überlegte, ob er eine Runde schwimmen sollte. Da ihm der Küstenabschnitt unbekannt war, nahm er von dem verlockenden Gedanken jedoch Abstand. Als Wassersportler wusste er zu viel über die Fährnisse und Tücken des flüssigen Elements.

„Hi!"

Rebeccas Stimme ließ ihn herumwirbeln. Das Hochgefühl darüber, dass er endlich angekommen war und einige unbeschwerte freie Tage genießen konnte, steigerte sich zu unbändiger Freude. Offenbar hatte Rebecca den schwedischen Kindern, die sie besitzergreifend vereinnahmten, den Rücken gekehrt und ihn hier draußen gesucht.

„Hi!", grüßte er zurück und betrachtete sie in ihrem hellen Strandkleid, das, vom Mond beschienen, ihre Gestalt umschmeichelte. Ihm gefiel, was er sah.

Rebecca gesellte sich neben ihn. Einträchtig bewunderten sie die funkelnden Lichter auf und über dem Meer. Jetzt war es fast so, wie er es sich ausgemalt hatte – wobei er sie in seiner Vorstellung im Arm gehalten und geküsst hatte. Aber das musste noch ein bisschen warten.

„Danke für deine Hilfe!", sagte Rebecca irgendwann.

„Mir blieb kaum eine Wahl, nachdem du das Tuk-Tuk gekapert hattest!", entgegnete er und freute sich an ihrem Lachen.

„Entschuldige bitte. Ich verspreche: Ab sofort darfst du jeden Tag deines Urlaubs genießen."

„Wenn das bedeutet, dass du nicht in der Nähe bist, verzichte ich darauf."

„He!" Sie boxte ihn gegen den Oberarm und lachte erneut. „Ich ziehe Probleme nicht magisch an!"

Er zog eine Grimasse. Ob sie die Botschaft in seinen Worten nicht verstanden hatte oder nur so tat, blieb ungeklärt. Womöglich musste das mit der Umarmung und dem Kuss noch länger warten als nur ein bisschen? Ihn übermannte das ungute Gefühl, dass sein Urlaub entschieden zu kurz ausfallen könnte.

„Was hältst du von einem nächtlichen Bad? Oder gibt es hier gefährliche Klippen im Wasser?"

„Das nicht, aber es ist Ebbe."

„Wir müssen ja nicht weit hinausschwimmen."

„Ehrlich, Lukas, mir ist Wasser, in dem ich nicht sehe, was um mich her passiert, nicht ganz geheuer. Wie hältst du stattdessen von einem Strandspaziergang?"

„Okay. Aber morgen gehst du mit mir schnorcheln. Ein gewisser blonder Frechdachs hat mir nämlich erzählt, dass du noch keinen einzigen Ausflug unternommen hast und ihn nicht einmal zu den Elefanten begleiten wolltest."

„Männer sind die größeren Tratschweiber!", foppte Rebecca ihn und wandte sich in Richtung Nordspitze der Bucht.

„Wir halten lediglich zum sachdienlichen Informationsaustausch zusammen."

„Und welche Information hast du ihm im Gegenzug geliefert?", wollte Rebecca wissen.

„Zugegeben, ich habe ihn bestochen, indem ich ihm versprochen habe, dass ich ihn auf die Schnorcheltour zu den Similan Islands mitnehme."

Das zufriedene Aufatmen, das klang, als sei Rebecca über den Begleitschutz des jungen Schweden froh, missfiel ihm.

„Allzu oft solltest du ihn aber nicht bestechen. Die Kinder haben gemeinsame Zeit mit ihrem Vater dringend nötig."

Den Gedanken, dass er auch lieber allein mit ihr war, dies sofort am ersten Urlaubstag jedoch nicht zu planen gewagt hatte, behielt er für sich.

„Ingrid und Henrik hatten darüber gesprochen, die drei Kids morgen in einem betreuten Programm des nebenan gelegenen Hotels abzugeben, damit sie etwas zu zweit unternehmen können. Ich habe Sven nur davor bewahrt, unter Anleitung einer übereifrigen Animateurin Blinde Kuh spielen zu müssen. Nichts für einen angehenden Mann!"

„Dann durftest du heute ja schon das zweite Mal den Helden spielen!", foppte Rebecca ihn.

Er lachte, packte sie von hinten um die Hüften und schleppte sie ins Wasser. Die Wellen klatschten erst gegen seine Unterschenkel, dann gegen seine Knie.

„Und wer rettet dich aus den Fluten, hm?", raunte er ihr zu. Sie hatte aufgehört, sich zu winden und zu strampeln, wahrscheinlich, weil sein unbarmherziger Griff ihr dabei wehtat.

Er stellte sie auf die Füße, im gleichen Augenblick gab sie ihm einen Stoß gegen die Schultern und säbelte ihm unten gekonnt das Standbein weg. Er fiel hintenüber, und das aufspritzende Wasser schlug über ihm zusammen. Als er auftauchte, war sie bereits am Strand und lief, nur als Schatten im fahlen Mondlicht zu erkennen, den Weg zurück, den sie gekommen waren.

„Das kriegst du zurück!", rief er ihr nach und beobachtete, wie sie sich umdrehte, mit beiden Händen siegessicher winkte und, jetzt deutlich langsamer, da er ihr nicht sofort folgte, förmlich am Strand entlang tanzte. Das aufgeregte Kribbeln in seinem Inneren ließ ihn leise hinzufügen: „Und du hast keine Ahnung, wie sehr ich dich liebe!"

Als die Nacht Rebecca verschluckt hatte, legte er sich auf die Wasseroberfläche und ließ sich von den Wellen schaukeln. Dabei betrachtete er die Sterne, die immer zahlreicher zu sehen waren, je länger er hinaufblickte. Er gestand sich ein, dass so eine geschützte Bucht ohne spektakuläre Surfwellen durchaus auch etwas Angenehmes hatte.

Lukas, Rebecca und Sven waren am frühen Morgen vom Lamru-Hafen mit einem Tauchboot aufgebrochen. Rund zwei Stunden später erreichten sie die 65 Kilometer westlich von Khao Lak gelegene unbewohnte Inselkette Similan Islands. Das ruhige Wasser war blau wie der wolkenlose Himmel, die bewaldeten Inseln, wie Perlen auf einer Kette angeordnet, faszinierten Rebecca mit ihren weißen Stränden, den zerklüfteten Klippen und den bizarren Riff- und Granitfelsformationen. Die junge Frau beugte sich weit über den Rumpf, damit sie ja keine der von der Brandung aus dem Fels genagten engen Schluchten und Passagen übersah. Es war eine Herausforderung, dabei nicht die Hart- und Weichkorallen, die wiegenden Seefarnfelder und vor allem die Schwärme tropischer Fische zu übersehen, die sich im klaren Wasser dicht an den Rumpf heranwagten. Manchmal wusste Rebecca einfach nicht, wohin sie zuerst schauen sollte.

Der Katamaran steuerte eine Bucht der Insel No. 8, Ko Similan, an, das Motorengeräusch erstarb und der Anker verschwand aufspritzend im Wasser. Zu dieser frühen Stunde war ihr Boot das einzige vor Ort; das zeitige Aufstehen hatte sich also gelohnt. Der weiße Sand am Ufer blendete im hellen Sonnenlicht, und als das Schiff stilllag, umschwärmten sie bald unzählige buntschillernde Fische, von denen Rebecca nicht eine Art zu benennen wusste.

„Das Tauchen bei den Riffen ist noch viel schöner", verriet Lukas ihr leise und nah an ihrem Ohr. Offenbar hatte er ihre Begeisterung wahrgenommen. „Du solltest einen Tauchkurs belegen."

„Warum fährst du mit mir und Sven zum Schnorcheln und Schwimmen hier heraus, wenn du tauchen gehen könntest?", erwiderte Rebecca irritiert.

„Weil ich dich zum Tauchen nicht mitnehmen kann", konterte er, ehe er mit einem Kopfsprung ins Wasser sprang.

Sven folgte ihm mit einem wildvergnügten Aufschrei, allerdings nicht mit dem Kopf voraus. Der Zehnjährige war kein sicherer Schwimmer. Rebecca, durch Lukas' unverhohlene Zuneigungsbekundung sehr aufgewühlt, sah zu, wie Lukas an Svens Seite schwamm und ihn bis zum Strand nicht aus den Augen ließ. Die Tatsache, dass er den Jungen mitgenommen hatte, beruhigte sie ein wenig. Ja, sie mochte Lukas und empfand seine Gesellschaft als angenehm. Er war ein ehrlicher und humorvoller Mann, hilfsbereit und verantwortungsbewusst, wie sie gerade wieder beobachten konnte. Aber ob sie jemals mehr für ihn empfinden würde?

Ihr Skipper hatte sich in den Schatten der Kajüte zurückgezogen, und für Rebecca gab es keinen Grund, länger an Bord zu bleiben. Also streifte sie ihr Top ab, legte es auf ihre Strandtasche und sprang in ihrem dunkelblauen

Sportbadeanzug ebenfalls per Kopfsprung in die türkis-
blauen Fluten. Die Fische stoben davon, ihre Flucht nahm
Rebecca als silbernes Aufblitzen wahr. Sie tauchte bis zum
Meeresboden, strich über den weichen Sand, der daraufhin
in Fontänen aufwirbelte, ehe sie sich auf den Rücken drehte
und zur Wasseroberfläche schaute. Die Sonnenstrahlen brachen sich unter Wasser, an der Oberfläche hingegen flacker-
ten sie wie kleine weiße Flammen.

Wenig später saß sie im Schatten einer Palme am Strand
und beobachtete, wie Lukas mit dem begeistert quietschen-
den Sven im Meer tobte. Rebecca lächelte. Männer, die gut
mit Kindern umgehen konnten und ihnen gern ihre Zeit
widmeten, hatten etwas unwiderstehlich Anziehendes. Plötzlich tuschelten die beiden miteinander und kamen dann aus
dem Wasser. Misstrauisch kniff Rebecca ein Auge zu und
sah ihnen alarmiert entgegen. Vermutlich waren sie darauf
aus, sie ins Wasser zu werfen. Rebecca, bei Rangeleien sonst
immer bemüht, sich energisch zur Wehr zu setzen, nahm
sich vor, den Spaß um Svens willen bereitwillig mitzuma-
chen.

Sven und Lukas bauten sich breitbeinig und mit vor der
Brust verschränkten Armen vor ihr auf. Wassertropfen rannen
an ihren Körpern entlang, der eine schmal, braungebrannt
und kindlich dünn, der andere schlank, aber muskulös und
noch deutlich heller.

„Habe ich was angestellt?", fragte Rebecca. Die tropfenden
Statuen wechselten einen Blick.

„Faules Herumsitzen im Sand ist strafbar", wiederholte
Sven das, was Lukas ihm vermutlich zuvor zugeflüstert hatte.

„Aber doch nicht im Urlaub!", gab Rebecca gespielt entsetzt zurück. Über Lukas' Gesicht huschte ein Lächeln. Er
hatte erkannt, dass sie mitspielen wollte.

„Doch", erwiderte Sven, warf Lukas einen fragenden Blick zu und erinnerte sich dann wieder an das, was er sagen sollte: „Für junge Frauen unter dreißig ist das nur zwischen zweiundzwanzig und zwei Uhr nachts gestattet. Und auch nur bei Mondschein."

„Wirklich? Oh nein ..." Rebecca schüttelte verzweifelt den Kopf.

„Und nur in Begleitung eines Mannes!", vervollständigte Sven.

„Wer stellt denn solche blöden Regeln auf?", konterte sie. Sven schaute seinen großen Freund vorwurfsvoll an. Schließlich deutete er mit dem Finger auf Lukas. „Der da."

„Ich finde, dafür gehört er ins Wasser geworfen!", meinte Rebecca und sprang mit einem Satz auf die Beine. „Hilfst du mir, Sven?"

„Aber ...?"

„Sie versucht, sich rauszuwinden", erläuterte Lukas, der einen Moment gebraucht hatte, um zu reagieren. Offensichtlich war er nicht darauf gefasst gewesen, dass sie den Spieß einfach umdrehen könnte.

„Pack sie!", feuerte er seinen kleinen Helfer an. Der fiel auf die Knie und umklammerte Rebeccas Beine.

Wie schon am Abend zuvor ergriff Lukas sie von hinten um die Taille und hob sie hoch, sodass der Junge kaum Gewicht zu tragen hatte, seine Aufgabe aber als extrem wichtig empfand. Die beiden schleppten Rebecca, die sich nicht wirklich wehrte, in Richtung Meer.

Rebecca war auf den Angriff gefasst gewesen, hatte sie doch von Anfang an geahnt, was die ungleichen Freunde vorhatten. Auf was sie allerdings nicht vorbereitet gewesen war, war das Gefühl, das wie heiße Wellen durch ihren Körper floss, als sie Lukas' Haut auf der ihren spürte. Es nahm ihre Sinne gefangen und erschwerte ihr das Atmen. Einerseits genoss sie das lebendige Prickeln, andererseits verwirrte es sie so sehr, dass sie sich am liebsten losgemacht hätte.

Sven, der begeistert über seinen und Lukas' „Sieg" jubelte, hielt sie davon ab, sich mit einer ruckartigen Bewegung aus dem Griff des Mannes zu winden. Ein Tropfenregen spritzte unter den Schritten der beiden auf, und schließlich ließen sie Rebecca einfach los. Warmes Wasser umfing sie, vermochte jedoch die Erinnerung von ihrer Haut auf der von Lukas nicht wegzuwaschen. Sie wand sich und wollte davontauchen, doch Lukas' Hand an ihrem Fuß hielt sie zurück. Ihr blieb nichts anderes übrig, als aufzutauchen.

„Nochmal!", schrie Sven, tauchte ab und ergriff ihre Knöchel. Damit der Junge schnell wieder auftauchen konnte, hob Lukas sie hoch. Dabei flüsterte er: „Du hast die Romantik einer Kokosnuss."

„Sehr charmant."

„Ich werde die harte Schale schon knacken."

Erneut landete Rebecca in den Fluten, aber diesmal gelang ihr die Flucht. Sie tauchte weit und kraulte dann auf das Boot zu. Lukas und Sven folgten ihr wesentlich langsamer. Sie saß bereits an Bord, als die beiden am Boot anlangten, und hatte das Gefühlschaos in ihrem Inneren halbwegs unter Kontrolle. So deutlich hatte Lukas seine Ziele noch nie geäußert.

„Du schwimmst gut", rief Lukas ihr mit unverhohlener Bewunderung zu.

„DLRG", entgegnete sie knapp und reichte Sven helfend die Hand. Der stieß sich jedoch mit den Füßen kräftig vom Rumpf des Katamarans ab. Rebecca, die darauf überhaupt nicht gefasst gewesen war, konnte nur mit einem beherzten Kopfsprung verhindern, dass sie auf den Schlingel stürzte.

Schnell tauchte sie auf, um sich zu vergewissern, dass Sven nichts zugestoßen war, und sah dabei, wie die neugefundenen Freunde sich triumphierend gegenseitig abklatschten.

„Sauber!", lobte Lukas, was in Rebecca den Verdacht bestätigte, dass er ausnahmsweise nicht hinter diesem Angriff auf sie steckte. Sie schwamm neben ihn und raunte: „Er hat dir was voraus."

„Noch!", erwiderte er, schaute sie ernst an und hievte sich dann kraftvoll an Bord. Rebecca wurde das Gefühl nicht los, er könne etwas anderes gemeint haben als die Tatsache, dass Sven sie erfolgreich hereingelegt hatte.

Vergnügt und hungrig machten sich die drei über eine kleine, vom Skipper vorbereitete Mahlzeit her. In dieser Zeit erreichten drei weitere Katamarane die Bucht, um dort Touristen abzuladen, kurz darauf folgten zwei Schnellboote. Ihr Tauchkatamaran lichtete den Anker und brachte sie aus der Bucht heraus, vorbei an den zerklüfteten Felsen zu einem Riff in seichtem Gewässer mit einer geringen Strömung, sodass es auch Sven als nicht so versiertem Schwimmer möglich war, mit Flossen, Schnorchel und Taucherbrille die bunte Wunderwelt unter Wasser zu bestaunen.

Eine Stunde später kletterten sie wieder an Bord und ließen sich in Richtung Khao Lak zurückfahren. Rebecca schlang einen Arm um Sven, der sich immer schwerer an sie lehnte. Schließlich deutete Lukas grinsend mit dem Kinn auf den Jungen. Offenbar war Sven eingeschlafen.

„Danke für den tollen Ausflug", flüsterte Rebecca. „Sven wird ihn bestimmt immer im Gedächtnis behalten."

„Und du?"

„Das kommt darauf an, was du noch so alles vorhast", erwiderte sie schmunzelnd. Daraufhin musterte er sie lange nachdenklich, ehe er den Blick abwandte und auf die

Inselgruppe zurückschaute. Dennoch entging ihr das breite Lächeln nicht, das er zu verstecken versuchte. Er freute sich offensichtlich über ihre versteckte Zusage, sich auf weitere Unternehmungen mit ihm einzulassen.

Sie atmete tief ein und aus, spürte die alte Unsicherheit und den üblichen Abwehrmechanismus in sich aufkeimen, den sie kaum zu unterdrücken imstande war. Hatte sie ihm zu viel versprochen? Würde sie den Mut haben, sich mit dem verwirrenden Gefühl auseinanderzusetzen, das sie vorhin überfallen hatte und das irgendwie nicht mehr so recht abzuwehren war?

7. Kapitel

Rebecca und Lukas brachten Sven zu seinen Eltern. Ingrid bedankte sich herzlich dafür, dass sie dem Jungen diesen Ausflug ermöglicht hatten. Henrik hatte sich inzwischen ein neues Mobiltelefon zugelegt und war damit beschäftigt, während Sven ohne Punkt und Komma auf ihn einredete, weil er so viel zu erzählen hatte. Hoffnungsvoll warf Rebecca einen Blick auf Bo. Wie schnell es dem Kleinen wohl gelingen mochte, das Gerät erneut im Sand zu verbuddeln oder im Ozean zu versenken? Vielleicht sollte sie das der Frau und den Kindern zuliebe einfach selbst übernehmen ...

Sie teilte den Gedanken Lukas mit. Der schwieg lange, als sie zur Straße hinaufschlenderten, einen kunterbunten, aber bereits schon im Abbau begriffenen Markt passierten und sich schließlich in einer kleinen Garküche ein Fisch-Curry bestellten. Nachdem die Kellnerin ihnen Servietten und für sie als Touristen auch Besteck auf die Plastiktischdecke gelegt hatte, ergriff Lukas Rebeccas Hand und drehte sie so, dass er ihre Handfläche betrachten konnte.

„Lebensrettende und zugleich kriminelle Hände? Eine interessante Mischung", meinte er nur, ließ sie wieder los und zwinkerte ihr zu.

„Kriminell?"

„Wie nennst du Diebstahl und Sachbeschädigung sonst?"

„Familienzusammenführung? Urlaubsrettung? Aufmerksamkeitserzwingungsmaßnahme?"

„Wie du weißt, ist der Ehemann meiner Mutter Anwalt. Ihn würde diese Verteidigungsstrategie bestimmt interessieren, du Robin Hood Thailands."

„Robin? Sie heißt Rebecca." Die vertraute heisere Stimme ließ Rebecca herumfahren. Sie sprang auf und lud Annalisa-Marie und Nathanael ein, sich zu ihnen zu setzen, was allerdings nicht nötig war, denn Nathanael hatte bereits einen Stuhl vom Nachbartisch ergriffen, den er wie selbstverständlich für seine Frau an den kleinen Tisch der jungen Leute stellte.

Annalisa-Marie zögerte und sah Rebecca fragend an. Lukas erhob sich höflich, stellte sich der Frau vor und rückte ihr den Stuhl zurecht, während Nathanael sich angeregt mit einem Mann an einem weiteren Nebentisch unterhielt, den er eigentlich nur hatte fragen wollen, ob er einen Stuhl erübrigen konnte.

„Rebecca, meine Liebe", begann Annalisa-Marie und warf ihrem Ehemann über die Schulter einen vorwurfsvollen Blick zu, den dieser jedoch nicht sehen konnte, da er ihnen den Rücken zudrehte. „Ich habe schrecklichen Hunger. Unsere Mittagsmahlzeit ist ausgefallen …"

„Weil?" Rebecca ahnte die Antwort bereits.

„Er war bei der Massage, und die junge Dame sprach sehr gut Deutsch."

„Und jetzt kennt er ihre gesamte Lebensgeschichte?"

„Und die ihrer drei Kinder", seufzte Annalisa-Marie mit einem Lächeln, was einen fragenden Blick von Lukas nach sich zog. Rebecca grinste ihn vergnügt an. Lukas würde Nathanael schnell genug kennenlernen.

„Vielleicht kannst du ihn dazu bringen, dass er sich innerhalb der nächsten halben Stunde zu uns setzt, damit wir etwas zu essen bestellen können. Sonst werde ich nämlich verhungern. Ich frage mich übrigens schon die ganze Zeit, weshalb so viele Thais so schlank sind. Sie scheinen jede Mahlzeit zu einem Ereignis zu machen und nehmen bestimmt sieben- oder achtmal am Tag etwas zu sich." Bei diesen Worten rieb sie sich über ihr leicht vorstehendes Bäuchlein, das wie zur Bestätigung einen protestierenden Knurrlaut von sich gab.

Das Fisch-Curry kam und Rebecca schob ihre Portion und das Besteck sofort zu Annalisa-Marie hinüber. Die runzelte zwar die Stirn, faltete dann aber die Hände, betete halblaut und begann zu essen.

„Wir können uns die andere Portion teilen", schlug Lukas vor, doch Rebecca wehrte ab. Sie erhob sich, trat neben Nathanael und legte ihm voll Zuneigung den Arm um die knochigen Schultern.

„Ah, Rebecca." Nathanael stellte sie dem Touristen aus der Schweiz vor. Der wirkte ein bisschen genervt. Offenbar wollte er seine Ruhe beim Essen.

„Lassen wir den Herrn allein, Nathanael, und sehen zu, dass wir selbst etwas in den Bauch bekommen."

„Hat Annalisa-Marie dich geschickt?"

„Vielmehr ihr Magen. Der ist bereits irgendwo in der Kniekehle zu finden."

„Die Gute hat schon viel mit mir auszuhalten."

„Ja, eine Menge Spaß, immer neue Bekanntschaften und viel Liebe. Wirklich schrecklich!"

Nathanael, der sich mit beiden Händen auf die Stuhllehne gestützt hatte, richtete sich auf und legte nun seinerseits einen Arm um Rebecca. Leicht drückte er sie an sich und nickte in Lukas' Richtung.

„Einer der Hochzeitsgäste, von deren baldiger Ankunft du uns erzählt hast?"

„Genau. Das ist Lukas Becker.“

„Oder vielleicht eher *dein* Nathanael?“ Er zwinkerte vergnügt und offenbarte damit, dass Annalisa-Marie und er keinerlei Geheimnisse voreinander hatten.

„Das weiß ich noch nicht so genau.“

„Ich werde dem jungen Mann mal auf den Zahn fühlen und dir dann Bescheid geben.“ Ehe Rebecca ihn aufhalten konnte, eilte Nathanael davon und ließ sich auf ihrem Stuhl nieder. Sie nahm den Rattanstuhl vom Tisch des Schweizers mit und setzte sich auf die freie Seite zwischen die Männer, Annalisa-Marie gegenüber.

Nathanael bestellte nochmals zwei Fisch-Curry und nutzte die Zeit, bis das Essen kam, indem er Lukas gehörig mit Fragen löcherte. Zuerst wirkte der etwas überfordert, doch er entspannte sich schnell, und zwischen den beiden Männern entwickelte sich eine lebhafte Unterhaltung. Nathanael war wie Lukas seit vielen Jahren Mitglied beim Technischen Hilfswerk, und sie hatten damit bald ein interessantes Gesprächsthema. So war es wenig verwunderlich, dass Nathanael und Lukas beschlossen, am nächsten Morgen gemeinsam mit den Frauen einen Ausflug in den Lamru-Nationalpark zu unternehmen.

„Und wir werden nicht einmal gefragt?“, begehrte Annalisa-Marie auf.

„Becci hat mir heute einen Freifahrschein für weitere Touren mit ihr gegeben“, erwiderte Lukas.

„Moment! So war das vorhin nicht gemeint.“

„Ich habe es aber so verstanden. Es gibt kein Zurück für dich!“

Annalisa-Marie blickte zwischen den Männern hin und her und wandte sich dann an Rebecca, die nicht so recht wusste, ob sie vehement widersprechen oder fliehen sollte.

Sie war außerhalb ihrer Familie noch nie von jemandem dermaßen vereinnahmt worden.

„Ich kann mir nicht helfen, aber Nathanael und Lukas sind sich eigenartig ähnlich", flüsterte die Frau Rebecca so laut zu, dass es vermutlich auch der Schweizer am Nebentisch hören konnte.

„Und ist das nun gut oder schlecht für mich?", hakte Lukas prompt nach.

Rebecca biss sich auf die Unterlippe, Nathanael faltete unschuldig die Hände im Schoß, lehnte sich zurück und wirkte dabei so zufrieden wie ein satter Säugling, und Annalisa-Marie kicherte wie ein Teenager.

Da sie sich erst für 10:00 Uhr verabredet hatten, gönnte Rebecca sich ein gemütliches Frühstück auf der Terrasse. Malee, am Frühstücksbüfett nicht übermäßig gefordert, gesellte sie sich mit einer Tasse Tee zu ihr und berichtete von der Genesung ihrer Cousine.

„Vermutlich darf sie in zwei Tagen das Krankenhaus verlassen. Ba Nu und Lung Baow haben zugestimmt, sie vorerst hier in einem freien Zimmer einzuquartieren, bis wir eine akzeptable Arbeit für sie gefunden haben."

„Das hört sich gut an."

„Es geht nur, weil das Zimmer nicht gebucht ist", schränkte Malee ein. „Und ich weiß nicht, ob wir wirklich schnell eine Arbeit für Alaya finden können. In einer der Edelsteinminen will ich sie nicht arbeiten lassen, ebenso wenig in der Textilindustrie."

Eine Familie, die am Vortag angereist war, betrat die Veranda, sodass Malee das Gespräch abrupt abbrach und sich um die Gäste kümmerte. Als gleich darauf noch mehr Personen erschienen, machte Rebecca Platz und ging zum Strand. Zu ihrem Erstaunen traf sie dort auf den bis zum Hals im Sand vergrabenen Lukas. Bo und Sven waren damit beschäftigt, den Sandberg auf seinem Körper zu erhöhen, während Liska mit verkniffenem Gesichtsausdruck ein Stück entfernt saß und glitzernden Sand über die aufgeschlagenen Seiten ihres Buches rieseln ließ.

„Wie es aussieht, werde ich Nathanael wohl sagen müssen, dass der Ausflug ohne dich stattfindet", wandte sich Rebecca an Lukas.

„Ich wünsche dir auch einen guten Morgen, Rebecca Siebeck."

„Ausflug?" Bo schaute interessiert auf.

„Die Urlaubs-Oma und der Urlaubs-Opa wollen mit uns heute in den Nationalpark. Aber da Lukas hier ja eingegraben ist ..."

„Ich kann stattdessen mitkommen", erbot sich Sven sofort.

Knurrend hob Lukas eine Hand aus dem Sand, woraufhin die Jungen lachend und kreischend davonrannten. Lukas warf einen abschätzenden Blick auf das völlig in ihr sinnloses Tun vertiefte Mädchen und flüsterte: „Die Eltern haben sich beim Frühstück wegen Henriks Handykonsum gestritten. Du hast jetzt offiziell meine Erlaubnis für deine geplante Straftat."

„So schlimm?"

„Ich habe Liska, Bo und Sven gefragt, ob sie mit an den Strand kommen wollen. Ingrid war, glaube ich, ziemlich erleichtert, dass ich die Kids aus der Schusslinie bringe."

„Ob wir sie nicht besser fragen sollten, ob sie uns begleiten möchten?"

Lukas wirkte einen Moment lang enttäuscht. Nach einem Blick auf das finstere Gesicht von Liska meinte er jedoch: „Vielleicht wäre das gut."

Rebecca bedankte sich bei ihm mit einem strahlenden Lächeln. Er musterte sie aufmerksam und schnippte ihr dann mit seiner befreiten Hand spielerisch gegen den Unterschenkel.

„Morgen besuchen wir den Wasserfall. Nur wir zwei."

„Das ist Bestechung."

„Vielmehr ein angemessenes Dankeschön deinerseits."

„Dir liegen die Kinder doch auch am Herzen."

„Aber nicht nur."

„Hör mal, Lukas-"

Lukas sprang auf und klopfte sich den Sand ab. „Spar dir den Versuch. Irgendwann knacke ich deine Kokosnussschale schon."

„Du bist ..." Rebecca fehlten angesichts dieser Frechheit und der Äußerung, wie wenig er gewillt war, mit seinen Bemühungen um sie aufzuhören, die Worte.

„Ganz recht, das bin ich."

Verblüfft schaute sie ihm nach, als er ans Wasser lief, wo Sven lautstark und unter Einsatz seines Körpergewichts versuchte, Bo davon abzuhalten, dass der sich in die heute etwas größeren Wellen stürzte. Lukas schnappte sich den Dreijährigen und warf ihn sich schwungvoll über die Schulter, was dem Kleinen ein vergnügtes Quietschen entlockte.

Kurz darauf fanden sie Ingrid in der Parkanlage des Hotels, und sie erteilte ihren Kindern eher zerstreut die Erlaubnis, Lukas und Rebecca zu begleiten.

Der Ausflug verlief harmonisch und fröhlich. Selbst Liska, von Nathanael mit seiner unnachahmlichen Aufmerksamkeit überschüttet, taute schnell auf, lachte und benahm sich bald so, wie es ihrem Alter entsprach.

Am nächsten Tag folgte Rebecca leicht befangen der Einladung von Lukas zum Sai Rung-Wasserfall. Die wilde Schönheit des Dschungels faszinierte sie ebenso wie das gut 60 Meter tief fallende Wasser, das auf einer Steinplatte aufschlug und von dort schäumend weiterfiel. Die von Lukas an den Tag gelegte Zurückhaltung beeindruckte sie nachhaltig. Nicht ein Mal suchte er eine Berührung, bis auf den Augenblick, als sie auf einer übermütigen Klettertour über die schwarzen Felsen auszurutschen drohte. Nachdem er sie vor einem Sturz bewahrt hatte, ließ er ihre Hand, die er reaktionsschnell gepackt hatte, sofort wieder los. Sie dankte ihm mit einem Lächeln, ihr Herz allerdings reagierte mit einem verwirrenden süß-schmerzlichen Ziehen. Ob Lukas recht hatte? War er derjenige, der ihre Abwehrhaltung durchbrechen konnte? Allein deshalb, weil er sich die Mühe machte, zu ihrem weichen Kern vorzudringen und dabei nicht vorschnell aufgab?

Es war nicht einfach für Rebecca, sich dem inneren Widerstreit von Furcht und Hoffnung zu stellen; ein stures Festhalten an vertrauten Schutzmechanismen aufzugeben und sich auf das einzulassen, was tief in ihr darauf zu warten schien, dass es endlich erblühen durfte. Erneut stellte sie sich die Frage, woher ihre diesbezügliche Unsicherheit stammte …

Am nächsten Tag gingen Rebecca und Lukas mit Liska und Sven zum Elefantenreiten, und wieder einen Tag später hatte Lukas einen Führer für eine Kanutour durch den Dschungel organisiert. Die Tatsache, dass er wesentlich mehr unter den Insekten zu leiden hatte als Rebecca, war ihr Strafe genug für den nicht mit ihr abgesprochenen Ausflug.

Zwei Strandtage folgten, bereichert von gemeinsamen Strandspaziergängen mit Nathanael und Annalisa-Marie, nachdem sie den alten Charmeur einmal an der Bar einer benachbarten Hotelanlage im Gespräch mit einigen Rucksacktouristen und das andere Mal im 20 Kilometer entfernten Heimatdorf von Malee wiedergefunden hatten. Lukas hatte nicht nur die Herzen von Annalisa-Marie und Nathanael, sondern auch von Liska, Sven und Bo im Sturm erobert. Er schwamm mit den Kindern, spielte mit ihnen Beachvolleyball, was für die Zuschauer sehr erheiternd war, oder baute mit ihnen und Rebecca riesige Burgen und ein weitverzweigtes Kanalsystem in den Sand. Henrik und Ingrid waren ebenfalls oft am Strand, das neue Handy galt als verschwunden. Rebecca hatte Bo im Verdacht, Lukas Rebecca.

Schließlich reisten die ersten Hochzeitsgäste an, unter ihnen auch Lara.

Rebecca lief eilig aus dem Wasser, als sie die befreundete Ärztin in einem aufsehenerregend knappen Bikini am Strand entdeckte.

„Wie schön, dass es geklappt hat!", rief sie der Freundin entgegen und stockte dann, mit den Füßen noch im Wasser. Laras Gesicht zeigte keine Freude, vielmehr Frustration. „He, was ist denn mit dir los?"

„Marco hat angerufen und abgesagt. Weil er jemanden kennengelernt hat." Lara klang bitter, und ihre Miene wirkte inmitten der traumhaften Landschaft seltsam fehl am Platz.

„Das tut mir leid", sagte Rebecca und fragte sich, ob ihr wohl die kleine Spur von Erleichterung anzuhören war, die sie empfand. Das mit Marco und Lara war ihr viel zu schnell gegangen, die plötzliche Zuneigung zwischen den beiden hatte ihr zu sehr an Oberflächlichkeiten gelegen.

„Ich dachte erst, dass das nicht weiter schlimm ist. Immerhin könnte ich mir in der Luxusanlage, in der Marty und Regina heiraten werden, einen schmucken Kerl anlachen, am besten einen mit einem dicken Geldbeutel."

Rebecca erwiderte nichts und schob Laras Äußerung auf eine andere Art von Trotz als den, den sie sich zu eigen gemacht hatte.

„Hallo, Lara!" Lukas kam ebenfalls aus dem Wasser und gesellte sich zu ihnen. Rebecca sah, wie Lara seinen nassen, mittlerweile gebräunten Oberkörper mit ihrem Blick förmlich abzutasten schien. Eine Welle der Empörung flutete Rebeccas Inneres und machte es ihr schwer, ihre Gedanken zusammenzuhalten. Sie meldete doch nicht etwa Besitzansprüche auf Lukas an? Ärgerlich presste sie die Lippen zusammen und versuchte, sich auf Laras frustrierte Stimme zu konzentrieren.

„... aber die Hotelanlage ist wohl überbucht. Es muss da bei den Buchungen für die Hochzeitsgäste einen Fehler gegeben haben. Jetzt versuchen sie, uns in den umliegenden Hotels unterzubringen. Kannst du dir das vorstellen? Da freue ich mich auf einen Urlaub mit Marco und auf ein luxuriöses Ambiente und muss nun ..."

„Ich geh mal schnell wieder zu den Kindern ins Wasser", unterbrach Lukas die Ärztin, allerdings an Rebecca gewandt. Er blinzelte sichtlich verwirrt über den Ausbruch von Lara und floh, was Rebecca absolut faszinierend fand, da sie ihn so noch nie erlebt hatte.

„Ach, es ist so frustrierend!" Lara ließ sich in den Sand fallen und starrte auf ihre rot lackierten Zehennägel. Rebecca setzte sich neben sie. Einmal mehr bewahrheitete sich ihr Eindruck, dass diese Frau zwar eine strukturierte und fähige Medizinerin war, außerhalb ihres Jobs aber eigenartig hilflos und verunsichert agierte.

„Lara, mach die Augen auf."

„Wie bitte?"

„Schau dich doch mal um. Es ist so wunderschön und friedlich hier. Das Leben am Strand ist so einfach und leicht. Egal, in welchem Hotel du untergebracht wirst, die Angestellten sind von morgens bis spät in die Nacht bemüht, dir deine Ferientage so angenehm wie nur möglich zu gestalten."

Lara hob tatsächlich den Kopf und ließ ihren Blick über die Liegestühle, die bunten Sonnenschirme und die Palmen schweifen. Sie betrachtete die bewaldeten Höhen, die die Bucht halb umschlossen und schließlich das blaue, von einer sanften Brise gekräuselte Meer, den wolkenlosen Himmel und die gut ein Dutzend Personen, die sich momentan im Wasser tummelten.

„Du hast recht", gestand sie dann leise. „Aber meinetwegen muss nun eine Frau aus ihrem Zimmer raus, obwohl sie sich eigentlich von einer Operation erholen muss."

„Alaya?" Lara sprang auf.

„Du kennst sie?"

Rebecca wischte die Frage mit einer Handbewegung beiseite. „Würde es dir etwas ausmachen, mit mir ein Doppelzimmer zu teilen?"

„Damit die Frau in dem Zimmer bleiben kann?"

Rebecca nickte.

„Überhaupt nicht, im Gegenteil. Das wird bestimmt lustig!" Lara ließ sich von Rebecca auf die Füße ziehen und gemeinsam eilten sie zum Hotel zurück, wo sie Malee und ihren Onkel gerade noch daran hindern konnten, Alaya in ein Fahrzeug zu bugsieren, das sie nach Ban Nam Khem in die Fischerhütte ihrer Eltern bringen sollte.

Mit gemischten Gefühlen beobachtete Rebecca, wie Malee den riesigen Koffer von Lara in ihr Zimmer wuchtete. „Wir berechnen dir ab sofort natürlich weniger", raunte Malee Rebecca auf dem Weg nach unten zu.

„Darüber sprechen wir später", winkte Rebecca ab. Sie schwamm zwar nicht gerade in Geld, aber dass Malee und ihre Familie es nötiger hatten als sie, war nur zu offensichtlich. Außerdem zahlte ab heute ja ohnehin Marty …

„Eine Überbelegung darf nicht passieren. Und dann gleich elf Zimmer …", murmelte die Hotelangestellte mehr zu sich selbst als an Rebecca gewandt, während sie hinter ihrem Tresen verschwand und sich Notizen machte.

„Ganz ehrlich, ich vermute, das Hotel kann nichts dafür."

„Sondern?"

„Ich traue dem Bräutigam durchaus zu, dass er in den vergangenen zwei Wochen willkürlich noch eine große Anzahl Gäste zu seiner Trauung eingeladen hat."

„Ohne einen einzigen Gedanken daran zu verschwenden, dass die Menschen ein Bett brauchen?"

„Ach, weshalb auch? Es ist warm hier. Man kann zur Not doch am Strand campieren."

Malee lachte, und Rebecca seufzte zufrieden. Endlich war dieses wunderschöne Strahlen wieder auf das Gesicht ihrer neuen Freundin zurückgekehrt. Sie hoffte sehr, dass sie es für lange Zeit nicht mehr verlieren würde.

Lukas löste den Knoten der Krawatte und warf das dunkelblaue Teil auf sein Bett, sein Jackett flog hinterher. Erleichtert öffnete er die obersten drei Knöpfe des kurzärmligen weißen Hemdes und atmete dann durch, als habe er kurz vor dem Ersticken gestanden. Heiligabend hin oder her, für derlei Garderobe war es einfach zu warm. Missmutig betrachtete er die schwarze lange Anzughose, zog auch sie aus und entschied sich stattdessen für dunkelblaue Cargo-Shorts und ein weißes T-Shirt. Das musste an festlicher Aufmachung genügen.

Mit einem Blick auf die Armbanduhr griff er nach einem filigranen Kästchen aus schimmerndem Teakholz. Um dieses Geschenk für Rebecca zu besorgen, hatte er sogar den Gottesdienst einer Missionsgruppe schwänzen müssen, zu dem er eigentlich die Seefelds, Lara und Rebecca hatte begleiten wollen.

Einen Ring zu kaufen hatte er nicht gewagt, weshalb er sich schließlich für einen zierlichen Kettenanhänger in Tropfenform mit einem winzigen Rubinsplitter, der wie eine Sonnenspiegelung auf dem Tropfen aussah, entschieden hatte. Dass der Anhänger später durchaus zu einem Ring umgearbeitet werden konnte, würde er allerdings tunlichst verschweigen. Seine Befürchtung, ja beinahe Angst, Rebecca würde nicht einmal diese Aufmerksamkeit annehmen, war schon ausgeprägt genug.

Aufgeregt wie ein Abiturient vor der ersten Prüfung steckte er das Kästchen in die Hosentasche und verließ seinen Bungalow. Malees Familie hatte darauf verzichtet, die Palmen, Bougainvilleas und Kasuarina-Bäume in dem kleinen hoteleigenen Park mit Lichterketten zu schmücken. Womöglich wegen ihres buddhistischen Glaubens, vielleicht aber auch, weil sie es nicht sinnvoll fanden. Immerhin schwankte sogar Rebecca, seit die Palmen Lichterketten trugen, zwischen „weihnachtlich hübsch" und „eigentlich doch einfach zu kitschig". Eine weitere logische Erklärung könnte allerdings auch die sein, dass den Hotelbetreibern für derlei Tand schlicht das Geld fehlte.

Lukas mochte Malee. Sie war immer freundlich und hilfsbereit, ohne dabei so übertrieben devot zu wirken wie manche anderen Hotelangestellten aus dem Resort, in dem Nathanael und Annalisa-Marie wohnten, oder aus der exklusiven Anlage am selben Strandabschnitt von Khao Lak, die Marty im Grunde komplett gemietet hatte. Malees Lachen war natürlich und ehrlich. Sie hielt Männern gegenüber einen angemessenen Abstand ein, anders als Lukas es am Vortag in Martys Hotel erlebt hatte, als ein Mädchen sich von ihren Vorgesetzten unbeobachtet glaubte.

Lukas schlug den Weg zum Strand ein und wandte sich dort nach rechts. Marty hatte ihn und Rebecca zu einem gemütlichen Essen an Heiligabend in das Resort eingeladen, in dem morgen ihre Trauung stattfinden sollte. Er wusste nicht, ob sich Rebecca bereits auf den Weg dorthin gemacht hatte. Ausnahmsweise einmal suchte er nicht unverzüglich ihre Nähe. Vielmehr genoss er es, allein am im Dämmerlicht liegenden Meer entlang zu schlendern, dem donnernden Aufprallen der Brandung auf dem flachen Strand zu lauschen und Gott um Weisheit für sein weiteres Vorgehen bezüglich der Frau seines Herzens zu bitten. Er brauchte endlich Klarheit. Die Sicherheit, dass er sich nicht leichtfertig und viel zu schnell in eine faszinierende Frau verliebt hatte, sondern dass seine Gefühle für sie tiefer gingen. Er erhoffte sich Gewissheit darüber, dass Rebecca die Richtige für ihn war; ein Gegenüber, ein Partner, eine Geliebte. Eines jedenfalls war Lukas klar: Mit jedem Tag wurde es schwieriger für ihn, sich in Zurückhaltung zu üben. Wie gern würde er Rebeccas Hand ergreifen und sie länger als nur einen flüchtigen Augenblick festhalten. Ihn verlangte danach, die Wärme ihrer Haut zu spüren. Eine brennende Sehnsucht ergriff ihn bei dieser Vorstellung und ließ ihn innehalten. Sein Blick wanderte vom flammenden Himmel zum Meer, das die kräftigen roten und violetten Farben widerspiegelte. Wie schön wäre es, Rebecca jetzt an seiner Seite zu haben. Er wünschte sich, sie würde in seinen Armen liegen und gemeinsam mit ihm den Anblick genießen. Er sehnte sich nach dem Duft ihrer Haut und ihres Haars, wollte endlich einmal kosten, wie es war, sie zu küssen ...

„Ist es richtig?", flüsterte er leise zu dem farbenprächtigen Himmel hinauf. „Ist sie die Richtige?"

„Vermutlich."

Erschrocken drehte Lukas sich zu Nathanael um. Der stand breitbeinig einige Schritte hinter ihm, trug erneut ein schreiend buntes Shirt und nicht dazu passende Shorts und unterstrich damit auf eine besondere Art seine beeindruckende Selbstsicherheit.

„Denn Frauen, die sich zu leicht auf einen Kerl einlassen, sind es oft nicht wert. Die, um die wir kämpfen müssen, sind die, in die sich Zeit, Geduld, Nachsicht, Treue, Aufopferungsbereitschaft und Liebe zu investieren lohnt."

„Ist das nicht ein wenig ... unfair den anderen Mädchen gegenüber?"

„Sicher ist es das. Wenn wir aber davon ausgehen, dass wir beide über Rebecca sprechen, dann darfst du mir gern glauben", versicherte ihm Nathanael.

„So?" Lukas gesellte sich an die Seite des Mannes mit dem militärisch anmutenden Bürstenhaarschnitt. Es war nicht so, dass er ihm die Einmischung übelnahm, doch Nathanael kannte Rebecca erst seit knapp zwei Wochen. Ob er wirklich in der Lage war, sie richtig einzuschätzen?

„Sie erinnert mich enorm an meine Annalisa-Marie. Mein Mädchen war damals das einzige Kind recht alter Eltern. Sie haben sie völlig überbehütet. Keiner war gut genug für sie. Gleichzeitig hatte Annalisa-Marie aber auch Angst, nicht gut genug für mich zu sein. Sie baute ein Bollwerk an

Zurückhaltung um sich auf, weil die Eltern das in sie hinein gepflanzt hatten und weil sie nicht verletzt werden wollte." Nathanael verschränkte die Arme vor der Brust und blickte auf das Meer hinaus, das zunehmend in der Dunkelheit verschwand. „Rebecca ist in ihrer Familie so stark verwurzelt, dass es wohl schwer für sie ist, diese Wurzeln zu kappen. Und sie sträubt sich gegen deine Zuneigung."

Lukas nickte, da er Nathanaels Satz als Frage verstand.

„Aus Furcht, einen Fehler zu begehen? Aus Furcht, nicht gut genug für dich zu sein oder ausgenutzt zu werden? Oder, dass du nicht gut genug für ihre Familie bist? Nicht verwunderlich, bei all den großartigen Männern in ihrer Familie, von denen sie uns erzählt hat, die sie verehrt; und bei den offenbar gut funktionierenden Ehen in ihrem Umfeld."

„Du meinst, ich kämpfe nicht nur gegen ihre Zurückhaltung und ihren vollgepackten Alltag an, sondern auch noch gegen ihren Vater und vier ältere Brüder plus zwei Schwager?"

„Du bist zu bedauern." Nathanael lachte und wandte sich in Richtung Norden. Gemeinsam schlenderten sie über den weichen Sand.

„Ich bin ein alter Mann, der vieles, was heute so üblich ist, nicht mehr versteht. Aber vielleicht willst du dennoch hören, was ich denke?"

Lukas gab einen zustimmenden Brummlaut von sich. Nathanael verfügte neben seinen belustigenden Eigenheiten über einen wahren Schatz an Erfahrung und Weisheit. Lukas würde sich auf jeden Fall anhören, was er zu sagen hatte.

„Versuch nicht, mit alledem in Wettstreit zu treten. Denn dabei kannst du nur verlieren. Sei du selbst. Sei der Mann, der ihr eine neue Welt und ein neues Leben eröffnet. Quetsch dich nicht in ihr altes Leben hinein, das wird dir nicht gerecht – und unserer Rebecca ebenfalls nicht. Wenn es Gott gefällt, wird sie dir ihr Herz zuneigen … früher oder später. Und dann müsst ihr euer eigenes Leben bauen, eins, in dem ihre übermächtige Familie nur noch am Rande vorkommt. Herzlich und geliebt, allerdings ohne den Mittelpunkt ihrer irdischen Welt zu bilden. Diesen Platz wirst dann du einnehmen."

Wieder wagte Lukas nicht, mehr als einen Brummlaut von sich zu geben. Vielleicht war er einfach zu ungeduldig, aber er hatte nicht das Gefühl, dass Rebecca nach all der Zeit, die sie sich bereits kannten, mehr als Freundschaft für ihn empfand. Wenn er auf Nathanaels Rat hörte, musste er sich wohl eher auf ein Später als auf ein Früher einstellen …

Nathanael musterte ihn von der Seite, also schenkte er ihm ein zaghaftes Lächeln.

„Sie mag dich", sagte der Mann daraufhin mit einem Schmunzeln. „Sie mag dich sogar so sehr, dass sie jeden Tag Zeit mit dir verbringt. Sie könnte deine Einladungen auch ablehnen und Abstand halten. Immerhin hast du ihr deutlich gemacht, dass du an ihr interessiert bist."

„Das hielt ich für fair."

„Es war frech, aber genial. Ich habe es damals nicht anders gemacht." Nathanael lachte leise.

„*Sie mag mich* ist mir aber nicht genug", wagte Lukas einen Einwand.

„Es ist mehr als: *Sie mag mich nicht.*"

„Zugegeben."

„Und ihr gefällt es gar nicht, wenn ihre Freundin Lara dir zu nahe kommt."

„Ehrlich?"

„Diese Beobachtung stammt von meiner Annalisa-Marie. Und ich werde mich hüten, meiner wunderbaren Ehefrau zu widersprechen."

Lukas' Herz vollführte einen Sprung, der sich wie ein Stolpern anfühlte. Er blieb stehen, dachte einen Augenblick nach und konnte ein breites Grinsen nicht unterdrücken.

„Spiel die zwei Frauen aber bitte nicht gegeneinander aus. Rebecca könnte das falsch verstehen und sich zurückziehen. Es könnte sie, nach deinen geäußerten *Besitzansprüchen* auf sie, so wütend machen, dass sie dich auf die nächste Palme jagt und dich da oben zeitlebens sitzen lässt. Mädchen wie unsere Rebecca lassen die Finger von Männern, die Spielchen mit ihnen treiben. Und damit haben sie vollkommen recht!"

„Sicher." Lukas grinste noch immer, als er in Richtung des Palmenhains abbog, hinter dem der Restaurantbereich des Resorts lag, in dem er Marty, Regina und bereits einen Großteil der Hochzeitsgäste wusste. Rote, gelbe und orangefarbene Papierlampions mit flatternden Fransen schaukelten im leichten Wind über den Tischen und beleuchteten dezent die Gäste, die sich eingefunden hatten, um ein festliches Menü einzunehmen. Nathanael folgte Lukas wie selbstverständlich zwischen den Reihen hindurch, sodass der ihn wenig später Marty, Regina, den Eltern des Brautpaares und Martys Geschwistern vorstellte. Als sei dies das Normalste auf der Welt, setzte Nathanael sich zu Martys Vater und verwickelte den erfolgreichen amerikanischen Geschäftsmann trotz einiger Sprachbarrieren in ein angeregtes Gespräch. Nachdem Lukas weitere Bekannte begrüßt hatte, stellte er sich hinter Rebeccas Stuhl, legte besitzergreifend seine Hände auf ihre Schultern und beugte sich zu ihr hinunter.

„Hältst du mir bitte einen Platz neben dir frei? Ich bin kurz an der Rezeption und bitte dort darum, dass man in Nathanaels und Annas Hotel anruft, damit sie erfährt, wo ihr Herumtreiber zu finden ist."

„Das wäre gut", gab Rebecca so leise zurück, wie es bei dem fröhlichen Gesprächspegel in dem gut gefüllten Restaurantbereich möglich war. Ihr dankbares Lächeln wärmte sein Inneres, und er verstärkte für einen Moment den Druck seiner Hände, ehe er sich durch die Reihen entfernte. Als er zurückblickte, ertappte er sie dabei, dass sie ihm nachschaute.

Lukas lächelte vor sich hin und musste Nathanael recht geben: Er war keiner von Rebeccas Brüdern, und das würde er ihr so deutlich zeigen, wie es der Grad ihrer gegenseitigen Annäherung erlaubte. Nicht mehr – aber auch nicht weniger. Und dann galt es einfach, genug Geduld aufzubringen, bis sie sich entschied. Für eine reine Freundschaft – dann würde er ihr wohl, um sich zu schützen, den Rücken zukehren müssen – oder für mehr …

Die vom Band eingespielten Weihnachtslieder klangen angesichts von schwankenden Lampions, Palmenblättern und der nächtlichen warmen Temperaturen eigenartig fremd in Rebeccas Ohren. Gläserklirren und Gelächter beherrschten die Nacht und übertönten das Zirpen der Grillen, das Rauschen des Windes in den Blättern und das dumpfe Donnern der Brandung. Nathanael und Annalisa-Marie saßen ihr gegenüber, und Nathanael, der sich verhielt, als kenne er die ganze Gesellschaft seit Jahren, unterhielt sich mal mit diesem, mal mit jenem Hochzeitsgast. Seine Frau beschränkte ihre Aufmerksamkeit auf Regina, wobei diese in der Gegenwart der älteren Dame sichtlich auftaute und sogar hin und wieder fröhlich auflachte. Sie wirkte gelöst und auf eine ganz neue Art wunderschön.

Rebecca beobachtete die Veränderung der Braut mit Verwunderung. Hatte Regina befürchtet, Rebecca wolle ihr Marty vor der Nase wegschnappen? War Regina ihr gegenüber deshalb so zurückhaltend aufgetreten? Reagierte sie bei der liebevollen Annalisa-Marie anders, weil die Frau keine Gefahr für sie darstellte, oder lag es daran, dass ihre Hochzeit nur noch wenige Stunden entfernt war und jetzt alle Angst, sie könne Marty verlieren, von ihr abgefallen war? Oder war Regina einfach nur sehr schüchtern und still und taute in der Anwesenheit ihrer Familie und der herzensguten Annalisa-Marie auf?

Rebecca wurde aus ihren Überlegungen gerissen, als sich Lukas mit der Schulter an ihre lehnte und ihrem Gesicht mit seinem sehr nahe kam. Seine Worte verrieten ihr jedoch, dass ihn Ähnliches beschäftigte: „Täusche ich mich oder ist Regina wie verwandelt?"

„Mir kommt es auch so vor, als würde die Aussicht auf die Trauung morgen ihr extrem viel Selbstbewusstsein verleihen", gab Rebecca leise zurück. Das Flattern in ihrer Magengegend, als Lukas den Kopf drehte und dabei ihre Wange streifte, war beunruhigend und herrlich zugleich.

„Ob sie Angst davor hatte, dass ich, als Martys langjähriger Freund, ihm die Beziehung zu ihr vielleicht ausreden könnte?"

Rebecca hob die Augenbrauen, Lukas' Schlussfolgerung ging in eine ganz ähnliche Richtung wie die Gedanken, die sie zuvor gehegt hatte. Hatten sie denn beide Regina völlig falsch eingeschätzt? Wie seltsam es doch war, dass man zu manchen Menschen sehr schnell einen Draht fand, andere dagegen kaum einzuordnen vermochte.

„Vielleicht ist sie einfach nur glücklich und zeigt das endlich einmal der ganzen Welt", gab Rebecca zurück.

„Dann sind glückliche Frauen bezaubernd und wunderschön", stellte Lukas fest. Sein Atem strich über ihren Nacken und ließ sie trotz der angenehmen Temperatur erschauern.

„Das ist aber kein Geheimnis", lachte Rebecca leise. Ihr Herz klopfte in einem ungestümen Takt. Irgendetwas war am heutigen Abend anders. Etwas hatte sich verändert. Ob das an ihr lag? An Lukas? Oder womöglich an ihnen beiden?

Lukas jedenfalls benahm sich zwar weiterhin höflich und korrekt, hatte seine bisher eher kameradschaftliche Haltung ihr gegenüber jedoch abgelegt. Er verringerte den Abstand zu ihr nicht sofort wieder, vielmehr zeigte er, wie sehr er ihre Nähe genoss. Zudem suchte er intensiven Blickkontakt. Am Morgen noch hatte er häufig die Augen abgewandt, als fürchte er, mit seinen Blicken eine unsichtbare Grenze zu überschreiten. Und genau das war es gewesen, was sie verwirrt hatte: Auf der einen Seite seine wenig versteckten, wenn auch in Scherze verpackten Absichtserklärungen, dass er sie gern näher kennenlernen wollte, zum anderen aber eine dem widersprechende Zurückhaltung. Nun verstand sie auch ihr Dilemma der vergangenen Wochen. Sein widersprüchliches Verhalten hatte zu ihrer Verunsicherung darüber beigetragen, ob Lukas echte Zuneigung für sie empfand oder ob es für ihn nur eine Art Wettkampf war, die Frau zu erobern, die sich bisher vehement gegen jede Annäherung irgendwelcher „süßer Jungs" gewehrt hatte. So ungern sie es sich eingestand – diese neue Seite an Lukas gefiel ihr viel besser als die bisherige, und das aufgeregte Prickeln, das sich in ihr ausbreitete, war kaum mehr zu ignorieren … Offenbar war sie dabei, sich in ihn zu verlieben.

Rebecca wurde plötzlich bewusst, dass sie Lukas seit geraumer Zeit in die Augen sah. Sein Gesicht war ernst und ihrem sehr nah. Was geschah da gerade zwischen ihnen, ohne

Worte, ohne eine Berührung, ohne irgendeine Erklärung zu benötigen? Es war wie eine elektrische Ladung, die sie beide erfasst hatte und gefangen hielt; einzig konzentriert auf den anderen. Das Gelächter und die Gespräche rundum schienen weit fort, leise und unwichtig zu sein. Was zählte, war nur das Feuer in den Augen, die Zuneigung im Blick des anderen, eine starke Verbundenheit, gepaart mit einer überquellenden Aufregung und einem fast schmerzenden Glücksgefühl.

„Auf, auf, alter Mann. Wir sollten langsam vernünftig werden", hörte sie Annalisa-Maries Stimme wie von weit her. Eine Flasche fiel laut klirrend um, und Lukas wandte den Blick ab. Der Zauber war gebrochen. Zurück blieb ein Gemisch aus Wehmut und Heiterkeit, die Hoffnung auf ... ja auf was? Auf mehr? Auf die ganz großen Gefühle? Rebecca wünschte sich, dass sie diese inzwischen nicht viel zu tief in ihrem Herzen vergraben hatte, um sie noch zu finden. Aus beruflichen Gründen und zum Schutz vor den gutmütigen und harmlos gemeinten Spötteleien der Geschwister. Eine leise Stimme schien ihr warnend zuzuflüstern, dass sie sehr vorsichtig sein müsse, um sich nicht zu verletzlich zu machen ... Einige Personen erhoben sich, um die Seefelds zu verabschieden, und Rebecca nahm die Unruhe zum Anlass, um sich ebenfalls zurückzuziehen. Als sie auch Lukas eine gute Nacht wünschen wollte, beugte er sich zu ihr herunter und flüsterte: „Ich komme mit."

Hintereinander schoben sie sich durch die teils gelichteten Reihen und folgten Annalisa-Marie und Nathanael vorbei am Palmenhain an den Strand.

Ein fast perfekt runder Mond stand hoch am nächtlichen Himmel und beleuchtete für die Spaziergänger sanft den Sand und die Wellen. Nathanael und Annalisa-Marie schlenderten Hand in Hand vor Rebecca und Lukas her. Niemand sprach. Sie lauschten dem Aufklatschen der Wellen, dem Zischen, wenn das Wasser über den Sand auslief und dem leisen Klirren winziger Muschelteilchen, sobald das Nass sich wieder in die Unendlichkeit des Meeres zurückzog. Alle vier blieben stehen, als über einer Nachtbarbucht flackernde gelbe Khom Loi* aufstiegen.

„Wie hübsch!", sagte Annalisa-Marie und lehnte sich an ihren Mann. Er legte fürsorglich den Arm um sie, und sie fügte hinzu: „Eine schöne Geste, die das Hotel dort seinen Gästen zu Heiligabend bietet."

„Das finde ich auch, meine Liebe", stimmte Nathanael ebenso verhalten zu. „Gleichgültig, welche Bedeutung diese Lampions im Leben der Thais haben, für mich versinnbildlichen sie unsere Hoffnung auf den, den die Bibel das Licht der Welt nennt. Auf den, dessen Weg als Mensch in diese Welt wir heute feiern und dessen Licht wir in unserer oft so dunklen, grausamen und aus den Fugen geratenen Welt dringend benötigen."

Rebecca ließ die aufsteigenden Lichter nicht aus den Augen. Einige von ihnen schwebten weit in den nächtlichen Himmel hinauf und wurden zusehends kleiner, andere blieben tiefer und spiegelten sich auf der schwarzen Wasseroberfläche, als gelte es, ihr tröstliches Licht auch in die Tiefen des Indischen Ozeans zu tragen. Wie so oft an diesem bezaubernden Ort überkam Rebecca eine tiefe Ehrfurcht, die sie dazu trieb, Gott für all die Schönheit um sie her zu danken.

Als die Ballons schließlich zu winzigen Punkten zusammengeschrumpft waren und vor dem Sternenmeer verblassten, setzten sie ihren Weg fort. Sie passierten den Pfad zu

---

* Sky-Leuchtballons

Lukas' und Rebeccas Hotel und trafen wenig später vor dem Bungalow des älteren Ehepaars ein.

„Vielen Dank für eure Begleitung." Annalisa-Marie nahm Rebecca in den Arm. „Frohe Weihnachten!", wünschte sie ihr, küsste sie auf die Wange und gab sie dann wieder frei, sodass Nathanael sie ebenfalls umarmen konnte. Der blieb aber untypisch schweigsam. Nachdem er Lukas mit einem Händedruck verabschiedet hatte, beobachtete Rebecca, wie schwer ihm das Ersteigen der Holzstufen fiel, obwohl er sich dabei auf seine Frau stützte. Offenbar hatte Nathanael sich am heutigen Tag zu viel zugemutet.

Rebecca folgte Lukas durch den schön angelegten Park, vorbei an den von Palmen gesäumten Pools, Liegestühlen, Sonnenschirmen und weiteren, näher am Meer liegenden Bungalows mit einem exklusiven Blick auf den Strand. Die Stimmen, das Lachen und vereinzelt leise Musik aus dem Resort verklangen, wurden überlagert vom Rauschen der Brandung. Rebecca wollte den Weg zu ihrem Hotel einschlagen, doch Lukas ergriff ihre Hand und zog sie, ohne ein Wort an sie zu richten, in Richtung Wasser. Sie ließ es geschehen, eingeholt von der Erinnerung an ihren intensiven Blickkontakt, überwältigt von einem perlenden Gefühl in ihrem Inneren, das sie als wunderschön und aufwühlend zugleich empfand, und der Gewissheit, im Augenblick das Richtige zu tun.

Lukas blieb erst stehen, als die ausrollenden Wellen sanft ihre Füße streichelten, als wollten sie Rebecca mitteilen, dass alles in bester Ordnung sei.

Er ließ sie nicht los, als er ihr gegenübertrat, griff mit seiner freien Hand aber in die Tasche seiner kurzen Hose.

„Ich habe ein Geschenk für dich", erklärte er mit rauer Stimme und räusperte sich erst einmal.

Rebecca sah zu ihm auf. Seine Augen glänzten im Mondlicht und waren voll Zuneigung auf sie gerichtet. Sie lächelte, hatte sie doch ebenfalls eine Überraschung für ihn. Sie war sich jedoch unsicher gewesen, ob und wann sie ihm davon erzählen sollte.

Ihr Lächeln schien ihn aus dem Konzept zu bringen. Hatte er mit Widerstand gerechnet? Einer Beteuerung ihrerseits, dass sie kein Geschenk von ihm erwartet hatte und auch keines anzunehmen gedachte? Höchstwahrscheinlich hätte sie vor etwa einer Woche noch genau diese Worte vorgebracht.

Lukas nahm die Hand aus der Tasche. In ihr lag ein dunkel schimmerndes, mit Schnitzereien verziertes Kästchen, kleiner als eine Streichholzschachtel. Rebecca entzog ihm ihre Hand, ergriff die winzige Schatulle aus Teakholz und hob den filigranen Deckel an. Im dunklen Inneren blitzte etwas rot auf. Neugierig griff Rebecca hinein und zog eine feingliedrige goldene Kette hervor, an der ein Anhänger in Form eines Tropfens baumelte. Sie nahm ihn und entdeckte einen zarten Rubin darin.

„Nathanael würde vermutlich ein schönes Bild dafür finden", flüsterte Lukas. „Ein Vergleich zu den geweinten Tränen und dem vergossenen Blut von Jesus, oder so."

Rebecca nickte nur, ohne den Blick von dem bezaubernden Schmuckstück abzuwenden. Mit wie viel Liebe musste Lukas das Geschenk für sie ausgesucht haben, kam es ihr in den Sinn. Das war nichts, was man in den Geschenk-Boutiquen fand, kein Massenartikel für die Touristen, nichts, was man gedankenlos herstellte, kaufte und verschenkte. Es war bestechend schlicht und unaufdringlich und dadurch wunderschön.

„Lukas." Sie sah auf, doch ihr fehlten die Worte. Wie konnte sie ausdrücken, was sie im Augenblick empfand?

Diese Welle der Zuneigung, die sie überrollte, das Wissen, dass ihr eine Heimat für ihr Herz angeboten wurde, und der drängende Wunsch, ihm ganz nahe zu sein. Es war, als hätten sich all die Schichten aufgelöst, die sie über ihre Empfindungen gehäuft hatte, um das Schreckliche in ihrem Beruf nicht zu sehr an sich heranzulassen, um sich vor Verletzungen und Enttäuschungen zu schützen – und um sich vor dem Zuviel an Aufmerksamkeit von ihrer Familie abzuschotten. Der Drahtseilakt ihres Herzens durfte ein Ende finden. Sie musste nicht mehr abwägen zwischen der fürsorglichen und empfindsamen Sanftheit auf der einen Seite und ihrer Unabhängigkeit, gemischt mit einer berufsbedingten, ruhig agierenden Kaltschnäuzigkeit auf der anderen. Irgendwie musste sie jetzt diese beiden Seiten ihres Lebens zusammenbringen. Das Seltsame war jedoch, dass ihr das beim Anblick von Lukas' dunklen Augen, dem Lächeln, das seine Lippen umspielte und dem erwartungsvoll geneigten Kopf spielend leicht zu fallen schien. Dennoch blieb die Frage, ob er mit diesem komplizierten Wesen namens Rebecca zurechtkommen würde. Konnte sie bei ihm ganz sie selbst sein, ohne eine der Eigenschaften, die sie doch ausmachten, unterdrücken zu müssen?

Sie ließ die Kette in seine Hand gleiten und drehte ihm den Rücken zu.

Es dauerte eine Weile, bis Lukas begriff. Er lachte leise auf und klang dabei unendlich erleichtert. Noch immer umschmeichelten die Wellen ihre Füße, als er hinter sie trat und ihr die Kette umlegte. Er blies ihre Haare nach vorn, um den Verschluss in ihrem Nacken sehen zu können. Sie zitterte unter der Berührung seiner Hände. Kalt, aber nicht unangenehm schmiegte sich der Tropfen in ihre Halsgrube. Lukas ergriff Rebecca an den Schultern und sie kam der Einladung nach und lehnte sich mit dem Rücken an seinen Oberkörper. Zuerst zögernd und leicht, dann, als sie sich nicht dagegen wehrte, schlang er die Arme kräftiger um sie, drückte sie an sich und stützte sein Kinn auf ihr Haar.

Sie hauchte ein „Danke!", und er bedeutete ihr durch ein kleines Nicken, dass er es gehört hatte. Minutenlang schauten sie schweigend auf den vom Mond auf die See gemalten glitzernden Lichtstreifen.

Rebecca genoss Lukas' Nähe und zugleich seine Zurückhaltung, die er wohl einhielt, weil es auch ihm ein Anliegen war, nichts zu überstürzen. Ein erster Schritt war getan, weitere würden folgen. Sie würden gemeinsam entdecken, was die kommenden Wochen für sie bereithielten, beobachten, ob sie in grundlegenden Dingen wirklich übereinstimmten. Rebecca ahnte, dass ihr Geschenk an Lukas gleich eine erste Herausforderung darstellen würde. So wie seines als ein Wunsch nach mehr Nähe gedeutet werden konnte, schloss ihres die Bitte ein, dass sie sich gegenseitig Freiheiten gewähren sollten.

„Malee hat mir bei deinem Geschenk geholfen. Sie hat ein Boot und einen fähigen Tauchbegleiter für dich gefunden", flüsterte sie.

„Das hört sich gut an."

„Er ist Schweizer und kennt wohl die schönsten Tauchstellen rund um die Similan Islands. Außerdem ist er Profi genug, selbst bei stärkerer Strömung zu tauchen."

„Klingt vielversprechend", raunte er in ihr Ohr, worauf ihre Haut mit einem Prickeln reagierte.

„Allerdings bedeutet das, dass du am zweiten Weihnachtsfeiertag und somit nach der Hochzeit um viertel vor sieben auf dem Schiff sein musst. Alle anderen Tage waren bereits ausgebucht."

„Das macht mir nichts aus."

Rebecca kuschelte sich tiefer in seine Arme, was er nur zu gern geschehen ließ. Sie lächelte in die Nacht hinein. Offenbar verstand er, warum sie ihm einen Tag schenkte, den er ohne sie verbringen musste. Sie wollte ihn nicht auf Abstand halten, sondern ihm Zeit für sich gönnen, Zeit, die seinen Interessen galt, nicht ihren, die ihm seine Freiheit garantierte, trotz der Bindung, die er einzugehen wünschte.

„Ich hoffe, du kannst die herrliche Unterwasserwelt dort draußen genießen."

„Das werde ich bestimmt. Vielen Dank für die geniale Überraschung. Aber dir ist klar, dass du dir dann am Abend, bei einem Essen mit mir, stundenlang meine Schwärmereien anhören musst?"

„Geht in Ordnung."

„Gut."

Rebecca kam nicht umhin, eine quirlige Vorfreude auf diesen Abend zu verspüren. Sie stellte es sich schön vor, nach einem langen Tag, an dem sie Lukas nicht gesehen hatte, einige Stunden mit ihm gemeinsam zu verbringen, um seinen begeisterten Schilderungen über das Riff, den Unterwassergarten und seine flinken, farbenfrohen Bewohner zu lauschen. Dabei konnte sie ihn ungeniert ansehen, sich am Leuchten seiner dunklen Augen erfreuen, seiner angenehmen Stimme lauschen und sich rundum glücklich fühlen …

Als hätten sie sich abgesprochen, lösten sie sich voneinander. Während Rebecca mit der linken Hand das Kästchen umschlossen hielt, lag ihre Rechte in Lukas' Hand. Sie unterhielten sich leise, stellten Mutmaßungen über die Details von Martys und Reginas Hochzeitsfeier am kommenden Tag an und verließen ohne Eile den Strand und schlenderten den Pfad entlang in Richtung Hotel.

An Lukas' Bungalow angekommen drückte er fest ihre Hand, ehe er sie losließ. „Frohe Weihnachten, Rebecca."

„Ich wünsche dir auch frohe Weihnachten!"

„Wir sehen uns morgen bei der vermutlich perfekt geplanten und, wie ich Marty kenne, überaus extravaganten Hochzeit."

„Hast du eigentlich eine Trauzeugenrede?"

„Meine Mutter wollte sie mir schreiben und mitbringen. Leider ist ihr Mann erkrankt, sodass beide nicht kommen konnten."

„Das tut mir sehr leid." Rebecca hätte Lukas' Mutter und deren Ehemann gern etwas näher kennengelernt. Die entspannte Atmosphäre dieses Landes und die lockere Stimmung einer Hochzeit wären ihr dabei sicher entgegengekommen.

„Ich bedauere das ebenfalls – nicht nur wegen meiner Rede." In Lukas' Stimme klang der Schalk mit, als er fortfuhr: „Jetzt werde ich wohl den Rest der Nacht damit zubringen, mir eine Rede zurechtzulegen, bei der nicht gleich alle bemerken, wie verliebt ich selbst bin."

Rebecca lachte mit einem unbeschwerten Glücksgefühl auf und entfernte sich bereits. Lukas' Stimme folgte ihr: „Falls mir das nicht gelingt, musst du mich da irgendwie rausboxen, okay?"

„Wie denn? Indem ich mich in die Hochzeitstorte stürze?"

„So in etwa stelle ich mir das vor, ja."

8. Kapitel

Die Trauung am Strand hatte eine große Zahl von Zaun-
gästen angelockt, sodass sich um die festlich, wenn auch
sommerlich gekleideten Gäste ein Pulk von Menschen in
Badekleidung bildete. Sie alle folgten mit ihren Blicken der
Braut im weißen Kleid, als sie von ihrem Vater zum Bräutigam im ebenfalls weißen Smoking geleitet wurde. Allerdings
war Marty die lange Hose wohl zu warm gewesen, denn er
hatte die Hosenbeine kurz vor Beginn der Trauung mit einer
Schere bis knapp oberhalb seiner Knie abgeschnitten. Dabei
war er nicht eben sorgsam vorgegangen, sodass das Ganze
reichlich ausgefranst aussah. Zudem offenbarte er damit einen auf seinen Unterschenkel tätowierten Hai mit offenem
Maul, der den Eindruck vermittelte, als wolle er ihm in
die Kniekehle beißen – oder nach einem der Hosenfetzen
schnappen.

Barfuß schritt Regina durch die mit weißen Hussen geschmückten Stuhlreihen und trat schließlich unter den
Schatten spendenden Bambusbogen, der mit weißen Blüten
geschmückt war und an dem mintfarbene Bänder munter im
Wind flatterten.

Reginas Kleid spannte ein wenig um die Hüfte – vermutlich hatte sie seit der Anprobe nochmals einige Kilos zugelegt –, doch ihr glückliches Lächeln machte diesen winzigen
Makel allemal wett. Martys Ohren schienen vor Aufregung
und Freude förmlich zu glühen, und er benötigte einen

kleinen Schubs von Lukas, seinem Treuzeugen, damit er die Augen von Regina abwandte und sich stattdessen neben sie gesellte, zumal der aus den USA angereiste Pastor sich bereits zweimal auffordernd geräuspert hatte.

Eine der vier Brautjungfern in ihren Kleidern in dezentem Mintton nahm Regina den üppigen Brautstrauß ab und sortierte die lange Schleppe des Kleides, nachdem die Braut sich auf den Stuhl gesetzt hatte. Zuletzt zog ihre Helferin die mintfarbene Schleife der Husse glatt und setzte sich dann in die erste Reihe neben Lukas.

Rebecca hatte einen Platz leicht versetzt und zwei Reihen hinter ihm zugewiesen bekommen. Sie beobachtete lächelnd, wie Lukas die ebenfalls mintfarbene Krawatte um seinen Hals lockerte und vermutete anhand seiner Bewegungen, dass er auch einige Knöpfe des kurzärmligen weißen Hemdes öffnete. Sie selbst war froh, sich nicht für ein dunkles, sondern ein apricotfarbenes kurzes Trägerkleid entschieden zu haben, denn obwohl unzählige Sonnenschirme aus Bast- und Palmwedeln aufgestellt worden waren und eine leichte Brise vom Meer über den Strand strich, waren die gut 30 °C nicht zu ignorieren. Sie bohrte die Zehen mit den heute ausnahmsweise einmal lackierten Nägeln in den weichen Sand und lauschte einer stark übergewichtigen schwarzen Sängerin, die schwitzend, aber voller Hingabe mit kraftvoller Stimme einen Gospel intonierte.

Der Pastor begann in erstaunlich hoher Stimmlage seine Predigt, aber Rebecca wurde rasch abgelenkt. Links von ihr entstand Unruhe unter den Neugierigen. Sie sah den weißblonden Bo durch die Reihen huschen, gefolgt von Liska, die ihn aufzuhalten versuchte. Doch der Kleine war zu flink, drückte sich an den drei jungen Frauen neben Rebecca vorbei und strahlte sie siegessicher an.

Liska hielt vor der Stuhlreihe inne, wirkte gehetzt und unangenehm berührt. Ihr Gesicht lief rot an, als jemand von hinten einen Zischlaut von sich gab. Vermutlich hatte das Mädchen von den Eltern die Aufgabe übertragen bekommen, auf den Dreijährigen aufzupassen. Rebecca fragte sich, ob das schwedische Ehepaar wieder einmal eine seiner vielen Diskussionen führte. Die Frustration der beiden hatte sich offenbar über lange Zeit angestaut und drängte hier im Urlaub mit Vehemenz an die Oberfläche.

Sie nickte dem Mädchen beruhigend zu, drehte Bo an der Schulter um und hob ihn auf ihren Schoß. Begeistert machte er es sich bequem und sah sich neugierig um.

Liska lächelte beschämt und zog sich unverzüglich zurück, als hoffte sie, dass dadurch jedermann schnell ihr kleines Missgeschick mit dem Bruder vergaß.

„Da vorne ist Lukas", verkündete Bo viel zu laut. Lukas wandte sich um und zwinkerte in seine Richtung, was Bo veranlasste, sich mit den molligen Händen abwechselnd das linke und das rechte Auge zuzuhalten – seine Version eines Zwinkerns.

„Ich hab Urlaubsopa Nathanael und Urlaubsoma Anna gesehen. Sie sitzen fast ganz hinten."

Amüsiert zog Rebecca den zappelnden Jungen näher an sich. Marty hatte das ältere Ehepaar demnach auch noch offiziell eingeladen. Lara neben ihr begann, unruhig auf ihrem Stuhl herauszurutschen; offenbar war ihr der Junge zu quirlig. Von irgendwo kam ein Kichern, begleitet von einem neuerlichen Zischen, da sich jemand in der Zeremonie gestört fühlte.

„Mama sagt, in der Kirche muss man leise sein."

„Meistens, ja", flüsterte Rebecca, froh über die Eingebung des Jungen.

„Hier ist keine Kirche!", stellte der jedoch fest und rutschte auf ihren Oberschenkeln wieder ein Stück nach vorn, um besser sehen zu können.

„Wo er recht hat ...", kommentierte eine Stimme von weiter hinten.

„Jetzt fangen Sie nicht auch noch an!", rügte einer der deutschen Gäste.

„Da sind auch Kinder", fuhr Bo unbeeindruckt fort. „Aber in den Klamotten können die nicht mal ins Wasser, sagt Sven."

„Könnten sie schon. Die Frage ist, was die Eltern dazu sagen, die sie so ausstaffiert haben", lautete der Kommentar aus den hinteren Reihen. In Rebecca manifestierte sich der Verdacht, dass es sich bei dem Mann um einen Hochzeitsgast handelte, der die auf Englisch gehaltene Predigt nicht verstand und sich langweilte.

Nun folgten Zischlaute von verschiedenen Seiten, sodass Rebecca beschloss, dem Spiel ein Ende zu bereiten. Sie stand auf, setzte sich den entzückenden Unruheherd auf die Hüfte und tappte durch den tiefen Sand an den drei Frauen links von ihr vorbei. Die Zuschauermenge am Rand teilte sich wie das Rote Meer vor den Israeliten und ließ sie hindurch.

Sie traf auf Liska, die noch immer einen hochroten Kopf hatte und missmutig mit einer gelben Kinderschaufel Sand in einen blauen Eimer schleuderte. Neben ihr, allerdings mit gebührendem Sicherheitsabstand, wälzte sich Sven lachend auf dem Boden. „Der Kleine nervt ja meistens, aber das hat er klasse gemacht", prustete Sven so laut, dass Rebecca sich neben ihn auf die Knie fallen ließ und ihm den Mund zuhielt.

„Sven, bitte! Für Marty und Regina ist dieser Augenblick sehr wichtig."

„Marty ist cool", brummte Sven hinter ihren Fingern hervor.

„Woher willst du das denn wissen?" Sie zog die Hand zurück.

„Lukas hat erzählt, was er und Marty schon alles angestellt haben. Und Marty hat vorhin kurz mit mir geredet. Er hat gesagt, ich könne nachher zum Empfang bleiben. Doch wenn ich an den Alkohol gehe, würde er meinen Eltern gegenüber leugnen, dass er mich eingeladen hat."

Bo war mittlerweile dazu übergegangen, Sand auf seine stämmigen Beine zu häufen, der jedoch ständig wieder herunterrieselte. Er wiederholte: „Das ist keine Kirche!"

Rebecca setzte sich zwischen die Brüder und beugte sich zu Bo hinüber. „Da hast du recht. Aber Gott ist nicht nur in Kirchen, sondern auch hier, und Marty und Regina wollen sich vor ihm versprechen, immer zusammenzubleiben. Da sollten wir nicht stören."

Der Junge sah sie mit seinen blauen Augen interessiert an, und Rebecca wünschte sich, dass sie hinter die kindliche Stirn sehen könnte.

„Ist der Gott jetzt böse auf mich?"

Rebecca legte einen Arm um Bo. Der Junge rutschte näher, verteilte den Sand in seinen Händen großzügig auf Rebeccas Schoß und kuschelte sich an sie.

„Natürlich nicht. Er liebt Kinder ganz besonders! Vermutlich fand er das sogar lustig."

„Dann ist Gott auch … cool!"

„Dein Einsatz kam zu früh! Ich hatte dich gebeten, dass du bei *meiner* Rede die Aufmerksamkeit auf dich ziehst." Breit grinsend reichte Lukas Rebecca eine Champagnerschale, in der winzige Bläschen perlend nach oben stiegen und deren Rand eine halbe Scheibe Ananas und eine Lotusblüte zierten.

„Bo und ich haben unseren Auftritt heute vor dem Frühstück geprobt. Wir können das jederzeit wiederholen."

„Gut zu wissen", seufzte Lukas theatralisch und stieß mit ihr an. Rebecca trank einen kleinen Schluck und wandte sich dann den fröhlichen Stimmen am Strand zu. Da Marty, gewohnt spontan und großherzig, die zuschauenden Badegäste zu einem ersten Umtrunk eingeladen hatte, hatten die Hotelangestellten alle Hände voll zu tun, um mit den Tabletts durch den unebenen Sand zu stapfen und Getränke anzubieten.

Das strahlende Paar nahm mittlerweile die Glückwünsche der Gäste entgegen. Während die Neugierigen allmählich zu ihren Strandliegen entlang der Bucht zurückkehrten, reihten sich auch Lukas und Rebecca in die Schlange der Gratulanten ein.

„Becci!" Noch bevor Rebecca einen Ton herausbrachte, zog Marty sie an sich. Hatte bereits die Abkürzung ihres Namens erahnen lassen, dass Marty und Lukas wohl öfter über sie gesprochen hatten, bestätigten seine geflüsterten Worte ihr das zusätzlich: „Lukas und du, ihr macht Fortschritte? Das freut mich für ihn – und für dich. Halte ihn fest, er ist ein toller Kerl!"

Rebecca murmelte eine halbwegs sinnvolle Gratulation, ehe Marty mit einem wilden Aufschrei, der wohl sein Glück transportierte, seinen langjährigen Freund umarmte und die beiden sich mehrmals kräftig auf den Rücken klopften. Rebecca trat zu Regina in ihrem weißen Traum aus Chiffon und Seide, gratulierte auch ihr und wurde erneut umarmt.

„Ich danke dir, dass du nie versucht hast, dich an Marty heranzumachen."

„Ach, Regina, selbst wenn ich das vorgehabt hätte – Marty hatte immer nur Augen für dich. Er hat keine andere Frau wahrgenommen, außer vielleicht, um sie an seine Freunde zu verkuppeln."

Regina lachte leise. Sie wirkte so gelöst, wie Rebecca sie niemals zuvor erlebt hatte. Ihre Augen blitzten, ein Lächeln, das ihr rundliches Gesicht wunderschön machte, wollte gar nicht mehr enden.

„Du hast nie miterlebt, wie er umschwärmt und umgarnt wurde – vor allem in den Staaten."

„Er liebt dich, Regina."

„Ja, ich weiß!", seufzte diese und ließ Rebecca los. Plötzlich hängte sich Lara bei Rebecca unter und zog sie mit sich.

„Siehst du den langen Kerl da drüben?", flüsterte sie ihr aufgeregt zu und deutete mit dem Kinn auf Martys älteren Halbbruder Benno.

„Was ist mit ihm?"

„Du hast ihn doch sicher gestern schon kennengelernt, nicht?"

„Ja."

„Dann los. Stell mich ihm vor!"

„Lara ..."

„Ich weiß, du findest es nicht gut, wie ich an das Thema Männer herangehe. Aber hör mal: Ich bin zehn Jahre älter als du und beruflich nicht weniger eingespannt. Wann bietet sich mir eine bessere Möglichkeit, eine gute Partie kennenzulernen, als im Urlaub?"

„Gut, ich mache euch bekannt. Aber bitte beschwer dich hinterher nicht bei mir, wenn er sich nie wieder meldet oder sich unfair verhält oder-"

„Irgendwann muss es ja mal mit einem Kerl klappen!"

„Lara, du bist eine hervorragende, strukturiert arbeitende und souveräne Ärztin, dazu ein sympathischer Mensch. Doch dein Privatleben ist ein eigentümliches Chaos!"

Lara seufzte und zog sie unaufhörlich in Richtung Benno, der an einem Bistrotisch saß und sich gerade mit einigen älteren Damen unterhielt. „Ich weiß", gab sie freimütig zu. „Das Chaos beherrscht mich, nur nicht bei der Arbeit. Du hast keine Ahnung, wie oft ich meine Geldbörse suche oder meinen Autoschlüssel. Hast du gewusst, dass ich drei Anläufe gebraucht habe, um den Führerschein zu schaffen? Beim dritten Mal hat es nur deshalb geklappt, weil der Prüfer beide Augen und alle Hühneraugen zugedrückt hat."

„Vor Angst?"

„Möglich!" Lara kicherte nervös. Inzwischen hatten sie den Mann, den Rebecca auf Anfang 40 schätzte, fast erreicht.

„Ich habe nie zwei zusammengehörende Schuhe nebeneinander im Schuhregal stehen. Irgendwie trennen die sich da drin ständig. Und im Winter trage ich meist hohe Stiefel, damit niemand sieht, dass meine Socken nicht zusammenpassen. Im Sommer bin ich ausnahmslos barfuß in den Schuhen. Zum Glück tragen wir bei der Arbeit ausschließlich Weiß."

Unwillkürlich glitt Rebeccas Blick zu Bennos Füßen. Er war einer der wenigen Anwesenden, die unter den ohnehin viel zu warmen langen Hosen auch Schuhe trugen, und sie meinte doch tatsächlich, zwischen Hosenbein und Schuh einen dunkelblauen und einen schwarzen Strumpf zu sehen. Sie grinste und tippte dem Mann mit wesentlich mehr Enthusiasmus auf die Schulter, als sie das wohl noch Sekunden zuvor getan hätte.

„Ah, Rebecca!", rief er in seinem breiten texanischen Slang aus, sprang auf und schüttelte ihr überaus kräftig die Hand.

„Benno, ich möchte dir gern eine Freundin vorstellen."

„Lass mich raten: Lara, die Ärztin, die unserem Marty das Leben gerettet hat?"

Lara wurde auf die gleiche überschwängliche Weise begrüßt und sofort von Martys Eltern und einem weiteren Bruder in Beschlag genommen, die nach Rebecca nun endlich auch die zweite Lebensretterin kennenlernen wollten. Rebecca zog sich zurück, sobald es ihr möglich war – und prallte gegen Lukas.

„Was hast du vor?", raunte er ihr mit einem vielsagenden Blick auf Lara zu. Seinen Arm behielt er besitzergreifend um ihre Hüfte.

„Ich? Im Moment nichts. Später muss ich mich aber noch in ein Riesenungetüm von Hochzeittorte stürzen und dabei mein Kleid ruinieren."

Sein Blick glitt an ihr hinunter. „Wäre schade", murmelte er und fuhr mit einem Grinsen fort: „Andererseits müsste ich dich dann mitsamt Kleid und Sahneüberzug ins Meer werfen, damit du das süße Zeug wieder loswirst. Das wiederum könnte mir gefallen."

„Du hast gerade deine ablenkende Unterstützung verloren, falls deine Rede wirklich völlig daneben ist", konterte Rebecca.

„Das war unvorsichtig von mir." Lukas zog sie fester an sich, und Rebecca sah aus dem Augenwinkel, wie sich die Trauzeugin, die während der Zeremonie neben ihm gesessen hatte, abrupt umdrehte und ihren Weg in eine andere Richtung fortsetzte. Offenbar war es Lukas ein Anliegen gewesen, hier etwas klarzustellen.

„Sie ist weg, du kannst mich wieder loslassen."

„Eigentlich hättest du das jetzt nicht mitbekommen sollen", brummte er.

172

„Ich bin Rettungsassistentin, schon vergessen? Manchmal muss ich zwei oder mehr Personen auf einmal im Blick behalten."

„Ich hätte aber gern, dass du dich ausschließlich auf mich konzentrierst."

„Zu gegebener Zeit."

Lukas beugte sich über sie und flüsterte: „Das klingt verheißungsvoll."

Rebecca lachte übermütig. Sie wollte ihre letzten Tage in Thailand vollauf genießen, ebenso wie Lukas' charmante Aufmerksamkeit und Zuneigung. Sie hakte sich bei ihm unter, und sie folgten den anderen Gästen in Richtung des Strandrestaurants.

Irgendjemand – vermutlich der trickreiche und doch einfühlsame Marty – hatte dafür gesorgt, dass nicht eine der Brautjungfern, sondern Rebecca einen Platz neben Lukas erhielt. Als Lukas aufstand und mit der Gabel mehrmals um Aufmerksamkeit bittend an ein Glas klopfte, lehnte sie sich zurück und blickte abwartend zu ihm auf. Er hatte die Krawatte mittlerweile gänzlich verschwinden lassen, das Hemd stand weit offen und die weißen Hosenbeine hatte er bis knapp unter die Knie hochgekrempelt. Mit seiner gebräunten Haut und dem leichten Bartschatten wirkte er ein bisschen wie ein Seeräuber. Rebeccas klopfendes Herz verdeutlichte ihr, wie stark die Anziehungskraft inzwischen war, die er auf sie ausübte.

Lukas räusperte sich und begann: „Die bezaubernde Rebecca hier neben mir hat sich großmütig angeboten, sich in die Hochzeitstorte zu werfen, falls meine Rede peinlich wird oder zu lang gerät."

Gelächter brandete auf. Regina versteckte ihr Gesicht hinter beiden Händen, so sehr amüsierte sie sich über Lukas'

Scherz. Marty hob sein halbvolles Champagnerglas und prostete Rebecca zu.

„Wir sind für dieses Opfer äußerst dankbar!", rief eine männliche Stimme. Sie erinnerte Rebecca verdächtig an die, die sie während der Trauung vernommen hatte. So schüchtern Regina auch auftrat, einer ihrer Verwandten hatte offenbar einen Clown gefrühstückt.

„Falls Rebecca zu lange zögert, dürfen Sie gern für sie einspringen", wandte Lukas sich an den Unbekannten und erntete erneut Beifall und Gelächter.

Knapp, ehrlich und herzlich fielen seine folgenden Worte aus. Rebecca beobachtete, wie Martys Mutter und Regina heimlich ein paar Tränen wegwischten. Lukas hatte sich kaum gesetzt, da eilte Marty auch schon herbei und klopfte seinem Freund erneut dankbar auf die Schulter. „Das merke ich mir. Für meine Rede bei deiner ... eurer Hochzeit?"

„Mach mal halblang, Junge. Du verschreckst sie mir ja!", gab Lukas zurück und wirkte tatsächlich besorgt darüber, wie Martys Vorstoß auf Rebecca gewirkt hatte.

„Wohl kaum", meinte Marty, zwinkerte Rebecca zu und ging dann mit Regina zu der siebenstöckigen, in Weiß und zartem Mint gehaltenen Hochzeitstorte, die in Unmengen Eis eingebettet war, das allerdings bedenklich vor sich hin tropfte.

„Hoffentlich fällt das Monstrum auf ihn drauf!", knurrte Lukas.

„Weshalb? Brauchst du dringend jemanden, den du ins Meer werfen kannst?", zog Rebecca ihn auf.

Er musterte sie intensiv. „Ganz ehrlich, bei dem Geplänkel deiner Geschwister über süße Jungs und was das offenbar bei dir ausgelöst hat, bereiten mir derartige Frechheiten meines ansonsten so feinfühligen Freundes erhebliche Bauchschmerzen."

„Vielleicht weiß er das und hofft, dadurch mehr von der Torte abzubekommen?"

„Du bist kein bisschen ernst."

„Weil du dir unnötige Sorgen machst."

„Wirklich?"

„Wirklich."

Er beugte sich weit zu ihr herüber, und das Aufblitzen in seinen Augen hätte Rebecca eigentlich warnen müssen. „Gut. Wann heiraten wir?"

„Ich gehe mich jetzt in die Torte werfen."

Die Dämmerung brach herein und mit ihr sank die Sonne als blutrote Kugel in Richtung Horizont. Das Meer, dessen weiße Schaumkrönchen sich plötzlich in demselben Rot von den Wellen abhoben, verlor seine freundliche Farbe. Fasziniert beobachtete Rebecca das Schauspiel, sah zu, wie die flimmernde Sonne schließlich im Meer ertrank und der Himmel dies in wilden Orangetönen betrauerte. Die Palmen trugen nicht mehr Beige und Grün, sondern Schwarz, und ein Kormoran glitt wie zu einem letzten Gruß über den Himmel.

In die verklingenden Schreie der Möwen und das dumpfe Rauschen der Wellen auf dem Sand mischten sich die sanften Töne einer Musikkapelle, die am Strand vor dem Hotel zum Tanz aufspielte. Spaziergänger hielten inne und schauten den unter Lampions tanzenden Hochzeitsgästen zu, einige drehten sich abseits im Takt der Musik, ehe sie eng umschlungen weiterschlenderten. Rebecca erkannte in einem der Pärchen Henrik und Ingrid. Offenbar hatten sie den Zwist des heutigen Tages ausdiskutiert und zur Zweisamkeit zurückgefunden.

Lächelnd blickte Rebecca ihnen nach, bis die Dunkelheit sie verschluckte. Sie hoffte, dass ihre Kinder die Versöhnung mitbekommen hatten und beruhigt und mit einem Gefühl der Sicherheit zu Bett gegangen waren. Bestimmt würde der morgige Tag einfacher und schöner für sie sein, nun, da erst einmal wieder Frieden in der Familie Einzug gehalten, die Liebe gesiegt hatte.

Rebecca stapfte gemächlich durch den warmen Sand auf die Tanzenden zu. Nathanael stand am Rand der mit kleinen Wimpeln abgesteckten Tanzfläche. Er bewegte leicht die Hüften und klatschte im Takt in die Hände. Sein liebevoller Blick ruhte auf der Tanzfläche, und als Rebecca diesem folgte, entdeckte sie Annalisa-Marie und Lukas. Das Paar drehte sich schwungvoll und offenkundig gekonnt an den anderen vorbei; nur zwei weitere Paare zeigten eine ähnliche Eleganz, dem unebenen Untergrund zum Trotz.

„Meine Liebe!" Nathanael war auf Rebecca aufmerksam geworden und legte kurz seinen Arm um ihre Schulter – ein Zeichen seiner Zuneigung, ohne die Grenzen der Schicklichkeit zu übertreten. „Sind sie nicht ein tolles Tanzpaar?"

„Ja, das sind sie."

„Annalisa-Marie freut sich, endlich mal wieder einen schneidigen Tanzpartner zu haben. Meine alten Knochen kommen mit ihren jungen einfach nicht mehr mit."

Rebecca lachte leise auf. Die beiden trennten höchstens drei Jahre, aber tatsächlich wirkte Annalisa-Marie wesentlich agiler als Nathanael, der sich eher behäbig, fast vorsichtig bewegte.

„Ich wusste gar nicht, dass Lukas tanzen kann."

„Er ist ein guter Tänzer", räumte Nathanael mit Kennerblick ein. „Seine Eltern haben gern und viel getanzt. Nach dem Tod seines Vaters hat er die Rolle des Tanzpartners übernommen, um seiner Mutter eine Freude zu machen und sie unter Leute zu bringen. Und dabei hat sie dann wohl auch ihren neuen Mann kennengelernt."

Rebecca wunderte sich nicht mehr darüber, dass Nathanael so viele Details über seine Mitmenschen wusste. Seine Fähigkeit, mit jedem Menschen unkompliziert zu kommunizieren, gepaart mit echtem Interesse an seinem Gegenüber, waren wirklich eine unwiderstehliche Kombination.

„Und wie steht es mit dir? Darf ich dich zum Tanz auffordern?"

„Schone lieber deine Füße", lachte Rebecca halb verlegen, halb entsetzt. „Ich fürchte, mehr als einen langweiligen Walzer bekomme ich nicht hin."

„Wer behauptet, dass ein Walzer langweilig sei?", fragte Nathanael und bot ihr galant seinen Arm. Zögernd nahm sie ihn und ließ sich an der abgesteckten Tanzfläche und den flackernden Fackeln vorbei zu den Musikern führen. Er sprach kurz mit dem lässig weitermusizierenden Pianisten. Der Mann, wohl kaum jünger als Nathanael, nickte und senkte wieder den Kopf, obwohl er gar keine Noten vor sich liegen hatte. Nathanael kehrte zu Rebecca zurück und geleitete sie an die offene Seite der Tanzfläche.

Übergangslos wechselte die Melodie in einen Dreivierteltakt. Nathanael legte eine Hand auf ihren Rücken, ergriff mit der anderen ihre Rechte und wirbelte sie mit überraschend viel Schwung zwischen die anderen Tanzpaare. Sie passierten Lara und Benno, die nichts um sich herum zu bemerken schienen, und das Brautpaar, das in seiner Schrittfolge etwas unsicher wirkte, dies aber einfach weglachte, und schrammten dann haarscharf an Annalisa-Marie und Lukas vorbei. Die Frau strahlte und Lukas zwinkerte ihnen zu. Rebecca hatte den Eindruck, dass dies vielmehr ihrem Galan als ihr selbst gegolten hatte. Sie entfernten sich voneinander, doch als das Stück endete, befanden sie sich plötzlich erneut nebeneinander. Die Männer tauschten wortlos, als hätten sie das abgesprochen, ihre Partnerinnen und ein zweiter Walzer folgte.

„Was für ein abgekartetes Spiel", kommentierte Rebecca.

„Das war Nathanaels Idee, nachdem ich gesagt habe, dass ich dich vermutlich nicht auf die Tanzfläche locken kann."

Gleich darauf verstand Rebecca auch, weshalb Nathanael einen Walzer keinesfalls als langweilig betrachtete. Lukas verstärkte den Druck seines Arms um sie und presste sie förmlich an sich, seine Wange lag an ihrer Schläfe. Sie spürte seine Muskeln, atmete sein Aftershave ein und fühlte seinen Atem durch ihr Haar streifen. So hatte ihr Vater ihr das vor der Hochzeit von Karsten und Miriam aber nicht beigebracht! Dies war mehr als ein Tanz, mehr als eine Verführung und weitaus mehr, als ihr wild pochendes Herz und die dahinfliegenden Gedanken zu verkraften schienen.

Sie war dankbar, dass Lukas sie an den Rand der Tanzfläche führte, als der Walzer endete, denn mit dem nachfolgenden Mambo wäre sie wohl überfordert gewesen.

„Ich muss mich jetzt erst mal ins Meer stürzen", keuchte Rebecca.

„Erst die Torte, jetzt das Meer. Immer diese leeren Versprechungen!"

„Leere Versprechungen?"

„Das mit der Torte hast du ja nicht gewagt." Er klang äußerst herausfordernd.

„Ich wollte ohnehin abhauen, bevor die amerikanische Verwandtschaft auf die Idee kommt, Regina müsse ihren Brautstrauß werfen."

„Feigling."

„Ich hatte immer eine Eins in Sport, Basketball und Handball waren meine Steckenpferde. Die anderen hätten keine Chance – und ich damit auch nicht."

„Zu entkommen."

„Richtig."

„Also doch schwimmen?"

„Unbedingt."

„Ich sage nur kurz dem Traumpaar schlechthin Bescheid." Er deutete auf Nathanael und Annalisa-Marie, die sich eine Pause vom Tanzen gönnten, dabei jedoch die restlichen Paare nicht aus den Augen ließen, als könnten sie damit ihre Sehnsucht stillen, noch einmal ohne Atemnot und Schmerzen über die Tanzfläche wirbeln zu können.

Rebecca nickte und schlenderte an den Fackeln und Lampions vorbei in Richtung Meer. Das Traumpaar schlechthin … Sie lächelte. Nathanael und Annalisa-Marie hatten keinen Traumstart und vermutlich auch kein ausnahmslos traumhaft leichtes Leben gehabt. Aber ihre Liebe war stark, ihre Fantasie, mit der sie ihre Ehe gestalteten, groß, ihre Treue unverbrüchlich und ihre Geduld miteinander unauslöschlich. Das hatte sie zu einem Traumpaar geformt – ebenso wie vermutlich ihr gemeinsamer Glaube an einen liebenden, fantasievollen, treuen und geduldigen Gott.

Rebeccas Gedanken wanderten zu Lukas. Sie wünschte sich … tat sie das wirklich? Rebecca lächelte erneut in die Nacht hinein, ohne die Überlegung zu Ende zu bringen.

Drei torkelnde, patschnasse Freunde von Marty in Anzugshosen, Hemden und Krawatten kamen ihr entgegen. Offenbar waren sie auf eine ähnliche Idee verfallen – oder hatten in ihrem Zustand das Meer übersehen.

Lukas stieß erst zu Rebecca, als sie bereits bis zu den Knien ins Wasser gewatet war. Sie drehte sich um und sah im Licht des Vollmonds zu, wie er sich das Hemd über den Kopf zog, die Krawatte aus der Hosentasche nahm und beides in den Sand legte. Seine Geldbörse folgte, ebenso das Handy. In seiner hochgekrempelten Hose rannte er ins Wasser, sodass das Mondlicht die aufspritzende Gischt in Tausende goldene Funken verwandelte. Ohne etwas zu sagen, packte er Rebecca, hob sie hoch und ließ sich einige Schritte weiter mit ihr gemeinsam in die dunklen Fluten fallen.

Als Rebecca wieder aufrecht stand, klebte ihr Kleid wie eine zweite Haut an ihr, und sie war froh, dass sie Unterwäsche trug, die halbwegs als Bikini durchging. Das Salzwasser rann ihr aus dem Haar ins Gesicht. Lukas wischte es sanft fort. Ansonsten hielt er sich aber mit Berührungen zurück, was Rebecca ein kleines bisschen bedauerte, andererseits erleichtert wahrnahm, denn von Abkühlen wäre dann wohl keine Rede mehr gewesen.

Aus dem Augenwinkel sah sie einen breiten männlichen Schatten am Strand, der leicht geduckt davonhuschte. Alarmiert wandte sie sich um. „Ich fürchte, dir hat gerade jemand deine Sachen geklaut", stieß sie hervor.

„Aber nein", meinte Lukas erstaunlich gelassen und streckte ihr die Hand entgegen. Sie ergriff sie und gemeinsam wateten sie ins seichte Wasser und schließlich an Land. Zu Rebeccas Verwunderung lag neben der Kleidung, dem Geldbeutel und dem Handy Reginas Brautstrauß.

Sie bückte sich und nahm den schweren Strauß mit den weißen Rosen auf. Die mintfarbenen Bänder flatterten um ihr Handgelenk, als sie die Blüten erstaunt betrachtete.

„Versuch jetzt nur nicht, dich damit herauszureden, dass du davon nichts gewusst hast."

Lukas reckte beide Hände gen Himmel. „Ich wusste wirklich nichts davon, aber ich habe Marty erkannt."

„Dein Freund ist ein rettungsloser Romantiker!"

„Mag sein."

„Dem ich morgen gehörig die Leviten lesen werde."

„Er wird sich vor Lachen biegen." Lukas' Lachen klang schon jetzt über das Meer hinaus.

„Das ist nicht hilfreich", schalt Rebecca, ungehalten über sich selbst, da sie ein Schmunzeln kaum unterdrücken konnte.

„Das ist nur ein Strauß, kleiner Trotzkopf."

„Aber er steht für *etwas*."

„Gib ihn mir. Ich lasse ihn schwimmen." Lukas wollte ihr den Strauß abnehmen, doch Rebecca zog ihn reflexartig weg. Nein, das wollte sie nicht. Verwirrt über sich selbst starrte sie die duftenden, zarten Blumen an.

Lukas bückte sich schweigend nach seinen Sachen, und Rebecca erhaschte einen Blick auf seine weißen Shorts unter der Anzughose. Er streifte sich das Hemd über die nassen Haare, das sofort an seinem Körper festklebte. Der junge Mann hüllte sich auch noch in Schweigen, als er sich die Krawatte locker um den Hals legte und Handy und Geldbeutel aufhob. Nebeneinander schritten sie in Richtung des Strandabschnitts, von dem aus sie zu ihrem Hotel gelangen konnten. Mit gerunzelter Stirn versuchte Rebecca, einen Blick auf das Gesicht ihres schweigsamen Begleiters zu werfen. Das helle Mondlicht offenbarte ein breites Grinsen. Sie schüttelte leise lachend den Kopf. Nein, sie wollte nicht wissen, was Lukas daraus schloss, dass sie sich geweigert hatte, den Strauß aus der Hand zu geben.

Wenig später erreichten sie die kleine Hotelanlage und dieses Mal begleitete Lukas sie bis zum Fuße der Verandatreppe. Die Blätter der Bäume raschelten, der Geruch von feuchter Erde lag schwer in der Luft. Der Mond, groß und rund, als habe Marty ihn für seine Hochzeit eigens so bestellt, bestrich die Landschaft mit sanftem Licht.

„Nicht vergessen: Wir haben morgen Abend ein Date. Romantisches Abendessen mit dem ausführlichen Bericht über meine Tauchgänge."

„Holst du mich hier ab?"

„Gegen sechs?"

„Abgemacht. Ich wünsche dir morgen einen wunderschönen Tag!"

„Gute Nacht, Becci."

„Gute Nacht, Lukas."

Sie drehte sich nur zögernd von ihm fort. Als sie die erste Stufe betrat, wechselte sie den Strauß in die linke Hand. Nach der zweiten Stufe sah sie sich nach Lukas um. Er war inzwischen einige Schritte entfernt und im Schatten der Kasuarina-Bäume kaum mehr zu erkennen.

Sie setzte den Fuß gerade auf die dritte Stufe, als er plötzlich mit wenigen Sätzen zurück war und von außen an der Treppe hochsprang. Er hielt sich mit einer Hand am Holzgeländer fest, die andere legte er in ihren Nacken und zog sie an die Brüstung, die sie voneinander trennte. Sanft küsste er sie. Ein Beben ging durch ihren Körper, als fließe ein elektrischer Stromschlag durch sie hindurch.

Lukas verstand das Ausbleiben jedes Widerstands von ihr als Einladung, seine Finger in ihrem Haar zu vergraben und sie erneut zu küssen, dieses Mal mit deutlich mehr Leidenschaft. Dann sprang er rücklings wieder auf den Pfad hinunter und die Dunkelheit verschluckte ihn innerhalb eines Sekundenbruchteils. Zurück blieb Rebecca; atemlos und mit dem seltsamen Gefühl, dass er ein Stück von ihr mitgenommen hatte.

9. Kapitel

Die Nadeln der Seismometer überall auf der Welt zitterten träge vor sich hin, zeichneten eine gerade seismische Linie. Es gab keine Vorzeichen, keine Vorbeben von der Art, die Aufmerksamkeit erregt hätten. Keine Warnung. Die Erdkruste schien friedlich zu schlafen.

Um 7:58 Uhr erschütterte ein Schlag den Meeresboden im Indischen Ozean nahe Sumatra. Der Druck war zu stark geworden. Die Eurasische Platte wollte sich nicht länger verbiegen, demütigen. In einem Wimpernschlag lösten sich die seit Hunderten von Jahren aufgestauten Spannungen. Das Epizentrum lag nicht weit unter dem Meeresgrund, der freigesetzte Druck schlug ungebremst an die Oberfläche durch. Bis zu zehn Meter bäumte sich der Grund wütend wie ein Wildpferd auf, verschob Millionen Tonnen von Gestein, ließ Spalten aufbrechen, erschuf Sedimentlawinen. Gesteinsplatten barsten unter Krachen und Toben, Brüllen und Donnern. Gleich einem Klettverschluss riss der Meeresboden entzwei. Die Platten hatten es eilig, nun, da sie erst einmal losgelegt hatten, sich voneinander zu befreien. Sich trennen ist schmerzhaft, zieht Folgen nach sich …

Zwei Kilometer in der Sekunde, über 7.000 Stundenkilometer schnell raste der Riss gen Norden, minutenlang ruckte der Meeresboden in einem ungleichmäßigen Stottern seitwärts, als schäme er sich, dies zu tun. Die Erde stöhnte. Durch das Emporschnellen des Ozeanbodens erhob sich eine Wassersäule, von der Schwerkraft angetrieben, lief sie auseinander. Ein gieriger und zugleich doch unschuldiger Killer erwachte zum Leben. Dann ein zweiter ...

Es war Sonntag. Ein wunderschöner Tag im Paradies. Obwohl sie in der vergangenen Nacht spät zu Bett gegangen war, war Rebecca früh auf. Ob das an dem Glücksgefühl in ihrem Herzen lag, an dem Wunsch, jeden Augenblick ihrer Verliebtheit auszukosten, an dem Bedürfnis, die ganze Welt zu umarmen? Sie schlüpfte in ein dunkelgrünes Strandkleid und schlenderte barfuß unter den sich gemächlich im Wind wiegenden Palmen hindurch ans Meer, an dem sich nur wenige Frühaufsteher eingefunden hatten. Es war noch Ebbe; kein guter Zeitpunkt für ein frühmorgendliches Bad im azurblauen Wasser der Andamanensee. Sie würde später zurückkehren und schwimmen gehen. Mit einem zufriedenen Seufzen ließ sie sich in den weichen, weißen Sand fallen und atmete die warme Luft ein, bewunderte die satten Farben um sich herum und lauschte auf das Tuckern der Motoren einiger Longtails. Die Wellen liefen heute sanft im Sand aus; das Geräusch ähnelte einem Flüstern. Was sie ihr wohl zuraunen wollten?

Rebeccas Gedanken wanderten zu Lukas. Er war bereits unterwegs zu den vorgelagerten Similan Islands. Inzwischen wünschte sie sich, sie hätte ihn begleitet. Selbst wenn sie nicht in die Tiefen der Meeresgärten vordringen konnte, hätte sie doch an Bord des Bootes die wunderschöne Inselwelt über Wasser bewundern und ihm nahe sein können, um auf sein Lächeln, seine begeisterten Worte über das zu warten, was sich ihm dort unten offenbart hatte.

„Heute Abend", flüsterte sie den Wellen zu. Amüsiert spürte sie ihrem vorfreudig aufgeregten Herzschlag nach. Wer hätte gedacht, dass sich zu verlieben so einfach war – und so berauschend schön? Jetzt, nachdem sie erst einmal den Widerstand aufgegeben hatte, an den sie sich über Jahre hinweg geklammert hatte ... Aber womöglich war dieser Widerstand genau richtig gewesen, um auf den zu warten, der ihr Herz zu erobern verstand. Für den Mann, der der Richtige für sie war. Wie Nathanael für Annalisa-Marie, wie ihr Vater für ihre Mutter – wie Lukas für sie?

Rebecca hob den Kopf, als sich unweit von ihr eine fröhliche Gruppe Japaner niederließ. Sie breiteten Decken aus, bauten einen Windschutz auf und lüfteten die Tücher über großen Picknickkörben. Zwei Männer, der eine um die 60, der andere um die 30, fotografierten alles, was sich ihnen zum Ablichten anbot, selbst Rebecca wurde signalisiert, dass sie mit auf ein Foto sollte, was sie zu einem Kichern verleitete. Sah sie denn aus wie eine Sehenswürdigkeit am Pakweep Beach von Khao Lak?

Sie winkte dankend ab, als ihr wortreich ein Gebäckstück angeboten wurde, erhob sich aber, da sie tatsächlich Hunger verspürte und es sie zu Malees reichhaltigem Frühstücksbüfett zog.

Wenige Minuten später saß sie auf der Veranda beim Frühstück und wurde von Malee gewohnt liebevoll betreut. Sogar Alaya kam aus der Küche auf die sonnenbeschienene Veranda hinaus. Sie hinkte leicht und hatte unübersehbar noch immer Schmerzen, ließ es sich jedoch nicht nehmen, Rebecca persönlich und mit fast ehrfurchtsvollem Gebaren zu begrüßen.

Kinderlachen kündigte die Ankunft von Bo und Sven an. Der ältere Junge stürzte ohne Umweg zum Büfett. Bo tappte zuerst zu den drei besetzten Tischen und gab jedem Gast höflich die Hand; Rebecca schenkte er gar eine kurze Umarmung.

„Du bist so knuffig!", flüsterte sie ihm zu, und das Kind strahlte sie mit seinen weißen Milchzähnen an, als habe es genau das hören wollen.

Er rief seinem Bruder etwas auf Schwedisch zu. Sven reagierte recht unwirsch darauf. Offenbar sah er nicht ein, dass er seinen jüngeren Bruder bedienen sollte.

„Soll ich dir helfen?", erkundigte sich Rebecca bei Bo, und die winzigen Falten auf der Kinderstirn glätteten sich sofort.

„Du bist knuffig!", erwiderte er, was Rebecca als ein Ja interpretierte.

„Bleib bloß sitzen", drohte ihr Malee lachend und drückte sie auf den neuen, edel aussehenden Teakholzstuhl zurück – eine der Investitionen, die Malees Verwandte in diesem Frühjahr in ihr kleines Hotel gesteckt hatten.

Die Frau ergriff Bo an der Hand, und die beiden hatten hörbar viel Spaß, als sie trotz der Sprachbarrieren das richtige Getränk und die leckersten Speisen für den Jungen aussuchten.

Sven und Bo setzten sich wie selbstverständlich zu Rebecca an den Tisch, wenig später gesellte sich auch Liska zu ihnen. Wie meist hatte sie ein Buch dabei. Sie wirkte nicht so bedrückt wie an einigen anderen Tagen, jedoch gewohnt schüchtern und zurückhaltend. Auf Rebeccas Versuche, sie in ein Gespräch zu verwickeln, antwortete sie höflich, aber knapp. Rebecca nahm an, dass ein großer Anteil der Gedanken, die das Mädchen beschäftigten, altersentsprechend waren, doch Liska war diejenige von den Geschwistern, die am intensivsten mitbekam, wie schwierig sich die Ehe ihrer Eltern gestaltete. Die häufige Abwesenheit des Vaters hatte sie zu einem beinahe gleichwertigen Gegenüber ihrer Mutter werden lassen, was das Mädchen überforderte. Möglicherweise fehlte Liska aber auch einfach nur die Aufmerksamkeit von

Henrik. Vielleicht hatte sie diese in jungen Jahren genießen dürfen, als er noch nicht so sehr in seinem Beruf eingespannt gewesen war?

In Rebecca erhärtete sich der Verdacht, dass dieser Urlaub ein Versuch der Familie war, wieder zusammenzuwachsen. Womöglich war der Nachzügler Bo bereits ein solcher gewesen ... Rebecca wünschte der Familie von Herzen, dass dieses Vorhaben gelang.

Henrik und Ingrid erschienen wenig später Hand in Hand. Sie erlaubten Sven, dessen Bewegungsdrang ihn unruhig auf seinem Stuhl umherrutschen ließ, gemeinsam mit Rebecca schon einmal an den Strand vorzugehen. Die Eltern wollten später mit Bo und Liska nachkommen.

„Du gehst aber erst ins Wasser, wenn die Flut kommt, und dann auch nur, wenn Rebecca Lust hat, dich zu begleiten. Du schwimmst nicht allein! Hast du mich verstanden, junger Mann?", rief Henrik dem im Davonstürmen begriffenen Jungen nach.

„Klar!", rief der über die Schulter zurück.

„Du hörst auf das, was Rebecca sagt!"

„Ja!", kam es von unterhalb der Veranda.

„Danke, Rebecca. Wir werden dir am Ende unseres Urlaubs einen Orden verleihen", meinte Ingrid. Sie hatte die Hand auf den Arm ihres Mannes gelegt und wollte ihn davon abhalten, den Jungen mit seiner plötzlich erwachten Fürsorge zum Widerspruch zu reizen.

„Ich bin gern mit den Kindern zusammen!" Rebecca lächelte Ingrid und Henrik beruhigend an und drehte sich zur Treppe um. Erstaunt hob sie den Kopf, als eine gewaltige Anzahl verschiedenster Vögel laut kreischend über sie hinwegflog. Die Tiere hatten es ungewöhnlich eilig. Rebecca warf einen Blick auf das Geländer der Veranda. Heute war das erste Frühstück, seit sie hier in Khao Lak war, an dem das Hornvogelpärchen nicht dort gesessen und um einen kleinen Happen gebettelt hatte.

Malee winkte ihr fröhlich zu, wandte sich ab und füllte mit ihrem ausgeprägten Sinn für dekorative Details das Büfett auf.

Das Wasser über dem Sundagraben gehorchte den Gesetzen der Physik. Es kannte nichts anderes, würde sich immer so verhalten. Dort, wo der Boden abgesackt war, in Richtung Osten, breitete sich als Erstes ein Wellental aus, dem dann eine Welle folgte. Dort, wo er sich gehoben hatte, westwärts, rollte sofort eine Welle voran. Entstehung, Höhen, Verlauf, die Wucht ihres Brechens, all das könnte berechnet werden. Aber die Berechnungen würden die gewaltigen Wassermassen, die Milliarden Tonnen verdrängter Masse, nur erklären, nicht aufhalten. Der Meeresboden würde noch wochenlang nachbeben. Mürrisch, aufgebracht und doch befreit. Die Intensität des Bebens ließ nach, zwang aber die Erde zu stundenlangem Nachschwingen.

Die Wellen stürmten die Küsten Sumatras mit flüssigen Wänden von bis zu 35 Metern Höhe. Sie rissen Menschen mit sich, fraßen sich über mehrere Kilometer ins Landesinnere, dann stürzten sie sich wie angriffslustige Tiger auf die Inselgruppen der Andamanen und Nikobaren und verwüsteten sie. Das Erdbeben verschob und zerbrach ganze Inseln.

Und die Wellen rollten weiter, machten sich im tiefen Meer unsichtbar, da sie sich hier in die Länge ziehen konnten. Sie duckten sich wie ein Raubtier kurz vor dem Sprung auf die Beute. Die lauernde Gefahr war nur Minuten nach ihrem Entstehen kaum noch zu erkennen. Aber sie walzte unaufhaltsam voran.

Auf der einen Seite in Richtung Bangladesch, Indien und Sri Lanka, weiter zu den Malediven und in Richtung ostafrikanische Küste, auf der anderen der nahe gelegenen malaysischen und thailändischen Küste und der Myanmars entgegen.

Was sollten sie auch sonst tun? Eine gewaltige Energie hatte sie freigesetzt, Energie erfüllte sie. Irgendwo musste diese ja hin ...

Einhundert Kilometer nordwestlich von Tokio, bei Nagano, in einem Tunnelsystem, das im Zweiten Weltkrieg als Schutz für die königliche japanische Familie in den Berg getrieben worden war, stehen, geschützt vor äußeren Einflüssen und großen Temperaturunterschieden, ebenso wie vor dem Lärm von Eisenbahnen und dem alltäglichen Verkehrsaufkommen, die hochempfindlichen Messinstrumente des *Matsushiro Seismological Observatory*. Ein Piepen des Computers alarmierte an diesem Morgen die Mitarbeiter, der Rechner fing Messdaten aus dem Indischen Ozean auf und kategorisierte sie als ein Beben der Stufe 8. Das war beachtlich, da ein Beben in dieser Stärke im Schnitt lediglich alle 10 Jahre gemessen wurde. Der zuständige Mitarbeiter verständigte umgehend den meteorologischen Dienst in Tokio, wohl in der Hoffnung, dass dort die Daten nicht nur verwaltet, sondern an die Anrainerstaaten des Indischen Ozeans weitergegeben würden ...

Im PTWC, dem *Pacific Tsunami Warning Center* in Ewa Beach auf Hawaii, laufen alle Meldungen von Sensoren im pazifischen Becken zusammen und werden von dort analysiert und gleichzeitig in nationale und internationale Netzwerke weitergeleitet. Somit haben Erdbebenforscher auf der ganzen Welt Zugriff auf die eintreffenden Daten.

Am Nachmittag des 2. Weihnachtsfeiertages, kurz nach 15:00 Uhr Ortszeit, meldeten zwei seismische Stationen nahe Australien die Schockwellen eines Erdbebens der Stärke 6. Doch zwei Angaben genügten nicht, um zuverlässig Stärke und Ort des Erdbebens zu bestimmen. Der Geophysiker vom Dienst wollte abwarten, bis weitere Messungen eintrafen.

In Bangkok schwankten in Folge des Unterseebebens die Wolkenkratzer, kurz darauf klingelten in der knapp sieben Quadratmeter großen Kammer des Erdbeben-Büros alle Telefone. Auch hier machten sich die drei Mitarbeiter daran, Näheres zu erfahren. Soweit reine Routine. Mehr nicht.

Um 9:00 Uhr, gut eine Stunde nach dem Beben, begann ein Mitarbeiter, die Vorschriften des Meteorologischen Dienstes in Thailand abzuarbeiten, wie es bei einem Beben der Stärke 7 oder mehr vorgeschrieben war. Regierungsinstitutionen und Notfalldienste, das Königshaus, Fernsehsender und Zeitungen erhielten Informationen. Dafür standen dem Mann eine Din A4-Seite voller Nummern und ein Faxgerät zur Verfügung.

Unterdessen trafen in Ewa Beach auf Hawaii neue Messergebnisse ein. Sie versetzten den mittlerweile auf zwei Mann angewachsenen Mitarbeiterstab in helle Aufregung. Das Beben könnte stärker ausgefallen sein als bisher angenommen. Viel stärker. Vielleicht sogar eine 8. Doch die Daten galten als zu unsicher, also mussten sie auf weitere Ergebnisse warten. Die Werte schwankten zwischen 6,4 aus Jakarta und 8,1 bei den amerikanischen Stationen. Trotz der Wartezeit nicht untätig, hatten die Männer inzwischen abgeglichen, wo der Ursprung des Bebens zu finden war: 75 Kilometer vor der Nordwestküste der Insel Sumatra im Indischen Ozean. Allerdings verriet die Stärke eines Bebens ihnen nicht, ob es eine Flutwelle ausgelöst hatte.

Den Vorschriften entsprechend gaben die Mitarbeiter eine *observatory message*, die Nachricht mit den zusammengetragenen Daten, weiter. Sie glich einer Aktennotiz mit dem bei dieser Bebenstärke standardisierten Hinweis auf eine Tsunamigefahr. Aber die beiden Geologen fanden darüber keine Ruhe, diskutierten und beobachteten weiter und kamen zu dem Schluss, dass eine lokale Flutwelle an einer der Küsten bei dieser Bebenstärke im Bereich des Möglichen sei.

Auch in Australien reagierten die Seismologen. Die australischen Botschaften entlang der Anrainerstaaten des Indischen Ozeans wurden durch die nationale Notfallzentrale informiert, die Regierungen der Länder hingegen nicht.

Auf Hawaii trafen mittlerweile erneut Datenmengen ein, die es zu analysieren galt. Die Stärke des Bebens wurde plötzlich nicht mehr als 8,0, sondern als 8,5 eingeschätzt, fünfmal stärker als zuvor. Auch in Golden, Colorado, rührte sich etwas. Der dortige Mitarbeiter brachte eine Warnung an das Weiße Haus auf den Weg, an das Außenministerium und auch schon einmal an die großen internationalen Hilfsorganisationen. An eine Flutwelle monströsen Ausmaßes dachte aber weiterhin niemand.

Wenig später wurde die Zahl auf Hawaii ein weiteres Mal nach oben korrigiert. Die zwei Geologen schauten dem Geschehen gebannt zu. 8,5, dann wurde es eine 8,9 auf der Momenten-Magnituden-Skala. Und plötzlich waren sie bei einer Zahl angelangt, die eines der stärksten Beben der vergangenen 100 Jahre anzeigte: 9,1.

Die Geophysiker tippten von Hand eine zweite Meldung, dieses Mal mit der Warnung vor einem *Major Tsunami für das ganze Ozeanbecken*, in ihre Computer ein. Irgendwie wollten ihre Finger nicht schnell genug über die klappernden Tasten jagen. Zunehmende Hektik erfasste sie, als sie allmählich begriffen, was sich da gerade im Indischen Ozean abspielen mochte, doch für das tatsächlich ablaufende Drama reichte ihre Fantasie nicht aus. Denn zu diesem Zeitpunkt hatte sich das Wasser auf den Adamanen, den Nikobaren und auf Sumatra bereits um die 200.000 Menschenleben geholt. Die gesamte Infrastruktur war durch den Aufprall der gigantischen Wellen zerstört worden. Den Wasserläufen und Straßen folgend hatten sich die Fluten kilometerweit ins Hinterland gefressen. Niemand war mehr in der Lage, eine Warnung abzusetzen. Auch nicht die beiden Geologen auf Hawaii. Verzweifelt telefonierten sie herum. Hektisch, zunehmend desillusionierter. Aber es existierte im PTWC für einen solchen Fall kein Notfallplan. Keine Liste mit Kontaktdaten der gefährdeten Länder, keine E-Mail-Verteiler, die sie nutzen konnten, keine Notfallnummern. In ihrer Verzweiflung bemühten sie die Telefon-Auskunft.

Die zweite Nachricht des hawaiianischen PTWC traf als E-Mail im Erdbebenbüro von Bangkok ein. Doch niemand öffnete sie. Die Mitarbeiter waren mit den eingehenden Telefonaten und mit dem Verschicken der standardisierten Faxe beschäftigt. Zu diesem Zeitpunkt blieb den Menschen an der Küste Thailands gerade einmal eine Stunde, bis das Ungeheuer sie überrollen würde.

Lukas strich sich das vom ersten Tauchgang am Christmas Point noch feuchte Haar zurück und lachte über Bennos Witz, der auf Martys Kosten ging, was dieser mit einem müden Lächeln quittierte.

„Blödsinn! Regina hat mich nicht in der Hochzeitsnacht aus dem Bungalow geworfen."

„Warum bist du dann hier? Am Morgen nach deiner Hochzeit?"

„Sie ist eine absolute Langschläferin. Da es gestern – oder vielmehr heute – so spät geworden ist, wird sie vermutlich erst zum Frühstück gehen, wenn wir von der Tour zurückkommen."

„Und weshalb bist *du* schon wach?", hakte Benno nach.

„Ich habe gar nicht geschlafen."

Matteo, der 50-jährige Schweizer Skipper des Schnellboots und ihr Tauchguide, grinste in Richtung seiner drei Passagiere. Er war begeistert gewesen, als er erfuhr, dass alle drei versierte Taucher waren und er mit ihnen auch an den etwas schwierigeren Stellen mit größeren Strömungsunterschieden ins Wasser konnte. Momentan steuerte er auf den zwischen Insel No. 7, Koh Payu, und No. 8, Koh Similan, gelegenen Elephant Head Rock zu.

Lukas lehnte die Stirn an die Metallreling und blickte unter ihr hindurch zu den drei Felsformationen vor ihnen. Ihre Kuppen durchbrachen die Wasseroberfläche und ließen sich von den azurblauen Wellen umschmeicheln. Matteos Sohn Dario hatte ihnen erklärt, dass der zerklüftete Tauchplatz bis zu 50 Meter in die Tiefe reichte. Canyons führten von der West- auf die Ostseite. Sie waren noch früh genug dran, um auf Weißspitzen-Riffhaie oder einen Grauen Riffhai hoffen zu können. Doktorfische, Kaiserfische und Drückerfische erwarteten sie zwischen den Korallen, im Freiwasser womöglich Barrakudas und Garnelen. Vielleicht trafen sie hier auch auf einen der bis zu sechs Meter großen Mantas oder einen Walhai.

Wie gern hätte Lukas dieses Erlebnis mit Rebecca geteilt. Er seufzte, spürte einen fast schmerzlichen Druck in seiner Brust vor Sehnsucht nach ihrer Nähe, die ihn erfasste wie ein

Strudel. Erinnerungen an den Kuss an der Verandabrüstung rissen ihn mit sich. Er befreite sich mit dem Gedanken daraus, dass er sie am frühen Abend wiedersehen und erneut küssen würde …

Matteo stoppte den Motor und ließ das Schnellboot ausgleiten. Bei diesem zweiten Tauchgang würde Dario sie begleiten und Matteo an Bord bleiben. Voll Vorfreude auf das vor ihm liegende Erlebnis griff Lukas nach dem Lungenautomaten und der Tauchflasche und schnallte sie sich um. Das Boot schaukelte sanft auf den Wellen, die Sicht in das klare Wasser war schon jetzt berauschend. Benno und Dario ließen sich rücklings über Bord fallen, Lukas wartete, bis Marty seine Ausrüstung fertig überprüft hatte. Marty nahm Anlauf, wobei die Tauchflossen laut auf das Deck platschten, und sprang mit einem lauten Jubelschrei und eigentümlichen Verrenkungen über Bord.

Er grinste auffordernd zu seinem Freund hinauf und kümmerte sich dann um seinen Atemregler. Lukas folgte ihm mit deutlich weniger Überschwang. Luftblasen umgaben ihn, Lautlosigkeit und ein angenehmes Azurblau. Für einen Augenblick genoss er einfach die Schwerelosigkeit seines Körpers in dieser anderen Welt, ehe er, nach dem Druckausgleich, Martys Flossenschlag folgte.

Die Farbenvielfalt der Korallen faszinierte ihn jedes Mal aufs Neue. Freundliches Blau, helles Grün, leuchtendes Rot, blendendes Gelb und eine unendliche Vielzahl an Brauntönen nahmen seinen Blick gefangen. Langsam ging es tiefer hinab, an Spalten im Fels vorbei, bis Marty eine der Unterwasserschluchten ansteuerte und in ihr verschwand.

Lukas sah sich um. Er hatte noch nicht einen einzigen Fisch gesehen. Nichts von der Vielfalt, von der Dario geschwärmt hatte, keine orientalischen Süßlippen,

Rotfeuerfische, Skorpionfische oder etwa eine Muräne. Das Wasser wirkte wie ausgestorben. Eigentümlich tot. Das mulmige Gefühl, irgendetwas könne nicht stimmen, verdrängte er jedoch erfolgreich.

Unvermittelt verfärbte sich das Wasser um ihn herum. Aus dem Azurblau wurde dunkles Grün. Verwirrt folgte er Marty in den Canyon. Er durfte nicht allein zurückbleiben. Immer mindestens zu zweit tauchen, so lautete die Regel. Plötzlich wurde er förmlich durch den Spalt geschoben. Schneller und schneller. Sand hüllte ihn ein, kroch unter seine engsitzende Tauchbekleidung, kratzte ihn, behinderte die Sicht. Er schoss aus der Spalte wie ein Torpedo aus der Abschussluke. Aus der Stille war ein Brodeln und Kochen, ein Stampfen und Schlagen geworden. Eine unruhige Strömung erfasste ihn, wirbelte ihn mit dem Kopf voraus um sich selbst. Immer wieder. Er war dem machtlos ausgeliefert. Das Trudeln und Wirbeln schien kein Ende nehmen zu wollen, zog ihn in die Tiefe.

Jemand prallte gegen ihn, packte ihn an beiden Oberarmen. Marty. Die Augen seines Freundes waren hinter der Taucherbrille weit aufgerissen. Aneinandergeklammert schleuderten sie umher, dieser eigentümlichen Strömung hilflos ausgesetzt.

Dann ließ der Sog nach, als verliere er allmählich das Interesse an den Tauchern. Dennoch trudelten sie in hoher Geschwindigkeit voran. Lukas sah schemenhaft eine mit Korallen besetzte Wand auf sich zurasen. Marty musste die Gefahr zur gleichen Zeit erkannt haben. Ohne sich gegenseitig loszulassen, arbeiteten sie mit den Beinen gegen die Kraft an, die sie auf den Unterwasserfelsen zutrieb. Lukas kämpfte, wie noch nie in seinem Leben. Er wollte hier nicht sterben. Nicht jetzt. Nicht, nachdem er endlich Rebecca für sich gewonnen hatte. Und doch wusste er, dass die Entscheidung darüber nicht in seiner Hand lag.

Lukas tauchte auf und riss sich den Atemregler aus dem Mund. Um ihn her brodelte das Meer, als habe jemand einen überdimensionalen Tauchsieder hineingehalten. Sand wehte wie der Schleier einer Braut in den Wellen. Diese trugen jedoch Äste und Blätter, statt Blüten mit sich. Das Meer beruhigte sich zusehends.

„Marty?" Lukas drehte sich einmal um sich selbst.

„Ich bin okay. Was ist mit dir?"

„Was war das?"

Marty, unverwüstlich wie immer, lachte begeistert auf. „Was es auch war, es war fantastisch! Als wären wir in einen riesigen Staubsauger geraten."

„Wo sind Dario und Benno?"

Jetzt war es an Marty, sich im Wasser zu drehen. Suchend hielt er Ausschau. Aber von den zwei anderen Tauchern war nichts zu sehen. „Sollen wir sie suchen?", fragte Marty und klang besorgt.

„Sie haben noch viel Luft.", überlegte Lukas laut. „Lass uns erstmal zum Boot zurückkehren. Sicher kommen sie auch dorthin." Er deutete auf die drei Felsen, die ihnen den Blick auf Matteos Tauchboot verwehrten. Dabei stellte er mit einer Mischung aus Verwunderung und Besorgnis fest, dass das Gestein eigentümlich dunkel aussah und in der Sonne nass glänzte. Fast so, als habe es geregnet.

Da weder er noch Marty Lust verspürten, in das aufgewühlte, verschmutzte Wasser hinabzutauchen, blieben sie knapp unter der Oberfläche. Lukas gewahrte kahle Stellen am Fels, wo zuvor vermutlich bunte Korallen gewesen waren. Irgendetwas hatte sie wie mit einem Rasiermesser abgeschabt.

Das Schnellboot raste auf sie zu, drosselte rechtzeitig die Geschwindigkeit und kam knapp neben ihnen zum Halten.

„Wo warst du?", rief Marty ihm entgegen.

„Wo sind Dario und Benno?", fragte Matteo zurück. Panik flackerte in seinem Blick. Fahrig beugte er sich vor und nahm den zwei Männern die Tauchausrüstung ab, damit sie leichter an Bord klettern konnten.

„Noch unten."

„War es da unten denn ruhig?" Ungläubig und verstört wanderte Matteos Blick von Lukas zu Marty.

„Überhaupt nicht", brummte Lukas und setzte sich hin, um sich die schwarzen Flossen auszuziehen.

„Hier ist eine gigantische Welle vorbeigerauscht." Matteo klang ehrfürchtig, beinahe so, als wage er nicht, dies auszusprechen.

Marty lachte auf, verstummte jedoch sofort, als er den grimmigen Blick des Schiffseigners bemerkte. Beide Taucher blickten auf die nassglänzenden Felsformationen, die wie gelangweilt aus dem Wasser ragten und in der warmen Sonne dampfend zu trocknen begannen.

„Ich habe das Monsterding kommen sehen und bin aufs offene Meer hinausgefahren. Ich bin durchgekommen. Aber ich glaube nicht, dass alle Tauchboote so viel Glück hatten." Matteos Stimme zitterte. Trotz seiner gebräunten Haut wurde er immer blasser, als realisiere er erst jetzt, was er erlebt hatte.

„Dario ist verletzt!", erklang Bennos Stimme plötzlich direkt neben dem Bootsrumpf. Er hatte Dario fest im Griff, und im trüben Wasser zeichneten sich rote Schlieren ab.

„Irgendetwas hat uns gegen das Riff geschleudert", keuchte Benno. Dario starrte nur schmerzgepeinigt in den wolkenlosen Himmel hinauf.

Lukas wollte sich gar nicht vorstellen, was für eine Anstrengung es Martys Halbbruder gekostet haben musste, den Verletzten an die Wasseroberfläche zu schleppen, zumal die Sicht absolut schlecht war.

Zu dritt beugten sie sich über Bord und hievten Dario hoch. An seinem linken Bein war der Neoprenanzug zerfetzt, und Blut strömte aus einer tiefen Schnittverletzung. Unwillkürlich wünschte Lukas sich Rebecca herbei. Sie würde wissen, was zu tun war ...

Benno kletterte ebenfalls an Bord.

„Was ist denn jetzt schon wieder?", stieß Matteo hervor. Das Schnellboot drehte sich wie ein Kreisel und trieb dabei wie von Geisterhand gezogen auf die Felsformationen zu. Der Skipper warf den Motor an. Und dann sahen sie es: Auf der offenen See, nicht weit von ihnen entfernt, bäumte sich etwas in den blauen Himmel auf. Wie eine Wand aus Glas, begleitet von einem eigentümlichen Zischen, erhob sich das Wasser höher und höher, ohne schäumenden Wellenkamm, ohne überhaupt den Ansatz zu zeigen, irgendwann brechen zu wollen.

Lukas schluckte leer. Seine Hände krampften sich um das Steuerrad. Diese Welle war größer als jede, die er sich in seinen kühnsten Surferträumen jemals hätte vorstellen können. Das war keine Welle mehr, sondern eine Monstrosität. Und sie raste ungebremst auf sie zu.

„Festhalten!", brüllte Matteo. Er erhöhte die Geschwindigkeit, forderte dem PS-starken Motor die Höchstleistung ab. Todesmutig jagten sie der Welle entgegen. Marty klammerte sich an die Reling und schrie laut gegen den brüllenden

Gegenwind an. Ob aus Furcht oder Faszination, war für Lukas nicht zu unterscheiden.

Die Welle hob den Bug des Bootes an. Sie schossen hinauf, immer steiler, immer höher. Die Pressluftflaschen kippten über Bord. Flossen, Anzüge, Getränkeflaschen – alles, was nicht festgezurrt war, folgte. Martys Schrei wurde zu einem irrwitzigen Jubeln, als genieße er den wilden Ritt.

Lukas murmelte ein Stoßgebet nach dem anderen. Das Schnellboot drohte hintenüber zu kippen. Plötzlich sackte es nach vorn, schoss in die Tiefe. Der Bug bohrte sich in die Fluten. Wassermassen donnerten über das Deck, rissen und zerrten an Lukas, als hätten sie ihn als Beute auserkoren. Das Boot vibrierte, stöhnte, verschwand in einer weißen Gischtwolke.

Dann, als sei nichts gewesen, jagte es über kaum bewegtes Wasser. Matteo drosselte den Motor. Er, Benno, Marty und Lukas drehten sich um, sahen zu, wie die Woge auf die Similan Islands knallte. Meterhoch spritzte die Gischt. Links und rechts der Riffe und Inseln rollte die Welle weiter. In Richtung Festland.

„Wir müssen zurückfahren!", entfuhr es Lukas. Sein Kopf fühlte sich eigentümlich leer an.

„Wir bleiben auf der offenen See", widersprach Matteo sofort. „Nur hier können wir einer dritten Welle etwas entgegensetzen. Im flachen Wasser zerschmettert sie uns."

„Kommt denn noch eine?", hakte Marty nach und klang abenteuerlustig, beinahe so, als wünsche er sich einen erneuten Ritt über eine Riesenwelle.

„Marty!" Lukas ergriff den Freund an den Schultern und schüttelte ihn leicht. „Wir *müssen* zurück! Diese Wellen treffen auf die Küste!"

Marty blickte ihn irritiert an, als könne er ihm nicht ganz folgen. Dann wölbten sich seine Augenbrauen. Zum ersten

Mal, seit Lukas Marty kannte, sah er haltlose Panik in seinem Gesicht.

„Regina", keuchte er. „Meine Familie!"

„Wir bleiben", raunzte Matteo gar nicht mehr umgänglich.

„Vater, denk an Mutter!", erklang Darios Stimme aus dem Schiffsinneren. „Und ich brauche einen Arzt!"

Unschlüssig zuckte Matteo mit den Achseln. Sein Blick war auf den Horizont gerichtet, der glatt und in einem freundlichen Roséton das Wasser vom Himmel trennte. Es gab kein Anzeichen, dass sich ihnen noch eine Welle desselben Ausmaßes näherte. Doch waren die beiden anderen nicht auch wie aus dem Nichts aufgetaucht? Einfach so, als hätten sie tief verborgen im Ozean nur darauf gelauert, hinterrücks ihre ungezähmte Kraft zu entfalten?

„Wir haben etliche Kilometer offene See vor uns, ehe wir in Küstennähe gelangen. Falls noch eine dritte Welle auftaucht, können wir wenden und sie genauso angehen, wie du das eben meisterhaft gemacht hast." Benno war spürbar um Deeskalation bemüht. Er kniete sich vor Dario und begann, einen Druckverband um dessen Bein anzulegen.

Der Schweizer schüttelte erst mehrmals den Kopf, atmete dann kräftig durch und nickte.

„Marty, du behältst im Auge, was hinter uns passiert!" Matteo startete den Motor und zog einen großen Bogen um die Inseln, bevor er in Richtung Festland schwenkte.

Lukas, der sich sonst gern am Bug eines Schiffes aufhielt, blieb in der Kuhl. Hier war es am sichersten, falls sie sich erneut einer Welle ungewöhnlichen Ausmaßes stellen mussten. Mit seinen Gedanken war er jedoch bei Rebecca. Seine Armbanduhr funktionierte nicht mehr, vermutlich hatte der Strudel zu viel Sand in das Gehäuse gedrückt. Er schätzte, dass es etwa 10:00 Uhr war. Zu dieser Zeit befand Rebecca sich gewöhnlich bereits am Strand, zumal heute um diese Zeit der höchste Tidestand gemeldet war; wegen des Vollmonds vielleicht 20 oder 30 Zentimeter höher als bei einer normalen Flut. Sie würde das sicher zum Schwimmen nutzen …

„Bleib im Hotel, Rebecca", flüsterte er beschwörend in den scharfen Fahrtwind. „Hilf Malee oder Alaya bei irgendetwas. Schwimm mit Bo im Pool oder unterhalte dich mit Liska auf der Veranda über einen Roman. Aber sei bitte nicht am Strand."

Aus seinen Selbstgesprächen wurde ein flehendes Gebet.

10. Kapitel

*Das Meer wird zwischen den Similan Islands und den Bade-
buchten von Khao Lak zunehmend flacher. Wenige Kilometer
vor der Küste beträgt die Wassertiefe nur noch um die 100 Meter.
Die flache Küste vor Khao Lak bremste die vorderen Anteile der
ankommenden Welle ab, die folgenden drängten jedoch ungehindert vorwärts, türmten sich auf die vorderen auf. Immer mehr
Wasser sammelte sich, machte die Woge kürzer, erhöhte sie aber
Meter um Meter.*

*Weiter und weiter wuchs sie dem freundlichen Blau des
Himmels und dem warmen Sonnenschein entgegen. Bis zu zehn
Meter pro Sekunde legte sie zurück, während sie anwuchs und
in Richtung Festland vorrückte. Die Wassertiefe verringerte sich
weiter. Ein ideal flaches Ufer für Badegäste, für Kinder …, das
der Woge anbot, endlich zu brechen. Aber noch war es nicht so
weit. Noch hielt sie stand. Wie eine stabile Mauer aus über zehn
Metern Höhe.*

*Ein Riff oder eine steile Felswand vor den Buchten Khao Laks
hätte die Wucht der Welle abbremsen können. Allerdings gibt es
weder das eine noch das andere. Das gleichmäßig ansteigende
Ufer war perfekt. Perfekt für den Tsunami.*

*Systematisch arbeitete die Welle sich vor, als gelte es, irgendei-
ne Ordnung einzuhalten, obwohl sie doch vorhatte, ein entsetz-
liches Chaos anzurichten. Millionen Tonnen von Wasser rollten
auf das Urlaubsgebiet Khao Lak zu wie eine zerstörerische, sich
alles einverleibende Walze.*

Die Welle traf zuerst auf Khao Lak Beach, dann auf Nangthong Beach, Bangniang Beach, Khukkak Beach und überschwemmte schließlich die Landzunge Cape Pakerang, die sich vor dem Pakweep Beach in das Meer schiebt.

Zwei Auffälligkeiten ließen Rebecca stutzen, als sie in Begleitung von Sven den Strand erreichte. Das eine war das Verhalten der japanischen Touristen vom frühen Morgen. Sie fuchtelten mit großen Gesten herum, zeigten auf das, was der jungen Frau ebenfalls aufgefallen war: Das Meer war nicht mehr da.

„Cool!", kommentierte Sven und lief nach vorn, in den Bereich, der ansonsten auch bei Ebbe immer von Wasser bedeckt war. In Wellen gelegt lag der nasse Sandboden vor ihnen. Fische zappelten in winzigen Pfützen und litten Not, weil ihnen das lebensspendende Nass fehlte.

Bei den Japanern hielt die Hektik an. Sie sprachen wild durcheinander, sammelten ein, was sie ausgepackt und aufgebaut hatten. Schließlich brüllte der ältere Mann eine junge Frau an, die es daraufhin unterließ, den Sonnenschutz abzubauen. Sie ließ ihn zurück und eilte den anderen hinterher.

Der Alte schaute in Rebeccas Richtung. Er bedeutete ihr mit beiden Händen, dass sie den Strand verlassen solle. Im Davonrennen rief er: „Tsunami! Tsunami!"

Irritiert blickte Rebecca ihm nach. Sie konnte kein Wort Japanisch, wusste nicht, was er mit *Tsunami* meinte. Aber dass irgendetwas die fröhliche Gruppe aufgeschreckt hatte, war deutlich zu erkennen. Nachdenklich wandte sie sich dem Meer zu. Das Wasser war noch weiter zurückgewichen, draußen glänzten einige wenige Felsen im Sonnenlicht.

Üblicherweise lagen sie tief im Meer, sodass sich kein Fuß eines Schwimmers an ihnen stoßen konnte.

Rebecca warf einen Blick zurück. Die japanische Reisegruppe war mittlerweile in der Hotelanlage verschwunden. Ihre Heimat war umgeben von Wasser. Ob sie deshalb dieses eigenartige Phänomen zu deuten wussten? Ging von dem ungewöhnlichen Schauspiel, das in der gesamten Bucht bereits neugierige Gäste angelockt hatte, eine Gefahr aus? Unschlüssig darüber, was sie tun sollte, folgte sie Sven. Er streckte ihr lachend einen zappelnden Fisch entgegen.

„Lass uns ins Hotel zurückgehen", beschloss sie.

„Aber warum? Das ist doch super hier. Und die anderen kommen auch gleich."

„Ich weiß nicht, Sven. Die Japaner haben alles stehen und liegen lassen und sind abgehauen."

„Vermutlich haben sie woanders ein tolles Fotomotiv entdeckt", lästerte Sven gutmütig. Der Fisch sprang ihm aus der Hand und zappelte verzweifelt auf dem nassen Sand.

„Hier stimmt etwas nicht", murmelte Rebecca, noch immer unsicher, wie sie das alles deuten sollte. Sie blickte nach links, wo ein Mann, gut 300 Meter von ihr und Sven entfernt, aufgeregt mit beiden Armen winkte und dann hinaus auf das Meer deutete. Rebecca wandte den Kopf. Ihre Augen weiteten sich.

Dort draußen war etwas. Etwas Großes. Aber was war das?

Eine Wolkenwand, die sich in hoher Geschwindigkeit am Himmel entlang schob? Es wehte jedoch lediglich eine sanfte Brise. Dieses Etwas war weiß – und doch eigentlich nicht – und bildete oben eine gerade Linie. Wie ein in die Höhe verschobener Horizont.

Der Horizont! Die Trennlinie zwischen dem Himmel und dem Wasser … Dieses Etwas war … Wasser!

„Eine Welle!", schrie Rebecca. Sie packte Sven am Handgelenk und zerrte ihn hinter sich her. Ihre Tasche ließ sie von der Schulter rutschen, sie blieb am Strand zurück. Barfuß liefen sie weiter, erreichten den trockenen Sand. Der rutschte unter ihren Füßen weg, behinderte ihr Fortkommen. Es war wie in einem Albtraum. Sie kamen einfach nicht schnell genug voran.

„Lauf, Sven! Lauf! Weg vom Strand!"

Endlich erreichten sie den Palmenhain, schließlich den Pfad in Richtung ihres Hotels. Rebecca wurde langsamer. Ihr Herz hämmerte wild, ihr Atem ging stoßartig. Sie hatten es geschafft. Der Strand, die drohende Gefahr lag hinter ihnen. Dennoch hatte Rebecca es eilig, Sven zu seinen Eltern zu bringen.

Ein eigentümliches Zischen erfüllte plötzlich die Luft. Ein Windstoß wirbelte Rebeccas Haare auf, zerrte an ihrem dunkelgrünen Kleid. Aus dem Zischen wurde ein Brodeln. Rebecca wandte den Kopf. Braunes Wasser brach schäumend über den Strand herein. Das Brodeln schwoll zu einem Donnern an. Die Welle bäumte sich erneut auf. Sie wuchs spritzend über die Palmen hinaus, begrub sie unter sich. Das Wasser fällte die schlanken Stämme, als handele es sich um in den Sand gesteckte Streichhölzer. Es fegte das Strandcafé beiseite. Gleich darauf riss es den äußersten Bungalow des exklusiven Resorts einfach mit sich. Und die Welle stoppte nicht. Mit ungebremster Kraft jagte sie weiter. Fraß gierig auf, was sich ihr in den Weg stellte.

„Becci?" Svens Stimme klang fragend.

Seine Stimme riss Rebecca aus ihrer Starre. „Lauf! Lauf!"

Das Donnern kam rasend schnell näher. Ganz gleich, wie schnell die beiden rannten, sie hatten keine Chance, dem Monster zu entkommen.

Lara saß mit Martys und Bennos Eltern im Poolrestaurant des Resorts. Sie nippte lediglich an ihrem Champagner, brauchte sie doch einen klaren Kopf. Ausgelassenes Kinderlachen erfüllte die Luft. Die muntere Schar planschte in der verzweigten Poollandschaft, einige von ihnen mit bunten Luftmatratzen oder aufblasbaren Tieren. Selbst die Kleinsten genossen die unbeschwerten Tage, die angenehme Temperatur, das Gefühl von Freiheit, Leichtigkeit und Glück.

Vor einer halben Stunde hatte Lara an der Rezeption nach Benno gefragt und die Auskunft erhalten, dass er mit Marty und Lukas zum Tauchen bei den Similan Islands sei. Benno hatte ihr dies irgendwann in der vergangenen Nacht bei einem ihrer vielen Tänze zugeraunt, aber sie hatte es mal wieder vergessen gehabt.

Das texanische Ehepaar hatte es sich nicht nehmen lassen, die enttäuscht dreinblickende Ärztin kurzerhand zum Frühstück einzuladen. Nun gab sich Lara alle Mühe, einen guten Eindruck zu hinterlassen, wenngleich ihr durchaus bewusst war, dass Bennos Eltern früher oder später ihren Hang zum Chaos durchschauen würden. Dennoch, der erste Eindruck war wichtig, deshalb wagte sie es nicht, sich bequem zurückzulehnen und die reichhaltige Mahlzeit oder den herrlichen Sonnenschein zu genießen. Sie war auf der Hut, wollte nichts Falsches sagen und nichts Verkehrtes tun. Doch auf das, was dann über sie hereinbrach, war sie nicht vorbereitet.

Verwirrt schaute sie auf, als es mit einem Ruck die Servietten vom Tisch blies. Der mehr verwunderte als erschrockene Aufschrei am Nachbartisch ließ sie den Kopf drehen. Palmen knickten wie von Geisterhand gefällt um. Jemand schrie gellend auf. Lara sprang auf die Füße. Ihr Stuhl kippte hintenüber. Eine schmutzig braune Woge jagte auf sie zu. Sie wirbelte Menschen umher, riss Liegestühle und Sonnenschirme wie Geschosse mit sich. Laras Schrei erstickte in einer Flut von Schlamm und Wasser. Sie wurde wie eine Puppe mitgerissen. Ihr Körper schrammte über den Tisch, spülte an festzementierten Sonnenschirmständern vorbei, knallte gegen die Innenwand des Pools. Hinter ihr zappelte etwas. Zwischen ihr und der Poolwand klemmte ein Kind. Lara kam nicht weg. Sie wurde mit irrsinniger Kraft an die blaue Wand gepresst. Das Zappeln ließ nach, hörte schließlich ganz auf. Lara riss die Augen auf. Nichts war zu sehen. Nur braune Masse. Sie schluckte und schluckte.

Ein Gegenstand prallte ihr mit Wucht gegen die Stirn. Sie drohte, die Besinnung zu verlieren. Das durfte nicht sein! Sie musste hier weg!

Als die Strömung leicht nachließ, stieß sie sich geistesgegenwärtig vom Grund ab. Ihr Körper war frei. Doch er wurde sofort zum Spielball dieser ungeheuren Kraft. Sie wurde wie im Schleudergang einer Waschmaschine umhergewirbelt. Lara verlor jede Orientierung, jedes Zeitgefühl. Irgendwann durchbrach ihr Kopf die Wasseroberfläche. Sie öffnete weit den Mund, rang nach Luft, sog sie tief in ihre Lungen. Sofort zog ein Strudel sie wieder in die aufgewühlte Tiefe. Sie schrammte mit der Hüfte an einem Hindernis vorbei, blieb für einen Augenblick daran hängen. Dann kam ihr Körper los. Es wirbelte sie nach unten, drehte sie in einem fort um sich selbst.

Lara prallte auf einen weiteren Gegenstand – wie sie eine Geisel der Strömungen und Unterströmungen des Wassers. Sie glitt an ihm entlang nach oben. Dort wurde sie erneut von dem donnernden Durcheinander erfasst. Ihre Lungen drohten zu platzen. Sie musste ausatmen. Sie brauchte dringend Sauerstoff. Ihre Adern schienen zu explodieren. Ihr Kopf dröhnte. Alles in ihr pochte, vibrierte, schrie um Hilfe.

Rebecca zog es nicht einfach die Füße weg. Vielmehr knallte das Wasser wie eine Wand auf ihren Körper. Wie war das möglich? So weit weg vom Strand? Sie umklammerte Svens Handgelenk. Die Welle schob beide vorwärts, wie ein Schneepflug den Schnee. Äste und Blätter peitschten auf sie ein. Eine Gefriertruhe schoss über sie hinweg. Sie waren unter Wasser. Gleich darauf holten sie den weißen Gegenstand ein, prallten auf ihn. Rebecca versuchte, sich mit der freien Hand daran festzuhalten, doch die Oberfläche war zu glatt, der Umfang zu groß. Aber zumindest hatten sie und Sven die Köpfe wieder über dem brodelnden Nass, konnten atmen. Rebecca verlor die Gefriertruhe aus den Augen, schluckte einen Schwall dreckig braunes Wasser. Der Arm, mit dem sie Sven noch immer festhielt, drohte aus dem Schultergelenk zu reißen.

Eine rote Luftmatratze wirbelte herbei. Sven bekam sie zu fassen. *Gut so*, dachte Rebecca. Im gleichen Moment zerfetzte die Plastikhülle an irgendeinem Hindernis. Ein Ruck ging durch Svens Körper. Der Junge brüllte gellend vor Schmerz. Auch er schluckte Wasser, hustete.

Gerade als Rebecca dachte, ihn nicht länger festhalten zu können, presste das Wasser sie an ein Holzgitter, dieses verkeilte sich irgendwo. Sie hingen fest. Wie Peitschenhiebe prasselte das Wasser auf ihre Körper ein … wohl nicht nur Wasser. Rebecca drehte den Kopf. Hatten sie das Schlimmste überstanden?

Jemand trieb auf sie zu. Die Person unternahm verzweifelte Versuche, an irgendetwas, das das Wasser mit sich trug, Halt zu finden. Rebecca gewahrte weißes Haar, runde Gesichtszüge. Annalisa-Marie!

„Halte dich fest!", schrie sie Sven gegen das Tosen zu. Sie ließ den Jungen los, rutschte am Holzgitter nach außen. Annalisa-Marie trieb in unglaublich hoher Geschwindigkeit heran. Rebecca griff blindlings nach rechts. Ihre Hand bekam den Träger eines BHs zu fassen. Sie zog daran.

Annalisa-Marie half mit, klammerte sich neben ihr ans Gitter. Rebecca robbte wieder näher zu Sven. Der junge Schwede krallte sich mit all der Kraft, zu der sein schmächtiger Körper imstande war, an die Holzplanken. Seine Augen waren geschlossen. Vielleicht brannten sie von all dem Sand und Schmutz darin; vielleicht wollte er einfach nur alldem entfliehen.

„Danke, danke!", keuchte Annalisa-Marie. Rebecca wandte sich ihr zu. Aus einer tiefen, klaffenden Kopfwunde, die einen Blick auf die weiße, nicht unversehrte Schädeldecke zuließ, strömte Blut über das Gesicht der Frau und in das vorbeizischende Wasser. Rebecca biss die Zähne zusammen.

„Wo ist Nathanael?", fragte sie, schluckte erneut Wasser. Das Holzgitter bewegte sich, hielt jedoch stand. Noch.

Annalisa-Marie japste weiterhin nach Luft. Dann schüttelte sie den Kopf. „Er war am Strand. Er ist tot." Ihre Stimme klang nüchtern. Erschreckend sicher.

In Rebecca bäumte sich Widerstand auf. Zorn. Trotz. Was geschah hier eigentlich? Wo kam diese Welle her?

Die Fließgeschwindigkeit des Wassers verlangsamte sich. Der Druck, mit dem es ihre Körper gegen das Holz presste, ließ merklich nach. Das brachte allerdings das Gitter ins

Rutschen. Aber vermutlich würden sie es nicht mehr lange als rettenden Hort brauchen …

„Lass mich los, Rebecca. Halt lieber Sven fest."

„Ich kann euch beide festhalten."

„Das kannst du nicht."

„Es ist gleich vorbei."

„Nein, nein."

„Doch!"

„Rebecca, eine Welle hat die Angewohnheit, ins Meer zurückzufließen."

Rebecca spürte im gleichen Augenblick, was Annalisa-Marie andeuten wollte. Der Sog änderte sich plötzlich, kehrte sich um. Das Gitter löste sich von dem, was auch immer es festgehalten hatte. Es legte sich in die Waagerechte, versank unter dem Gewicht der drei Personen unter die Wasseroberfläche. Das brodelnde Wasser nahm erneut Fahrt auf. Dieses Mal in die entgegengesetzte Richtung.

„Lass mich los, Rebecca."

„Nein! Du bist verletzt."

„Ich bin eine alte Frau. Du und Sven – ihr habt das Leben noch …" Das Holzrost sank tiefer, alle drei tauchten unter. Japsend kamen sie wieder nach oben.

„Nathanael hatte Krebs, Rebecca. Im Endstadium. Er war bereit zu sterben. Ich bin es auch. Ich weiß, wohin ich gehe. Zu Nathanael. Zu Gott. Er wird mich mit offenen Armen empfangen." Beschwörend, bettelnd, nach Luft ringend perlten Annalisa-Maries Worte aus ihrem Mund. Das Blut lief ihr in Strömen über das Gesicht.

„Nein", kreischte Rebecca. Sie wollte nicht nachgeben. Sie konnte beide festhalten. Und sich selbst. Sie wollte Annalisa-Marie nicht aufgeben. Sie durfte diese wunderbare Frau nicht verlieren.

„Denk an Lukas. Ich denke an meinen Nathanael!"

„Bitte nicht!", flüsterte Rebecca.

Das Gitter blieb irgendwo hängen. Sven wurde hoch-katapultiert. Rebecca sah seinen bis auf die Knochen aufgeris-senen Unterschenkel, dann fiel er zurück in die Dreckbrühe. Sie wandte den Kopf zu Annalisa-Marie zurück. Die Frau war fort. Ebenso das Halt bietende Gitter.

Die Strömung nahm an Geschwindigkeit zu. Sie drehte Sven und Rebecca wie Kreisel. Aneinander gekrallt rasten sie an Baumstämmen und Leitungsmasten vorbei. Rebeccas Füße verfingen sich in irgendetwas. Sie wurde unter Wasser gezogen. Svens Hosenbund, an dem sie sich festgeklammert hatte, gab nach. Als sie sich freigestrampelt hatte, hatte sie nur noch die kurze Hose des Jungen in den Händen.

„Sven!!!" Ihre Stimme überschlug sich, brach. Hektisch sah sie sich um. Sie sah reglose Körper dahintreiben. Einen blauen Ball, wie Bo ihn gehabt hatte. Einen Fernseher, Äste, Zweige, ganze Baumstämme. Doch der blonde Schopf von Sven war nicht mehr zu sehen. Für einige Augenblicke war sie wie gelähmt. Dann wurde sie gewahr, dass sie aufs offe-ne Meer hinaustrieb. Das durfte sie nicht zulassen. Trotzig versuchte sie, gegen die Strömung anzukämpfen. Ohne eine Chance. Etwas prallte gegen ihren Rücken. Sie drehte sich um. Eine Palme. Ein Palmstamm, der noch aufrecht stand. Sie umschlang ihn mit ihren Armen und Beinen.

„Gott, wo bist du?", flüsterte sie.

Ein Kinderkörper wirbelte an ihr vorbei. Rebecca schloss die Augen. Sie wollte nichts mehr sehen. Nichts mehr den-ken. Nichts mehr fühlen. Gegenstände stießen gegen sie. Sie hoffte, dass es sich dabei wirklich nur um seelenlose Dinge handelte. Sie wollte nicht beobachten müssen, was da von den Fluten hinaus aufs Meer gespült wurde.

Ein eigentümliches Zischen, wie von Hunderten von Schlangen, überlagerte plötzlich das Rauschen des Wassers. Dieses Geräusch hatte sie heute schon einmal gehört. Bevor sie die Welle auf sich hatte zuschießen sehen. Rebecca riss die Augen auf. Aus dem Zischen erhob sich erneut ein Brausen, dann ein Donnern. Vor ihr baute sich eine zweite Welle auf. Eine braune Mauer aus Wasser und Sand, größer noch als die erste Woge, lauernd, bereit, mit voller Wucht zuzuschlagen.

„Oh Gott, bitte-"

Jemand zog an Laras Arm. „Helfen Sie mit! Helfen Sie mit!"

Lara schlug die Augen auf. Sie sah nur verschwommen, ihr Kopf dröhnte. Aber sie konnte atmen. Endlich atmen!

Sie sog die Luft ein. Würgte. Wieder feuerten Rufe sie an. Das Wasser zerrte an ihren Beinen, wollte sie mitreißen. Der Mann, der sie festhielt, hatte einen sicheren Platz gefunden. Einen Ort zum Überleben!

Lara suchte mit den Füßen nach Halt, fand einen Gegenstand, stieß sich von ihm ab. Der Gegenstand schnitt ihr die Fußsohle auf. Dennoch gelang es ihr, sich ein Stück weit nach oben zu wuchten. Das, worauf sie nun lag, war warm. Fast heiß. Hände griffen unter ihre Achseln, zogen und zerrten, bis sie mit dem Bauch auf etwas Hartem lag, die Beine in der Luft baumelnd. In der Luft! Nicht mehr im Wasser! Sie hätte am liebsten laut aufgeschrien, dem tobenden Scheusal zugebrüllt, dass sie gesiegt hatte! Doch ihre Lungen gaben das nicht her.

„Weiter!", feuerte der Mann sie in gebrochenem Englisch an. „Das Bein anziehen. Mithelfen!"

Endlich hatte sie es bis ganz nach oben geschafft. Sie keuchte und hustete. Lara hatte keine Ahnung, wie viel

Wasser sie geschluckt hatte. Aber das war nicht so wichtig. Sie war in Sicherheit. Ungelenk wie eine alte und stark übergewichtige Frau wälzte sie sich auf den Rücken, spürte die Wärme auf ihrer Haut, blinzelte in die blendende Sonne hinauf. Die Sonne schien noch. Wie konnte sie scheinen, nachdem hier soeben die Welt untergegangen war?

„Sie bluten!"

Lara nickte. Damit hatte sie gerechnet. Sie war mit der Hüfte an irgendetwas hängen geblieben. Der Ruck, mit dem das Wasser ihren Körper weitergerissen hatte, hatte vermutlich erheblichen Schaden angerichtet. Dennoch spürte sie keinen Schmerz. Nur Erleichterung.

Mühsam richtete sie sich auf die Ellenbogen auf. Sie befand sich auf einem robusten Ziegeldach. Eines der wenigen der Gegend. Es fiel leicht schräg ab, darunter wirbelte, spuckte und lärmte diese grauenhafte braune Brühe dahin. Ein Mahlstrom aus Dreck und Müll.

„Wo sind wir?"

„Das ist das Dach des Hauptgebäudes."

Lara nickte erneut, obwohl sie immer noch nicht mehr wusste. Das Hauptgebäude wovon? Von Martys und Reginas Hochzeits-Resort? Von einem anderen Hotel, einem dahinterliegenden? Aber das war auch egal. Sie blinzelte in dem Versuch, endlich den eigentümlichen Schmutzfilm vor ihren Augen wegzubekommen. Neben ihr kauerte ein Thai, gekleidet in der Uniform eines Poolstewards. Sie sah an sich hinab. Ihr Top war verschwunden, ebenso das Bikini-Oberteil. Das Wasser hatte ihr nur ihre Shorts gelassen und ihrem Körper unzählige Schnitte, Schrammen und eine tiefe Wunde oberhalb ihres rechten Hüftknochens verpasst. Sie tastete nach dem überhängenden Hautlappen und erstarrte.

Ihr wurde schlecht.

„Reiß dich zusammen, du bist schließlich Ärztin!", keuchte sie.

Der Thai zog sich sein Polo-Shirt über den Kopf und reichte es ihr. Es war trocken und halbwegs sauber. Der junge Mann musste sich rechtzeitig in Sicherheit gebracht haben. Lara betrachtete den hellblauen Stoff. Sie hatte die Wahl: Entweder ihre Blöße bedecken oder versuchen, die Blutung einzudämmen. Sie entschied sich für Letzteres, dankbar darüber, dass das Adrenalin in ihrem Körper offenbar alle Schmerzgefühle unterband.

„Danke!", sagte sie mit schleppender Stimme.

Der Schwindel in ihrem Kopf hielt an, nahm überhand. Stöhnend legte sie sich auf das leicht ansteigende Dach zurück. Sie brauchte dringend medizinische Versorgung. Und zwar schnell. Sie schloss die Augen. Nur ein bisschen ausruhen …

„Noch eine! Noch eine!" Der Thai schrie die Worte nahezu panisch.

Lara nahm den letzten Rest Willenskraft zusammen und schob sich erneut auf die Ellenbogen. Wieder erhob sich das Meer. Eine neue Welle wälzte sich auf das Land zu. Sie brach unter Tosen und Donnern am Strand, riss das mit sich, was die erste verschont hatte. Wie gierige Greifarme spritzten die Gischtfontänen meterweit in alle Richtungen. Die braunen Wassermassen tobten heran, kletterten an der Außenmauer ihres Zufluchtsorts nach oben. Höher und höher. Zischend, fauchend, bedrohlich donnernd.

Lara kniff die Augen zu. Vielleicht benötigte sie die ärztliche Behandlung doch nicht mehr …

Das Monstrum hatte sie im Griff. Jetzt noch schlimmer als sein Vorgänger. Rebecca war ein Spielball der Welle. Wie im Zorn ließ diese ihre ganze Kraft an der jungen Frau aus. Rebecca fühlte sich wie eines der Metallblättchen in einer Schneekugel. Im Wasser gefangen, durchgeschüttelt, umhergewirbelt. Die Woge riss sie mit, pflügte mit ihr in Richtung Landesinneres. Sie prallte mit dem Unterkiefer hart gegen einen Widerstand, erhielt gleich darauf von irgendetwas einen Schlag auf die Wange. Bei einer ihrer Drehungen um sich selbst spießte sich ihre Schulter auf etwas Scharfkantiges und riss sich sofort wieder los. Sie spürte, wie etwas Weiches und zugleich Festes auf sie prallte. Ein menschlicher Körper? Ihre Stirn knallte auf etwas Hartes. Einmal, im Vorbeitrudeln ein zweites Mal, als prügle jemand mit den Fäusten auf sie ein.

Allmählich nahm der Druck in ihrer Lunge überhand. Sie registrierte es, ohne reagieren zu können. Da war nichts, was sie tun konnte. Die Welle hielt sie umschlungen. Wie eine Würgeschlange. Dumpf drangen Geräusche zu ihr durch, das Rauschen in ihren Ohren blieb jedoch übermächtig.

Luft! Sie brauchte Luft.

Die Flut spülte sie gegen eine raue Oberfläche. Sehen konnte Rebecca nichts. Sie hangelte sich nach oben. Dorthin, wo sie das Oben vermutete. Es kam nicht. Kämpfte sie sich in die falsche Richtung voran?

Ihr Körper zitterte, als drohe er demnächst zu zerreißen. Sollte sie umkehren? Doch alles in ihr drängte sie in diese Richtung.

Hilf mir!, hämmerten die Worte, die sie weder dachte noch aussprach, im Rhythmus ihres Herzschlags durch sie hindurch. Ein lautloser Schrei nach Gott, der ihr das Leben geschenkt hatte; der wohl jedes Recht besaß, es hier und heute zu beenden.

Ihr Kopf war leer. Angenehm leer. Das Rauschen, Brodeln, Donnern und Zischen verlor sich irgendwo in einer unendlichen Weite.

Malee war leise singend dabei, das Büfett abzuräumen, als schmutzigbraune Wassermassen sie plötzlich von den Füßen holten. Ohne Vorwarnung spülte eine Welle sie quer durch den Raum, klatschte sie in die obere hintere Ecke des Frühstückszimmers. Stühle und Tische drängten sich um sie, verkeilten sich ineinander, bildeten ein undurchdringliches Gewirr. Das Wasser stieg, sie kam nicht weg.

Dann, als der Raum komplett vollgelaufen war, ließ die Kraft etwas nach, die Malee förmlich unter die Zimmerdecke nagelte. Sie drehte sich, versuchte, die Hindernisse wegzudrücken. Immer neue Möbelstücke rückten nach, als hätten sie sich gegen sie verschworen. Irgendwann gelang es ihr, sich zu befreien. Sie ahnte, wo der Torbogen in den Flur war, tauchte dorthin, tastete sich an den Wänden voran, hatte die Treppe vor sich. Doch ihre Kraft war aufgebraucht. Ihre Atemluft zu Ende. Sie schluckte Sand, Erde, Salzwasser.

Hände griffen nach ihrer Bluse. Sie zerrten an ihr. Schließlich durchbrach ihr Kopf die wie kochende Suppe brodelnde Wasseroberfläche. Sie schnappte nach Luft. Teller, Äste und irgendein Kleidungsstück schwammen neben ihr. Das Wasser umspülte sie sofort wieder. Es stieg noch höher. Aber jetzt hatte sie eine Chance. Die Hände zogen erneut an ihr. Malee krabbelte auf allen Vieren die Stufen hinauf. Das Wasser folgte. Noch eine Stufe. Und noch eine. Endlich schien das flüssige Element genug davon zu haben, sich ein Wettrennen mit ihr zu liefern. Ihr Kopf blieb oberhalb dessen, was da alles auf den unruhigen Wellen schaukelte. Dann war sie aus dem Wasser heraus. Ihr Blick fand die weit aufgerissenen Augen Alayas. Ihre Cousine hatte ihr das Leben gerettet. So traurig der Grund ihres Hierseins war ... jetzt bedeutete dieser Umstand ihre Rettung. Sie waren beide gerettet!

Schweigend taumelten sie die restlichen Stufen nach oben, drehten sich um und beobachteten minutenlang reglos, wie die aufgeregten Bläschen auf der Schmutzbrühe zerplatzten, wie sich immer mehr Unrat in dem frisch renovierten Treppenhaus des Hotels ansammelte. Unvermutet tauchte ein Körper aus der schmutzigen Brühe auf. Die toten Augen des Aushilfskochs starrten sie an.

„Wo kommt das Wasser her?", fragte Alaya verängstigt. „Wo sind Ba und Lung?"

„Ich weiß es nicht", erwiderte Malee wahrheitsgemäß. Vielleicht waren ihre Verwandten auf dem Markt. In Sicherheit! Doch waren sie in einem der Dörfer wirklich sicher? Das Wasser stand so hoch ...

Sie wandte sich ab und betrat das erste Zimmer im Flur. Rebeccas Zimmer. Wo sie wohl war? Sie und Sven waren an den Strand gegangen. Ingrid, Liska, Henrik und Bo waren vorhin aufgebrochen, um ebenfalls hinunterzugehen. Das australische Ehepaar war abgeholt worden. Sie wollten zum Elefantenreiten. Waren wenigstens sie weit genug weg von dem gewesen, was sie hier alle überrascht hatte?

„Die Gäste", stöhnte Malee. Sie war für ihr Wohlbefinden verantwortlich. Diese Aufgabe nahm sie sehr ernst. Und nun hatte sie die ihr Anvertrauten weder warnen noch ihnen helfen können. Mit unsicheren Schritten lief sie zum offen stehenden Fenster. Darunter rauschte gurgelnd das Wasser vorbei. Es zerrte an den Zweigen der Kasuarina-Bäume. Eine Palme, nahe der Stelle, an der Lukas' Bungalow gestanden hatte, fiel im Zeitlupentempo um. Ihre Krone landete dort, wo Malee den Pool vermutete.

„Wo kommt das Wasser her?", wiederholte Alaya ihre Frage. Malee rieb sich mit der Hand die aus ihrer aufgelösten Frisur rinnenden Tropfen aus dem Gesicht und leckte ihren Zeigefinger ab. Es war wie zuvor: Es schmeckte salzig.

„Das ist das Meer." Sie sprach es aus, als könne sie es selbst nicht glauben. Warum kam das Meer so weit ins Landesinnere?

„Eine riesige Welle?" Alaya hatte eine gute Ausbildung genossen. Sie wusste über mehr Dinge Bescheid als Malee, dachte schneller als die ältere Cousine. „Hat es denn ein Erdbeben gegeben?"

Malee zog lediglich die Schultern hoch. Sie hatte nichts gespürt. Aber was hieß das schon? Tsunamis entstanden für gewöhnlich weit draußen im Ozean.

„Ich muss nach den Gästen suchen!", flüsterte Malee und spürte den Drang, ihre Worte unverzüglich in die Tat umzusetzen. Doch das, was sich ihren Augen unterhalb des Fensters bot, machte ihr unmissverständlich klar, dass sie würde warten müssen. Und dass für die meisten ohnehin jede Hilfe zu spät kam.

„Bo kann nicht schwimmen", fügte sie hinzu. Ein stechender Schmerz flammte in ihrem Herzen auf. Sie hatte den molligen Dreijährigen mit dem strahlenden Lächeln und dem vertrauensvollen Wesen tief in ihr Herz geschlossen. Dieses drohte bei dem Gedanken daran, was mit ihm geschehen sein musste, zu zerreißen. Sie sah sein zerzaustes, fast weißes Haar vor sich, seine weichen Gesichtszüge, seine großen, unschuldigen, blauen Augen, die allem und jedem vertraut hatten. Auch dem Meer. Den sanften Wellen, dem hübschen Blau. Das leise Plätschern und Rauschen der vergangenen Tage hatte den Dreijährigen in trügerischer Sicherheit gewiegt. Die Welle hatte heimtückisch zugeschlagen.

„Da, schau!" Alaya packte Malee am Oberarm und zwang ihre Cousine, sich wieder dem schrecklichen Anblick von Tod und Zerstörung draußen zuzuwenden. Sprudelnd, Fontänen speiend und rasend schnell donnerte eine neue Welle auf sie zu. Sie führte, wie es schien, eine ganze Welt mit sich. Malees Welt.

Unwillkürlich wichen die Frauen vom Fenster zurück. Donnernd drückte das Wasser gegen die Hausfassade. Wackelte das Gebäude? Knirschte das Fundament? Würde es der Wucht standhalten?

Gischt walzte in den Raum, spritzte auf die jungen Frauen, lud das Sandförmchen eines Kindes, ein völlig durchnässtes Buch, einen Salzstreuer und eine Schachtel mit Eiern bei ihnen ab, von denen erstaunlicherweise drei nicht einmal zerbrochen waren. Nahezu sanft wurde sie zwischen den Gitterstäben hindurchgeschoben und auf dem mit Schlamm bedeckten Holzboden abgesetzt. Als biete das, was auch immer die Überflutung ausgelöst hatte, ihnen ein Friedensgeschenk dar, eine Bitte um Vergebung.

Beim Anblick der zerbrechlichen Fracht, die der Tsunami verschont hatte, sanken Malee und Alaya zu Boden, schlangen die Arme umeinander und weinten bitterlich.

Rebecca tauchte auf. Sie schnappte gierig nach Luft. Etwas rammte mit Wucht ihre Schläfe. Aber sie ließ den Stamm nicht los, der ihren wilden Ritt unter Wasser aufgehalten hatte. Rau, breit und scheinbar stoisch gelassen stand er inmitten des vorbeirauschenden Unrats. Sie blinzelte mehrmals gegen die in ihre Augen rinnenden Wassertropfen an. Über ihr breitete sich dichtes Blätterwerk aus, rechts von ihr ragte ein Ast über die Flut.

„Das schaffe ich!", fauchte sie dem todbringenden Strom zu. Sie schob sich ein Stück nach rechts und griff nach dem Ast. Mit beiden Händen hielt sie sich daran fest, die Beine noch immer auf einer Seite des Stammes. Prüfend warf sie einen Blick hinter sich. Sie durfte jetzt nicht von einem herbei trudelnden Gegenstand getroffen werden, sonst würde sie wie ein überreifer Apfel vom Baum fallen. Zurück in das tosende Treiben.

Mit den Füßen arbeitete sie sich am Stamm nach oben, hängte sich mit den Beinen an den Ast, wand und drehte sich, froh darüber, dass sie als Kind so viele Male auf Bäume geklettert war. Sie schwang sich hoch und gelangte glücklich auf den Ast. Unter ihr gurgelte das Wasser mit all seinem Treibgut vorbei. Ein Bettgestell krachte gegen den Baumstamm, splitterte, drehte sich um sich selbst und trieb unter Rebecca hindurch. Obwohl sie völlig erschöpft war, zwang sie sich, sich nach einem weiter oben wachsenden Ast umzusehen. Sie wollte höher hinauf. Falls noch eine Welle kam. Eine dritte. Eine, die vielleicht noch wuchtiger ausfiel als die Vorangegangenen.

Auf der gegenüberliegenden Seite des Stammes gab es einen deutlich breiteren und nahezu waagerecht gewachsenen Ast. Rebecca richtete sich auf und trieb sich selbst dazu an, den Aufstieg in Angriff zu nehmen. Es kostete sie erschreckend viel Zeit und Kraft, als habe das Wasser ihr sämtliche Energie aus dem Körper gesaugt. Doch ihr Vorhaben gelang. Völlig erschöpft ließ sie sich schließlich vornüber kippen, Arme und Beine um den Ast geschlungen. Sie legte den Kopf auf den Ast, zuckte jedoch schmerzgepeinigt hoch.

Sie versuchte es mit der rechten Seite. Da war nichts, was ihr Schmerzen bereitete. Also legte sie den immer schwerer werdenden Kopf auf die raue Rinde. Das Wasser unter ihr hatte inzwischen wieder seine Fließrichtung geändert. Das Bett kam zurück, verhakte sich an ihrem Baum und hielt schaukelnd inne, bis ein Palmenstamm es traf und mit sich riss. In der Palmkrone glaubte Rebecca, einen Arm und einen dunklen Haarschopf zu erkennen. Aber das Wasser floss so schnell ab, dass sie sich nicht sicher war. Sie schloss die Augen. Die leicht im Wind flatternden Blätter ließen hin und wieder Lichtpunkte zu ihr durch. Sie tanzten wie Schmetterlinge vor ihren geschlossenen Augen.

„Danke für den Baum", flüsterte sie. „Danke für den Schatten."

Rebecca kämpfte gegen eine bleierne Müdigkeit und die Schmerzen in ihrem Kopf an. Sie durfte nicht schlafen. Sie musste das Wasser beobachten. Sie musste aufpassen, ob noch eine Welle kam. Sie musste achtgeben, ob sich ihr jemand näherte, dem sie auf den Baum helfen sollte. Wenn sie schlief, könnte sie bei einer unbedachten Bewegung von dem Ast rollen. Sie musste …

11. Kapitel

Eine dritte Welle schob sich unter dem Schnellboot hindurch, stellte jedoch keine Gefahr dar, erreichte sie doch nicht mehr die Höhe der vorangegangenen. Zudem prallte sie auf das inzwischen zurückfließende Wasser der anderen Wellen. Lukas nahm das zumindest an, als er vor sich feine Gischt aufsteigen sah. Eine Vielzahl an Regenbogen zeichneten sich am Himmel ab, aber das hoffnungsfrohe Zeichen drang nicht bis zu seinem Herzen vor. Die bunten Farben verschwanden ebenso schnell, wie sie entstanden waren. Gleich darauf schimpfte Matteo auf Italienisch. Die Strömungsrichtung schien wieder gewechselt zu haben.

Von einer Sekunde auf die andere verwandelte sich das Meer in eine schmutzig braune Brühe. Treibgut schaukelte auf den unruhigen und unaufhörlich aufeinander klatschenden Wellen. Lukas betrachtete den Teppich aus Stämmen, Ästen und Blättern, Luftmatratzen und Holzfragmenten, die einmal Tische, Stühle, Liegestühle, Zäune, Bungalowwände und vielerlei mehr gewesen sein mochten. Er sah Stofffetzen, Laken und Sitzkissen, nasses Papier, einen offenen Sonnenschirm, Holzschalen und Plastikbesteck, eine Strandtasche, die ihn die Lippen zusammenpressen ließ, erinnerte sie ihn doch an die von Rebecca. Und dann sah er eine Leiche. Sie war schrecklich entstellt, und ihr fehlte ein Bein.

Er wollte Matteo, der vorsichtshalber die Geschwindigkeit stark gedrosselt hatte, bitten, dass sie den Mann mitnehmen sollten. Sicher würde jemand ihn beerdigen wollen. Er hatte gerade den Mund geöffnet, als er die anderen Toten zwischen dem Unrat entdeckte. Es verwirrte ihn, dass die Frauen meist mit dem Gesicht nach unten, die Männer auf dem Rücken lagen. Und es waren viele. Zu viele, um sie in ihr Schnellboot zu bergen. Viel zu viele.

„Oh mein Gott!", stieß Benno hervor. Er stand wie Marty und Lukas an der Reling und war wie sie erstarrt, völlig überfordert von dem, was sich vor ihren Augen abspielte. „Das ... was ist nur passiert?"

Die Männer an Deck schwiegen, während Dario in der Kajüte vor sich hindämmerte. Lukas wünschte sich fast, mit ihm zu tauschen. Bloß damit er die Zerstörung und den vielfachen Tod nicht sehen musste, den die beiden Wellen angerichtet hatten.

Matteo versuchte, Kontakt zu einer Funkstation an Land aufzunehmen; schließlich funkte er ihm bekannte andere Skipper an. Seine Bemühungen blieben ohne Erfolg. Aus dem Empfänger erklang nicht mehr als stetes Rauschen.

Lukas' Blick fiel auf einen gut dreißig Meter langen Fischkutter. Er trieb kieloben. Langsam und behutsam glitt der weiße Rumpf des Schnellbootes durch das schwimmende Gemenge. Der Schweizer am Steuer fuhr Bögen, um auf dem Wasser treibenden menschlichen Körpern auszuweichen.

Vor ihnen zeichneten sich immer deutlicher die Buchten der Küste ab. Jetzt eröffnete sich Lukas, was vorgefallen sein musste. Die Wellen waren nicht nur auf den Strand aufgelaufen, sondern hatten sich bis weit ins Landesinnere gewälzt. Er sah zerstörte Dörfer und in Trümmern liegende Hotelanlagen, womöglich stand noch jede zehnte Palme. Überall bewegten die Wellen Müll und Leichen, als wollten sie sie in den Schlaf wiegen. Eine braune Brühe bedeckte alles, fast so, als habe jemand ein mehrere Quadratkilometer großes Leichentuch über die Landschaft gelegt.

Durch Martys Körper ging ein Ruck. Er fiel vor der Bugreling auf die Knie und schrie den Namen seiner Frau. Immer wieder und wieder. Aus dem Augenwinkel sah Lukas, wie Benno zusammensackte und sich die Ohren zuhielt.

Lukas stieg zu seinem Freund nach vorn. Sein Herz pochte nicht mehr, es riss in ihm. Die Tasche auf dem Wasser, die er eben gesehen hatte, kam ihm in den Sinn. Hatte sie vielleicht tatsächlich Rebecca gehört? War sie am Strand gewesen, als die Wellen angelandet waren? Er schüttelte abwehrend den Kopf. Aber selbst wenn sie sich nicht direkt am Strand aufgehalten hatte ... Sein Blick glitt über die Zerstörung und konnte doch nicht alles aufnehmen. Kilometerweit, wohin er auch schaute, sah er nur den Tod.

„Wo ist denn unser Bungalow?", fragte Marty, als er endlich aufgehört hatte, Reginas Namen in das Chaos zu brüllen.

Martys Blick war suchend nach vorn gerichtet. Lukas brachte es nicht über sich, ihm zu sagen, dass sie sich nicht vor dem Strand befanden, sondern diesen schon hinter sich gelassen haben mussten, dass sie an den ersten Reihen der Bungalows, dort, wo die schönsten und exklusivsten Suiten gelegen hatten, bereits vorbeigeglitten waren.

Allmählich wurde die Gegenströmung geringer, doch noch immer floss eine unfassbare Menge an Wasser ab. Matteo wendete sein Schnellboot, um nicht irgendwo aufzusitzen.

„Was machst du? Wir müssen zu den Bungalows!", schnauzte Marty ihn ungewohnt harsch an.

Matteo warf Lukas einen Blick zu, in dem dieser nichts anderes als Angst und Resignation las. „Ich fahre Dario nach Phuket. Dort gibt es modernere Krankenhäuser."

„Lass uns hier raus." Lukas polterte in die Kajüte und suchte nach seinen Schuhen. Ein Platschen verriet ihm, dass einer der Jason-Brüder von Bord gesprungen war.

Hastig raffte er alle drei Schuhpaare zusammen und stürmte hinaus in den gleißenden Sonnenschein. Es irritierte ihn, wie freundlich die Sonne vom blauen Himmel herunterbrannte, wie ruhig es war, nahezu friedlich. Und dabei war das Paradies doch zerstört.

„Geht bitte nicht ohne Schuhe! Wer weiß, was da alles liegt", rief er Benno warnend zu, der gerade im Begriff war, sich ebenfalls in das brusttiefe Wasser gleiten zu lassen.

Sie zogen Marty wieder an Bord, der sich bereits an irgendetwas den großen Zeh aufgerissen hatte. Schnell schlüpften sie in ihre Sportschuhe, und kaum dass sie inmitten des Unrats standen, glitt das Schnellboot davon.

Lukas betrachtete den in einem Wirrwarr aus Ästen hängenden Leichnam eines alten Thai. Was taten sie hier eigentlich? Wen hofften sie zu finden? Wem konnten sie überhaupt noch Hilfe anbieten?

„Okay", sagte Benno mit rauer Stimme. Sie übertönte nur minimal das Plätschern, das er verursachte, als er sich mit über die Wasseroberfläche ausgestreckten Armen, als wolle er seine Hände nicht schmutzig machen, in Richtung Landesinneres drehte.

„Da vorn ist das Haupthaus unseres Resorts."

„Was?" Marty riss die Augen auf und klammerte sich an Lukas' Oberarm fest. Erst jetzt realisierte er, dass die Bungalows in Strandnähe fort waren. Übrig waren lediglich vereinzelte Gerippe, die sich, je weiter das Wasser ablief, umso deutlicher von den treibenden Gegenständen abhoben.

„Regina ..." Martys Stimme war kaum mehr als ein Flüstern. Die Erkenntnis, dass alles sehr viel schlimmer war, als sie angenommen hatten, hatte auch Marty wie ein Faust-schlag getroffen. Er sackte leicht in die Knie. „Ma? Pa?"

Lukas versuchte weiterhin, alle Gedanken an Rebecca aus seinem Kopf zu verbannen. Er wollte nicht an sie denken, sich nicht mit der Frage auseinandersetzen, ob sie eine der vielen dort draußen auf dem Meer und hier inmitten des aufgeschwemmten Gerümpels treibenden toten Frauen war. Es gelang ihm nicht wirklich. Sein Magen rumorte, rebellier-te gegen das, was er sah und vermutete, verdrängen wollte und doch nicht konnte. Beim Anblick der verstümmelten Leiche eines vielleicht sechsjährigen Kindes musste er sich übergeben.

Neben dem Wasser und der Wucht der Wellen an sich hatte wohl auch die enorme Menge mitgeschwemmter Ge-genstände für unzählige schwere Verletzungen und eine hohe Anzahl von Todesopfern gesorgt.

„Lasst uns zu dem Gebäude gehen. Falls jemand überlebt hat, dann dort", schlug Benno vor.

Falls. Dieses eine Wort fiel schwer wie ein Stein in Lukas' Herz, drohte es zu zertrümmern. Er war dabei, seinen in-neren Kampf gegen unvernünftige, voreilige Schlüsse und übermächtige Angst zu verlieren.

Benno und Marty wateten los. Mit den Händen schoben sie all das beiseite, was vor ihnen im Wasser trieb. Schließlich mussten sie klettern, entweder, weil die Gegenstände so groß waren oder weil das Wasser nicht mehr so hoch stand. Lukas sah ihnen reglos zu. Erst als sie sich bereits gut 200 Meter von ihm entfernt hatten, bemerkten die Halbbrüder, dass er ihnen nicht folgte.

Sie drehten sich um und schauten ihn über den Schutt hinweg fragend an. Schließlich nickte Marty verstehend, und Lukas erwiderte das Nicken. Er folgte ihnen nicht, sondern kämpfte sich im rechten Winkel zu ihnen voran. Er musste nach Rebecca suchen. Nach Sven, Bo und Liska. Nach deren Eltern. Nach Malee und Alaya.

Eine eigentümliche Stille herrschte, einzig unterbrochen von dem Plätschern, das Lukas beim Vorwärtsgehen verursachte, und den Geräuschen, die die aneinander schabenden Trümmerteile von sich gaben.

Plötzlich hörte er Stimmen und aufgeregtes Rufen. Aufgewühlt drehte er sich zu Benno und Marty um. Sie standen unter einer der Hanfpalmen, die der Wucht der Wellen standgehalten hatte. Jetzt sah er, dass sich jemand erstaunlich weit oben an den Stamm klammerte. War die Person aus Angst so weit hinauf geflohen oder hatte das Wasser so hoch gestanden? Lukas nahm Letzteres an. Der Stein in seinem Herzen wuchs, vergrößerte den lauernden Schmerz, den er momentan mehr ahnte als spürte.

Offenbar brauchte es viel Überzeugungskraft vonseiten der Brüder, bis die Frau, die vollkommen nackt war, an dem teilweise scharfkantigen Stamm herunterkletterte. Langsam näherte sie sich dem Boden, doch in etwa vier Metern Höhe verließen sie die Kräfte. Sie stürzte schreiend ab. Das schlammige Wasser spritzte unter dem Aufprall ihres Körpers auf, der Unrat schwankte. Hastig zogen die Männer sie aus der braunen Brühe, nahmen sie zwischen sich und trugen sie mehr, als dass sie ging. Es gab eine Überlebende? Ein Wunder? Ob ihnen noch mehr solcher Wunder vergönnt sein würden?

Lukas watete weiter. Die Wucht der Wellen und die verqueren Strömungen der landeinwärts fließenden Flut hatten den meisten Opfern die Kleidung vom Leib gezerrt. Was hatten sie durchleiden müssen, ehe der Tod sie endlich erlöst hatte?

War Rebecca von diesem Ungetüm erfasst worden? Er wünschte sich, seine Fantasie ausschalten zu können, denn sie gaukelte ihm Schreckliches vor. Nein, eigentlich wünschte er sich, die Zeit zurückdrehen zu können. Er hätte diese Menschen so gern vor dem gewarnt, was sie überraschend heimgesucht hatte. Die Anspannung in ihm wuchs und drohte ihn zu zerreißen.

Er hielt inne, ballte die Hände zu Fäusten und schrie, solange seine Lungen Luft hergaben, so laut seine Stimmbänder mitmachten, seine Qual über die Zerstörung hinweg.

Ich habe dein Schreien gehört ... Die Worte schossen ihm in den Sinn. Er konnte nicht sagen, ob sie in der Bibel standen oder ob sie aus einem Lied stammten. Tröstlich waren sie im Augenblick nicht, aber sie spornten ihn dennoch zum Weitergehen an.

Die ersten Informationen über einen zerstörerischen Tsunami, der über die Küsten der Anrainerstaaten des Indischen Ozeans hinweggepflügt war, erreichten den Rest der Welt. Tsunami – das war ein Wort, mit dem nicht viele Menschen etwas anzufangen wussten. Noch nicht. Bis zu diesem 26. Dezember 2004.

Anfangs trafen die Meldungen nur spärlich ein. Unvollständig. Nachrichten aus Thailand, Sumatra, Indien und Sri Lanka und wenig später auch von den Malediven. Sie waren oberflächlich, ohne Details, mehr die Ahnung eines schrecklichen Ereignisses, das den Weg aus dem Chaos in die Nachrichtenredaktionen und von dort in die Wohnzimmer fand.

Man rechnete mit Opfern, hieß es. Ihre Anzahl könnte in die Hunderte gehen ...

Die Boten des Bebens in der Andamanensee waren angekommen. Wem sollte man die Schuld daran geben? Es gab keinen Aggressor, wie bei Kriegen oder bei Terrorattentaten, keinen Schuldigen, den man bei einem Zugunglück, beim Bersten eines Staudamms, beim Einsturz eines Gebäudes vielleicht verantwortlich machen könnte ...

Und noch immer liefen die Wellen in Richtung Westen. Im tiefen Ozean konnten sie sich in die Länge ziehen und verbergen. Anders als vor der Küste Thailands, wo ihre Linie gebrochen gewesen war und sie in einer Bucht früher, in der anderen später angelandet waren, rollten sie in fast vollkommener Gleichmäßigkeit durch das Meer. Dort das Chaos, hier die Perfektion. Dort eine zerstörerische, tödliche Kraft, hier ein dezentes, kaum wahrnehmbares Heben und Senken. Noch ...

Rebecca schlug die Augen auf. Hitze hüllte sie ein. Ein Gestank nach Fäulnis und nach etwas, das sie nicht definieren konnte – und auch nicht wollte –, umgab sie.

Die Sonne war merklich weitergewandert, offenbar hatte die Erschöpfung Rebecca letztendlich doch übermannt. Mit einem Blick in Richtung Boden stellte sie bestürzt fest, wie hoch sie im Baum lag. Das Schmutzwasser unter ihr wies keine Strömung mehr auf. Still und leblos lag es da. Verunziert von dem, was es mit sich gerissen und zerstört hatte und von einem eigenartigen, teils schillernden, teils braunschwarzen Film. Das eine definierte sie als Öl, Benzin oder einen anderen Treib- oder Schmierstoff, das andere war ... vielleicht Blut?

Um den Baumstamm türmte sich der Müll. Ein Wirrwarr aus Möbelresten, großen, gezackten Glasscherben, Lampen, Stoffen, Spielzeug, Büchern, Weihnachtsbaumkugeln und unbeschreiblich vielen anderen Dingen, die sie unter der Schlammschicht nicht erkennen konnte oder wollte. Dort unten erstickte alles unter einer Schicht aus braunem Schlamm, über ihr und weiter entfernt, dort, wo die Berge sich in die Höhe erhoben, leuchteten ihr tröstliches Blau und hoffnungsvolles Grün entgegen.

Rebecca legte ihren unendlich schweren und schmerzenden Kopf wieder ab. Die Zunge klebte ihr am Gaumen und sie hatte die Zähne so fest zusammengebissen, dass ihr Kiefer schmerzte. Langsam, als benötige sie dafür einen gewaltigen Kraftaufwand, öffnete sie ihren völlig ausgetrockneten Mund. Brennender Durst quälte sie und der Geschmack in ihrem Mund war schlicht widerlich. Sie hätte gern ausgespuckt, was auch immer ihr im Mund pappte, aber ihr fehlte die Spucke dafür.

Um sie her war es geradezu unheimlich ruhig. Ein leichter Wind bewegte die Blätter ihres Zufluchtsorts, ihr Rascheln war nicht mehr als ein verhaltenes Flüstern. Nach dem Brausen und Rauschen, dem Donnern und Dröhnen herrschte eine beinahe friedliche Stille. Trügerische Stille.

Rebecca atmete tief durch. Dabei sandte ihre Schulter einen stechenden Schmerz aus, der sich durch ihren ganzen Körper zog. Etwas kratzte schrecklich in ihrem Hals. Sie hustete und würgte. Schließlich erbrach sie schlammiges, schwarzes Wasser. Sie glaubte zu ersticken, mischten sich unter das, was sie im Wasser alles geschluckt haben musste und gegen das ihr Magen sich zur Wehr setzte, doch sogar Blätter und anderer nicht definierbarer Unrat. Krampfhaft klammerte sie sich an dem Ast fest, während sie weiter würgte und spuckte, bis sie all das, was hinauswollte, endlich heraufgewürgt und ausgespuckt hatte.

Sie hob den Kopf und wünschte sich noch sehnsüchtiger etwas zu trinken herbei, aber ihre Augen wanderten sofort wieder in Richtung der erstaunlich weit entfernten Küste. Ob noch eine Welle folgen würde? Wie tief war die Schlamm-brühe auf dem Boden? Konnte sie sich dort fortbewegen? Sollte sie das überhaupt wagen?

Die Angst vor einer nachfolgenden dritten Welle war zu groß und hielt Rebecca hoch oben über dem Erdboden ge-fangen. Sie wusste ohnehin nicht, ob sie die Kraft für eine Kletterpartie aufbringen konnte oder wohin sie sich wenden sollte.

Ihr Körper sandte zunehmend stärkere Schmerzsignale aus, und die Stille um sich her empfand sie inzwischen als bedrückend. Langsam, unter Keuchen und mit zusammen-gebissenen Zähnen richtete sie sich zum Sitzen auf, ihre Bei-ne links und rechts des Astes. Festklammern konnte sie sich nicht, dafür fehlte ihr die Kraft.

Wieder überfiel sie diese eigentümliche Schwere. Eine ir-ritierende Leere in ihrem Kopf drängte alle Gedanken beisei-te. Rebecca runzelte die Stirn, was die Schmerzen über ihrer linken Augenbraue verstärkte. Sie kämpfte gegen die Leere an. Energisch. Trotzig. Zu irgendetwas musste ihr eiserner Wille, der ihr häufig genug im Weg stand, doch auch mal gut sein!

Vorsichtig tastete sie nach dem Schmerz über ihrer Schläfe und spürte eine klaffende Wunde und aus ihr sickerndes Blut. Sie versuchte auf ihr Schulterblatt zu sehen, dorthin, wo sie ebenfalls eine Verletzung davongetragen haben musste. Ab-gesehen von einer Schmutzschicht, darin klebenden Rinden-teilchen und Blättern konnte sie nichts erkennen. Verwirrt

231

stellte sie fest, dass sie nur noch ihren Badeanzug trug. Die Strömungen, in denen sie gefangen gewesen war, hatten ihr wohl das Kleid vom Körper geschält.

Erschreckend deutlich kam ihr ins Bewusstsein, wie allein sie war. Sie sah sich erneut um. In ihrer unmittelbaren Nähe gab es nichts außer Zerstörung und niemanden, der lebte. Sie war vollkommen auf sich gestellt. Hatte denn keine Menschenseele außer ihr das Inferno überlebt? Der Gedanke versetzte sie in Panik. In Wellen raste die Angst durch ihren Körper und ließ sie erzittern.

„Hallo?", rief sie, so laut es ihr möglich war. Ihre Stimme klang trocken, mehr wie ein Husten, in ihrem Hals kratzte es dabei wie ein Reibeisen. Nicht einmal ein Vogel flatterte verschreckt auf. Kein Tier flüchtete, nichts bewegte sich. Stille. Einsamkeit. Verlorenheit.

„Ich will das nicht", flüsterte sie. So oft hatte sie sich einen ruhigen Platz gesucht und wollte allein sein, jetzt sehnte sie andere Menschen herbei.

Lukas kam ihr in den Sinn und instinktiv griff sie sich an den Hals. Die Kette, sein Geschenk, war noch da! Mit ihren verdreckten und zitternden Fingern umschloss sie den Anhänger. Tränen und Blut.

Ihr verwirrtes Gehirn klärte sich erst allmählich, schwemmte damit jedoch Überlegungen hoch, die sie eigentlich gar nicht anstellen wollte: Lebte Lukas noch? Hatte er dort draußen bei den Inseln eine Chance gehabt? Und Lara? War sie im Hotel gewesen? Stand das Hotel noch? Malee? Alaya? Wo hatten sie sich aufgehalten, als die Flut gekommen war?

Und Sven!? Was war mit Sven geschehen? Sie hatte ihn festgehalten und ihn doch verloren. An den Tod?

Bo? Liska? Henrik? Ingrid? Nathanael?

Und … Annalisa-Marie. Die Frau hatte sich geopfert, weil sie wollte, dass Rebecca überlebte. Aber Rebecca wollte nicht weiterleben. Nicht allein!

„Reiß dich zusammen!", sagte sie zu sich selbst. Natürlich gab es noch Menschen auf dieser Erde. Zwei oder drei Flutwellen hatten ja nicht die ganze Welt überspült. Es würde keine Sintflut mehr geben, das hatte Gott versprochen. Als Erinnerung daran gab es die wunderschönen Regenbogen am Himmel zu bewundern. Nach jedem Regen kämpfte sich die Sonne wieder durch die Wolken …

Weiter im Landesinneren konnte sie immerhin den Beweis dafür sehen: Es gab smaragdgrüne Berge mit urwüchsigen Bäumen und Lianen, farbenfrohe Blumen und silbern schillernde Flüsse, lebendige Tiere und sicher auch Menschen. Sie musste nur dorthin gelangen!

Rebecca verharrte jedoch, kam dem eigenen Wunsch nicht nach. Die Angst vor einer neuen Welle saß zu tief in ihr.

Rebecca hatte jegliches Zeitgefühl verloren. Reglos saß sie auf ihrem Baum, fühlte sich sicher und verloren zugleich. Schließlich rang sie sich dazu durch, ihren schutzbietenden Hort zu verlassen. Sie konnte ja nicht ewig hier verharren.

Behutsam wie niemals zuvor, wenn sie auf einem Baum gesessen hatte, nahm sie den Abstieg in Angriff. Die Schlammschicht auf den tiefer gelegenen Ästen war inzwischen getrocknet und platzte auf wie die Kruste eines Brotes im Backofen. Stück um Stück kletterte sie hinab, aber auf den letzten drei Metern gab es keine Äste mehr, die ihr helfen würden, halbwegs sicher den Boden zu erreichen. Von hier aus musste sie sich fallen lassen.

Suchend schaute sie sich um und entschied, dass sie auf einem Haufen aus undefinierbaren Stoffen zu landen versuchen wollte. Sie schob sich auf einem wippenden Ast so weit hinaus, bis sie sich über ihrem Zielpunkt befand, legte sich auf den Bauch und versuchte langsam, mit den Füßen voraus, hinabzugleiten. Doch schnell war die Kraft in ihren Armen aufgebraucht und sie fiel das letzte Stück hinunter.

Rebecca kam tatsächlich auf beiden Füßen auf, allerdings sackte der Stoffberg unter ihr in sich zusammen. Sie stürzte, rutschte über irgendwelche Gegenstände und schlug erneut mit der bereits verletzten Schulter auf. Sie schrie vor Schmerz auf und blieb minutenlang reglos liegen, die Beine höher als der Rest ihres Körpers. Langsam fließender Schlamm umfing sie, kroch überall hin. Links von sich entdeckte sie plötzlich einen aus dem Chaos heraus ragenden Arm.

Sie rollte sich auf die entgegengesetzte Seite und erhob sich mühsam, stand schließlich bis zu den Knien im schlammigen Wasser. Einen Moment überfiel sie ein beängstigendes Schwindelgefühl, doch sie setzte sich eisern dagegen zur Wehr. Sie ignorierte den Leichnam und richtete ihre ganze Konzentration auf das Grün der Berge. Es wies die Richtung, in die sie gehen wollte. Sie musste fort vom Strand. Weg vom Meer.

Schritt um Schritt schleppte sie sich vorwärts. Die Sonne brannte heiß auf sie herunter. Der Gestank nahm zu, die Tiefe des Schlamms ließ dagegen endlich nach. Bald wühlte sie sich durch schmatzenden Untergrund und meterhohes Pfahlrohr. Dazwischen gab es Bäume, Blumen, Leben.

Der Boden wurde trocken und fest, dennoch drehte Rebecca sich nicht um. Sie wollte nicht auf das zurückblicken, was sie gerade hinter sich gelassen hatte. In ihr regten sich weder Erleichterung noch Trauer. Sie kämpfte sich einfach nur voran, zunehmend von Schmerzen gepeinigt. Es gab keinen Zentimeter an ihrem Körper, der nicht wehtat.

Sie stolperte eine Anhöhe hinauf, umgeben von Palmen und einer Vielzahl anderer Bäume, dann kam ein Holzmast mit dem hier üblichen Wirrwarr an Stromleitungen in ihr Blickfeld, schließlich eine unbefestigte Straße. Unschlüssig blieb sie auf der sandigen Fahrbahn stehen, wich aber sofort in den Schatten am Straßenrand zurück, da ihre Fußsohlen zu verbrennen drohten.

Links von ihr, ein paar Hundert Meter entfernt, sah sie eine Gestalt am Straßenrand kauern. Befreit atmete Rebecca auf. Da war jemand. Sie war nicht länger allein!

Mit neuer Kraft steuerte sie auf die Person zu und erkannte in ihr bald ein vielleicht zehnjähriges Mädchen. Es hatte helle Haut, dunkelblondes Haar und war somit eindeutig eine Touristin. Das Kind war völlig nackt, fast die gesamte Haut war rot vor Sonnenbrand, doch bis auf eine Schürfwunde am Rücken konnte Rebecca auf den ersten Blick keine weiteren Verletzungen erkennen. Der Schmutz auf dem Körper der Kleinen und einige Blätter in ihrem verknoteten Haar wiesen darauf hin, dass auch sie ein Opfer der Wellen geworden war.

Rebecca ließ sich vorsichtig neben dem Mädchen nieder. Erneut lief ihr Blut aus der Wunde über den Augenbrauen ins Gesicht, und ihr blieb nichts anderes übrig, als es mit den Fingern beiseite zu wischen.

„Hallo", sprach sie das Kind an, erhielt aber keine Reaktion. Weder eine Antwort noch ein Kopfheben, nicht einmal die Andeutung einer Bewegung. Das Mädchen blickte starr geradeaus auf seine ausgestreckten Beine, lediglich das gleichmäßige Heben und Senken des Brustkorbs zeigte, dass Leben in ihm steckte.

„Ich bin Rebecca", versuchte sie es erst auf Deutsch, dann auf Englisch. Wieder deutete nichts daraufhin, dass das Mädchen sie verstanden hatte oder ihre Anwesenheit überhaupt wahrnahm.

Sie ergriff die Hand des Kindes, ohne dass es irgendwie reagierte. Also verschränkte sie ihre blut- und schmutzverkrusteten Finger mit den kleinen schlanken des Mädchens und blieb einfach sitzen. Wo sollte sie auch hingehen?

„Schaut euch das an!", Karstens Stimme klang brüchig, als er in das Wohnzimmer seiner Eltern gestürmt kam und den Fernseher anschaltete. Marianne runzelte missbilligend die Stirn, denn für gewöhnlich schauten sie sonntags nie fern.

„Grüß Gott", begrüßte Alfred seinen Sohn und fragte sich, was ihn dazu getrieben haben mochte, seine Familie alleinzulassen und bei ihnen wie ein Wirbelwind einzufallen.

Das Bild erschien, in dem Programm wurde irgendein Spielfilm gezeigt. Am unteren Bildschirmrand lief eine Mitteilung durch, doch ehe Alfred sie entziffern konnte, schaltete Karsten auf einen anderen Kanal. Ein Schwall englischer Worte dröhnte ihnen aufgeregt entgegen, dann sahen sie die verwackelte Aufnahme eines Handyvideos. Darin walzte brodelndes Wasser Palmen nieder, als handelte es sich um den Aufbau einer exotischen Modelllandschaft. Menschen klammerten sich an etwas fest, das wie ein Metallgerüst aussah, ehe sie mitgerissen wurden und in einem Wirrwar aus schwimmenden Gegenständen verschwanden.

„Was ...?", stieß Marianne entsetzt hervor.

Die Szene wechselte, zeigte die grauenvollen Bilder eines albtraumhaften Chaos. Der Sprecher sprach von Banda Aceh auf der Insel Sumatra und korrigierte die vermutete Opferzahl von mehreren Tausend auf mehrere Zehntausend Menschen. Gleich darauf ertönte die Stimme eines anderen Sprechers. Dieser berichtete über Phuket und eine Zwölfmeterwelle im Zusammenhang mit Khao Lak.

„Nein!" Marianne erbleichte. Instinktiv griff Alfred nach ihrer Hand. Rebecca befand sich in Khao Lak! Eiskaltes Entsetzen durchrieselte ihn und blockierte für einen Augenblick jeden Gedankengang. Unvermittelt sprang er auf, hastete zum Esszimmertisch und holte das Telefon.

Mit zittrigen Fingern suchte er Rebeccas Nummer heraus. Er drückte auf eine falsche Taste. Wie wild hämmerte er mit dem Zeigefinger auf die plötzlich viel zu winzige Tastatur ein. Er versuchte es noch einmal. Seine übliche Gelassenheit und Ruhe waren dahin. Die Angst um seine Tochter jagte seinen Blutdruck in die Höhe. Ihm wurde schwindelig. Er ließ sich auf dem Boden nieder, lehnte den Rücken an eine Schranktür und wählte endlich.

Es tutete einmal, zweimal, dann geschah nichts mehr.

Er wiederholte den Vorgang. Diesmal piepte es geraume Zeit nervtötend, doch niemand nahm das Gespräch entgegen. Eine Mailbox schaltete sich nicht ein.

Ein drittes Mal ließ er anwählen. Nichts.

Marianne setzte sich neben ihn und streckte ihm einen Zettel hin. Darauf hatte Rebecca in ihrer präzisen Handschrift die Adresse ihres Hotels in Khao Lak und eine Telefonnummer geschrieben. Er tippte die lange Nummer ein. Nichts passierte. Die Leitung war tot.

Viermal versuchte er es aufs Neue, ehe er aufgab. Er ließ die Hand mit dem Telefon sinken. Im Fernsehen liefen die gleichen Bilder wie zuvor. Der Sprecher sagte, dass in den betroffenen Gebieten so gut wie alle Kommunikationswege und jegliche Infrastruktur zusammengebrochen seien. Dann wurde der Bildschirm einen Augenblick schwarz. Hatte auch der Sender Probleme bei der Übertragung?

„Hat jemand die Nummer von Lukas?", fragte Karsten vom Sofa aus. Offenbar konnte er die Augen nicht von dem Schreckensszenario abwenden, das über den Bildschirm flimmerte.

Marianne schüttelte den Kopf, Alfred tat es ihr gleich.

„Von Frau Dr. König?", forschte Karsten weiter.

Sie schraken alle zusammen, als das Telefon läutete. Alfred ging ran. Es war Valerie. Sie brachte kaum einen Ton heraus, so heftig schluchzte sie. Im Hintergrund hörte Alfred den Fernseher laufen, jedoch ein anderes Programm als das ihrige. Das Thema war allerdings dasselbe.

„Valerie, atme langsamer, ruhiger. Noch wissen wir nicht viel. Das Schlimmste hat wohl Sumatra abbekommen." Er versuchte zwar, seine Tochter zu beruhigen, was er gleichzeitig auf dem Bildschirm sah, dieses Mal aus Thailand, pulverisierte jedoch den Inhalt seiner Worte.

„Versuch du doch, Becci über ihr Handy zu erreichen", schlug Alfred Valerie schließlich vor. „Sobald du von ihr gehört hast, gibst du uns bitte Bescheid. Ich probiere unterdessen einige andere Nummern aus."

„Ist gut", schluchzte Valerie. „Paps?"

„Was denn, meine Kleine?"

„Ich traue mich gar nicht zu beten. Was, wenn es für Becci schon zu spät ist?"

„Gott hat seine eigene Art, auf seine Menschen aufzupassen, das weißt du doch. Selbst wenn es nach unserem Ermessen keine Bewahrung gab, bedeutet das nicht, dass Gott sie alleingelassen hat. Und selbst wenn es für unser Mädchen wirklich bereits zu spät sein sollte, so verklingt kein Gebet ungehört."

Valerie weinte jetzt hemmungslos. Gleich darauf meldete sich ihr Mann und versicherte Alfred, dass er sich um Valerie und die Anrufe kümmern würde. Alfred drückte seinen Schwiegersohn weg. Marianne lehnte sich trostsuchend an ihn, und er legte den Arm um ihre Schultern. Gleichzeitig wies er Karsten an, den Computer hochzufahren. „Such die Nummer der Botschaft von Thailand in Deutschland raus, die der Deutschen Botschaft in Thailand, des Außenministeriums und alle anderen Einrichtungen, von denen du meinst, dass sie uns helfen könnten, etwas über Becci in Erfahrung zu bringen. Ich rufe sie der Reihe nach an."

Alfred kam nirgends durch. Meist landete er in Warteschleifen, die scheinbar niemals enden wollten. Er warf einen Blick auf seine Frau. Tränen rannen aus ihren geschlossenen Augen über ihr Gesicht. Er wusste, sie betete für ihre Tochter, für all die Menschen, die jetzt vermisst wurden, für die Angehörigen, für die Helfer.

Wie viele Deutsche wohl über die Feiertage die Wärme am Indischen Ozean hatten genießen wollen? Viele Familien würden betroffen sein. In welch haltloser Angst und hilfloser Untätigkeit hielten jetzt rund um den Globus die Zuhausegebliebenen inne und bangten um ihre Lieben? Jede weitere Nachricht, jedes zusätzliche Detail, von den internationalen Fernsehsendern in ihre Wohnzimmer getragen, steigerte die Ungewissheit, die Verlustangst, zumal die Anzahl der vermuteten Todesopfer ständig nach oben korrigiert wurde. Als gäbe es kein Halten. Und hinter jeder einzelnen Zahl steckte ein Menschenleben, ein Schicksal, das Gesicht eines kleinen Kindes, das einer lebenslustigen Frau, das eines jungen Mannes ...

Rebecca kletterte mühsam und mit schmerzverzerrtem Gesicht vom Beifahrersitz des Pick-up und zog das immer noch schweigende kleine Mädchen eher unsanft hinter sich her. Im Augenblick hatte sie jedes Feingefühl verloren. Seit sie über die holprige Piste durch die Wälder hierher in den neueren Ortsteil von Takuapa gefahren waren, waren die Schmerzen schlimmer geworden. Sie hatten den Umweg über die schlechten Straßen nehmen müssen, weil es vor Ban Nam Khem, Alayas und Malees Heimatdorf, kein Durchkommen gegeben hatte. Die Ortschaft war offenbar fast vollständig zerstört.

Der Fahrer, ein alter Thai mit tiefen Aknenarben, winkte ihr knapp zu und gab Gas. Erst jetzt, im Davonfahren, gewahrte Rebecca, dass auf der Ladefläche Leichen lagen. Seine Familie? Freunde? Unbekannte, die die Wellen in sein Dorf geschwemmt hatten?

Rebecca drehte sich der aufwärts führenden Zufahrt des quadratischen, aus weißem Beton erbauten Krankenhauses zu. Sie wollte nicht noch mehr Kummer und Elend an sich heranlassen. Sie konnte es schlicht nicht. Es war ein Schutzmechanismus, gleichzeitig eine Art Trotzreaktion, dass sie einfach das Kind an der Hand nahm und vorbei an blinkenden Krankenwagen dem Eingang entgegen wankte.

Sie erreichte die offen stehende Tür. Stimmen hallten durch den Eingangsbereich mit den grünen Plastikstühlen, jemand schrie lautstark auf. Der Boden unter Rebeccas nackten Füßen war angenehm kühl. Als sie zwischen zwei geschlossenen Türen einen Wasserspender entdeckte, stürzte sie sich förmlich darauf. Sie riss einen Pappbecher aus der Halterung und ließ das gurgelnde Nass hineinlaufen. Dabei schaute sie in den hier abzweigenden Flur. Er wirkte verwaist. Ventilatoren drehten sich an der Decke, verbreiteten einen kühlen Windhauch. Sie erhaschte einen Blick in eines der Zimmer. Dort standen für gewöhnlich vermutlich fünf Betten, nun mussten es elf oder zwölf sein. Das Mädchen von der Straße kam ihr wieder in den Sinn. Es lehnte an der kahlen Wand und blickte teilnahmslos ihre verdreckten Zehen an.

Rebecca schloss den Hahn und streckte dem Kind den Pappbecher hin. Ihre eigene Kehle brannte, ihre Zunge schien ein fester Klumpen zu sein. Wenn das Mädchen nicht schnell ... Doch die Kleine griff zu und trank gierig. Rebecca nickte zufrieden, machte kehrt und holte sich selbst von der lauwarmen Flüssigkeit. Sie leerte vier Becher und füllte auch den des Mädchens noch ein zweites Mal auf, ehe eine Krankenschwester auf sie aufmerksam wurde.

Sie hatte offenbar keine Zeit gefunden, sich umzuziehen, weshalb sie über einem bunten Kleid lediglich einen offenen, hellblauen Kittel trug. Die Frau verschwand in dem überfüllten Zimmer, und wenig später erschien ein Arzt in Weiß in der Tür. Mit routiniertem Blick aus dunklen Augen musterte er erst das Mädchen, dann Rebecca. Ein Lächeln des Wiedererkennens huschte über seine eben noch angespannten Gesichtszüge.

„Khun Hmo*." Rebecca lächelte zurück. Der Arzt, der vor Kurzem Alaya im Rettungswagen abgeholt hatte, stand vor ihr.

„Die Schwester aus dem Hubschrauber", sagte er und winkte ihr, ihm zu folgen. Ein paar Schritte den Gang hinunter betraten sie ein kleines Behandlungszimmer. Eine zweite Schwester folgte ihnen. Welche Anweisungen sie erhielt,

---

*   Khun = höfliche Anrede aller Geschlechter, Hmo = Doktor; also etwa: „Herr Doktor"

konnte Rebecca nicht verstehen. Etwas unbeholfen legte sie sich auf den Bauch auf die Liege, da ihre Schulter zu stark schmerzte, um sie zu belasten.

Sie bekam zwei Spritzen: ein Antibiotikum, worüber sie in Erinnerung an die braune Schmutzbrühe äußerst dankbar war, und ein hochdosiertes Schmerzmittel, das ihre Gedanken sehr bald schon auf Wanderschaft in eine reichlich neblige Welt schickte. Sie hörte die Stimmen des Arztes und der Schwester, nahm wahr, dass ihre Verletzungen desinfiziert wurden, und dass man sie oberhalb der linken Braue nähte, nachdem der Arzt einige Zeit mit ihrer Schulter beschäftigt gewesen war.

Rebecca spürte dankbar, wie ein Gefühl des Geborgenseins sie einhüllte wie ein schützender Kokon. Sie war fort vom Meer, sie war nicht mehr allein und man kümmerte sich um sie. Es war so unendlich beruhigend und angenehm zu wissen, dass sich jemand um ihre Belange sorgte, sie versorgte. Sie wusste nicht, ob sie nur in ihrer Welt, in die sie halbwegs weggedriftet war, gelacht hatte, oder ob sie das laut getan hatte. Die so sehr um Selbstständigkeit bemühte, immer kämpferische Rebecca Siebeck wollte tatsächlich umsorgt werden!

„Ruhen Sie sich aus." Der Arzt beugte sich über sie, als dürfe niemand seine Worte hören. „Sie sind bald wieder die starke, einsatzfreudige Frau, die sie vorher waren."

Die Tür knarrte und eine Thai in einem grauen Kostüm, soweit Rebeccas trüber Blick das mitbekam, trat an das Kopfteil der flachgestellten Liege.

„Ihr Name ist Rebecca Siebeck?"

„Ja?"

„Aus Deutschland?"

„Ja."

„Welches Hotel?"

Rebecca nannte den Namen des Hotels und erneut bestürmten sie die Fragen, was mit Malee war, mit Alaya, deren Verwandten, den Dahlbergs ... und Lukas.

„Sind Sie allein in Thailand?"

„Ja. Nein."

„Wir klären das später. Können Sie mir bitte noch sagen, wie das Mädchen heißt, das Sie bei sich hatten?"

„Nein." Sie seufzte. Nicht nur, weil das Denken sie anstrengte, sondern weil das verschreckte Kind nicht einen Ton von sich gegeben hatte. Nicht während der Zeit, als sie an der Straße gesessen und gewartet hatten, und auch nicht im Pick-up, obwohl erst Rebecca und dann der Fahrer in allen möglichen Sprachen einzelne Worte gesagt hatten, um eine Reaktion heraufzubeschwören. Nichts. Das Mädchen hatte weiterhin starr geradeaus auf das verstaubte Armaturenbrett gestarrt, als ginge diese Welt es überhaupt nichts an.

„Schlafen Sie ein bisschen." Die Frau blieb freundlich und geduldig.

Rebecca dankte es ihr im Stillen, antwortete jedoch. „Ich will nicht schlafen. Ich muss ..."

„Sie sind weit genug weg vom Wasser", beruhigte die Fremde sie und strich ihr sanft und mitfühlend über den Arm. Ihre Anteilnahme tat Rebecca unendlich gut. „Schlafen Sie, damit Sie schnell wieder zu Kräften kommen."

Rebecca stieß einen zustimmenden Laut aus. Erneut quälte sie schrecklicher Durst, aber sie brachte keine Bitte mehr über die Lippen, wollte sich nicht mehr bewegen. Die einfachsten Dinge erschienen ihr viel zu anstrengend.

12. Kapitel

Die Sonne brannte heiß vom Himmel herunter, entlockte der durchnässten Erde weiße Dampfwolken und einen Gestank, den Lukas nicht anders als bestialisch nennen konnte.

Die Orientierung fiel ihm schwer. Es gab kaum noch etwas, an das er sich erinnern konnte. Palmen und Bäume waren umgeknickt, Bungalows verschwunden, Zäune und Strommasten fehlten, Büsche ragten wie die Borsten eines Dreitagebartes aus der Erde, ihrer Blätter und Blüten beraubt. Er überquerte das Stück Land, von dem er vermutete, dass es das Brachland neben seinem Hotel gewesen sein könnte. Sicher war er sich dessen jedoch nicht. Vielmehr überkam ihn das Gefühl, über eine Mülldeponie zu klettern. Das Schlimmste aber waren die hier und da zu erkennenden menschlichen Überreste.

Mit einem Mal erhoben sich Stimmen. Hilferufe. Schmerzensschreie.

Lukas hörte keine fünf Meter von sich entfernt eine Frau rufen. Er hastete vorwärts, verfing sich mit dem Fuß in einem Gewirr aus Meerespflanzen und einem zertrümmerten Kontrabass und stürzte. Polternd und krachend fiel er zwischen Eimer, einen Palmenstamm und eine Vitrine. Eine Glasscheibe schnitt ihm die Wange auf. Er spürte den beißenden Schmerz, fühlte das Blut über seine Haut perlen.

Einen Augenblick lang blieb er im Morast liegen, bis er seine Gliedmaßen sortiert hatte. Er musste sich besser vorsehen, schließlich brachte es niemandem etwas, wenn er sich auch noch verletzte.

Ein Schwarm Vögel zog über ihn hinweg. Es waren die ersten Tiere, die er zu Gesicht bekam, seit – ja, seit wann? Seit er mit dem Schnellboot den Strand verlassen hatte? Das Meer vor den Similan Islands war wie leergefegt gewesen. Das hätte ihnen eine Warnung sein sollen. Verstanden sie denn die Sprache der Natur überhaupt nicht mehr, wie sie auch die Stimme Gottes nicht hörten? Oder bedingte das eine auch das andere?

„Bitte, helfen Sie mir hier raus", flehte die weibliche Stimme auf Deutsch. „Ich muss hier weg. Das Wasser!"

Lukas rappelte sich auf und suchte sich einen halbwegs sicheren Standplatz. „Bleiben Sie ganz ruhig, ich bin gleich bei Ihnen. Es kommt kein Wasser mehr nach." Lukas hoffte, dass er überzeugter klang, als er sich fühlte. Bevor er auf das Medizintechnik-Studium umgeschwenkt war, hatte er zwei Semester Meereswissenschaften studiert. Hieß es nicht, dass Flutwellen nach einem Seebeben manchmal noch nach Stunden anlandeten? Je nachdem, wie heftig die Nachbeben ausfielen?

Sehr bedacht setzte er nun einen Fuß vor den anderen, wuchtete Hindernisse beiseite und prüfte die Standfestigkeit größerer Gegenstände, ehe er sie erkletterte. Er ahnte, wie quälend es für die Frau war, dass er nur so langsam vorankam, doch er hatte aus seinem Fehler gelernt.

Schließlich entdeckte er einen kurzen, blonden Haarschopf, einen Arm und die Hälfte eines unbekleideten Oberkörpers. Wie viele andere hatte auch diese Frau ihre Kleidung eingebüßt. Der Rest der molligen Gestalt steckte inmitten des Unrats, der sich wie eine Berg- und Tallandschaft kilometerweit ausbreitete.

„Ich sehe Sie", informierte er die Frau. Sie versuchte, den Kopf zu ihm zu drehen, was ihr jedoch nicht gelang. „Bewegen Sie sich möglichst wenig. Falls Sie einen erhöhten Druck auf Ihrem Körper spüren, sagen Sie es mir."

„Ist gut."

Lukas hatte weniger Angst davor, auf die Frau zu treten, als vielmehr, ihr durch sein Körpergewicht einen scharfkantigen Gegenstand in den ohnehin malträtierten Leib zu stoßen. Schritt um Schritt näherte er sich ihr und kauerte sich dann neben ihrem Kopf auf dem Schutt hin.

„Wie heißen Sie?", fragte er, während er bereits Stofffetzen, Bruchsteine und Holzstücke beiseite warf.

„Britt. Britt Kampen."

„Ich bin Lukas." Obwohl die Frau rund 20 Jahre älter als er sein musste, hielt er sich nicht länger mit Höflichkeiten auf. „Kannst du mir sagen, wo ungefähr deine Beine liegen?"

„Das linke Bein zeigt nach vorn." Britt deutete mit der freien Hand, an der Zeige- und Ringfinger in eigentümlichem Winkel abstanden, wie ihr Bein lag. „Auf dem rechten sitze ich drauf."

Lukas rutschte ein Stück nach vorn und begann dort, wo Britt hingezeigt hatte, eine Schicht aus Blättern und Ästen und schließlich einen schweren Betonklotz wegzuräumen. Erfreut bewegte die Frau daraufhin ihr Bein.

„Lass das mal lieber. Hier liegt allerhand scharfkantiges Zeug", ermahnte er sie, ohne seine Tätigkeit zu unterbrechen. Endlich hatte er das Bein freigelegt. Dafür, dass es eingequetscht gewesen war, sah es erstaunlich gut aus. Er arbeitete verbissen weiter. Britt trug eine Jeans, wie Lukas erleichtert wahrnahm. Er befreite sie schließlich von dem undefinierbaren Möbelstück, das sie niedergedrückt hatte. Stöhnend rührte sie sich und zog das zweite Bein unter ihrem Körper hervor.

„Wie abgestorben", ächzte sie, doch Lukas wertete ihre Schmerzen als ein gutes Zeichen.

„Du kannst es bewegen. Das ist gut!"

„Ja, das ist es wohl."

Lukas hob den Kopf, und sein Blick fiel auf ein Gebäude. Wenngleich es ebenso braun war wie alles andere um ihn herum, erkannte er darin sein Hotel. Das quadratische Hauptgebäude stand noch, es hatte dem Ansturm des Wassers standgehalten, so wie er gehofft hatte. Sein Herz schlug kräftiger. Im Inneren des Hotels könnten sich Gäste aufhalten.

Rebecca!

In seinem Kopf jagten sich die hoffnungsfrohen und zugleich sehnsüchtigen Gedanken wie eine wilde Wolfsmeute die Beute. Alles in ihm zog es dorthin. Er sehnte sich nach Antworten auf unzählig viele Fragen; würde sie vielleicht erhalten, sobald er erst einmal einen Fuß in das Haus gesetzt hatte.

„Ich war am Pool", flüsterte Britt, jedoch nicht in seine Richtung. Es war, als spreche sie mit jemand anderem. „Ich hörte ein Geräusch wie von einem großen Motorboot. Dann bin ich weggespült worden. Es ging drunter und drüber. Plötzlich hing ich auf einem Toilettenhäuschen. Aber die zweite Welle hat mich da runtergerissen und hier abgesetzt."

Lukas streifte sich sein T-Shirt über den Kopf und reichte es der Frau. Sie sah an sich hinab und errötete. Offenbar war ihr erst jetzt bewusst geworden, dass sie ihr Oberteil in den Fluten verloren hatte. Sie ergriff das Kleidungsstück und schrie dabei auf. Entsetzt betrachtete sie ihre gebrochenen Finger, schnappte nach Luft und wurde kreidebleich.

„Schau lieber nicht hin!", riet Lukas ihr, nahm ihr das T-Shirt ab und stülpte es ihr vorsichtig über den Arm mit den verletzten Fingern, gleich darauf über den Kopf. Mit dem zweiten Arm schlüpfte Britt allein in den Ärmel und zerrte schnell den Stoff über ihre Brust.

„Danke", murmelte sie.

„Ich helfe dir jetzt auf. Wir sollten versuchen, das Hotel dort vorne zu erreichen."

„Einverstanden." Britt hatte sich wieder im Griff. Schwer auf Lukas gestützt erhob sie sich. Ihre Beine zitterten, das rechte knickte mehrmals kraftlos unter ihr weg, ehe es sie halbwegs tragen konnte. Sie sah sich um und erbleichte erneut bei dem Anblick, der sich ihr bot.

„Ich muss meinen Mann suchen … meine Tochter", hauchte sie kaum hörbar. „Mein Mann hat noch im Bungalow geschlafen, meine Tochter war beim Frühstück."

„Es ist am besten, wenn wir erst einmal hier weggehen", sagte Lukas sanft. Wie gut er die Furcht nachempfinden konnte, die sich nun auf Britts Gesicht abzeichnete. Der Drang, sofort etwas zu unternehmen, kämpfte gegen die Vernunft an. „Im Landesinneren, wo es keine Schäden gegeben hat, wird es Sammelstellen geben, bei denen alle Informationen zusammenlaufen. Dort finden wir unsere … Liebsten am ehesten."

„Ja." Britt fragte nicht nach, wen er denn vermisste. Es genügte, dass es so war. Sie kamen aus unterschiedlichen Ecken Deutschlands, kannten sich nicht, gestalteten ihre eigenen Leben, die sich wohl sehr voneinander unterschieden. Sie gehörten verschiedenen Generationen an und hatten womöglich auch in Grundsatzfragen gegensätzliche Meinungen – doch die Welle hatte sie gleich gemacht. Sie waren Gestrandete. Überlebende auf der Suche nach einem Platz, an dem sie erst einmal verschnaufen durften, an dem sich ihnen eine Chance bot, diejenigen zu finden, die ihnen entrissen worden waren.

Lukas ging voran, suchte einen halbwegs begehbaren Weg und räumte die instabilen Hindernisse beiseite. Britt folgte ihm hinkend. Sie waren noch keine zehn Meter weit gekommen, als Lukas ein leises Wimmern vernahm. Er verharrte mitten in der Bewegung, ein rotgestrichenes Holzbrett in den Händen, dessen Ursprung er nicht benennen konnte. Wahrscheinlich stammte es von dem weiter landeinwärts liegenden Boot.

„Hörst du das?", fragte er leise.

„Was denn?" Britt trat neben ihn. Sie hatte den Daumen der Hand mit den zertrümmerten Fingern in ihren Hosenbund eingehakt, um sie so ruhig wie möglich zu halten. Vielleicht auch, um ihrem Anblick auszuweichen?

Reglos standen sie da und lauschten. In einiger Entfernung hörte Lukas Stimmen. Ob dort inzwischen Helfer eingetroffen waren?

In der Annahme, sich getäuscht zu haben, wollte er gerade das Holzbrett von sich werfen, als erneut dieses schmerzgeplagte Wimmern erklang.

„Das kommt von da!", stieß Britt hervor und deutete nach links, wieder ein Stück zurück.

„Warte hier", sagte Lukas, legte das Brett ab und wühlte sich durch Äste und Blätter, Elektrokabel und an einem Campingkocher vorbei. Die Ferse eines Kinderfußes ragte ihm entgegen, dann sah er ein Bein, an dessen Unterschenkel eine gewaltige Wunde klaffte, aus der unaufhörlich Blut sickerte. Als der Fuß sich bewegte, sah er das Weiß eines Knochens.

„Lieg still!", wies er das Kind erst auf Deutsch, daraufhin auf Englisch und schließlich auf Spanisch an.

„Lukas?" Die Stimme klang gedämpft, wie erstickt. Ein heftiger Hustenanfall folgte.

Lukas wusste nicht, wen er da vor sich hatte. Vielleicht Sven oder Liska – oder eines der Kinder von der Hochzeitsgesellschaft? Er vergaß alle Vorsicht. Mit hastigen Bewegungen warf er die Gegenstände beiseite, die das Kind bedeckten. Ein Clubsessel drückte den kleinen Körper in den Schlamm. Lukas hob das schwere Möbelstück hoch und schleuderte es mit einem wütenden Schrei von sich. Unter der Schmutzschicht konnte er weder die Haarfarbe noch das Profil des Kindes erkennen. Lukas kniete sich hin und drehte den Körper sanft zur Seite. Das Kind, endlich aus der misslichen Lage befreit, atmete tief durch.

„Sven!" Ein Ansturm widersprüchlichster Gefühle betäubte Lukas für einige Augenblicke. Freude darüber, den schwedischen Jungen lebend gefunden zu haben, gepaart mit Enttäuschung, dass es nicht Rebecca war. Dazu gesellte sich maßlose Frustration, weil er noch so viele Bekannte vermisste, und die zunehmende Befürchtung, dass er die meisten niemals wiedersehen würde.

Sven drückte seine Stirn gegen Lukas' Oberschenkel. Ein stummer Schrei um Hilfe. Lukas strich dem Jungen das feuchte Haar aus dem Gesicht, entsetzt über die vielen Verletzungen, die den kindlichen Körper entstellten. Sven musste dringend in ein Krankenhaus!

„Hast du Mama gesehen? Papa?"

„Nein, Sven. Du und Britt hier, ihr seid bis jetzt die Einzigen."

„Liska? Bo?"

„Tut mir leid."

„Aber Rebecca muss doch hier sein. Wir waren zusammen am Strand und sind weggerannt."

Lukas schluckte hörbar. Eiskalte Finger griffen nach seinem Herzen und versuchten, es ihm aus dem Leib zu reißen.

Rebecca war am Strand gewesen! Sven vermutete sie irgendwo hier in dieser Trümmerlandschaft. In diesem Matsch.

„Wir sind an so einem komischen Gitter hängen geblieben. Anna war auch kurz da. Als das Gitter gekippt ist, war sie weg. Und Rebecca hat meine Hand losgelassen, und dann kam noch eine Welle." Sven schluchzte auf. Ein Zittern lief durch seinen Körper, wurde zu einem unkontrollierten Beben. „Sie hat mich einfach losgelassen!", krächzte er. Anklagend. Verwirrt. „Ich war ganz allein."

Lukas biss die Zähne zusammen, unfähig, einen Ton herauszubekommen. Seine schlimmsten Befürchtungen schienen wahr zu werden. Rebecca hatte beide Wellen abbekommen. Die Bilder, die vor seinem inneren Auge zum Leben erwachten, marterten ihn. Ihm war, als höre er ihre verzweifelten Schreie.

Britt kniete plötzlich neben ihnen. Sie legte ihre gesunde Hand auf Svens bebenden Rücken. „Deine Freundin Rebecca wollte dich bestimmt nicht loslassen. Sie wollte ganz sicher bei dir bleiben."

Sven nickte schwach. Die Worte der Frau beruhigten ihn, Lukas hingegen wühlten sie nur noch mehr auf. Er sprang auf die Füße, kletterte auf einen schwankenden Schuttberg und brüllte Rebeccas Namen ein ums andere Mal in die niedergewalzte, zerstörte Welt um sich her. Eine Antwort erhielt er nicht.

„Lukas!" Er wusste, dass Britt ihn bereits mehrmals gerufen hatte. Ihr jetzt deutlich energischer Tonfall ließ ihn den Kopf drehen.

„Der Junge muss in eine Klinik, und zwar schnell!"

„Ich muss Rebecca suchen", murmelte er, obwohl ihm klar war, dass er sie hier nicht finden konnte, dass er Sven helfen musste – denn *er* lebte noch!

„Du musst das Nächstliegende tun!", widersprach Britt ihm nun wieder sanfter.

Lukas ballte die Hände zu Fäusten. Was war das Nächstliegende? Nach vorn zum Wasser zu laufen, hinauszuschwimmen und einfach zu sterben?

„Reiß dich gefälligst zusammen!", knurrte er sich selbst an und verbot sich weitere Gedanken in jene Richtung.

„Richtig." Die Frau schluchzte das Wort nur, ging es ihr doch nicht anders als ihm.

Lukas kletterte von dem Schutt und betrachtete zweifelnd den übel zugerichteten Körper des Kindes.

„Du wirst mir helfen müssen, ihn auf meinen Rücken zu bekommen", wandte er sich schließlich an Britt. Sie löste die Hand mit den zertrümmerten Fingern vom Hosenbund, starrte sie an, als sei sie ihr größter Feind, und nickte Lukas dann zu. Gemeinsam zogen sie Sven auf sein halbwegs unverletztes Bein. Er schrie dabei aus Leibeskräften. Als Britt ihn unter Zuhilfenahme beider Hände auf Lukas Rücken schob, fiel sie mit ein.

Lukas richtete sich auf, vorsichtig darauf bedacht, dass er Sven nicht wieder verlor. Nun ging Britt voran. Mit nur einer Hand war es für sie ungleich schwieriger, sich einen Weg durch den Müll zu bahnen. Gelegentlich musste sie ihre zweite zu Hilfe nehmen. Dabei schrie sie jedes Mal schmerzgepeinigt auf. Lukas betrachtete voller Bewunderung ihren breiten Rücken. Diese Frau verstand es zu kämpfen!

Ohne jedes Zeitgefühl erreichten sie irgendwann den kleinen quadratischen Pool. Er war gefüllt mit derselben schlammigen Brühe und mit angeschwemmten Gegenständen, zudem ragte die Krone einer gefällten Palme ins Becken. Dafür fehlten die Sonnenschirme, die Poolliegen, die kleinen Tischchen. Auf den Stufen zur leer gefegten Veranda klebte zentimeterdick der Schlamm, sämtliche Glastüren und Fenster im Untergeschoss waren unter der Wucht der Wellen geborsten.

Lukas betrat als Erster das Innere. Das Wasser hatte unverkennbar bis zur Decke gestanden, in einer Ecke häuften sich die zerschmetterten Möbelstücke. Zerborstenes Geschirr blitzte dazwischen auf, Lebensmittel gammelten vor sich hin. Eine Bewegung unter dem Spitzbogen in Richtung Flur ließ Lukas den Blick von der Zerstörung abwenden.

Er entdeckte Malee. Sie trug noch immer ihre hübsche Uniform, die jedoch ebenfalls deutliche Spuren des braunen Wassers aufwies.

„Lukas!" Einen kurzen Moment lang leuchtete ihr Gesicht mit dem ihr eigenen Strahlen auf. „Wo ist Rebecca?", stieß sie dann hervor.

„Ich hatte gehofft, du …"

„Nein!" Malee senkte den Kopf, dennoch glaubte Lukas, so etwas wie Schuldgefühlte in ihren ausdrucksstarken Zügen erkannt zu haben. Aber Malee konnte ja nichts für den Tsunami, nichts dafür, dass Rebecca sich am Strand aufgehalten hatte, dass dieses Paradies ausradiert worden war. Doch Lukas verlor kein Wort darüber. Er kämpfte erneut gegen die Dämonen in seinem Kopf, die ihm einflüsterten, dass er Rebecca nicht mehr finden würde.

„Wir müssen Sven irgendwo hinlegen. Und einen Notarzt rufen." Wieder nahm Britt das Ruder in die Hand.

„Das Telefon funktioniert nicht. Bis jetzt ist niemand bis hierher vorgedrungen. Die Auffahrt ist blockiert", informierte Malee sie leise.

Alaya betrat den Raum, hinter ihr entdeckte Lukas zwei ihm unbekannte Frauen. Offenbar hatte das Hotel bereits einige Überlebende aufgenommen. Barg das nicht einen Hauch von Hoffnung? Eine der Frauen trug ein Top und Shorts von Rebecca. Im ersten Augenblick ärgerte Lukas der Anblick der vertrauten Kleidungsstücke an einer Fremden; dann sagte er sich, dass Rebecca das gutheißen würde. Mit geballten Fäusten besann er sich erneut darauf zu handeln, anstatt sich von seinen Gefühlen mitreißen zu lassen.

„Malee, wir brauchen dringend etwas zu trinken und Verbandszeug für Sven. Du musst ihn verbinden. Die Blutung sollte gestoppt werden. Britt, du kannst dir oben etwas zum Anziehen suchen. Ich brauche mein Shirt zurück, damit ich mir draußen nicht noch mehr die Haut verbrenne. Ich versuche, die Auffahrt freizubekommen."

Alaya kam aus der völlig verwüsteten Küche, rieb den Hals einer Wasserflasche an ihrer Bluse notdürftig sauber und reichte sie Lukas.

„Gibt es noch mehr davon?"

„Sie sind alle kaputt. Wir haben nur noch süße Getränke in Dosen."

„Das Wasser benötigen wir für die Wunde an Svens Bein." Lukas ließ unter Mithilfe der beiden Thais den Jungen von seinem Rücken auf die Rückseite einer nun liegenden Kommode gleiten. Erneut schrie Sven auf, klang dabei aber entsetzlich schwach. Malee nahm Britt mit nach oben in die Zimmer der Hotelgäste, sie kam gleich darauf zurück und gab Lukas das vor Schmutz starrende Shirt. Er streifte es klaglos über, da das Herrenhemd, das Britt für ihn mitgebracht hatte, viel zu eng aussah.

Alaya kehrte mit einem Arm voller Getränkedosen wieder. Lukas überließ den verletzten Jungen der Fürsorge der

Frauen, trank etwas und verließ dann das Hotel durch die Vordertür. Malees Motorrad hing gut zwei Meter hoch in einem Baum. Der Tank war zerschmettert, also verwarf Lukas die Überlegung, dass er das Gefährt herunterholen könnte. Da in der unmittelbaren Nähe des Hotels fast alle Bäume von den Wellen gefällt worden waren, begann er in der prallen Sonne, einen Weg zur N4 freizuräumen. Der Schweiß lief ihm in Bächen am Körper entlang. Umso erleichterter war er, als er endlich einen schattigen Fleck erreichte. An dieser Stelle hatte das Wasser nur noch etwa kniehoch gestanden. Schließlich kam er in einen Bereich, in dem es grüne Grashalme und tierisches Leben zwischen ihnen gab.

Lukas drehte sich um. Er stand lediglich rund 200 Meter vom Hotel entfernt auf einer Anhöhe. Hier wären Rebecca und all die anderen sicher gewesen. Lächerliche 200 Meter und ein leichter Anstieg entschieden über Leben und Tod.

Stimmengewirr, das Schlagen von Türen, Schritte und ein gellender Schrei weckten Rebecca. Sie hatte tatsächlich tief geschlafen. Mit einem Blick auf die Uhr zwischen zwei Schränken voller Medikamente stellte sie fest, dass es nicht mehr als vier Stunden gewesen sein konnten. Dennoch fühlte sie sich erstaunlich ausgeruht.

Vorsichtig richtete sie sich auf der Untersuchungsliege auf. Ein hellgelbes Tuch lag auf ihr; jemand hatte sie zugedeckt, obwohl es in der winzigen Kammer gewiss nicht kalt war. Ihre Schulter sandte schmerzende Impulse aus, noch immer gedämpft von den Medikamenten. Sie ließ die Beine nach unten hängen und bekämpfte verbissen das leichte Schwindelgefühl, das sie überfiel. Auf einem Hocker vor ihr stand eine Flasche Wasser und eine mit thailändischer Beschriftung, der Farbe nach vermutete sie darin Cola.

Sie nahm sich die Zeit, erst die eine Flasche, dann die andere zu leeren, wobei ihr Magen laut rumorte. Es ging auf den Abend zu, zuletzt hatte sie am Morgen etwas zu sich genommen. Das Brackwasser mit dem beigemengten Schlamm und irgendwelchen Pflanzenteilen hatte sie ja bereits wieder von sich gegeben.

Schließlich rutschte sie nach vorn, bis sie mit den Fußsohlen auf dem nicht mehr sehr sauberen, kühlen Kachelboden landete. Ein Spiegel neben der Tür zog sie magisch an. Doch bei ihrem eigenen Anblick bereute sie es, dem Drang nachgegeben zu haben.

Über ihrer Schläfe prangte ein weißes Pflaster, das Auge war halb zugeschwollen. Ihre ganze linke Gesichtshälfte wies verschieden tiefe Schrammen und die unterschiedlichsten Rotfärbungen auf. Mal flächig, mal tiefrot und gepunktet, dann ins Bläuliche gehend. Ihr Hals und ihre linke Schulter sahen nicht besser aus. Seltsamerweise war ihre rechte Seite bis auf kleinere Kratzer an den Beinen völlig unversehrt. Rebecca drehte sich um und versuchte, über ihre Schulter zu blicken. Das Pflaster oberhalb ihres Schulterblatts war eher unscheinbar und bestätigte ihren Verdacht, dass sie sich keine großflächige Wunde zugezogen hatte, sondern von einem spitzen Gegenstand förmlich aufgespießt worden war.

Da sie noch immer nur ihren Badeanzug trug, griff sie nach dem gelben Tuch und wickelte es wie einen Pareo um ihre Hüften. Vergeblich suchte sie nach etwas, um ihre Haare zurückzubinden. Schließlich öffnete sie die Tür zum Krankenhausflur ... und erstarrte.

Auf beiden Seiten drängten sich Betten mit Verletzten, dazwischen lagen Matten auf dem Boden, auf denen weitere

Menschen mit Wunden und gebrochenen Gliedmaßen hockten, sich an die Wand oder das Gestell einer Liege lehnten. Der gegenüberliegende Raum war mit Notbetten vollgestellt, Platz zum Gehen blieb kaum. Im Eingangsbereich waberte eine unüberschaubare Menge verschmutzter, blutender Wartender. Manche riefen um Hilfe, andere setzten sich hin, wo sie gerade standen, weil die Kräfte sie verließen. Draußen vor den geöffneten Eingangstüren standen mehrere Einsatzfahrzeuge mit blinkenden Lichtern. Wildes Hupen ertönte. Zwischen den Menschen auf der Auffahrt, vorbei an denen, die auf dem Platz links und rechts des asphaltierten Weges saßen und lagen, zwängte sich ein völlig überfülltes Privatfahrzeug hindurch. Es brachte noch mehr Verwundete.

Welch ein Wahnsinn!, schoss es Rebecca durch den Kopf. In was für einen nicht enden wollenden Albtraum war sie da hineingeraten? All diese vielen Verletzten! Sie lehnte sich mit ihrer unverletzten Schulter an den Türrahmen und hielt inne. Womöglich sah sie das falsch? Ja, das kleine Hospital mit kaum mehr als 170 Betten war überschwemmt von Patienten, und draußen kauerten diejenigen, die im Gebäude keinen Platz mehr fanden. Und viele weitere würden vermutlich folgen – aber sie waren Überlebende! Es gab Überlebende! Und zwar nicht wenige! All die Familien, wie die Dahlbergs, die von der Welle auseinandergerissen worden waren, bekamen dadurch eine Chance, sich wiederzufinden. Denn es gab überhaupt Überlebende! Und um die musste sich jemand kümmern!

Ein zartes Pflänzchen schlug in Rebeccas Herzen Wurzeln. Es gab Hoffnung auf ein Wiedersehen. Mit Lara, mit den Dahlbergs, mit Malee und Alaya und vielleicht sogar mit Annalisa-Marie und Nathanael. Und mit Lukas und den anderen Tauchern.

Rebecca griff nach dem Tropfenanhänger ihrer Kette und schloss die Augen. Niemals hätte sie gedacht, dass sie Lukas so sehr vermissen könnte. Seine Abwesenheit und die Ungewissheit darüber, was mit ihm geschehen war, schoss Feuerpfeile durch ihren Körper. Ein heißer Schmerz tobte in ihr, wollte sie gefangen nehmen, ihr jede Kraft entziehen. Sie schlug die Augen auf und nahm erneut das vielfache Leid um sich wahr.

Ein eigenartiger, nicht erwarteter Friede stieg in ihr auf. Sie war genau da, wo sie gebraucht wurde, kam es ihr in den Sinn. Mochte es noch so verrückt klingen, doch Gott hatte hier eine Aufgabe für sie. Er hatte sie halbwegs unbeschadet aus dem Inferno entkommen lassen und sie hierher gebracht.

„Khun Hmo?" Rebecca stieß sich ab und tappte barfuß zwischen den vielen Menschen hindurch, über Steinfliesen, der weit davon entfernt waren, wie ein Krankenhausboden auszusehen hatte. Viel zu viele schlammige Füße und Schuhe hatten inzwischen ihre Spuren hinterlassen.

„Wo sind Sie, Khun Hmo?"

„Miss Rebecca?" Rebecca folgte der angenehmen Stimme des Arztes in einen Raum des kleinen Hospitals. Auch dort lag ein Patient neben dem anderen, ungeachtet seiner Herkunft oder der Art seiner Verletzungen. Als sie sich zwischen den teilweise doppelt belegten Liegen hindurchwand, sah sie eine Ärztin – zumindest nahm sie an, dass es sich bei der Frau um eine solche handelte –, die eine tiefe Fleischwunde an einem muskulösen Oberarm nähte. Eine Krankenschwester hielt dem Patienten den Kopf und flüsterte beruhigend auf ihn ein. Man hatte ihm ein Stück Stoff zwischen die Zähne geklemmt. Offenbar waren der Klinik die Schmerzmittel ausgegangen.

Rebecca haderte kurz damit, dass sie mit ihren vergleichsweise harmlosen Blessuren in den Genuss eines solchen gekommen war, verbot sich den Gedanken aber. Die wenigen Stunden Schlaf, die sie dadurch erhalten hatte, befähigten sie nun zu helfen. Vielleicht genügte das als Ausgleich, als Entschuldigung, als Rechtfertigung?

„Was kann ich tun?"

Der thailändische Arzt musterte sie einen Moment mit gerunzelter Stirn, dann glitt erneut dieses sanfte Lächeln über sein Gesicht. „Kommen Sie!"

Sie quälten sich durch die engen Wege erst in den Flur, gleich darauf die Treppe hinauf und durch einen Übergang in das benachbarte Gebäude und betraten dort ein ebenfalls restlos überfülltes Zimmer.

„Sie übernehmen diesen Raum!"

„Khun Hmo, ich bin keine Ärztin!"

„Ich weiß. Aber wir sind momentan nur zwei Ärzte." Er wandte sich an zwei sehr junge Frauen – Rebecca vermutete in ihnen Schülerinnen oder Praktikantinnen – und gab ihnen einige knappe Anweisungen, ehe er sich wieder ihr zuwandte. „Dao und Nam gehen Ihnen zur Hand. Sie verstehen etwas Englisch."

Rebecca blieb keine Zeit zum Nicken, so schnell war der Arzt davongehuscht, zeitgleich begann ein älterer Mann zu würgen und bäumte den Oberkörper auf. Dao drehte ihn reaktionsschnell zur Seite und offenbarte dabei seinen aufgerissenen Rücken. Das, was der Mann erbrach, kam Rebecca unangenehm vertraut vor, allerdings kämpften er und Dao zusätzlich damit, mehrere Meter – so schien es – lange Algen aus seinem Mund zu zerren.

Der Rücken des Mannes sah zwar schlimm aus; da die Wunden jedoch kaum bluteten, wandte Rebecca sich erst einmal nach links. Dort lag eine junge Frau, etwa in ihrem Alter, und starrte apathisch an die Decke. Rebecca begann mit ihrer Untersuchung, und Nam eilte herbei, um ihr zur Hand zu gehen. Zügig fand die junge Deutsche in ihr neues und zugleich doch wohlvertrautes Aufgabenfeld hinein. Routiniert liefen die gewohnten Handgriffe ab; mutig, da ihr nichts anderes übrig blieb, trotzig gegen die in ihr aufsteigenden Zweifel, wagte sie sich auch an ungewohnte oder bisher nur beobachtete Tätigkeiten. Sie richtete ihre gesamte Konzentration auf die ihr Anvertrauten. Alle Ängste und Unsicherheiten und der leise mahnende Schmerz, dass es da eine Menge gab, das es zu erfragen, auszuhalten und zu verarbeiten galt, rückten in den Hintergrund. Sie befand sich jetzt genau da, wo sie gebraucht wurde. Alles andere musste warten. Darin hatte sie immerhin jahrelang Übung – denn warten mussten nun auch die Gedanken an Lukas. Lukas, dem es gelungen war, ihr Herz zu erobern und von dem sie nicht wusste, ob er überhaupt noch lebte …

Jeder Patient, dem sie mit dem Gefühl den Rücken zukehrte, dass er überleben würde, goss das kleine Pflänzchen der Hoffnung, ließ einen Sonnenstrahl darauf scheinen, zupfte wie ein leichter Windhauch am frischen Grün. Jeder Überlebende war ein Hoffnungsstrahl mehr – einfach, weil es ihn gab.

Und mit diesen Gedanken war sie nicht allein. Nam flüsterte ihr irgendwann zu, dass die Familie des anwesenden Arztes in einem wunderschönen Strandhaus lebte. Er hatte noch nichts von seiner Frau und seinen vier Kindern gehört, hatte sich nicht die Zeit genommen, die wenigen Kilometer zurückzulegen, um nach ihnen zu sehen. Dao lebte mit ihren Eltern und einer jüngeren Schwester in Ban Nam Khem, in dem, so besagten die Gerüchte, kaum mehr ein Haus stand. Auch sie hielt hier aus, diente den Patienten, die zu ihr gebracht wurden, die sich bis vor die Tür des Hospitals schleppten. Dao arbeitete, ohne zu murren, ohne einmal zu fragen, ob sie nicht zuerst nach ihren Lieben sehen könne ... Ein Unglück wie dieses konnte viele dunkle Seiten in einem Menschen hervorlocken – darunter waren aber auch immer diejenigen, die zu stillen Helden wurden.

Malee erwies sich als ungemein kräftig. Ohne dass sie die ausgehängte und bereits im Aufquellen begriffene Tür, auf die sie Sven gebettet hatten, einmal absetzen mussten, trugen sie und Lukas die provisorische Bahre auf einem Weg, der alles andere als leicht zu begehen war, in Richtung N4 hinauf.

Die Thai hielt inne, als sie den grünen Abschnitt betrat, der deutlich zeigte, dass bis hierhin die Fluten geschwappt waren. Sie drehte den Kopf und schaute zurück auf das zerstörte Hotel und die wüstenähnliche Landschaft. Lukas ahnte, was in ihr vor sich ging. Auch sie machte sich Gedanken darüber, wie nahe die Rettung für so viele Menschen gewesen wäre.

„Warum hat uns niemand gewarnt?", fragte sie leise.

„Die Frage kann ich dir nicht beantworten."

„Ich weiß." Malee richtete ihre Aufmerksamkeit wieder nach vorn, und so erreichten sie wenig später die N4. Motorenlärm deutete an, dass sie befahren wurde, schließlich stoppte ein Tuk-Tuk neben ihnen. Malee und die Fahrerin unterhielten sich in gewohnt freundlichem Tonfall, dennoch schossen ihre Worte wie Pistolensalven hin und her. Malees Schultern sackten nach unten, ihre Stimme wurde zu einem Flüstern. Lukas sah es mit Beunruhigung. Ob sie schreckliche

Nachrichten aus ihrem Heimatdorf und somit von ihrer Familie erhielt?

Sven stöhnte und bewegte sich, die schmale Holztür schwankte leicht, sodass Lukas zügig nachgriff, um die Schräglage auszugleichen.

Endlich wandte Malee sich an ihn. „Wan bringt euch nach Phuket. Das Krankenhaus dort ist moderner ausgestattet als die vielen kleinen Kliniken rundum." Ihr Blick fiel kurz auf Sven. Offenbar sah sie es als nötig an, dem Jungen eine längere Fahrtzeit zuzumuten, um ihn in eine größere Klinik zu schaffen. Lukas widersprach ihr nicht.

„Ich muss nach Hause."

„Sieht es in deinem Dorf schlimm aus?"

„Sehr schlimm."

„Das tut mir leid."

„Wir leiden alle."

Malee und Lukas setzten die Tür am Straßenrand ab und ergriffen Sven unter den Achseln und an den Beinen. Während sie ihn in das Tuk-Tuk luden, brüllte er seine Schmerzen ununterbrochen hinaus. Noch bevor Lukas einsteigen konnte, wandte Malee sich ab und begann zu laufen. Lukas hoffte, dass bald ein Fahrzeug kam, das sie mitnehmen würde. Einen Moment lang verfolgte er sie mit den Augen, ehe er Wan zunickte, dass sie losfahren könne.

Der Motor knatterte mit Inbrunst, als wolle er deutlich machen, wie außerordentlich er sich anstrengte, um die kostbare Fracht möglichst schnell an ihr Ziel zu bringen. Links von ihnen breiteten sich die bewaldeten Hänge aus, in den entlang der Straße liegenden Siedlungen sammelten sich Fahrzeuge und Menschen vor winzigen Krankenstationen. Wan hielt zweimal an. Einmal nahmen sie eine junge Thai mit zwei gebrochenen Armen auf, die sich zu Lukas quetschte, sodass Sven nun auf ihren Oberschenkeln lag, das zweite Mal legten drei Einheimische und ein Mann – vermutlich der Vater, der zurückbleiben musste – ein fünfjähriges blondes Mädchen in den Fußraum. Das Kind war nicht bei Bewusstsein, ihr Kopf war mit Tüchern umwickelt, durch die Blut sickerte.

„Wie heißt sie?", erkundigte sich Lukas, dem beim Anblick des stumm zurücktretenden Vaters das Herz schwer wurde. Der Mann zog lediglich die Schultern hoch. Lukas, den es eigentlich dazu drängte, schnell voranzukommen, zwang sich, diese wichtige Information einzuholen. Er deutete auf sich selbst und nannte seinen Namen, dann zeigte er auf das leblose Kind zu seinen Füßen. Der umwölkte Blick es Mannes klärte sich.

„Natascha Nowikowa."

Wan fuhr los. Kommentarlos ließ sie Lukas in ihrer großen Handtasche wühlen, bis er einen Kugelschreiber fand. Er beugte sich vor, nahm den Arm des Kindes und kritzelte mit Druckbuchstaben ihren Namen auf den Unterarm, in der Hoffnung, dass er ihn halbwegs richtig schrieb, damit sie im Krankenhaus namentlich geführt wurde und ihre Familienangehörigen sie wiederfinden konnten.

Die Thai mit den gebrochenen Armen stieß ihn mit der Schulter an und hob mit einem Wimmern ihre Hand.

„Sie will, dass du auch Namen auf Arm schreibst", versuchte Wan sich in bruchstückhaftem Englisch an einer Erklärung.

„Bitte mach du das nachher. Ich kann die Schriftzeichen eurer Sprache nicht schreiben."

Während die zwei Frauen miteinander sprachen, beugte Lukas sich über Sven und schrieb auch seinen Namen auf dessen Unterarm. Der Junge war blass wie der Tod, reagierte nicht auf Lukas' Berührung, und die Zehen seines verletzten Fußes hatten mittlerweile eine leichte Blaufärbung angenommen.

Lukas wandte sich nach vorn und wünschte sich, das Tuk-Tuk könne schneller fahren. Gerade als er Wan fragen wollte, ob dies möglich sei, verhinderten mehrere Autos, Pick-ups, Tuk-Tuks und Motorräder, gefällte Bäume, Palmen und Strommasten die Weiterfahrt. Hier war die N4 nahe am Meer erbaut worden und ebenfalls dem Tsunami zum Opfer gefallen.

„Gibt es einen anderen Weg?"

„Der ist weit."

„Dann tragen wir Sven und das Mädchen da rüber."

Wan schüttelte entschieden den Kopf und wendete hastig auf der Straße, bevor nachfolgende Fahrzeuge sie vollends verstopften.

„Sven hat keine Zeit mehr", stieß Lukas hervor.

„Entweder kleine Klinik oder mehr Zeit." Wan gab sich keine Mühe mehr, gutes Englisch zu sprechen. Sie fuhr leicht vornübergebeugt, damit sie ja jedes Hindernis auf der Straße rechtzeitig sah, und jagte das dreirädrige Gefährt nun in einer aberwitzigen Geschwindigkeit ein Stück des Weges zurück, ehe sie scharf abbog. Lukas überkam das Gefühl, dass sie nur noch mit einem Rad den Boden berührten.

Er schwieg. Ihm blieb nichts anderes übrig, als der Ortskundigen zu vertrauen. Doch in Gedanken bestürmte er den Himmel, Sven etwas mehr Zeit zu schenken …

Mit einem letzten Japsen, so schien es, stoppte das Tuk-Tuk inmitten eines unüberschaubaren Gewirrs aus Fahrzeugen aller Art auf der Straße vor dem Krankenhaus in Phuket. Näher kamen sie nicht heran und das nicht nur aufgrund der wild geparkten Fahrzeuge, sondern auch wegen der sich auf der Straße, dem Vorplatz und dem Eingang des Klinikums drängenden Menschenmassen. Lukas stieg aus, und im gleichen Moment verabschiedete sich die Sonne hinter einigen hohen Gebäuden. Es war, als weigere sie sich, den schrecklichen Anblick noch länger zu beleuchten.

Ein vielfältiges Stimmengewirr schlug Lukas entgegen. Mehrere Personen versuchten vergeblich, es zu dirigieren. Helfer und Freiwillige, darunter sowohl Thais als auch Touristen, knieten auf den zertretenen Grünflächen bei den Verletzten, die es bis hierher geschafft hatten, und versorgten sie notdürftig. Frauen mit Klemmbrettern versuchten, sich Gehör zu verschaffen. Von einem Lkw luden Männer in durchsichtige Zellophan-Verpackungen gehüllte Wasserbeutel ab. Sie wurden sofort von einer Traube von Menschen umringt. Schmerzensschreie erfüllten die Luft. Ein Mann protestierte verzweifelt brüllend dagegen, dass seine Frau nicht durchgelassen, nicht unverzüglich behandelt wurde. Weiter entfernt packte man Leichen in Planen, an anderer Stelle errichtete eine Gruppe Jugendlicher die ersten Zelte. Der Geruch nach Angst, Schweiß und Blut schien fast greifbar über dem Szenario zu wabern. Die Essenz des Chaos.

Lukas zerrte den bewusstlosen Sven aus dem Tuk-Tuk und nahm ihn auf die Arme. Wan, obwohl sehr zart, tat es ihm mit Natascha nach. Sie strebten dem Eingang zu, verloren sich allerdings innerhalb weniger Schritte aus den Augen.

Lukas wühlte sich durch die Menschenmenge. Er war groß und sportlich, was ihm einen Vorteil verschaffte. Dennoch war er erstaunt, wie überraschend schnell er in die ebenso überfüllte Eingangshalle gelangte.

„Der Junge braucht sofort Hilfe!", rief er über die Köpfe der Wartenden hinweg. Erstaunlicherweise bildete sich eine Gasse vor ihm. Eine Ärztin winkte ihm, ihr zu folgen. Sie führte ihn eine Treppe hinauf, einen Flur entlang und in einen ruhigeren, wenngleich ebenfalls beengten Bereich. Schließlich betrat Lukas ein kleines Zimmer, in das jemand drei Liegen gequetscht hatte. Eine von ihnen war frei, das Laken jedoch blutbefleckt. Lukas zögerte einen Moment, doch die Ärztin bedeutete ihm unmissverständlich, dass er Sven darauflegen solle. Er schob alle Gedanken an Hygiene und mögliche Ansteckungsgefahren von sich und folgte der Aufforderung. Das Krankenhaus war völlig überlastet, da galt es, derlei Dinge schlicht zu übersehen. Vielmehr musste er dankbar sein, dass Sven endlich medizinische Versorgung bekam.

Als der Junge auf der Liege lag, drehte Lukas sich erwartungsvoll um, doch die Ärztin war verschwunden. Von draußen drangen gedämpfte Stimmen und hastige Schritte herein, Türenschlagen, lautes Weinen.

Unschlüssig stand Lukas da, zwischen die Liege und ein Regal geklemmt, das wohl einmal einen Medikamentenvorrat beherbergt hatte, nun aber wie geplündert wirkte. Alle drei Patienten im Raum – ein älterer Mann, eine junge Frau und Sven – lagen reglos da. Lukas hatte keine Ahnung, was er nun tun sollte, was geschehen würde. Die Ärztin kehrte nicht zurück, auch sonst ließ sich niemand sehen. Das Gefühl, hier vergessen worden zu sein, erweckte eine Mischung aus Panik und Zorn in ihm. Zur Tatenlosigkeit verdammt zu sein beschämte und ärgerte ihn.

Schwer ließ er sich mit dem Rücken an die Regalwand sinken. Seine Gedanken wanderten unweigerlich zu Rebecca. Die Vorstellung, dass sie irgendwo in der Nähe des Pakweep

Beach vielleicht gerade jetzt seine Hilfe gebrauchen könnte, verursachte ihm Magenschmerzen, ließ den Stein in seinem Herzen tiefer sacken. Er fühlte sich wie entzweigerissen in dem Bestreben, Sven zu helfen, Rebecca zu finden, Svens Familie zu suchen, Marty beizustehen ... Er wollte überall zugleich und doch am liebsten weit weg sein. Er, der gut organisierte Ingenieur, der perfekte Pläneschmieder und Meister darin, sie zielstrebig in die Tat umzusetzen, war von dem Tsunami wie ein hilfloser Fisch an Land geworfen worden. Plötzlich wusste er nicht mehr, wo oben und unten, Anfang und Ende war. Er war unfähig, sich einen nächsten logischen Schritt vorzustellen, und wollte dennoch rennen, was seine Beine und seine Lungen hergaben. Erschöpft und gepeinigt fuhr er sich mit der Hand über das Gesicht und zischte, als er die Wunde auf seiner Wange berührte.

Er war nicht länger Herr über sein Leben, über seine Zukunftspläne, nicht einmal mehr über diesen Augenblick. Was also blieb ihm anderes übrig, als darauf zu vertrauen, dass Gott noch etwas mit ihm vorhatte? Lukas schloss die Augen, legte dem Geber des Lebens sein ungewisses Dasein, sein begrenztes Wissen und seine Hilflosigkeit vor die Füße und bat ihn, ihn in dieser Kammer nicht zu vergessen.

Lukas schrak zusammen, als die Tür aufgerissen wurde. Ein Mann und zwei Frauen drängten herein, zogen Svens Liege auf den Flur und verschwanden schneller mit ihm hinter der zuklappenden Tür, als eine Fata Morgana sich auflöste. Das Geschehen wirkte auf Lukas seltsam unwirklich.

Er benötigte Minuten, bis ihm klar wurde, dass er hier nichts mehr tun konnte. Er stieß sich ab, verließ den Raum und kämpfte sich durch die überfüllten Gänge und Treppenhäuser. Menschen in Flip-Flops, viele jedoch ohne Schuhwerk, einige in zwei unterschiedlichen Schuhen oder in

Strümpfen trappelten treppauf und treppab. Es waren noch mehr Hilfe suchende Personen eingetroffen. Eine gewaltige Menschentraube im Eingangsbereich zog Lukas' Aufmerksamkeit auf sich. Er wühlte sich durch die Menge und fand sich wenig später vor einer Art Schwarzem Brett wieder, auf dem Listen hingen. Sie enthielten ein paar Spalten mit Namen, und Lukas starrte sie ratlos an. Die Menge wich etwas zurück, als ein Krankenhausangestellter herbeieilte. Er zückte einen Stift und übertrug neue Namen von einem Klemmbrett auf die Listen, Lukas las darunter auch den von Sven.

Eine Einheimische mit schriller Stimme las alle Namen in Thai vor, Lukas übernahm die Namen, die in lateinischer Schrift neu vermerkt wurden. Weiter hinten schrie jemand erfreut auf, andere weinten und wandten sich ab. Ein junger Mann mit schwarzer Hautfarbe pinnte neben der Liste das Foto eines hübschen Mädchens an die Wand. Vermutlich seine Freundin. Auf den Bildrand hatte er eine Handynummer gekritzelt. Mit dem Blick auf das ins Foyer drängende Kamerateam ergriff Lukas den Arm des jungen Mannes.

„Hast du ein Mobiltelefon?", fragte er auf Englisch.

Ein zögerliches Nicken war die Antwort. Die Menge schob die beiden seitwärts. Als sie endlich aus dem Pulk heraus waren, griff der Mann in die Gesäßtasche seiner kurzen Jeans und drückte nach einem langen Blick auf das Telefon dieses Lukas in die Hand.

„Ich habe kaum noch Akku", murmelte er dabei in US-amerikanischem Slang.

„Ich fasse mich kurz, versprochen!"

Wieder kam vonseiten des Fremden ein knappes, eher zögerndes Nicken. Lukas wählte; wenig später hörte er die Stimme seiner Mutter. Sie schrie auf, als er sich meldete. Ein deutlicher Beweis dafür, wie schnell die Nachricht von der

Katastrophe bereits den Rest der Welt erreicht hatte. Gleich darauf hatte Lukas ihren Ehemann am Apparat.

„Geht es dir gut?"

„Ich bin okay."

„Gott sei Dank."

„Ruft Rebeccas Eltern an." Er diktierte die Nummer, froh über sein gutes Zahlengedächtnis.

„Was soll ich ihnen sagen?"

„Dass ich sie suche."

„Sie ist nicht bei dir?"

„Hier ist niemand da, wo er sein sollte."

„Lukas, es ist …"

„Ich muss das Handy zurückgeben. Der Besitzer hofft auf einen Anruf von seiner Freundin. Der Akku ist bald leer. Küss Mama von mir." Es fiel Lukas unendlich schwer, das Gespräch zu beenden und damit den Kontakt in seine alte Welt, in ein Stück Normalität zu kappen. Doch er tat es, weil er um die Qual des Mannes wusste, der ihm großherzig das Gerät geliehen und einige wertvolle Minuten seiner Erreichbarkeit geopfert hatte.

„Danke, mein Freund."

Wieder nickte der Mann und ließ das Mobiltelefon eilig in seiner Hosentasche verschwinden. Er wollte wohl lieber nicht noch mehr Verzweifelte darauf aufmerksam machen. „Wenn du Susan irgendwo siehst …?"

Lukas riss ein Eckchen Papier von einem Krankenhausformular ab, das er nicht lesen konnte, und der Fremde schrieb ihm seine Nummer darauf.

„Wen suchst du?"

„Rebecca Siebeck. Schwarzhaarig. Sie soll bei ihren Eltern anrufen, ich werde es dort versuchen. Oder sie soll zu Malee gehen, falls sie in der Lage dazu ist."

„Rebecca Siebeck. Eltern. Malee", wiederholte der US-Amerikaner im Telegrammstil, wandte sich ab und tauchte in der Menge unter. Erst da fiel Lukas auf, dass sie sich einander gar nicht vorgestellt hatten.

Unschlüssig drehte er sich um und verließ das Hospital. Die hereinbrechende Dämmerung machte sich durch einen dunklen Blauton bemerkbar, der alles überzog. Dieser schreckliche Tag wagte es tatsächlich, sich dem Ende zuzuneigen, das schwarze Tuch der Nacht auszubreiten und damit alle Bemühungen, Menschenleben zu retten oder Vermisste zu finden, noch weiter zu erschweren.

Mittlerweile waren rund um das Gebäude und entlang der Straße mehrere Zelte und provisorische Unterkünfte aus Planen und Tüchern errichtet worden. Flackernde Feuer zwischen ihnen verbreiteten eine fast heimelige Atmosphäre, der Geruch von kochendem Gemüse, von Fisch und anderen, für Lukas nicht definierbaren Düften vermengten sich mit dem, was er zuvor als die Essenz des Chaos eingestuft hatte.

Die Gestrandeten versuchten, Ruhe in das Durcheinander zu bringen und an die elementarsten Dinge zu denken. Sie mussten nach vorn blicken, weitermachen. Sie alle verband ein Potpourri aus Emotionen: abgrundtiefer Schmerz, weggespülte Lebensträume und ein winziger Funke Hoffnung, gleich jenen, die aus den Feuerstellen in den immer dunkler werdenden Nachthimmel hinaufwirbelten.

Rundum bewegte sich ein Strom von Menschen wie ein Fischschwarm im offenen Meer. Sie riefen Namen, einige einfach nur ‚Mama' oder ‚Papa' – in allen Sprachen und Stimmlagen. Kaum jemand fühlte sich angesprochen.

Weil er nicht wusste, was er sonst tun sollte, schwamm Lukas bald in dem Schwarm mit. Er rief nach Rebecca, nach Bo, Henrik, Ingrid und Liska, nach Annalisa-Marie und

Nathanael, nach Regina, nach ... Er gab es irgendwann auf, ließ sich in der Menge mittreiben und fragte nur noch diejenigen, die ihn ansahen, ob sie vielleicht etwas über eine Rebecca wussten. Und dabei quälte in die Frage, ob Gott ihn doch vergessen hatte oder ihn in der Masse schlicht überhörte und übersah.

13. Kapitel

Lukas hatte die Nacht unter einem Baum inmitten einer Gruppe anderer Obdachloser verbracht, die sich gegenseitig ein wenig Trost gespendet hatten. Am frühen Morgen gingen die Menschen auseinander. Sie hatten kaum geschlafen, kannten die Namen der anderen nicht, wussten jetzt jedoch um ihre ganz persönliche Geschichte mit dem Tsunami.

In seiner verdreckten und verschwitzten Kleidung, mit der verschorften Schramme im unrasierten Gesicht, die Beine bis über die Knie von einer inzwischen getrockneten und abblätternden Schlammschicht überzogen, betrat Lukas das Krankenhaus.

Das, was er nicht für möglich gehalten hatte, war eingetroffen: Die Enge war noch drangvoller, die Geräuschkulisse bunter und lauter, das Personal erschöpfter und die Verzweiflung um ein Vielfaches angewachsen. Eine unüberschaubare Anzahl von Menschen bewegten sich durch die Flure und Treppenhäuser und fragten mit bereits verzagt klingenden Stimmen nach vermissten Familienangehörigen.

Vom thailändischen Greis, der sich schwer auf einen Stock stützte, bis hin zu Kindern um die 14 Jahre schlängelten sich Menschen jeglichen Alters an den Betten und Liegen, an auf dem Boden kauernden oder auf Tüchern liegenden Verletzten vorbei auf der Suche nach einem vertrauten Gesicht. Jüngere Kinder sah Lukas nicht; er nahm an, dass sie im Eingangsbereich abgefangen und in einem der Zelte registriert und betreut wurden. Oder hatte das einen ganz anderen, grausamen Grund? Womöglich hatten die Kleinsten und Schwächsten alle nicht überlebt?

Weiterhin trafen unter Sirenengeheul Rettungswagen mit neuen Verletzten ein. Manche von ihnen wurden einfach irgendwo abgeladen, andere verschwanden nach einer oberflächlichen Begutachtung in irgendwelchen Fluren und Räumen, wahrscheinlich wurden sie sofort behandelt. Lukas hob den Kopf, als er das flappende Geräusch eines Rotors hörte. Ein Hubschrauber näherte sich, um einen Schwerverletzten auszufliegen. Vermutlich nach Bangkok.

„Rebecca", flüsterte er, spürte, wie sich sein Magen verknotete. Er atmete bewusst langsam ein und aus, wartete an eine Wand gelehnt ab, bis die panischen Wellen der Angst um sie ein wenig abflauten.

Eine junge Thai mit einem Klemmbrett in der Hand wollte an ihm vorbeieilen, doch Lukas stellte sich ihr in den Weg.

„Wo finde ich Sven Dahlberg?"

Die Frau prüfte mehrere Blätter auf ihrer Liste. Die unzähligen schwarzen Namen, hinter denen für ihn nicht leserliche Zeichen standen, ließen Lukas nach Luft schnappen. So viele Namen!

Einige Felder waren nur mit Kürzeln beschrieben, wohl, weil die Verletzten nicht in der Lage waren, persönliche Daten zu nennen.

„Kein Sven Dahlberg", erläuterte die Frau mit dem landesüblichen Lächeln, das allerdings reichlich eingefroren aussah, und mischte sich wieder in das Gewusel.

„Er ist aber hier! Ich habe ihn hergebracht", rief er der jungen Frau nach. Sie blieb stehen und drehte sich zu ihm um.

„Fragen Sie bitte einen Stock höher", lautete ihre freundliche Auskunft.

„Danke", würgte Lukas hervor. Ein Stockwerk weiter oben gab es demnach neue endlos erscheinende Listen?

Er drängte sich voran, versuchte, die Schmerzenslaute, das Weinen, das Husten und Würgen, die fragenden Worte und entsetzten Aufschreie auszublenden. Eine Bahre mit einem abgedeckten Körper wurde an ihm vorbeigeschoben. Mehrere Frauen und Männer stürzten herbei und wollten überprüfen, wer darunter lag. Es wurde ihnen gestattet. Alle wandten sich daraufhin eilig ab. Auf ihren Gesichtern spiegelte sich erst Entsetzen, dann Erleichterung und schließlich wieder diese quälende Ungewissheit über das Schicksal derjenigen, die sie so verzweifelt suchten.

Lukas wandte sich den aufwärtsführenden Stufen zu. Zwischen den vielen zumeist nackten Füßen und Beinen sah er die kleinen, pummeligen Unterschenkel und Füße eines Kleinkindes.

War denjenigen am Eingang, die die minderjährigen Kinder aus dem nicht endenden Strom von Menschen heraus-holten, eines durch die Maschen geschlüpft? Vielleicht hielt jedoch ein Vater, eine Mutter oder ein älteres Geschwister-kind das Kleine an der Hand. Zu wünschen wäre es beiden.

Es dauerte geraume Zeit, bis Lukas das nächstgelegene Stockwerk erreicht hatte, und noch einmal ebenso lange, bis er jemanden fand, den er nach Sven fragen konnte. Er ern-tete Schulterzucken und Kopfschütteln. Lukas suchte wei-ter, zunehmend irritierter und hastiger. Er hatte den Jungen doch hierhergebracht! Demnach musste irgendjemand etwas über seinen Verbleib wissen! Sven konnte doch nicht einfach verschwinden! Er war doch Lukas' einzige verbliebene Ver-bindung zu dem Leben hier in Thailand vor den Wellen ...

In einem Nebentrakt bekam Lukas plötzlich den Afro-amerikaner zu Gesicht, der ihm am Vortag das Handy geliehen hatte. Er saß auf einem Bett und streichelte den Arm der Person, die darin lag. Das war die einzige nicht dunkel verfärbte, aufgeschürfte, verbundene oder verpflasterte Stelle des einst hübschen Mädchens. Aber er hatte seine Susan gefunden!

Heißer Neid bohrte sich wie ein Giftpfeil in Lukas' Herz. Er wollte Rebecca finden! Er wollte sie endlich ansehen können, sich vergewissern, dass sie am Leben war. Mehr wollte er doch gar nicht. War das denn zu viel verlangt?

Der junge Mann blickte auf, erkannte ihn und lächelte. Lukas nickte ihm zu. Er wollte Hoffnung in seinem Herzen hegen, keine Resignation. Dennoch schmerzte ihn der Anblick der Wiedervereinten so sehr, dass er sich zügig abwandte. Er kam jedoch nicht weit, bevor er hinter sich einen Ruf hörte und gleich darauf am Arm zurückgehalten wurde.

Der Afroamerikaner stand vor ihm. „Du wirst Rebecca finden", sagte er, als sei dies eine längst bewiesene Tatsache, drückte Lukas das Mobiltelefon in die Hand und eilte zurück zu seiner Freundin.

Lukas starrte das schwarze Gerät an und ließ es dann in seiner Hosentasche verschwinden. Er hatte einen Schatz geschenkt bekommen! Das gemeinsame Leid öffnete die Herzen der Menschen so weit wie ein Bauer am frühen Morgen das Scheunentor.

Über eine Stunde lang suchte er vergeblich weiter. Es gab keinen Sven Dahlberg. Lukas begann an seinem Verstand zu zweifeln. Letztendlich wartete er ungeduldig vor dem Schwarzen Brett, das inzwischen vor Listen, Fotografien, Zetteln mit Nachrichten und Telefonnummern förmlich überquoll, bis er ganz nach vorn gelangen konnte. Gerade nagelten zwei Männer neue Holzwände an die Klinikwand und schufen damit Raum für noch mehr Vermissten-, Anwesenheits- und Todeslisten.

Lukas wühlte sich wie die anderen um ihn herum durch die von vielen Händen zerfledderten Papiere und fand schließlich Svens Namen. Es gab aber keinen Vermerk, ob er gestorben oder verlegt worden war. Nichts. Da stand einfach nur sein Name, der Beweis, dass Lukas ihn in das Krankenhaus gebracht hatte – der Beweis seiner Existenz, mehr nicht.

Langsam entfernte er sich von den erstaunlich zivilisierten Warteschlangen und blieb mitten im Foyer stehen. Um ihn her bewegten sich die Menschen aus verschiedensten Nationen. Das Sprachgemisch klang in seinen Ohren, als liefen Hunderte von Radios und Fernsehern gleichzeitig. Die Geräuschkulisse überforderte ihn, ließ in ihm den Wunsch zur Flucht wachsen.

Was sollte er jetzt tun? Lukas rieb sich mit der Hand über die Brust. Kleine Schmutzpartikel lösten sich von seinem T-Shirt und rieselten ungehört zu Boden. Verzweiflung und Resignation ergriffen erneut von seinem Herzen und seiner Seele Besitz. Die Fragen, warum das alles geschehen war, welcher Sinn dahinter steckte, fluteten seine Gedanken, raubten ihm Kraft und Energie. Die auf ihn einstürmenden Eindrücke und Empfindungen warfen all das, was sein Leben bisher ausgemacht hatte – alles und jeden analysieren zu müssen –, völlig durcheinander. Wie ein Sturm die Bäume, die er entwurzelte, wie diese Wellen ... Lukas fühlte sich plötzlich unglaublich erschöpft, inmitten der vielen Menschen völlig allein. Es fehlte nicht viel, und er wäre einfach zu Boden gesackt. Das alles war zu viel Chaos für ihn, zu schwer, um es zu sortieren oder auszuhalten.

„Hilf mir!" Sein Gebet stimmte wohl in den Chor Tausender anderer Bitten mit ein. Aber er spürte daraufhin zumindest seine Beine wieder, war sich bewusst, dass sie ihn weiter tragen konnten. Krampfhaft versucht er, die verwirrende

Gegenwart in seinem Kopf zu ordnen. Er konnte für Sven nicht mehr tun, als er bereits getan hatte. War es jetzt nicht an der Zeit, einen Plan zu fassen, wie er möglichst sinnvoll nach Rebecca suchen konnte? Hatte er nun die Gelegenheit, auch einmal an seinen eigenen schmerzlichen Wunsch zu denken?

Gerade als er den Kopf heben wollte, sah er einige Schritte entfernt in dem Gewühl aus nackten Füßen, Hosenbeinen und Rocksäumen erneut die pummeligen Kinderfüße. Sie tappten zielstrebig auf ihn zu und hielten schließlich direkt vor ihm inne. Lukas hob den Blick, gewahrte ein rundes Kindergesicht, große blaue Augen und einen weißblonden Wuschelkopf.

Es dauerte mehrere Wimpernschläge, ehe er begriff, wen er da vor sich hatte. „Bo? Bo!"

Ein fröhliches Lächeln erhellte das Gesicht des Jungen. Kopfschüttelnd betrachtete Lukas den Dreijährigen. Er trug lediglich eine Badehose, seine braun gebrannte Haut war bis auf eine oberflächliche Schürfwunde am linken Oberschenkel unversehrt. Wie hatte dieses Kind, das nicht einmal des Schwimmens mächtig war, die Wucht der Wellen überleben können? Und das unverletzt? Wie kam er hierher? Allein?

Lukas ging in die Hocke, noch immer völlig überwältigt von dem Anblick des kleinen Schweden. Bo lehnte sich an ihn, schlang seine Ärmchen um Lukas' Hals und drückte sein Gesicht in die Halsbeuge des Mannes. Dann seufzte er auf, als habe er nach einer langen Suche endlich nach Hause gefunden.

„Bo", flüsterte Lukas, unfähig, irgendetwas Sinnvolles zu sagen. Kräftig schlang er die Arme um den zarten Körper, schloss verzweifelt und froh zugleich die Augen und genoss einfach den Augenblick. Er hielt ein Wunder im Arm, wurde beschenkt mit einem Zeichen der Freude und Hoffnung inmitten all der Verzweiflung und des Leidens.

Eine Hand strich Lukas im Vorübergehen über den Rücken. Er öffnete die Augen und erblickte eine mollige, alte Thai. Sie schenkte ihm ein scheues Lächeln, ehe sie sich wieder abwandte und im Strom der Suchenden untertauchte. Wahrscheinlich dachte sie, sie hätte miterlebt, wie ein Vater seinen Sohn wiedergefunden hatte.

Lukas bemühte sich nicht, den Irrtum aufzuklären. Immerhin würde damit auch die Frau ein klein wenig teilhaben an dem hoffnungspendenden Wunder, das er soeben erlebt hatte.

Lukas trug Bo nach draußen, setzte sich auf eine niedrige Mauer und zog den Jungen auf seinen Schoß.. „Wo kommst du denn her?", brachte er endlich heraus.

„Ein alter Mann hat mich hergefahren", erklärte Bo und kuschelte sich an seine Brust, als müsse er dringend den Herzschlag eines lebendigen Menschen hören. Er suchte Lukas' Nähe nach nahezu 24 Stunden inmitten ihm fremder Menschen.

„Wo warst du, als die Welle kam?"

„Vor dem Hotel."

„Wie … was ist dann passiert?"

Bo sah ihn einfach nur fragend an, als verstehe er nicht, was es mit dieser Frage auf sich hatte. Lukas konnte nicht einschätzen, ob Bo keine Erinnerung an den Tsunami mehr hatte oder nicht darüber reden wollte, also beließ er es dabei. Er kannte sich mit Kinderseelen kaum aus, und er wollte Bo nicht unnötig quälen. Wer wusste schon, was der Kleine durchgemacht hatte – und vielleicht noch würde aushalten müssen.

Wie gern hätte Lukas ihm von Sven berichtet – aber es gab nichts Aufmunterndes zu erzählen. Sven war mit schweren

Verletzungen und einem schlechten Allgemeinzustand in der Klinik eingetroffen und jetzt war er wie vom Erdboden verschluckt. Es gab nichts, was Lukas Bo berichten konnte oder wollte.

Und wieder stand Lukas vor der schwierigen Frage, was er jetzt tun sollte. Das Drängen seines Herzens, sich endlich einzig und allein der Suche nach Rebecca zu widmen, wurde auch von dem sanften Streicheln einer Kinderhand auf seinem Rücken nicht gemildert. Es stritt sich vielmehr mit der Verantwortung, die er für den schutzbedürftigen und anhänglichen schwedischen Jungen verspürte.

Lukas nahm in dem mit sieben Personen moderat überfüllten Taxi Bo auf seinen Schoß. Vermutlich war es rechtlich grenzwertig, dass er ihn mitnahm, doch er konnte den Jungen einfach nicht in einem der Kinderzelte abgeben. Es war ja keineswegs so, dass sie nicht dort gewesen waren. Zwei Frauen, eine von ihnen Europäerin, kümmerten sich um eine Schar von rund 50 oder mehr Kindern, alle im Alter zwischen etwa drei und zwölf Jahren. Manche von ihnen spielten, lachten und malten, als ginge sie das Geschehen dort draußen nichts an. Glückliche Kindheit, die so schnell vergessen ließ. Andere saßen in sich gekehrt, teilweise apathisch auf Bänken, auf dem Boden, auf dem kein einziger Grashalm mehr spross oder auf als Betten dienenden Matten. Ein etwa Elfjähriger musste fortwährend daran gehindert werden, aus dem Zelt zu schlüpfen. Jedes Mal, wenn er wieder eingefangen wurde, zappelte er wie wild und schrie auf Spanisch verzweifelt nach seinen Eltern. Bo hatte sich die ganze Zeit an Lukas' Beine gedrückt und seine Hand mit beiden Händen umklammert.

Die Signale des Kindes, dass er hier nicht abgegeben werden wollte waren überdeutlich. Bo brauchte eine vertraute Person in seiner Nähe.

Letztendlich gab ein Viehlaster den Ausschlag für Lukas' Entscheidung. Rund 20 der Kinder wurden auf dessen Ladefläche mit dem Bretterverschlag gehoben, jedes mit einem selbstklebenden Namensschild auf der Oberbekleidung, und fuhren in Begleitung einer Betreuungsperson davon. In Lukas tauchten plötzlich Erinnerungen an seinen Geschichtsunterricht auf. An Kinder im Zweiten Weltkrieg, die aufs Land verschickt wurden, um sie vor den Bomben der Alliierten zu schützen. An Lkws vollgepfercht mit Kindern, die in Konzentrationslager gebracht wurden …

Es war surreal und hochgradig unlogisch, doch in Lukas' Kopf hatten sich die Bilder so sehr geähnelt, dass er Bo auf den Arm genommen, sich abgewandt und die Zeltstatt verlassen hatte, auf der Suche nach Gleichgesinnten, die in eine andere Klinik fahren wollten, um dort weiter nach ihren Angehörigen zu suchen.

Die Luft im Taxi wurde zunehmend schlechter, obwohl die Fenster geöffnet waren. Bo schlief zu Lukas' Erleichterung die meiste Zeit, er selbst döste immer wieder ein, was seinem Allgemeinzustand nicht gerade zuträglich war. Die ungewohnte Nähe der anderen Menschen, von denen drei sich unterhielten, ohne dass er ein Wort verstehen konnte, machte ihm zu schaffen. Er suchte gelegentlich gern mal einen Rückzugsort auf, wenn er sich nach Ruhe sehnte. Sie war ihm seit Stunden nicht mehr vergönnt. Allerdings war Lukas zugleich auch froh, wieder unterwegs zu sein. Jetzt konnte er Pläne schmieden und sie zügig in die Tat umsetzen. Dazu musste er die drangvolle Enge und das unaufhörliche Plappern eben auf sich nehmen.

Schließlich gelangten sie vor der Klinik in Thai Mueang an. Lukas weckte Bo. Der Junge stieg quengelnd aus und wollte sofort auf den Arm genommen werden. Verschwitzt und noch üblere Ausdünstungen verbreitend als schon zuvor, tat Lukas ihm den Gefallen. Vor dem Eingangsbereich des Gebäudes flirrte die Luft vor Hitze.

Die Klinik mit den drei Behandlungsräumen, den offenen Fluren und den schätzungsweise rund 500 Verletzten darin und auf der Wiese nebenan mutete eher wie ein Feldlazarett an. Wieder drängte sich Lukas die Assoziation mit dem Krieg auf. Gegen wen oder was kämpften sie hier eigentlich an? Gegen die Naturgewalten? Gegen die Umstände, die verhindert hatten, dass rechtzeitig eine Warnung an die Küstenregionen herausgegeben worden war? Gegen das Unvermögen des Menschen, aus Fehlern zu lernen?

Lukas betrat die Rasenfläche mit den dort liegenden Verwundeten, über die man zum Schutz vor der Sonne große Planen gespannt hatte. Vorsichtig, um nicht versehentlich auf jemanden zu treten, schlängelte er sich zwischen den Reihen hindurch und musterte jede Gestalt, jedes Gesicht, wie so viele andere vor und hinter ihm. Die Frage, wie die derart Begutachteten sich wohl fühlen mussten, schob er als irrelevant von sich. Vermutlich waren sie froh, überhaupt Menschen zu sehen, die nach ihren Angehörigen forschten. Damit konnten sie die Hoffnung aufrechterhalten, dass jemand auch nach ihnen suchen und sie bald schon finden und in die Arme schließen würde.

Lukas' Bemühungen blieben ergebnislos. Keine Dahlbergs, niemand aus Martys Familie, keine Lara, keine Seefelds und – er setzte Bo ab und fuhr sich mit den Händen über das Gesicht, um die drohenden Tränen der Enttäuschung und der Furcht zu verstecken – keine Rebecca.

„Sind Mama und Papa da drin? Und Liska und Sven?" Bos Piepsstimme veranlasste Lukas dazu, in die Hocke zu gehen. Er atmete mehrmals tief durch, ehe er sich in der Lage fühlte, mit fester Stimme zu antworten.

„Komm, wir sehen mal nach." Er nahm den Jungen bei der Hand und gemeinsam betraten sie das winzige Krankenhaus. Sie betrachteten die Gesichter all derjenigen, die wie Heringe in der Dose nebeneinander auf dem Boden in den offenen Fluren lagen. In die überfüllten Behandlungsräume wurden sie nicht eingelassen, dafür trat ihnen ein älterer Herr mit einem Aktenordner unter dem Arm in den Weg.

„Kann ich Ihnen helfen?", fragte er auf Englisch mit einem unverkennbar deutschen Akzent.

„Ich bin Lukas Becker, das ist Bo Dahlberg."

Der Mann schüttelte ihnen beiden mit ernstem Gesichtsausdruck die Hand und stellte sich als Martin vor, ein Prediger, der in der Gegend eine kleine Missionsstation mit Schule leitete.

„Missionsstation?", ätzte ein junger Mann zu ihren Füßen. „So ein Christenmensch, also?" Er schob sich an der Wand hinauf, bis er aufrecht saß, und taxierte Martin mit wütendem Blick. „Dann verrate mir doch mal, warum Gott das gemacht hat!" Er deutete erst auf seine verbundenen Beine, dann in die Runde.

„Schau die Listen durch", raunte Martin Lukas zu und drückte ihm den Ordner in die Hand. Lukas ergriff ihn und klappte den verbogenen Deckel mit den ausgefransten Ecken auf. Endlich eine Liste mit zusätzlichen Vermerken, die nicht nur mit thailändischen Schriftzeichen, sondern auch auf Englisch geschrieben waren. Er hörte Martin sagen: „Wenn du danach fragst, *warum* Gott das getan hat, bedeutet das, dass du an seine Existenz glaubst?"

„So ein Blödsinn. Natürlich nicht!"

Irritiert schüttelte Lukas den Kopf, wollte sich aber nicht länger mit dem widersprüchlichen Denken eines Fremden aufhalten. Er studierte die Namen, wurde jedoch nicht fündig. Und wieder schien der kalte Stein in seinem Herzen etwas an Gewicht zuzunehmen.

Martin hockte mittlerweile vor dem jungen Mann und unterhielt sich leise, fast kameradschaftlich mit ihm. „Gott hat diese Welt wunderschön erschaffen, gut geschaffen – aber sie ist nicht perfekt. Erst die kommende Welt wird das sein."

Lukas, der nicht stören wollte, legte Martin den Ordner in den Schoß und drückte ihm zum Dank und zum Abschied kurz die Schulter. Der Mann nickte nur, voll auf seinen Gesprächspartner konzentriert.

„Komm, Bo, wir suchen jemanden, der uns mit nach Phuket zurücknimmt."

„Da sind sie nicht."

„Ich weiß, kleiner Mann. Ich weiß."

Lukas hätte so gern eine gegenteilige Antwort für Bo gehabt – und für sich selbst. Doch die gab es nicht. Vielleicht würde es nie eine Antwort auf die Frage geben, was mit Henrik, Ingrid und Liska geschehen war. Wie gut, dass es wenigstens noch Sven gab – wo auch immer er jetzt war, *falls er noch war …?*

Und Rebecca … Der Schmerz, tiefer als zuvor, heftig wütend, bedrohlich wachsend, grausam an ihm reißend, erfasste ihn, ließ ihn nach Luft schnappen. Wie groß war die Chance, dass Rebecca die Katastrophe überlebt hatte? *„Sie hat mich einfach losgelassen"*, hörte er wieder Svens anklagende Stimme in seinem Kopf. Niemals hätte Rebecca den Jungen losgelassen, wenn sie nicht …

Während Lukas und Bo das Hospital verließen und sich einen Weg in Richtung Straße suchten, kam Lukas die Frage des jungen Mannes in den Sinn. Warum hatte Gott das getan? Oder zumindest: Warum hatte er das zugelassen? Lukas runzelte die Stirn. War er, Lukas Becker, derjenige, der das Recht hatte, Gott zur Verantwortung zu ziehen, ihn anzuklagen, sich auf die Richterbank setzen …?

Vermutlich würde der junge Mann auf dem Krankenhausflur Gott sogar freisprechen. Schließlich konnte er kaum jemanden verklagen, der in seinen Augen nicht existierte, oder doch? Weil es immer gut war, wenn man einen Schuldigen fand.

Warum also spülte der Tsunami diese Frage an die Oberfläche? Weshalb hatte jede Katastrophe sie im Gepäck? Unbeeindruckt davon, wie vehement die Existenz Gottes verleugnet wurde, die Schuld für etwaiges Leid bekam dennoch grundsätzlich er zugesprochen.

Warum sah man ihn aber dann nicht auch als verantwortlich für das Gute an? Das, was schön war auf dieser Welt, das, was die Menschen glücklich machte, ihnen Freude bereitete? Wäre das nicht eine absolut logische Konsequenz, ein gerechter Ausgleich?

Entstammte dies dem Anspruch der westlichen Welt – nur sie kannte Lukas gut genug, um sie in seine Überlegungen mit einbeziehen zu können –, die meinte, ein Anrecht auf Glück, Erfolg, Freude, Sorglosigkeit zu haben. Kamen deshalb die Leute mit der Frage nach dem Leid nicht zurecht?

Lukas, vollkommen in Gedanken versunken, stolperte über eine Baumwurzel am Straßenrand und fing sich an dem rauen Baumstamm ab.

„Lukas, ich hab Hunger." Bo zerrte an seiner Hand und deutete mit der anderen auf einen jungen Thai. Der saß am Straßenrand neben seinem Motorrad und knabberte an irgendetwas, das Lukas nicht identifizieren konnte.

Der Thai legte den Kopf schief, riss ein Stück von dem getrockneten braunen Etwas ab und streckte es Bo entgegen. Offenbar sah der Kleine so ausgehungert aus, dass jeder sofort erkannte, was ihn plagte.

Bo zögerte nur kurz, ehe er Lukas losließ und sich neben den Jungen fallenließ. Der brach ein zweites Stück von dem ab, in dem Lukas inzwischen getrockneten Fisch vermutete, und bot es Lukas an. Das Knurren seines Magens ließ den Thai breit grinsen, und er verdeutlichte sein Angebot, indem er die Hand kurz anhob, als wolle er Lukas das Essen zuwerfen.

Nebeneinander sitzend kauten sie auf dem salzigen Fisch herum, schließlich erhob sich der Junge und wandte sich seinem Motorrad zu. Er murmelte etwas vor sich hin, löste die Maschine vom Ständer und schob sie die Straße hinunter.

Lukas sprang auf und eilte ihm nach. Prüfend klopfte er auf den Tank, der jedoch gut gefüllt klang. Daran lag es also nicht, dass der Junge sein Motorrad schob.

Der Deutsche ging in die Hocke und besah sich das bereits mehrfach notdürftig geflickte Gefährt. Das wiederum verleitete den Thai dazu, die Maschine wieder auf den Ständer zu ziehen und abwartend neben ihm auszuharren.

Es dauerte nicht lange, bis Lukas das Problem entdeckt und zumindest provisorisch behoben hatte. Auf seine Handbewegung hin startete der Junge den Motor, und nach dem zweiten Versuch schnurrte die schwere Maschine angenehm rund. Über das jugendliche Gesicht des Besitzers glitt ein Strahlen. Er griff nach dem Helm auf der Lenkstange, zögerte und deutete dann einladend auf den Sitz.

„Wir wollen nach Phuket", erklärte Lukas.

„Phuket!" Der Thai nickte, stieg auf und rutschte ganz nach vorn. Lukas warf einen Blick auf Bo und fragte sich, ob es nicht doch besser gewesen wäre, ihn der Obhut der Kindersammelstelle zu überlassen. Das Kind würde ihn bei der Suche nach Rebecca vermutlich noch öfter aufhalten. Aber er hatte der stummen Bitte in Bos Augen einfach nichts entgegenzusetzen gehabt.

Er hob Bo auf die Sitzbank hinter den schlanken Thai, setzte sich hinter ihn und sorgte dafür, dass das Kind nicht herunterrutschen konnte. Im Stillen dankte er Gott für die luftige Mitfahrgelegenheit und gleich darauf dafür, dass der thailändische Jugendliche rücksichtsvoll fuhr.

Michael hatte lediglich einen Rucksack vom Gepäckband zu holen. Er schulterte ihn und trat in die Halle des Flughafens von Phuket. Lärmendes Getöse und eine Menschenmenge, die ihresgleichen suchte, ließen ihn ruckartig innehalten, sodass eine Frau um die 50 mit grellroten Haaren von hinten auf ihn prallte.

„Passen Sie doch auf", fauchte sie.

„Entschuldigen Sie bitte", gab er zurück, erntete von ihr und ihrem mageren Begleiter mit der beginnenden Glatze jedoch nur wütende Blicke.

Michael versuchte, sich zu orientieren und fand schließlich die Abfertigungshalle, die man ihm beim Auswärtigen Amt genannt hatte. Dort stieß er auf eine Art Lazarett. Auf seine Nachfrage sagte man ihm, dass es hier keine Rebecca Siebeck gebe und sie auch nicht auf der Liste für einen Rücktransport mit der MedEvac, dem fliegenden Krankenhaus der deutschen Luftwaffe, stand.

Er bemühte sich, dies weder als gutes noch schlechtes Zeichen zu werten, war er doch gerade erst angekommen. So schnell konnte er nicht mit einem Erfolg rechnen, gleichgültig, wie sehr er sich danach sehnte.

Nachdem die Familie erfahren hatte, was in Thailand geschehen war, hatte es keine zwei Stunden gedauert, bis Michael die nagende Ungewissheit nicht länger ausgehalten hatte und zum Flughafen gefahren war. Zur Tatenlosigkeit verdammt zu sein war nichts, was er sonderlich gut konnte. Das hatte er spätestens während der Geburten seiner Kinder gelernt. Er musste etwas unternehmen, er musste Rebecca suchen und sie nach Hause bringen!

Sein Platz im Flugzeug war der eines Mannes gewesen, der eigentlich auf Kho Phi Phi seinen Urlaub hatte verbringen wollen, diesen angesichts der Zerstörung auf der Insel jedoch storniert hatte.

Selbst für Michael war die Sprachvielfalt in der Halle überwältigend, obwohl er das Tohuwabohu einer großen Familie gewohnt war. Dennoch stellte er erleichtert fest, wie ruhig und organisiert es in dem klimatisierten Gebäude zuging. Die Abfertigungshalle diente als Zentrum für die Krisenstäbe und Vertretungen der Länder. Viele Touristen hatten ihre Pässe verloren; ihnen wurde unbürokratisch geholfen, soweit Michael das auf die Schnelle beobachten konnte. Der Anblick der hier gestrandeten Menschen war ungewöhnlich: die meisten trugen lediglich leichte Strandkleidung und waren ohne Gepäck. Er beobachtete die Ankunft von weiteren Mitarbeitern der verschiedensten Hilfsorganisationen aus aller Herren Länder. Sie verließen jedoch sehr bald das Gebäude in Richtung ihres Einsatzortes.

Michael stellte sich neben eine Gruppe auf dem Boden sitzender Menschen. Offenbar hatten sie sich viel zu erzählen.

Ihre Gespräche drehten sich ausschließlich darüber, was sie getan hatten und wo sie gewesen waren, als die erste Welle sie überrascht hatte. Sie gehörten zu den Glücklichen, die niemanden vermissten und keine schweren Verletzungen davongetragen hatten und nun auf eine Möglichkeit warteten, nach Hause zu gelangen.

Schließlich fragte Michael einen von ihnen nach den Mitarbeitern der Deutschen Botschaft und wurde weiter nach hinten in die Halle verwiesen. In der Hoffnung, hier auf ein Lebenszeichen von Rebecca zu stoßen, wühlte er sich durch die Menge, ignorierte die hallende Stimme aus der Lautsprecheranlage und fand sich bald in einer langen Warteschlange wieder. Vor ihm stand, ungeduldig von einem Fuß auf den anderen tretend, das Pärchen, mit dem er am Gate zusammengestoßen war. Demnach waren sie auch auf der Suche nach einem Angehörigen. Deshalb wohl auch ihr gereiztes Verhalten. Die Sorge um einen Familienangehörigen ließ wenig Freiraum für einen anderen Gedanken …

Die Schlange vor Michael wurde allmählich kürzer. Endlich gesellte sich eine junge Frau an die Seite des Mitarbeiters, der bisher allein die Anliegen der Wartenden angehört und versucht hatte, ihnen zu helfen. Nun ging es deutlich zügiger voran.

Die Schlange teilte sich. In Michaels Reihe stand nun ein älterer Herr ganz vorn. Auf Nachfrage des Mitarbeiters des Auswärtigen Amtes konnte er seinen Nachnamen nicht nennen. Er schien noch immer zutiefst schockiert zu sein. Seine gebeugten Schultern wirkten, als läge das Gewicht der Wellen auf ihnen. Der Beamte hinter dem provisorischen Tresen gab sich alle Mühe, den Mann nicht zu drängen, Michael warf einen Blick zur rechten Schlange. Vielleicht wäre es in dieser schneller vorangegangen? Seltsamerweise stand das mürrische

Pärchen plötzlich ganz vorn. Der hagere Mann empörte sich darüber, dass sie vor dem Abflug in Deutschland von ihrem Reiseunternehmen gesagt bekommen hätten, dass sie nicht in ihr Hotel könnten. Jetzt forderte er eine Ersatzunterkunft, und zwar möglichst nah am Meer.

Die junge Beamtin mit dem auffällig kurz geschorenen Haar runzelte die Stirn und warf ihrem Kollegen einen Hilfe suchenden Blick zu. Dieser war jedoch noch immer mit dem Herrn beschäftigt, der weiterhin verzweifelt versuchte, sich an seinen Namen zu erinnern.

„Entschuldigen Sie bitte, aber warum sind Sie in den Flieger gestiegen, obwohl Ihnen doch bewusst war, dass Sie in Khao Lak keine Unterkunft haben?", fragte sie schließlich fassungslos.

„Wir haben die Reise gebucht und bezahlt. Sie müssen eben ein anderes Hotel für uns auftun."

„Das wird kaum möglich sein", erwiderte die junge Frau erkennbar irritiert. „Und das ist auch nicht unsere Aufgabe."

„Das ist doch die Höhe! Ich fliege einmal im Jahr in meinen wohlverdienten Urlaub, und jetzt wollen Sie mir erzählen, dass es kein angemessenes Hotel für uns gibt?"

„Hören Sie bitte: Es hat einen Tsunami gegeben. Die Küsten sind zerstört, ebenso viele Hotels. Die noch intakten Hotels mussten die Überlebenden aufnehmen, oder sie beherbergen die Hilfskräfte, teilweise auch die Leichtverletzten."

„Das mag ja sein, aber-"

„Sagen Sie mal, sind Sie noch ganz bei Trost?", mischte sich eine ältere Frau in einem viel zu weiten Herrenhemd über dem Badeanzug in die unsinnige Diskussion ein. „Die Menschen hier haben Schreckliches erlebt. Viele sind verletzt oder haben Angehörige verloren, die Küste ist größtenteils zerstört. Und Sie wollen jetzt Urlaub machen? Gehen Sie da raus und helfen Sie, wenn Sie hierbleiben wollen. Andernfalls packen Sie Ihr Zeug und reisen Sie wieder ab!"

„Was fällt Ihnen ein", fauchte nun die Rothaarige, die Michael angerempelt hatte. Allgemeines Kopfschütteln bei den Wartenden hätte das Pärchen warnen sollen, doch offenbar waren sie für derlei feine Schwingungen nicht empfänglich.

„Ich will an den Strand und mich entspannen. Das ist auch mein gutes Recht!", polterte der Hagere, und seine Frau nickte beipflichtend.

„Was ist Ihr gutes Recht?", brummte ein muskulöser, junger Mann hinter Michael. „Den Hilfskräften im Weg zu stehen? Zwischen Leichen am Strand zu liegen? Inmitten der auf den Wellen schaukelnden Toten zu baden? Na, viel Spaß!"

Die ersten Zweifel standen der Frau ins Gesicht geschrieben. Sie zupfte vorsichtig am Hemdsärmel ihres Mannes, erhielt aber keine Reaktion.

„Das geht uns alles nichts an. Wir haben einen Aufenthalt in einem exklusiven Hotel am Strand gebucht …"

„Wären Sie mal zwei Tage früher angereist!", zischte jemand aus dem Hintergrund.

„Fräulein, nun glotzen Sie hier nicht so blöd aus der Wäsche, sondern tun Sie etwas! Schließlich finanziere ich mit meinen Steuern auch Ihren Arbeitsplatz!", schrie der Hagere plötzlich die Beamtin an. Deren Gesicht lief rot an, die Sommersprossen darauf verschwanden beinahe.

Das Muskelpaket hinter Michael drückte sich an ihm vorbei, packte den Mann und schleuderte ihn mit so viel Wucht gegen die Wand jenseits des Tisches, dass es nur so krachte. Das inzwischen vor Zorn ebenfalls rote Gesicht knapp vor dem des Unruhestifters fauchte er: „Ich habe heute Nacht die Leiche meiner Schwester und ihrer Tochter identifizieren müssen. Meine Schwester war dreiundzwanzig, meine Nichte gerade mal ein Jahr alt. Ich habe den beiden die Reise geschenkt, weil sie es endlich geschafft hatten, von ihrem prügelnden Ehemann und Vater wegzukommen. Sie sollten hier die schwere Zeit vergessen und sich erholen. Jetzt sind sie tot!" Seine Stimme wollte versagen, dennoch knurrte er weiter: „Und Sie reden, als sei das alles gar nicht passiert, als sei ihr Tod nicht tragisch, sondern nur eine kleine Unannehmlichkeit. Können Sie denn keinerlei Respekt aufbringen?!"

Michael und der Staatsbedienstete wechselten einen Blick. Während Michael den aufgebrachten Mann an den breiten Schultern packte und zurückzog, schob sich der Mitarbeiter des Auswärtigen Amtes zwischen die Streitenden. Das Muskelpaket setzte sich zur Wehr, und Michael war kaum in der Lage, ihn wegzuzerren.

„Hören Sie auf. Der Kerl ist es nicht wert, dass Sie seinetwegen Ärger bekommen!", raunte Michael.

Der stumme Widerstand, das Ringen dauerte noch einige Sekunden, dann sackte der Mann in sich zusammen. Ein verzweifeltes Schluchzen brach sich aus der Tiefe seiner Seele bahn. Michael beugte sich vornüber, ließ die Hände auf den starken Schultern ruhen, spürte er doch, wie dringend der Mann Verständnis und Trost benötigte. Der kräftige Körper wurde von einem Weinkrampf geschüttelt.

Als habe sein Zusammenbruch sämtliche Dämme zum Bersten gebracht, fing plötzlich die ältere Frau, die sich eingemischt hatte, ebenfalls an zu weinen. Sie kauerte sich neben den ihr unbekannten Hünen und legte die Arme um ihn. Eine zweite Frau sank zu Boden, Tränen rannen ihr über das zerschrammte Gesicht. Ein älterer Herr folgte ihrem Beispiel. Er weinte nicht, aber in seinem Blick lag abgrundtiefer Schmerz; die Erinnerung an ein Grauen, das schlimmer war als alles, was er in seinem langen Leben hatte durchleiden müssen.

Niemand in der Schlange rührte sich, keiner drängte nach vorn. Es herrschte regloses Entsetzen, sprachloses Mitgefühl und tiefes Verständnis, waren sie doch alle, wenn auch in unterschiedlicher Intensität, Opfer des Tsunamis.

Michael nahm die Verzweiflung nur zu deutlich wahr, fühlte, wie sie seine Energie, seine Ruhelosigkeit und seinen Tatendrang in pure Angst um Rebecca verwandelte. Sein Aktionismus hatte bisher dafür gesorgt, dass alle seine Gefühle wie in Watte verpackt gewesen waren. Doch die Tränen der Betroffenen in der Abfertigungshalle weichten sie auf, machten sie durchlässig für die in ihm schlummernde Panik.

Rebecca war nur wenig jünger als er, sie war diejenige, die ihm viele Jahre lang am nächsten gestanden hatte, auch wenn sie sich gern an Karsten orientiert hatte. Sie war sein Anker gewesen, wenn er wie so oft krank gewesen war. Schon als Kind hatte sie eine ausgeprägte Hilfsbereitschaft besessen und kümmerte sich um ihn wie eine Glucke um ihr Küken. Jetzt brauchte sie *seine* Hilfe. Er musste sie finden – und wenn es nur in der Form geschah, dass er ihre Leiche nach Hause begleitete ...

Michael zitterte am ganzen Leib. Der Wunsch, dem sich vor ihm abspielenden Drama zu entkommen, wurde übermächtig. Er hob den Kopf. Der Hagere und seine Frau waren verschwunden, die Beamtin jenseits des Tisches wischte sich unaufhörlich mit einem Taschentuch über das Gesicht. Die Schlange der Wartenden hinter ihm war deutlich angewachsen, doch noch immer forderte niemand ein zügiges Handeln ein. Michael war unendlich froh, dass Menschen wie das ignorante Touristenehepaar die große Ausnahme bildeten. Die Welt mochte kopfstehen, aber solange es noch Mitgefühl und Anstand, Liebe und Vergebungsbereitschaft und einen Funken Vernunft gab, gab es Hoffnung für die Menschheit.

Er reckte die Schultern, machte sich sein Vorhaben neu bewusst und trat vor die provisorische Theke. Eilig steckte die junge Frau ihr Taschentuch ein und lächelte entschuldigend, während ihre Augen weiterhin in Tränen schwammen.

„Ich suche meine Schwester Rebecca Siebeck. Sie war in Khao Lak."

Papierrascheln, ein Finger, der erst über eine Computerliste, dann über handschriftliche Zettel glitt, war alles, was Michael in den nächsten Minuten wahrnahm. Letztlich folgte ein bedauerndes Kopfschütteln.

„Ich schreibe den Namen Ihrer Schwester auf die Liste der Vermissten. Können Sie mir sagen, in welchem Hotel sie untergebracht war? Nennen Sie mir bitte ihre äußerlichen Kennzeichen, am besten auch ihre Blutgruppe, einen Knochenbruch in früheren Jahren oder Ähnliches?"

Michael atmete tief durch. Sie sammelten Hinweise für die Identifizierung von Leichen. Mit mühsam beherrschter Stimme führte er alles auf, was ihm zu Rebecca einfiel. Schließlich nannte er seine Handynummer, damit nicht nur die Familie in Deutschland, sondern auch er informiert wurde, falls man Rebecca fand.

„Sie wissen, dass davon abgeraten wurde, hierher zu reisen und auf eigene Faust zu suchen?"

„Ja. Aber ich konnte nicht anders." Die Frau nickte verständnisvoll, dennoch fügte Michael hinzu: „Ich packe mit an, wo meine Hilfe gebraucht wird. Und ich werde niemandem im Weg stehen oder einen Schlafplatz streitig machen. Ich habe eine Isomatte und einen Schlafsack dabei."

„Ist schon gut, Herr Siebeck. Ich wünsche Ihnen viel Erfolg", flüsterte sie mit einem vorsichtigen Blick auf ihren

Kollegen. Vermutlich war sie angehalten worden, etwas anderes zu sagen, Leute wie ihn gar zum Rückflug aufzufordern.

Michael rückte seinen Rucksack zurecht. Er marschierte an den vielen wartenden Menschen vorbei und gewahrte vor einigen kostenfreien Telefonen eine weitere Traube geduldig ausharrender Menschen verschiedenster Nationen. Ein schlanker, groß gewachsener Mann mit einem blonden Kleinkind auf den Schultern kam ihm seltsam bekannt vor. Er wich leicht von seiner bisher eingeschlagenen Richtung ab und erkannte ihn im Näherkommen.

„Lukas!" Sein Ruf ließ einen Teenager und den Mann herumfahren, den er meinte.

Der große Mann mit dem braun gebrannten, lediglich mit einer Badehose bekleideten Jungen auf den Schultern trat aus der Schlange und eilte ihm entgegen. Das Kind lachte vergnügt über das ruckartige Auf und Ab.

„Michael?" Lukas fragte ihn nicht, was er in Thailand machte, der Grund lag auf der Hand. „Hast du ...? Ich wollte gerade bei deinen Eltern anrufen."

„Wir haben nichts von Becci gehört. Auch in der provisorischen Außenstelle der Botschaft weiß man nichts von ihr. Und du?"

Michael sah, wie Lukas' Kiefer mahlten. Er hatte sich jedoch im Griff. Michael ahnte: Wenn Lukas wegen Rebecca zu weinen begann, würde das den Zeitpunkt markieren, ab dem sie alle annehmen mussten, dass es keine Hoffnung mehr gab. Diese Einsicht schmerzte Michael doppelt. Anscheinend war Rebecca endlich einem Mann begegnet, der den Schatz in ihr erkannt hatte und sich nicht durch ihre widerspenstige Schale abschrecken ließ. Ob es zu spät war?

„Ich wollte mich nach Lara erkundigen", murmelte Lukas. „Und bei der Schwedischen Botschaft vorbeisehen." Mit dem

Zeigefinger deutete er auf den Jungen, der inzwischen Lukas' Haare mit Hingabe zerwühlte. „Könntest du vielleicht ..." Er zeigte auf die Schlange, die Michael gerade verlassen hatte.

„Ich bin Lara nie begegnet."

Lukas beschrieb sie kurz, nannte Michael einen Treffpunkt und ließ ihn dann stehen, sodass ihm nichts anderes übrig blieb, als sich wieder anzustellen. Dabei hätte er dem Gebäude viel lieber den Rücken gekehrt, um dort draußen nach Rebecca zu suchen.

Er konnte ja nicht ahnen, wie schnell er diesen Wunsch bedauern würde ...

14. Kapitel

Lukas fragte sich zu den Vertretern der Schwedischen Botschaft durch. Dort herrschte ebenfalls großer Andrang und ein ständiges Kommen und Gehen. Einige Verletzte wurden zum Verbandswechsel beiseite geführt, andere sahen so aus, als hätten sie noch keine ärztliche Behandlung erhalten. Offenbar wollten sie einfach nur schnell weg von hier, ohne sich mit dem Warten in den überfüllten Hospitälern aufzuhalten.

Eine schlanke Brünette wandte sich mit einem aufmunternden Lächeln an Lukas und stellte sich als Lilja Blom vor.

„Ich habe hier Bo Dahlberg. Er ist drei Jahre alt. Seine Familie und ich waren im selben Hotel untergebracht", versuchte er einen halbwegs verständlichen Anfang für das zu finden, was nur schwer zu erklären war.

„Da Sie nicht Schwedisch sprechen, nehme ich an, dass Sie kein Verwandter der Familie Dahlberg sind?"

„Richtig."

„Kommen Sie bitte."

Lukas folgte der Frau in eine ruhigere Ecke, in der vier Metallklappstühle zum Sitzen einluden. Lukas stellte Bo auf die Füße, doch der Junge kletterte sofort auf seinen Schoß.

Wieder tauchte eine dieser Listen auf einem Klemmbrett auf. Lukas wurde das irre Gefühl nicht los, demnächst laut schreien zu müssen, wenn er noch einmal etwas Derartiges anschauen musste.

„Zuerst einmal: Vielen Dank, dass Sie sich um den kleinen Bo gekümmert haben. Seine Eltern sind Henrik und Ingrid Dahlberg?"

„Ja, die Schwester heißt Liska, der Bruder Sven."

„Dann sprechen wir von derselben Familie. Die Großeltern haben uns aus der Heimat über ihren Aufenthalt in Thailand informiert."

„Sie wissen nichts über ihren Verbleib?"

„Leider nicht."

„Ich habe Sven in eine Klinik in Phuket gebracht, bevor ich Bo gefunden habe."

Bo hob den Kopf und sah ihn aus seinen hellen Augen fragend an. Vielleicht auch ein wenig vorwurfsvoll. Konnte ein Dreijähriger bereits so viel in einen einzigen Blick legen? Womöglich ein Dreijähriger wie Bo, dessen Familie ihm von einem Monster entrissen worden war, der 24 Stunden lang allein unter Fremden in einem ihm unbekannten Land zugebracht hatte, der – wie auch immer – dem Wasser entkommen war …

„Tut mir leid, Kumpel", flüsterte Lukas und drückte einen Moment seine Wange an die des Kindes, ehe er mit seinem Bericht fortfuhr. „Sven hatte schwere Verletzungen, sein Allgemeinzustand war bedenklich – wobei ich dahingehend nur ein Laie bin. Er verlor beim Transport das Bewusstsein. In der Klinik wurde er von Ärzten weggebracht. Aber am nächsten Morgen konnte ich ihn nicht mehr finden. Er war wie vom Erdboden verschluckt." Lukas ahnte, dass man ihm seine Verwirrung anhörte und ansah.

Das Lächeln seiner Gesprächspartnerin fiel warm aus. „Die Familie Dahlberg kann sich in dem ganzen Unglück glücklich schätzen, dass Sie da waren!"

„Ich habe doch nur getan, was jeder getan hätte."

„Vermissen Sie denn niemanden?"

„Doch, viele."

„Sie haben Ihre eigenen Angelegenheiten zum Wohl der Kinder zurückgestellt. Anstatt jetzt alle Anlaufstationen abzuklappern, auf der Suche nach Ihren Bekannten und Verwandten, sitzen Sie hier mit Bo und kümmern sich darum, dass er nach Hause gebracht wird. Ich halte das nicht für selbstverständlich. Bei Weitem nicht!"

„Können Sie seinen Bruder ausfindig machen?", hakte Lukas peinlich berührt nach.

„Womöglich hat man ihn bereits nach Bangkok verlegt", beruhigte ihn die Schwedin. Sie erhob sich, griff nach einem Mobiltelefon und wählte eine Nummer aus dem Kurzwahlspeicher. Während des Gesprächs wandte sie ihnen den Rücken zu, weshalb Lukas nicht mehr als ein Murmeln mitbekam, während Bo an seinem T-Shirt zupfte und dabei zusah, wie feine Schmutzpartikel in Wölkchen aufstäubten.

„Sven liegt in einer Klinik in Bangkok auf der Intensivstation. Er ist bereits dreimal operiert worden, und die Ärzte sind sehr zuversichtlich."

Bo strahlte über das ganze runde Gesicht und hüpfte begeistert auf Lukas' Schoß auf und ab.

„Wir informieren unverzüglich die Großeltern und kümmern uns um den Rückflug von Bo und Sven."

Lukas nickte und kämpfte darum, die Tränen der Erleichterung zurückzuhalten. Zumindest zwei von der Familie Dahlberg hatten überlebt.

„Die Großeltern dürfen zwei ihrer Enkel schon einmal in Sicherheit wissen. Das ist Ihr Verdienst, Herr Becker."

Lukas nickte nur, hob Bo von seinen Beinen und drehte ihn zu sich um. „So, mein Freund. Jetzt musst du mir Tschüs sagen."

Bo schüttelte den Kopf und versuchte, wieder auf seinen Schoß zu gelangen. Als Lukas ihm dies verwehrte, verzog er das Gesicht. Erste Tränen kullerten aus seinen Augen.

Die Frau nahm den Jungen bei der Hand. Der jaulte auf, entzog ihr die Hand und warf sich förmlich auf Lukas. Hilflos schloss der die Augen. Ihm fiel die Trennung ebenfalls schwer. Der kleine Junge und er hatten sich in den vergangenen Stunden ein wenig Halt und Zuversicht gegeben. Aber Bo gehörte zu seiner Familie nach Schweden, und Lukas musste endlich nach Rebecca suchen!

Die Schwedin hockte sich vor Lukas' Stuhl und sprach in ihrer Muttersprache mit dem Kind. Bo beruhigte sich zusehends, lauschte den vertrauten Worten, rutschte schließlich von Lukas' Beinen und ließ sich von der Frau an die Hand nehmen. Gemeinsam verschwanden die beiden hinter einer provisorischen Trennwand.

Lukas blieb allein zurück und fühlte sich seltsam verlassen. Er hatte in den letzten Stunden eine Menge Begegnungen mit Menschen gehabt. Kurze Zeit waren sie miteinander verbunden gewesen, ehe ihre Wege sich wieder getrennt hatten. Niemanden von ihnen würde er wohl je wiedersehen, doch bei Bo verursachte ihm dieser Gedanke Magengrimmen.

Er erhob sich schwerfällig und zuckte zusammen, als ihn ein Kollege von Lilja am Arm zurückhielt. „Lilja hat mich gebeten, dich in unseren Waschraum zu führen und dir frische Kleidung und Hygieneartikel zur Verfügung zu stellen", erklärte der Mann ihm auf Englisch. „Dort ist auch ein Arzt, der sich deine Schnittverletzung im Gesicht ansieht."

„Aber das-"

„Lilja vierteilt mich, wenn ich dich nicht dazu überreden kann. Sie ist sehr beeindruckt von dir. Sieh das einfach als ein Dankeschön Schwedens an."

Lukas tastete vorsichtig nach der Schnittwunde in seinem Gesicht. Die Verletzung brannte mittlerweile heiß, etwas, was er bis jetzt erfolgreich verdrängt hatte. Vermutlich war die Wunde entzündet. Es würde nicht schaden, wenn ein Arzt sie fachmännisch versorgte. Und sich waschen zu können, die Zähne zu putzen, frische Kleidung zu erhalten … die Zeit, die das beanspruchen würde, musste er vielleicht seiner Gesundheit wegen opfern.

Rebecca blinzelte den von ihrer Stirn perlenden Schweiß aus ihren Augen. Sie sah nur noch verschwommen, das Stimmengewirr um sie her nahm sie wie ein dumpfes Meeresrauschen war – eine Assoziation, die ihren Herzschlag kurzzeitig zum Rasen brachte. Oder lag ihr Unwohlsein an etwas anderem?

Sie kniff die Augen zu, in der Hoffnung, daraufhin wieder deutlicher sehen zu können, und nähte weiter; erst die tiefer gelegenen Schichten, dann die Haut und hoffte dabei, dass ihr keines der vielen aufdringlichen Kamerateams über die Schulter schaute. Sie führte medizinische Tätigkeiten aus, für die sie keine offizielle Berechtigung hatte. Hier und heute war das ein großer Gewinn und focht niemanden an. Aber später, zu Hause …?

Sie hatten eine Medikamentenlieferung erhalten, zusätzliche Operationsbestecke und Verbandszeug, doch der neu aufgefüllte Vorrat neigte sich schon wieder bedenklich dem Ende entgegen. Noch drei Verletzungen dieser Art, und der unglückliche Vierte würde erneut ohne Schmerzmittel behandelt werden müssen. Der Strom der eintreffenden Verletzten riss nicht ab, die lange Zeit, die sie bis hierher benötigt hatten, vergrößerte die Infektionsgefahr. Das, was der

Tsunami mit seiner Wucht und Masse nicht geschafft hatte, versuchte er nun, über sich ausbreitende Infektionen in den Wunden und im Trinkwasser zu beenden.

Rebecca setzte den letzten Knoten inzwischen sehr routiniert und winkte Nam herbei. Sie hatte Dao abgelöst, damit die erschöpfte junge Frau sich hinlegen konnte.

„Bitte verbinden."

„Du musst schlafen."

„Später", widersprach Rebecca und rutschte zum nächsten Patienten, einem jungen Mann, der vollkommen zerschnittene Fußsohlen hatte. Die Wunden waren gesäubert und desinfiziert worden, dennoch betrachtete Rebecca wenig begeistert die Wundränder. Wenn sie die Risse nähte, schloss sie womöglich eine Menge Keime ein. Im schlimmsten Fall würden sie sich in der geschützten, dunklen und feuchten Wunde explosionsartig vermehren. Bei großen Verletzungen hatte sie keine Wahl, hier jedoch schon.

Der junge Mann stammte aus Russland und verstand kaum Englisch. Sie versuchte trotzdem, ihm die Alternativen zu erklären, doch er schüttelte immer nur den Kopf und stammelte etwas davon, dass er schnell nach Hause wolle. Auf diesen Wunsch hin verabreichte Rebecca ihm eine kleine Dosis Schmerzmittel und nähte die größten der ausgefransten Schnitte, in der Hoffnung, dass sie sich entweder nicht entzünden würden oder der Mann in seiner Heimat unverzüglich weiter medizinisch betreut wurde.

Sobald der junge Russe versorgt war, erhob sich Rebecca. In ihrem Kopf breitete sich eine dumpfe Leere aus. Die Zeltstangen, die Verletzten und die Bäume wirbelten vor ihren Augen wild durcheinander. Sie schwankte, trat versehentlich auf den Arm eines Patienten, zog ihren nackten Fuß eilends zurück und fiel der Länge nach auf den jungen Russen.

Bestürzt rollte sie sich von ihm herunter. Hitzewellen jagten durch ihren Körper, wechselten sich mit Kälteschauern ab. Ihr war schlecht.

Nams schmales Gesicht tauchte plötzlich über ihr auf, ihre warmen weichen Hände legten sich behutsam auf Rebeccas Schultern. Die Schwester wandte den Kopf ab und rief mit ungewohnt lauter Stimme nach einem Arzt.

Rebecca spürte links von sich den Körper des Russen, rechts den der Frau, die sie davor versorgt hatte. Die Frau rührte sich nicht, der Russe redete auf sie ein. Da sie ihn nicht verstand, wusste sie nicht, ob er womöglich wütend war, weil sie auf ihn gefallen war. Sein Tonfall ließ allerdings vielmehr auf Besorgnis schließen.

Rebecca blinzelte, sah eine Kamera auf sich gerichtet und verfolgte teilnahmslos, wie der Arzt den italienischen Kameramann beschimpfte, während er ärgerlich das schwarze Gerät beiseite drückte. Schließlich fühlte er an ihrem Hals den Puls und runzelte dann die Stirn. Er lüftete das Pflaster über ihrem Auge und bat Nam durch ein Heben seines Zeigefingers, es zu erneuern. Gleich darauf drehte er Rebecca auf die rechte Seite und entfernte den Verband über ihrem linken Schulterblatt. Rebecca hörte ihn mit der Zunge schnalzen, was sie als schlechtes Zeichen wertete. War das bei ihr eingetroffen, was sie eben noch bei dem jungen Russen befürchtet hatte?

Nam und der ihr inzwischen so vertraute Doktor riefen etwas, dann ging plötzlich alles sehr schnell. Sie landete auf einer Trage, wurde im Eilschritt ins Innere des Hospitals und in einen deutlich kühleren Raum gebracht. Dort wurde sie von sanften Händen ergriffen und schwungvoll umgebettet. Sekunden später versank sie in einem weißen Nebel, der ihr gefährlich nach der wütenden Schaumkrone einer sich brechenden Welle aussah. Das Gebet um Rettung, zu dem es sie drängte, brachte sie nicht mehr zuwege.

Lukas zuckte zusammen, als Michael ihn am Arm packte. Rebeccas Bruder mit der auffälligen Lücke zwischen den oberen Schneidezähnen suchte Halt bei ihm. Lukas betrat hinter ihm das mit einem Bretterzaun umfriedete Gelände und schrak zurück. Vor ihnen, neben der Tempelanlage, lag ein Meer aus in Planen und Tücher eingewickelten menschlichen Körpern. Männer mit Atemschutzmasken, darunter viele Mönche in ihren orangefarbenen Gewändern, bewegten sich zwischen den Toten, luden Eis über ihnen ab, ohne das aufhalten zu können, was in der sengenden Hitze von mehr als 30 Grad unwillkürlich geschah. Der Geruch war ekelerregend, die Anzahl der hier gelagerten Toten und der aufgestapelten Holz- und Pappsärge etwas abseits erschütternd.

Inmitten der nahezu akkurat aufgereihten Leichen waren einige Hartgesottene – oder vielmehr Verzweifelte dabei, Leichensäcke zu öffnen und Tücher anzuheben. Im Hintergrund loderte ein Feuer. Ein Mann stieß gegen Michael, taumelte an den Zaun und übergab sich dort. Rebeccas Bruder drehte sich um und stützte ihn, während Lukas ein paar Meter Abstand zwischen den Fremden und sich brachte. Ihm war selbst schlecht.

„Es hat keinen Sinn", japste der Mann auf Englisch. Lukas meinte einen britischen Akzent herauszuhören. „Teilweise kann man nicht einmal mehr erkennen, ob es Europäer oder Thai waren. Da hinten verbrennen sie schon Leichen."

„Ohne dass man sie identifiziert hat?" Michael klang entsetzt.

„Es sind Spezialisten eingeflogen worden. Man sagte mir, die Europäer werden identifiziert, die Thais nicht mehr. Es sind zu viele Tote. Sie wissen nicht, wohin mit ihnen, die Seuchengefahr ist zu groß."

Der Brite, der sich bisher mit beiden Armen am Holzzaun abgestützt hatte, richtete sich auf, und Michael trat einen Schritt zurück.

„Danke, mein Freund", sagte der Mann und deutete mit dem Daumen über seine Schulter. „Tut euch das nicht an, wenn ihr jemals wieder ruhig schlafen wollt. Es bringt ohnehin nichts. Sucht bei den Lebenden. Ich bin Arzt und gelegentlich auch mit der Organisation *Ärzte ohne Grenzen* unterwegs. Ich habe in meinem Leben schon viel gesehen. Aber das ... das ist schlimmer als Dantes Höllenvisionen." Der Brite schüttelte den Kopf und verließ fluchtartig das Gelände.

Ohne sich anzusehen, folgten Lukas und Michael dem Mediziner. Lukas atmete auf und spürte, wie sein Magen sich beruhigte, je weiter sie sich von dem Ort des Grauens entfernten. Nach wie vor hatten sie bis auf Bo und Sven keinen ihrer Bekannten aufspüren können. Allmählich sackte der Verdacht, dass dies womöglich so bleiben würde, immer tiefer in Lukas' Herz, machte den darin liegenden Stein noch ein paar Gramm schwerer.

Schließlich blieb Michael, der inzwischen sein Sweatshirt in den Rucksack gestopft und seine Outdoor-Hose zu Shorts verkürzt hatte, am Straßenrand stehen. Der Gestank von Abgasen lag in der aufgeheizten Luft, von irgendwo drängte der Duft gegrillter Meeresfrüchte zu ihnen und verdeutlichte den beiden, dass sie dringend etwas zu sich nehmen sollten. Wenig später nahmen sie am Tisch eines winzigen Restaurants Platz. Lukas bestellte Fisch, Gemüse und verschiedene Soßen, da Michael mit der ihm fremden Speisenauswahl überfordert wirkte.

„Und was jetzt?", fragte Rebeccas Bruder und spielte mit den Servietten.

„Wir fahren zurück nach Khao Lak", schlug Lukas vor. „Dort gibt es kleinere Ambulanzen, in denen wir suchen können, und weiter im Norden noch ein Krankenhaus. Danach …" Er zögerte, fuhr sich mit der Hand über die müden Augen und kämpfte gegen die Hoffnungslosigkeit an, die sich einzuschleichen versuchte, indem er neue Pläne schmiedete. „Anschließend könnten wir entweder an den Pakweep Beach zurückkehren oder die Runde von vorn beginnen, in der Hoffnung, dass Rebecca in der Zwischenzeit in eines der Krankenhäuser eingeliefert wurde."

„Alles ist besser, als tatenlos herumzusitzen."

„Auf jeden Fall."

„Wie war es eigentlich bei dir?"

Lukas betrachtete einen Moment lang seine Hände. Sie lagen untätig in seinem Schoß auf den beigen Shorts, einem Geschenk der Schweden.

„Ich fasse es einfach nicht, dass das erst gestern war … Ich war draußen bei den Similan Islands, unter Wasser …"

Obwohl sich der Boden unter dem Indischen Ozean noch immer nicht beruhigt hatte, war davon an der Oberfläche und an den geschundenen Küsten nichts mehr zu spüren. Die Wellen, die gen Westen gelaufen waren, waren rund sechs Stunden nach ihrem Erwachen an den Küsten Somalias und Kenias angelangt. Sie waren nicht so sehr die Ungetüme gewesen, zu denen sie anderenorts herangewachsen waren, als seien sie mit dem, was sie

angerichtet hatten, beinahe zufriedengestellt. Dennoch hatten sie
sich auch dort ihre Opfer geholt.

Geologen auf der ganzen Welt brüteten über Zahlen und
Fakten, rechneten und analysierten. Sie würden weiterhin
Seebeben dieser Dimensionen nicht vorausberechnen, einen
Tsunami nicht aufhalten können. Aber sie wollten dafür Sorge tragen, dass Wellen in dieser Größenordnung und Wucht
die Küsten am Indischen Ozean nicht noch einmal so un-
vorbereitet treffen konnten. Nie wieder sollte ein Touristen-
kind, das an einem azurblauen Pool mit seinem aufblasbaren
Wassertier spielte und die warme Sonne genoss, sich plötzlich
einem braunen gefräßigen Monster gegenübersehen, das von
einer Sekunde auf die andere die Sonne verdunkelte und sein
Leben beendete. Nie wieder sollte ein thailändisches Schul-
kind, das seiner Großmutter zur Hand ging, Wichtiges über
das Leben lernte und fröhlich lachte, nur einen Wimpernschlag später in den Fluten um sein Leben kämpfen und als
Waise zurückbleiben.

Also galt es, das Wissen, welches sie längst erlangt hatten,
gezielt mit den sich ihnen bietenden Möglichkeiten einzu-
setzen. Und auch hier stirbt die Hoffnung zuletzt, dass sie
niemals mehr gezwungen sein würden, ein derartiges De-
saster nur im Nachhinein auszuwerten und darauf lediglich
reagieren zu können ...

Das Ticken der Wohnzimmeruhr verdeutlichte überlaut
jede verstreichende Sekunde und mutete in Alfreds Ohren

plötzlich an wie ein Hohn. Die Uhr zeigte die Zeit an, in der er lebte und atmete, während in den Nachrichten, die Marianne inzwischen ausgeschaltet hatte, die Opferzahlen in die Hunderttausende stiegen. Begann er sich jetzt dafür zu schämen, dass er leben durfte? Dass seine bangen Gedanken sich vor allem um eines der vielen Opfer drehten – Rebecca!?

Alfred hielt Mariannes Hand in seiner, sie lehnte sich erschöpft und kraftlos an ihn. In der vergangenen Nacht hatten sie beide nicht geschlafen. Wie sollten sie auch, wuchs doch im Dunkeln ihre Angst um Rebecca schneller an als Gewitterwolken an einem heißen Sommertag.

Es hieß, dass ein thailändischer Prinz beim Surfen von dem Tsunami überrascht und getötet worden sei. Aber das Wissen, dass die Wellen keinen Unterschied zwischen Arm und Reich, Touristen und Einheimischen, mutigen oder ängstlichen Menschen, zwischen Alt und Jung, Hautfarbe und Religion gemacht hatten, beinhaltete keinen Trost. Alfred und Marianne, die aneinander gelehnt auf dem Sofa in ihrem großen Wohnzimmer saßen und die schwarze Mattscheibe des Fernsehers anstarrten, konnten nichts anderes tun, als dem Zerfließen der Zeit zuzuhören und auf ein Lebenszeichen ihrer Tochter zu warten.

Die Frage nach dem Warum beschäftigte Alfred, quälte ihn jedoch nicht. Sogar Gottes Sohn hatte am Kreuz gerufen: „Mein Gott, mein Gott, warum hast du mich verlassen?" Auch wenn Alfred keine Antwort erwartete, war es doch tröstlich, sich damit an den zu wenden, der diese Frage ebenfalls gestellt hatte. Den, der wusste, was Leid und Schmerz bedeutete; der es am eigenen Leib erlebt hatte. Auch die, die an den Schöpfer glaubten, das wusste Alfred nur zu gut, hatten kein Anrecht auf ein Dasein ohne Leiden. Doch wie schon die Psalmbeter kannte Alfred eine Adresse, an die er sich mit seiner quälenden Ungewissheit wenden konnte. Bei Gott erhoffte er sich Hilfe – seine Fragen prallten nicht an der Endlichkeit des Lebens ab, vielmehr strömte ihm aus der Ewigkeit, von jenseits dieser Endlichkeit, Trost entgegen.

Alfred griff nach der Bibel, die Marianne spät in der Nacht an den Rand der Couch geschoben hatte, und schlug den 73. Psalm auf. Leise, mit unsicherer Stimme, da Schmerz und Angst in ihm tobten, las er schließlich die Verse: „Ich aber wäre fast zu Fall gekommen. Beinahe hätte ich den Boden unter den Füßen verloren …" Er las weiter. Stockend, begleitet vom Weinen seiner Frau, bis er zu den Worten kam: „Doch ich gehöre noch immer zu dir, du hältst meine rechte Hand …"

Marianne flüsterte: „Er hat auch unsere Becci an der Hand gehalten, nicht? Gleichgültig, welchen Weg sie gehen musste, ob sie überlebt hat oder bereits von ihm hinüber in eine bessere Welt gebracht wurde …"

„Daran halten wir uns fest, mein Liebling", bestätigte Alfred, legte die Bibel beiseite und schloss Marianne in seine Arme, froh darüber, dass sie beide denselben Halt hatten, dass nicht jeder für sich damit zurechtkommen musste und ihre Ehe an einer derartigen Katastrophe nicht zu zerbrechen drohte. Der Schmerz der Ungewissheit war dadurch nicht geringer, die Angst davor, ihre Tochter in der Fremde verloren zu haben oder womöglich niemals zu erfahren, was ihr zugestoßen war, blieb wie eine düstere Wolke über ihnen, quälte ihre Herzen, zerrte an ihren Nerven, hielt sie weiterhin in einer eigenartigen Blase der Lebensunfähigkeit gefangen, machte sie sprachlos – aber nicht trost- und hoffnungslos.

Als das Telefon zu läuten begann, schrak das Ehepaar aus einer Art Dämmerschlaf hoch. Marianne sprang mit einem Satz auf, stürzte förmlich nach vorn, um sich das schwarze

Gerät zu schnappen, hatte aber bei aller Hast noch einen Gedanken daran übrig, auf Lautsprecher zu stellen, damit Alfred mithören konnte.

„Ich bin es, Michael."

„Hast du Becci gefunden?", rief sie aufgeregt, fügte aber ruhiger hinzu: „Ninni hat uns gesagt, dass du sofort nach Thailand geflogen bist ..."

„Ich bin in Phuket. Und nein, so schnell kann ich Becci nicht finden."

„Du hattest schon immer Probleme damit, deinen inneren Tatendrang erst einmal zu überdenken", rügte Marianne halbherzig, versteckte sie damit wohl vielmehr ihre Enttäuschung, noch keine gute Nachricht zu erhalten.

„Ich habe Lukas getroffen. Wir fahren jetzt zusammen zurück in Richtung Khao Lak und suchen weiter nach Becci."

„Ist es wirklich so schlimm dort?"

„Gleichgültig, was du dir vorstellst: Es ist schlimmer!"

„Ihr werdet unsere Becci doch finden?"

Michael schwieg. Alfred sah, wie Mariannes Kinn zitterte, sie blinzelte mehrmals.

„Wir tun, was wir können, Mama", erklang Michaels Stimme, diesmal deutlich leiser. Ob es an der Verbindung lag oder an Michael selbst, war nicht herauszuhören.

„Ruf bitte die Mutter von Lukas an. Frag sie, ob sie etwas von Lara König oder den Jasons gehört hat. Ich melde mich später noch einmal. Die Handynetze sind völlig überlastet, es-"

Das Gerät war wie tot. Marianne starrte es an, als könne sie es aus reiner Willenskraft wieder zum Leben erwecken und mit diesem anderen Teil der Welt in Kontakt bleiben – dort, wo sie ihre Tochter wusste. „Thailand ist so schrecklich weit weg", sagte sie schließlich und legte das Telefon beiseite.

„Dieses Mal kannst du ihr nicht helfen."

„Sie hat sich selten mal von mir helfen lassen", lachte sie, gleichzeitig kullerten Tränen aus ihren Augen.

„Aber du hast es verstanden, sie dennoch behutsam zu lenken."

„Ich habe sie jedes Mal verpflastert, wenn sie sich bei dem Versuch, mit dem Kopf durch die Wand zu gehen, verletzt hatte. Ich habe sie in einer Hängematte voller Liebe aufgefangen, wenn sie bei einem ihrer Ausreißversuche gefallen ist."

„Du bist eine gute Mutter, Marianne. Jetzt müssen wir darauf vertrauen, dass Gott genau dasselbe für sie getan hat."

„Das ist so schwer."

„Lass sie los. Sie gehört nicht uns, sie hat niemals uns gehört. Sie ist uns nur anvertraut worden."

Marianne setzte sich langsam, mit Bewegungen, die an eine alte Frau erinnerten, wieder hin. Alfred wusste nicht, ob er sich täuschte, doch ihm war, als sei ihr Haar über Nacht deutlich grauer geworden.

„Ich bin dankbar für die Zeit, die wir mit Becci hatten, Alfred. Aber ich bin noch lange nicht bereit, sie aufzugeben!"

„Woher sie wohl ihren Trotzkopf hat …?"

15. Kapitel

Fassungslos schaute Michael aus dem Fenster des klapprigen, rostigen und schwach auf der Brust klingenden Pick-ups. Rechts und links der von schwerem Gerät freigeräumten Straße zeugten gefällte Bäume und Palmen, in sie verkeilte Leitungsmasten, die Knäuel schwarzer Drähte und angeschwemmter Unrat von der Wucht, die der Tsunami gehabt haben musste. Er sah einige wenige Steinhäuser, deren Fenster und Türen vom Wasser einfach eingedrückt worden waren. Daneben offenbarten Fundamente, wo früher Bungalows gestanden hatten – mehr war von ihnen nicht übrig geblieben.

Einstmals schöne Strandabschnitte waren von Müll und braunem Schlamm überzogen, in dem Menschen und Spürhunde herumkletterten, auf der Suche nach Überlebenden … und nach Toten.

Die Straße stieg an, die Küstenlinie entfernte sich. Hier war das Wasser nur in die Gebiete gelangt, wo Bachläufe ihm den Weg geebnet hatten. Sie kamen nun zügiger voran, die eigentlich einspurige Fahrbahn wurde zweispurig genutzt, immer wieder mussten sie anhalten, um schweres Gerät oder Krankenwagen passieren zu lassen. Michael schloss bei jedem vorbeifahrenden Laster oder Pick-up die Augen. Er wollte ihre Fracht nicht ein zweites, drittes … Mal ansehen müssen.

Wie viele Touristen und Angestellte sich wohl in den Hotels aufgehalten hatten, fragte er sich. Immerhin war Hochsaison. Und wie viele von ihnen noch am Leben waren? Die

Fragen begannen ihn zu martern, schließlich war auch seine Schwester eine von diesen Touristen.

Er warf einen Blick auf Lukas. Der lehnte an der Tür, der Wind, der durch das heruntergekurbelte Fenster Einlass fand, zerrte an seinem Hemd, zerzauste sein Haar, aber er schlief. Dennoch zuckten seine Gesichtsmuskeln unter dem Stoppelbart; der Mann fand selbst im Schlaf keine Ruhe. Inzwischen hoffte Michael nicht nur für sich und seine Familie, dass sie Rebecca lebend finden durften. Er wünschte es auch Lukas.

Michael wandte die Augen von seinem Begleiter ab, doch die Zerstörung um ihn her drückte ihm aufs Gemüt. Sie verdeutlichte auf zermürbend klare Weise, welch reiche Ernte der Tod eingefahren hatte. Der Wunsch, sehr weit weg von diesem Ort zu sein, nahm überhand. Was hatte ihn nur dazu bewogen, Hals über Kopf, ohne nachzudenken, wie seine Mutter richtig angemerkt hatte, in das Katastrophengebiet zu fliegen? Was konnte *er* hier schon ausrichten? Falls Rebecca irgendwo tot zwischen den Trümmern lag, würde jemand sie finden, ein Experte sie identifizieren, man würde sie verbrennen und ihnen vielleicht die Asche zukommen lassen. Falls sie noch am Leben, aber verletzt war, würde man die Familie in den nächsten Tagen über ihren Verbleib informieren – sobald sie transportfähig war, würde sie mit einem Flugzeug nach Deutschland gebracht werden. Sollte sie unverletzt sein – hätte sie sich dann nicht längst gemeldet? Vielleicht mussten sie nur abwarten, bis sie telefonisch durchkam … Im Grunde war er außerstande, etwas für sie zu tun. Er wollte aber etwas tun! Nur – was?

Michael verschränkte die Arme vor der Brust und verfolgte die waghalsigen Manöver ihres Fahrers, eines sehr dunkelhäutigen Thai. Die Hilfsbereitschaft aller einheimischen Bevölkerungsgruppen war schlicht überwältigend.

Sie packten an, wo sie konnten. Familien, teilweise bitterarm, hatten die vor dem Wasser in die Berge geflohenen Touristen aufgenommen, verköstigten sie mit ihren letzten Lebensmitteln, gaben nicht nur sprichwörtlich ihr letztes Hemd für sie her. Er und Lukas saßen in einem Pick-up, dessen Besitzer sich den Sprit kaum leisten konnte und der eigentlich nur zu einer winzigen Ortschaft irgendwo an der N4 und der Straße Nummer 3006 hatte fahren wollen, um nach einer Tochter zu sehen. Doch als sie ihn gebeten hatten, ob er sie in die kleine Klinik nach Phang Nga fahren würde, hatte er bereitwillig zugesagt.

Erneut zeichnete sich vor ihnen ein Stauende ab. Auf beiden Seiten drängte sich eine bunte Palette an Fahrzeugen auf zwei Spuren, obwohl die Straße dafür viel zu schmal war. Ihr Chauffeur stieg aus, wohl um den Grund der Verzögerung zu erkunden, und kehrte wenig später mit der Nachricht zurück, dass er eine Nebenstraße nehmen würde. Er wendete, fuhr ein Stück zurück und bog von der landeinwärts führenden N4 auf eine Piste ab, die mehr Schlaglöcher als ebene Wegstücke aufwies. Zweige und Buschwerk streiften an dem Gefährt entlang, zuletzt ging es steil bergauf. Die bewaldeten Berge faszinierten Michael und ließen ihn das erste Mal erahnen, was für eine herrliche Gegend dies vor dem Tsunami gewesen sein musste. Bald schon machten ihm jedoch die Luftfeuchtigkeit, die Hitze und das Eindringen unzähliger Insekten zu schaffen. Er war froh, als sie schließlich ihr Ziel erreichten.

Lukas schüttelte dem drahtigen Fahrer die Hand, Michael tat es ihm gleich, wobei er ihm einige Baht zusteckte. Ohne auf die höflichen Dankbarkeitsbekundungen des Mannes einzugehen, wandte Michael sich ab und folgte Lukas, der förmlich auf den Eingang des kleinen Gebäudes zustürmte.

Menschen lagen wimmernd und schreiend rund um das Krankenhaus verteilt, viele von ihnen auf dem blanken Boden, darunter offensichtlich noch immer unbehandelte Schwerverletzte. Ein paar von ihnen wurden in Ambulanzen gehoben, vermutlich, um sie in ein größeres Hospital nach Phuket zu bringen. Bei einigen von ihnen fragte sich Michael, wie und ob sie die Fahrt überleben würden.

Lukas hatte inzwischen eine Menschentraube vor einer provisorisch errichteten Stellwand erreicht. Wie Michael es bereits auf dem Flughafen gesehen hatte, hingen auch dort Listen mit Namen aus, daneben Fotos, teilweise übereinander, da der Platz nicht ausreichte. Die Menschen drängten sich vor ihnen, schoben sich Schritt um Schritt voran, suchten, hofften, bangten.

In dem Augenblick, als Michael sich zu Lukas gesellen wollte, drehte dieser sich um. „Ich habe gerade mitbekommen, dass ein Australier und ein Italiener eine Mitfahrgelegenheit zum Hospital in Takuapa aufgetan haben. Ich versuche, mich ihnen anzuschließen. Du kannst hier nach Becci suchen."

Michael nickte Lukas zu, der, wenn es um Pläne und deren Umsetzung ging, offenbar ganz in seinem Element war. Es war vermutlich sinnvoll, wenn sie ihre Kräfte und Aufmerksamkeit splitteten, damit sie zügiger vorankamen. „Lass uns unsere Handy-Nummern austauschen."

Lukas zog das kostbare Gerät des US-Amerikaners hervor und hoffte, dass sich ihm bald eine Möglichkeit auftun würde, den Akku aufzuladen.

„Wir finden sie!", sagte Michael, als Lukas sich abwandte. Der Mann drehte sich, obwohl er ihn gehört haben musste, nicht noch einmal um. Sie wussten beide, dass das vielmehr Wunschdenken war, ein Anfeuern, um die Hoffnung nicht zu begraben, und ihr Antrieb, nicht vorschnell aufzugeben.

Es dauerte über eine Stunde, bis Michael die Listen und Fotos durchgesehen hatte, die privaten Mitteilungen gelesen und die Geschichten derer angehört hatte, die ihn ansprachen. Er kam sich wie ein Fremdkörper unter diesen Menschen vor. Sie trugen teilweise noch immer die Kleider am Leib, die sie während des Tsunamis getragen hatten, gelegentlich vervollständigt durch das, was Einheimische oder Helfer ihnen geschenkt hatten.

Er war nicht dabei gewesen. Er wusste keine Tsunami-Geschichte zu erzählen, bis auf die Tatsache, dass er vermutlich einer der Ersten war, der einen Flug hierher bekommen hatte. Allmählich fragte er sich, ob er deshalb vielmehr ein schlechtes Gewissen haben sollte, anstatt Erleichterung zu empfinden. Was wäre gewesen, wenn er ebenfalls vor Ort gewesen wäre, als die Welle kam? Dann wäre er in Rebeccas Nähe gewesen. Hätte sie beschützen können …

Zögernd blieb er vor der Tür der Klinik stehen. Ob es überhaupt Sinn hatte, dort drinnen weiterzusuchen, nachdem er bereits die Listen durchgesehen hatte? Beim Anblick einer Frau, die damit beschäftigt war, den Menschen, die sich äußern konnten, Namensschildchen auf die Kleidung zu kleben, trat er entschlossen in das Gebäude.

Auch hier herrschte Chaos, wenngleich ein halbwegs organisiertes. Die Schwestern und Ärzte sahen jedenfalls völlig übermüdet aus und waren viel zu wenige. Da half es auch nicht, dass zahllose freiwillige Helfer die leichteren Aufgaben übernahmen. Der Ansturm der Verletzten war für das winzige Hospital nicht zu bewältigen, obwohl mittlerweile mit dem Abtransport der Schwerverletzten begonnen worden war. Doch die Straßen waren schwer passierbar, vermutlich gab es weder genug dafür ausgestattete Fahrzeuge noch Helikopter – und damit befand er sich gedanklich wieder bei Rebecca.

Wie viele Menschenleben hatte sie bereits gerettet? Konnte ihres jetzt ebenfalls gerettet werden? Vielleicht ebenfalls durch das geschulte Personal eines Rettungshubschraubers? Wäre das nicht eine ausgleichende Gerechtigkeit?

Aber der Tsunami hatte keine Gerechtigkeit gekannt. Er hatte wahllos dahingerafft.

Michael schüttelte den Kopf. Er war ja sicher der Letzte, der sich Gedanken darüber machen durfte, welches Opfer wohl eine Rettung verdient hatte! Er mit seinem – mittlerweile allerdings gelöschten – Eintrag im Erziehungsregister der Polizei. Er, der jahrelang von einer Erkrankung zur anderen gedriftet war und irgendwann einfach ein starker Kerl hatte sein wollen, sich deshalb den falschen Leuten angeschlossen und zwei Menschen krankenhausreif geprügelt hatte … Eine Begebenheit, eine Erinnerung, die ihn nach wie vor belastete.

Er schob sich wie die vielen anderen durch die Reihen der Betten und Notbetten und der am Boden Liegenden; vorbei auch an verhüllten Körpern.

„Rebecca? Rebecca Siebeck? Becci?", wiederholte er immer wieder und kam sich schließlich wie eine alte Vinylschallplatte mit einem Riss vor. Irgendwann hörte er auf, genauer hinzuschauen. Er musste sein Herz und seine Seele schützen.

Ein Ellenbogen wurde ihm derb in den Rücken gestoßen. „Mann, da drüben hat jemand die Hand gehoben!", wurde er in breitestem Bayrisch angeschnauzt. Michael fuhr herum.

„Becci?", sagte er automatisch. Wieder hob jemand eine verbundene Hand. Michael spürte, wie das Blut in seine Beine sackte. Er musste sich an dem Hünen festhalten, der ihn auf das Handzeichen hingewiesen hatte.

„Rebecca Siebeck?", kam es, ohne dass er das steuern konnte, erneut aus seinem Mund. Ungläubig. „Rebecca?" Jetzt durchflutete ihn ein zunehmendes Glücksgefühl.

Die Hand drehte sich, forderte seine Aufmerksamkeit ein.

„Nun geh schon", raunzte der Bayer und klang wütend, wohl weil Michael sich noch immer wie ein hilfloses Kind an ihn klammerte. Vielleicht beneidete der Bär von einem Mann ihn aber auch nur, weil er gefunden hatte, wen er suchte.

Unsicheren Schrittes ging er auf die schmale Liege zu. Er zwängte sich zwischen ihr und einem etwas breiteren regulären Krankenhausbett hindurch und erblickte blondes Haar, blaue, erschreckend tief in den Höhlen liegende Augen und ein hübsches Mädchengesicht. Das war nicht Rebecca!

Der Anflug von Freude, der in seinem Herzen Einzug gehalten hatte, fiel zusammen. Ihm fehlte einen Moment lang die Luft zum Atmen, so groß war die Enttäuschung. Anscheinend hieß das Mädchen ebenfalls Rebecca und hatte einfach auf den vertrauten Vornamen reagiert. Vielleicht hob sie einfach immer die Hand, weil ihr Wunsch, einen Familienangehörigen zu sehen, so tief verwurzelt in ihrer Seele brannte ... es war ihr nicht zu verübeln.

Michael schenkte dem Teenager ein mitfühlendes Lächeln und wollte sich abwenden, aber eine heiße Hand auf seinem Unterarm hielt ihn erstaunlich kräftig, beinahe verzweifelt, zurück.

„Nicht weggehen", sagte sie auf Deutsch mit einem etwas hart klingenden Akzent.

„Du bist nicht die Rebecca, die ich suche."

„Ich weiß. Ich bin Liska. Liska Dahlberg."

„Es tut mir leid, ich kann nicht-" Michael stockte. Hatte Lukas ihm nicht den Namen Dahlberg genannt?

„Ich kenne Rebecca", stieß das Mädchen nahezu panisch hervor, vermutlich aus Angst, dass er einfach wegging.

„Du kennst meine Schwester?"

„Rebecca Siebeck aus dem Schwarzwald. Rettungsassisten-tin."

„Das ... weißt du, was mit ihr ist?" Michael zwang sich, das Mädchen nicht anzubrüllen. Sein Herz schlug Kapriolen. Der Schweiß, der ihm in dem völlig überfüllten und stickigen Raum, der nach Medikamenten und Desinfektionsmittel roch, über den Rücken rann, hinterließ plötzlich feurige Nadelstiche. Er wollte jubeln und tanzen, weinen und schreien zugleich. Er hatte vielleicht eine Spur von Rebecca gefunden!

„Sie war mit meinem Bruder ... mit Sven ..." Liska fing an zu weinen, wollte sich zusammenkrümmen, aber das verursachte ihr offensichtlich Schmerzen. Sie stöhnte gequält.

„Wissen Sie etwas von meinen Eltern? Den Dahlbergs? Oder von Sven? Oder von Bo? Er war doch erst drei Jahre alt!" Sie schrie jetzt. Eine nervöse Unruhe entstand im Raum, und Michael sah sich peinlich berührt um. Er sollte das arme verletzte Kind nicht so aufregen.

„Bitte beruhige dich. Lass uns erzählen, was wir wissen, ja?", sprach er beschwichtigend auf sie ein.

Sie nickte, unheimlich tapfer, wie er fand. Obwohl die Tränen nach wie vor ungehindert über ihr Gesicht strömten, sagte sie, jetzt deutlich beherrschter: „Rebecca war mit Sven schon an den Strand vorausgegangen."

Michael nickte, als sei ihm diese Information eine große Hilfe. Er verriet nicht, dass es das Wenige war, was er bereits wusste. „Lukas hat gesagt-"

„Sie haben Lukas gesehen?"

„Ja, wir suchen gemeinsam nach Rebecca, nach dir und deinen Eltern."

„Ja ...?"

„Hör gut zu: Lukas hat Sven gefunden. Er ist schwer verletzt, liegt aber inzwischen in einer Klinik in Bangkok und

318

wird dort medizinisch gut versorgt. Die Ärzte haben gesagt, er wird es überstehen."

Liska lächelte unter Tränen, unfähig, etwas zu sagen.

„Lukas hat auch deinen Bruder Bo gefunden."

„Bo?" Große blaue Augen sahen ihn jetzt direkt an, bettelten darum, weitere gute Neuigkeiten zu hören. Dann verdunkelte sich ihr Blick, und sie wandte den Kopf ab. Sie wusste, dass es beinahe unmöglich war, dass ein Dreijähriger die tödliche Naturgewalt überlebt haben konnte.

Michael ergriff die schlanken Finger des Mädchens, drückte sie fest, sprach schnell aus, was er selbst für ein Wunder hielt: „Er lebt, Liska. Bo ist am Leben. Gott hat seine schützende Hand über ihn gehalten. Er ist nicht mal verletzt. Vermutlich sitzt er jetzt bereits in einem Flugzeug in Richtung Schweden."

Sie schluchzte, schniefte. Ihr Körper schien von Krämpfen geschüttelt zu sein. Dann entzog sie ihm ihre Hand, legte sie in seinen Nacken und zog ihn zu sich herunter. Das Mädchen umarmte einen ihr wildfremden Mann, der annähernd im Alter ihres Vaters sein könnte. Hatte Lukas nicht erzählt, dass sie sehr schüchtern, fast ein bisschen menschenscheu sei?

Liska weinte hemmungslos, Michael erwiderte die Umarmung nicht, rückte aber auch nicht von ihr ab. Sie sollte sich nehmen, was sie im Augenblick brauchte, hatte sie doch genug für ein ganzes Menschenleben gelitten.

„Sie leben", flüsterte sie schließlich und ließ ihn los. „Entschuldigung", fügte sie ebenso leise hinzu.

Michael lächelte sie verständnisvoll an, ahnte jedoch, wie traurig er dabei wirkte. „Und Rebecca?"

„Wir konnten sie noch nicht finden."

„Wenn Bo das überlebt hat, haben meine Eltern es auch geschafft. Und ganz sicher auch Rebecca!", beschloss Liska plötzlich in kindlicher Überzeugung. Vermutlich wusste sie nicht, was dort draußen los war, kannte die Opferzahlen nicht, die immer noch stündlich nach oben korrigiert wurden. Für ihren Heilungsprozess war das bestimmt von Vorteil. Mit einem hoffenden Herzen heilte ihr Körper besser …

„Was ist mit dir? Bist du schlimm verletzt?", fragte Michael, obwohl er eigentlich keine Horrorgeschichte mehr über den Augenblick, in dem die Welle alle überrascht hatte, hören wollte. Als ob Liska das ahnte, deutete sie auf die leichte Decke, die ihren Körper bedeckte.

„Ich habe eine tiefe Schnittwunde quer über den Bauch. Sie ist genäht worden. Es tut mehr weh als damals, als sie mir den Blinddarm rausgeschnitten haben."

Michael nickte mitfühlend und erleichtert. Das hörte sich nicht lebensbedrohlich an.

„Ich sehe, dass meine Beine noch da sind. Aber ich kann sie nicht fühlen und nicht bewegen."

Unwillkürlich wanderte Michaels Blick zu ihren Füßen. Sie schauten unter dem als Zudecke fungierenden Leintuch heraus. Kleine, hübsche Füße mit stellenweise abgeblättertem Glitzernagellack, wie ihn seine fünfjährige Tochter auch liebte.

„Die Ärzte und Schwestern sprechen nur Thai und Englisch. Ich habe sie so verstanden, dass das wieder weggeht."

Michael lächelte sie aufmunternd an, warf einen Blick auf den abblätternden Putz an der Wand, die gesprungenen, von vielen Füßen verdreckten Bodenfliesen und die veraltet wirkenden Geräte. Er ahnte, wie viel besser Liskas Heilungschancen in einer moderneren Klinik wären …

„Ich komme gleich wieder zu dir, okay? Ich muss mal kurz telefonieren."

Liska wirkte plötzlich äußerst erschöpft, ihr Nicken war nur noch angedeutet. Vorsichtig, um auf niemanden zu treten, schlängelte Michael sich ins Freie, entfernte sich von den dort liegenden Verletzten und suchte einen halbwegs vernünftigen Netzempfang, ehe er die Nummer von Lukas wählte.

Der meldete sich schnell, atemlos vor Erwartung. „Ich habe Liska gefunden. Sie ist verletzt, aber nicht in Lebensgefahr."

„Gott sei Dank."

„Gib mir bitte die Nummer dieser Schwedin. Sie muss dringend in ein anderes Krankenhaus verlegt werden."

Lukas fragte nicht näher nach, sie würden sich später detaillierter austauschen können. Er diktierte ihm die Nummer, die Lilja ihm gegeben hatte, und beendete das Gespräch.

Michael erreichte einen männlichen Vertreter des Schwedischen Konsulats. Der versprach, sofort eine Verlegung des Mädchens in die Wege zu leiten.

Zufrieden kehrte Michael zu Liska zurück. Sie schlief jedoch fest. Also suchte er den Rest der Räumlichkeiten ab, ohne eine Spur von Rebecca zu finden. Als er zurückkam, waren zwei Schwestern bei Liska. Sie wurde von ihnen für einen Helikopterflug vorbereitet.

„Ich komme vielleicht in das gleiche Krankenhaus wie Sven." Das Mädchen strahlte, und Michael freute sich darüber, dass zumindest für den Augenblick neue Hoffnung eingekehrt war.

Alfred beobachtete aus der Küche, wie Marianne an das läutende Telefon stürzte, es in ihrer Hast fallen ließ und bei dem Versuch, es aufzufangen, den Anrufer wegdrückte.

Sie schimpfte halblaut mit sich selbst, behielt das Gerät in der Hand und wartete. Es klingelte erneut und sie nahm das Gespräch entgegen. Alfred kümmerte sich weiter um den Kaffee, lauschte aber in den Nebenraum und fand, dass seine Frau überaus wortkarg war. Beunruhigend still.

Er verschüttete das Pulver, das Wasser lief über und letztendlich rutschte ihm beim Wegräumen die Kaffeedose aus der Hand. Das schwarze Pulver stäubte auf, verteilte sich großflächig auf den Küchenfliesen. Er ließ alles liegen und stellte sich in den Türrahmen, wartete auf die Worte, die ihm das Herz in Stücke reißen würden.

Marianne legte das Telefon in Zeitlupentempo beiseite und setzte sich wie in Trance. „Das war dein alter Kumpel Enrico aus Florenz."

„Ja?" Alfred runzelte verwirrt die Stirn.

„Er sagt, er habe Rebecca im Fernsehen gesehen. Er nimmt zumindest an, dass sie es war, weil er sie fast acht Jahre nicht gesehen hat."

„Aber …?"

„Das italienische Fernsehen hat einen Bericht aus einem der Krankenhäuser bei Khao Lak gezeigt." Mariannes Stimme klang tonlos und schleppend. „Bevor ein Arzt die Kamera weggeschoben hat, war sie auf eine Verletzte gerichtet, um die sich eine Krankenschwester und eben dieser Arzt gekümmert hätten. Enrico meint, er habe Rebecca erkannt."

Alfred drehte den Kopf und betrachtete das Chaos in der Küche. Er sollte das wegwischen, überlegte er und ärgerte sich dann über seine eigenen Gedanken. Allmählich schien er durchzudrehen.

Marianne sprang auf, als habe sie einen Stromschlag erhalten. „Wir müssen Michael anrufen! Sie dürfen nicht am Strand suchen, sondern müssen zuerst die Krankenhäuser abklappern. Rebecca ist da irgendwo. Verletzt. Sie muss nach Hause!"

Ehe Alfred reagieren konnte, hatte Marianne bereits das Telefon ergriffen und die Nummer gewählt. Er sah die Erleichterung auf ihren Gesichtszügen, weil sie endlich eine Spur, ein Lebenszeichen hatten.

Er empfand das nicht. Warum nicht? Sollte er sich nicht ebenfalls an diesen Strohhalm klammern?

„Enrico hat Rebecca so lange nicht gesehen. Wie soll er sie in einem Bericht erkannt haben, zumal man sie vermutlich nur einen winzigen Augenblick gezeigt hat?", kleidete er in Worte, was sich ihm unweigerlich aufdrängte.

„Sie ist es!", beharrte Marianne und wählte ein zweites Mal. Sie zitterte am ganzen Körper vor Aufregung. Ihr Enthusiasmus ließ sie unruhig auf und ab gehen. Offenbar wusste sie im Moment nicht, wohin mit der neuen Energie und Hoffnung, die sie durchströmte.

„Enrico wusste ja nicht einmal, dass Becci in Khao Lak ist! Ich habe laufend gemeint, sie auf den Fernsehbildern zu sehen. Oder zumindest ihren Badeanzug oder eines ihrer Kleider. Weil ich sie gesucht habe. Enrico hat bestimmt keinen Gedanken an unsere Becci verschwendet, als er den Bericht sah. Also kann er sich gar nicht getäuscht haben! – Ich komme überhaupt nicht durch!" Sie tippte erneut auf das Telefon ein. Dann wieder und noch einmal. Schließlich warf sie es auf die Couch. Ihr Gesicht wies eine ungesunde rote Farbe auf. Sie verknotete ihr Finger so vehement ineinander, dass Alfred ernsthaft fürchtete, sie würde sie sich selbst brechen.

„Warum komme ich ausgerechnet jetzt nicht durch?", rief sie laut. „Ich muss es doch Michael sagen! Vielleicht zählt jede Sekunde!"

„Beruhige dich bitte."

„Ich kann nicht!" Marianne japste nach Luft und riss die Terrassentür auf. Auf Strümpfen lief sie in den kniehohen Schnee und schrie ihre Frustration und ihren Schmerz hinaus.

Alfred folgte ihr an die Tür, ließ sie jedoch gewähren. Hier draußen erschreckte sie höchstens ein paar Füchse und Rotwild.

Zitternd vor Kälte und aller Kräfte beraubt kam sie endlich zurück, ließ sich auf die Couch gleiten und sackte dort wie ein Häuflein Elend zusammen. „Ich kann das nicht länger aushalten", keuchte sie mit heiserer Stimme.

„Doch, kannst du!" Alfred brachte sogar ein Lächeln zustande. „Jemand, der so brüllen kann, hat die Energie eines Atomkraftwerks in sich."

„Ruf du Michael an", konterte Marianne trocken, nun wieder deutlich ruhiger.

„Ich versuche es." Alfred suchte nach dem Telefon, doch ihm erging es nicht besser als seiner Frau. Er bekam einfach keine Verbindung. Die anhaltende Ungewissheit brachte Marianne erneut zum Weinen. Doch galten Tränen nicht auch als heilsam?

Im Umkreis der Klinik des neueren Stadtteils von Takuapa bot sich Lukas dasselbe Bild wie bei den Stationen davor. Und wieder trat ihm eine Frau mit einem Klemmbrett samt darauf befestigten Listen in den Weg. Er ballte seine Hände zu Fäusten, versteckte sie aber hinter seinem Rücken, da er die Thai mittleren Alters nicht erschrecken wollte. Sie konnte schließlich nichts dafür, dass er innerhalb der letzten zwei

Tage eine Aversion gegen Klemmbretter und Listen entwickelt hatte.

Er stellte seine Fragen, nannte Rebeccas Namen, äußere Merkmale und den Aufenthaltsort während des Tsunami und erntete nach längerem Blättern ein Kopfschütteln, einen bedauernden Blick, ein aufmunterndes Wort. Er fragte auch nach Lara, den Dahlbergs und schließlich auch nach Martys Eltern und Ehefrau, erhielt als Antwort aber immer nur dieses frustrierende Kopfschütteln.

„Haben Sie noch Verletzte ohne Angaben von Namen oder Nationalität hier?"

„Das hätte ich Ihnen gesagt und Sie zu ihnen geführt." Die Thai blieb freundlich, ließ keinen genervten Unterton hören, wenngleich sie sein Nachhaken als Vorwurf fehlender Initiative hätte interpretieren können. Aber angesichts von so vielen verloren gegangenen Menschen legte auch sie eine unglaubliche Herzenswärme an den Tag.

„Entschuldigen Sie bitte. Ich wollte Sie nicht kritisieren."

„Das haben Sie nicht. Sie sind verzweifelt." Sie schenkte ihm ein Lächeln und wandte sich dem Australier zu, mit dem Lukas hergefahren war. In Lukas keimte der Verdacht auf, dass sie genau wusste, was es hieß, nichts über den Verbleib eines lieb gewonnenen Menschen zu wissen.

Mit hängenden Schultern, das Abbild eines hoffnungslos verzweifelten Menschen, blieb er auf dem Vorplatz stehen, unfähig, eine Entscheidung zu treffen, was er jetzt tun sollte. Er, der „Pitbull", der immer einen Plan hatte, der sich von Rückschlägen nicht beeindrucken ließ, sondern sich umso tiefer in das Problem verbiss, um eine Lösung zu finden, fühlte sich hilflos und überfordert. Musste er allmählich einen Gedanken daran zulassen, dass er Rebecca vielleicht nicht finden würde? Die Wellen hatten so viele Menschen mit sich auf das offene Meer gezogen ... Seine Augen begannen zu brennen, sein Herz krampfte sich zusammen. Er wollte unbedingt die Tränen zurückhalten, seiner Verzweiflung Herr werden ...

In dieser Sekunde, so empfand er es, zeigte Gott ihm seine Grenzen auf. Lukas konnte Pläne schmieden, doch es stand nicht in seiner Macht, dass sie auch aufgingen. Und manchmal war das vielleicht auch besser so ... Er forschte im medizinischen Bereich und entwickelte Geräte, die Menschenleben retteten, doch letztendlich lag es weder in der Hand der Ärzte noch an einer Apparatur und schon gar nicht an Lukas, ob der Kranke oder Verletzte leben würde.

Lukas setzte sich auf den Boden, ungeachtet des Chaos um ihn her, unbeachtet von den Anwesenden, die alle ihre eigenen Kämpfe auszufechten hatten.

Niemals zuvor hatte ihm so deutlich vor Augen gestanden, dass er das Leben nicht in der Hand hielt. Weder sein eigenes noch das von anderen Menschen. Gestern Abend hatte er Rebecca ausführen und ihr von seinem Tauchausflug berichten wollen, den sie ihm geschenkt hatte. Womöglich hatte sie ihm damit das Leben gerettet. Er hatte mit dem Gedanken gespielt, den nächsten Schritt zu wagen. Ihr zu sagen, dass er sie liebte, dass er die Hoffnung hegte, sie könnten eines Tages heiraten ...

Seine Pläne – zerschlagen von Abertausenden Tonnen von Wasser. Sein Leben gehörte ihm nicht wirklich. Das Wenigste von dem, was um ihn herum geschah, konnte er beeinflussen. Lukas schloss die Augen, spürte die wärmende Sonne wie ein sanftes Streicheln auf seinem Rücken, verdrängte die Geräusche um sich her ... und fühlte, wie er fiel.

Er stürzte in ein tiefes Loch aus Verzweiflung und Trauer, aus Angst und Verlorenheit. Und das vor allem deshalb, weil ihm in der Dunkelheit um ihn und in ihm klar vor Augen stand, dass sein Leben, wie er es bisher gekannt hatte, für immer zu Ende war.

Minuten verrannen. Menschen schritten an ihm vorüber. Ihre Füße wirbelten Staub auf, der sich auf Lukas niederließ, als würde er nach und nach mit dem Fleckchen Erde verschmelzen, auf dem er saß. Der Stein in seinem Herzen war mittlerweile so sehr angewachsen, dass er den lebenswichtigen Muskel zu sprengen drohte. Er hatte seine große Liebe verloren, die er – wie alles – in seine Zukunftspläne eingewoben hatte, ohne danach zu fragen, ob er das überhaupt durfte, ob das gut für ihn und vor allem für sie war ... für sie beide. Aber darüber brauchte er sich seinen schmerzenden Kopf nicht mehr zu zermartern. Rebecca war Vergangenheit.

Er fiel und fiel ... und landete sanft. Wie in einer ausgestreckten Hand. Er wurde gehalten, war unendlich froh, in dieser tiefsten Nacht nicht allein zu sein. In diesem Moment wusste er: Er konnte weiterleben. Er würde Tag für Tag angehen, doch nicht mehr in dem Gefühl, Herr über sein Leben zu sein, alles planen und bewerkstelligen zu können, sich ununterbrochen abstrampeln zu müssen, um gut genug zu sein ... Der Pitbull würde zur Ruhe kommen. Er würde sein Leben dem anvertrauen, der es ihm auf unbestimmte Zeit geschenkt hatte.

Allmählich tauchte Lukas aus seinen teils klaren, teils verwirrenden und auch schmerzlichen Gedanken wieder in die Realität auf. Er vernahm das Scharren von Füßen, die an- und abschwellenden Motorengeräusche, das Hupen und Blinken der Krankenwagen, die Schmerzensschreie, das Stöhnen, die aufmunternden oder verzweifelten Worte. Er spürte die Hitze der späten Nachmittagsstunde, hörte das Sirren der Insekten in der Luft, das Rascheln der Blätter im auffrischenden Abendwind, atmete die stickige Luft ein, geschwängert durch die Körpergerüche vieler Menschen, denen ein fast greifbar erscheinender Beigeschmack von Verzweiflung und Not anhaftete.

Langsam erhob sich Lukas und sah sich um. Nichts hatte sich an dem Bild geändert. Noch immer war die Kulisse exotisch schön, der Himmel herrlich blau, wenngleich die Farben in der Dämmerung bereits zu verblassen begannen. Das Chaos war dasselbe, der Seelenschmerz auf nahezu jedem Gesicht zu lesen. Auch in ihm tobte der Schmerz des Verlustes, die Unsicherheit über das Schicksal so vieler, dennoch war sein Kopf wieder klar. Er hatte das erste von wahrscheinlich noch vielen dunklen Tälern durchschritten, die ihn in den nächsten Wochen noch erwarten würden.

Jetzt galt es, eine Mitfahrgelegenheit zu suchen. Vermutlich waren von Deutschland aus einige THW-Verbände in Richtung Krisengebiet unterwegs, vielleicht sogar sein Heimatverband. Er würde sich ihnen anschließen, helfen, wo er konnte, auch über das Ende seines Urlaubs hinaus. Das war jetzt wichtiger als sein geregeltes Einkommen, als all seine Zukunfts- und Aufstiegspläne, die er sich bereits vor Jahren zurechtgelegt hatte. Er besaß die Fähigkeiten, in dieser Not zu helfen, also würde er tun, was ihm vor die Füße kam, gleichgültig, wie lange es dauern und was es ihn kosten würde. Auch wenn diese Tage völlig anders verliefen, als er sie sich erdacht hatte: Heute war sein Platz hier – und das fühlte sich rundum richtig an.

16. Kapitel

Die Dämmerung brach mit einem kräftigen Orangeton am Himmel herein, der sehr schnell in ein Farbenspektakel aus Violett und Rosa und schließlich in ein sanftes Gelb überging. Lukas, noch immer auf der Suche nach einer Mitfahrgelegenheit in Richtung Phuket, legte den Kopf in den Nacken und betrachtete das Wechselspiel der Farben. Für einen Moment wünschte er sich, den Sonnenuntergang über dem Meer beobachten zu dürfen, doch in Erinnerung an die Verwüstungen dort senkte er schnell den Blick und schritt auf einen älteren, europäisch aussehenden Mann zu, der teilnahmslos auf der einstmals grünen Wiese saß.

„Entschuldigen Sie bitte", sprach er ihn auf Deutsch an und war überrascht, dass er seine Worte gar nicht auf Englisch wiederholen musste.

„Sie haben nichts mehr für sie tun können", erzählte ihm der Mann, als hätte er einen guten Bekannten vor sich. „Sie haben sie einfach zugedeckt und weggebracht."

„Sie sprechen von Ihrer Frau?"

„Und sie haben ihren Namen von der Liste gestrichen. Jetzt ist es, als habe sie nie gelebt."

Lukas biss die Zähne zusammen. Immer diese Listen ... Sie zeugten von Leben und Tod und übersahen doch so viele. Dieser Gedanke veranlasste ihn, die Stirn zu runzeln. Sein Blick glitt über das im Schatten der Planen und Bäume liegende Grundstück beim Hospital. Er sollte sich nicht auf die

Listen verlassen. Hatte er in den vergangenen Stunden nicht mehrfach erlebt, wie unzuverlässig sie waren?

„Lukas! Ist der Akku von deinem Handy leer?" Michael trat neben ihn und nickte dem alten Mann grüßend zu.

„Vermutlich", erwiderte Lukas, ohne nachzusehen. Im Grunde hatte er vorgehabt, endlich jemanden zu finden, der ihn hier wegbrachte, um Kontakt zu einer THW-Truppe aufzunehmen, aber eine innere Stimme drängte ihn plötzlich dazu, sich intensiver umzusehen. Sein neues Vorhaben, seine Pläne für die nächsten Tage und Wochen – waren sie etwa schon wieder verkehrt? Verstand er, Lukas, denn noch immer nicht, was Gott von ihm wollte? Oder ging es womöglich gar nicht um die kommenden Tage, sondern lediglich um den Augenblick? War diese innere Unruhe vielleicht die Stimme, auf die er bisher selten einmal gehört hatte, die er, in seinem Wunsch, sein Leben zu planen, überhört hatte?

„Michael, kümmerst du dich bitte um den Mann hier? Ich muss ..."

Er wagte nicht auszusprechen, wie vehement es ihn zurück zum Krankenhaus zog, weil er fürchtete, sich wegen seines unbestimmten Eindrucks, dass er etwas übersehen habe, lächerlich zu machen.

„Du hast dich noch nicht überall umgesehen?" Fassungslos schaute Michael ihn an. „*Du* hast mir doch gesagt, ich dürfe den Listen nicht trauen."

„Entschuldige. Ich bin ziemlich durcheinander."

Michael musterte ihn, und Lukas hatte den Eindruck, als sei Rebeccas Bruder ganz weit weg ... als wisse er ebenfalls nicht mehr, wo oben und unten war.

„Du bist doch Prediger, Michael. Ich glaube, der Mann hier könnte jemanden gebrauchen, der ihm zuhört und ihm vielleicht ein bisschen Trost zusprechen kann." Leiser fügte er hinzu: „Niemand sollte durch dieses tiefe Tal allein gehen müssen."

Ohne auf eine Antwort zu warten, ließ Lukas Michael einfach stehen und suchte sich einen Weg durch die Verletzten, an den Helfern vorbei, die Lebensmittel und Wasser, Decken und Kleidung verteilten. Allerdings machte er einen großen Bogen um die Mitarbeiter mit den Klemmbrettern und Listen.

Es wurde zusehends dunkler, das Gelb am Himmel verblasste. Der zweite Tag nach dem Tsunami war dabei, sich zu verabschieden. Ein weiterer Tag nach dem einen, der sich wohl für immer in das Bewusstsein der Menschen rund um den Globus eingebrannt hatte. Was einige wenige Minuten an einem eigentlich schönen Tag anzurichten imstande waren …

Lukas sah eine Reihe weiter eine Frau, die ihn an Martys Mutter erinnerte. Er schlängelte sich an zwei Jugendlichen vorbei und ging neben der Verletzten in die Knie, stellte aber schnell fest, dass er sich geirrt hatte. Rasch erhob er sich wieder und drehte sich um.

Da war sie.

Wie aus heiterem Himmel.

Als habe sie sich nie woanders aufgehalten, als gehöre sie hierher.

Rebecca!

Wie so viele trug sie keine Schuhe, ihre Fußsohlen – deutlich zu sehen, da sie auf dem Boden kniete – waren nahezu schwarz vor Schmutz. Sie steckte in einer kurzen Hose und einem T-Shirt, von denen er nicht wusste, ob sie ihr gehörten. Dazu trug sie einen viel zu weiten weißen Arztkittel. Ihr Haar, seltsam stumpf aussehend, war zu einem losen Zopf gebunden.

Rebecca kniete neben einem alten Thai mit ledergegerbter Gesichtshaut und nähte einen Schnitt, der vom Knöchel bis zum Oberschenkel reichte.

Lukas ließ sie nicht einen Augenblick aus den Augen, tastete aber mit der Hand nach dem Palmenstamm neben ihm. Er brauchte dringend einen Halt, schien es ihm doch, als sei die Welt ins Wanken geraten. Sein Atem ging schnell und flach, fast so, als fürchte er, ein kräftiges Ausatmen könne die junge Frau davonwehen. Und dabei sah sie alles andere als zerbrechlich aus. Sie arbeitete konzentriert und mit ruhigen, sicher wirkenden Bewegungen, als würde sie jeden Tag riesige Wunden nähen.

Er betrachtete ihr Profil, ihre Arme, ihre Beine, soweit sie unter dem Arztkittel zu sehen waren, und fand nicht einen Kratzer an ihr. Sie war völlig unversehrt. Warum aber hatte sie sich nicht bei ihren Eltern gemeldet? Ihn gesucht? Oder Malee?

Glühende Funken, eine Mischung aus Unverständnis und Verzweiflung, wollten Narben in sein Herz brennen. War sie wirklich so eigensinnig, dass sie nicht an die Menschen dachte, die furchtbare Ängste um sie ausstanden? Meinte sie, ihre vorrangige Aufgabe sei es, Wildfremden zu helfen, während diejenigen, die um ihr Leben fürchteten, innere Qualen litten? Hatte sie es nicht für nötig gefunden, nach ihm zu forschen, weil der Platz, den er in ihrem Herzen einnahm, nur sehr klein ausfiel?

Er hatte sie am Abend vor dem Tsunami geküsst, aber das war von ihm ausgegangen. Bedeutete ihr Verhalten, dass sie längst nicht so viel für ihn empfand, wie er gehofft hatte? Hatten die Wellen – ebenso wie bei ihm – Rebeccas Prioritäten neu geordnet, weshalb ihm nun wieder nur noch eine untergeordnete Rolle in ihrem Leben zustand?

Er hatte sie endlich aufgespürt, und sein Herz, das eigentlich vor Freude hüpfen sollte, wurde überrannt von Zweifeln und neuem Schmerz. Hatte er sie gefunden und zugleich doch verloren?

Er hatte sie in seinen Zukunftsplänen eingewoben und musste jetzt feststellen, dass sie da nicht hingehörte, obwohl sie überlebt hatte. Auch sie *gehörte* ihm nicht, das stand ihm in diesem Augenblick deutlich vor Augen.

Rebecca winkte eine thailändische Krankenschwester zu sich, die die weitere Versorgung des Patienten übernahm. Sie selbst drehte sich um, ohne sich dabei zu erheben, und wandte sich dem nächsten Verletzten zu.

Lukas sog hörbar die Luft ein. Ihre linke Gesichtshälfte war übersät von roten Flecken, Abschürfungen, punktuellen Einblutungen. Ein Pflaster über ihrem Auge leuchtete hell. Sein Blick glitt an ihrem Hals entlang, der ebenfalls blaurote Verfärbungen aufwies. Sie bewegte den linken Arm vorsichtig, hielt die Schulter leicht gesenkt, was auf eine weitere Verletzung hindeutete. Seine wunderschöne Rebecca sah aus, als sei sie erst mit Fußtritten traktiert und anschließend vor einen fahrenden Bus geworfen worden.

„Mein Gott", flüsterte er, ohne zu wissen, was er damit eigentlich ausdrücken wollte.

Ihm wurde bewusst, dass Rebecca womöglich gar keine Möglichkeit gehabt hatte, sich bei irgendwem zu melden. Noch immer waren die Telefonleitungen unterbrochen, die Mobilfunknetze funktionierten nur eingeschränkt und waren haltlos überlastet. Zudem war sie verletzt ... und war doch ganz darauf fokussiert, anderen zu helfen. Weil sie genau dort gestrandet war, wo sie etwas bewirken konnte?

Erneut musterte er ihre Verletzungen und nahm sich vor, Alfred und Marianne und all den anderen in ihrer riesigen

Familie zu erklären, dass es nicht immer nur von Nachteil war, wenn jemand einen gewaltigen Dickschädel hatte. Vielleicht war es lediglich ihrer wilden Kindheit und ihrem eigensinnigen Trotzkopf zu verdanken, dass sie überlebt hatte. Eben weil sie nicht so leicht aufgab; weil sie dem, was ihr da entgegengestürmt war, zu trotzen verstanden hatte.

Und wenn sie sich wieder von ihm zurückziehen würde ... Weiter kam er mit seinen Gedanken nicht. Rebecca hatte den Kopf gedreht und ihn erblickt. Es war inzwischen zu dunkel unter den Planen und im Wind flatternden Tüchern, um ihren Gesichtsausdruck auf die Entfernung klar erkennen zu können, doch dass sie ihn sekundenlang musterte, war nicht zu übersehen.

Lukas stieß sich von dem rauen Stamm ab, an dem er gelehnt hatte, blieb jedoch, wo er war. Es kam nicht mehr darauf an, was er wollte, was er geplant hatte. Das zumindest hatte er erkannt.

Rebecca erhob sich. Sie ignorierte die Krankenschwester, die sie ansprach und ihr irritiert nachsah, als sie sich vorsichtig an den auf dem Boden liegenden Patienten vorbeibewegte. Sie stützte ihren linken Arm mit dem rechten, und obwohl sie offensichtlich Schmerzen hatte, wurde sie immer schneller, rannte irgendwann fast zwischen den Menschen hindurch.

Einige von ihnen richteten sich auf und sahen ihr verwundert oder neugierig nach.

Und dann war sie da und warf sich förmlich auf Lukas. Darauf überhaupt nicht gefasst, umfing er ihre Taille und taumelte mit ihr ein paar Schritte rückwärts, um das Gleichgewicht wiederzuerlangen. Der Palmenstamm in seinem Rücken bremste ihn und bot Halt.

„Du lebst!", hörte er sie an seinen Hals hauchen.

Sie wich nicht zurück, also schlang er die Arme fester um sie.

Sie zuckte zusammen, stöhnte. „Meine linke Schulter", sagte sie, und er ließ die Arme etwas sinken, ohne sie loszulassen.

Sie war da! Rebecca war am Leben. Er durfte sie in den Armen halten. Tränen lösten sich aus seinen Augenwinkeln. Er wollte vor Freude schreien und tanzen und tat doch nichts dergleichen. Viel lieber nahm er ihre Nähe tief in sich auf. Eine Anspannung, von der er gar nicht gewusst hatte, wie heftig sie ihn gefangen gehalten hatte, fiel von ihm ab, ließ ihn erzittern wie die Blätter einer Palme bei starkem Wind. Er hatte seine Rebecca wiedergefunden. Die Frau, die er verloren zu haben wähnte, die er liebte, die er niemals wieder loslassen wollte …

„Du lebst", wiederholte sie das, was auch ihm durch den Kopf hämmerte, erst schmerzlich, dann erstaunt, schließlich glücklich, um zuletzt wieder bei schmerzlich zu landen.

Lukas schloss die Augen. Abwechselnd durchliefen ihn Wellen des Glücks und der Erschöpfung. Er nahm einen fremden, nicht eben angenehmen Geruch an ihr wahr, dem sich etwas tröstlich Vertrautes beimengte. Wie eine wunderschöne Erinnerung, zugleich ein zarter Ausblick auf eine Zukunft mit ihr.

„Halt mich fest, Lukas."

Nur zu gern verstärkte er die Umarmung, wollte er sie doch selbst mit jeder Faser seines Körpers spüren, jeden Atemzug wahrnehmen, jeden Herzschlag auskosten. Die Tränen rannen ihm über das von einer tiefen Schrunde gezeichnete Gesicht mit den sprießenden Bartstoppeln; sie durchnässte mit ihren sein T-Shirt. Aber wen sollte das stören? Sie hatten sich gefunden. Endlich. Nach einem konfusen Wechsel zwischen

Hoffnung und Resignation, Angst und dem sich bereits rücklings anschleichenden Abschiedsschmerz.

Allmählich beruhigte sich sein aufgewühltes Gemüt. Er spürte ihr Zittern. Da er um ihre Verletzungen wusste, lockerte er vorsichtshalber seine Arme, doch sie zischte: „Wehe, du lässt mich los!"

Lukas hätte am liebsten lauthals gelacht, obwohl ihm die Tränen noch immer über die Wangen liefen. Er tat es nicht, kam ihrem Wunsch jedoch nach und flüsterte: „Dickschädel."

„Der musste auch einiges aushalten."

„Man sieht's."

„Nicht reden, bitte. Nur festhalten."

Er vergrub sein Gesicht in ihrem Haar. Einige Schritte entfernt begann ein junger Thai, der mit dem Verteilen von Wasserschläuchen beschäftigt gewesen war, zu applaudieren. Andere fielen mit ein. Irritiert hob Lukas den Kopf. Die Krankenschwester winkte ihm zurückhaltend zu. Womöglich täuschte er sich, aber er glaubte, Tränen auf ihrem Gesicht zu sehen.

Die leichter Verletzten sahen alle zu ihnen, vielleicht aus Freude darüber, dass *ihre* Helferin, die sie unter Schmerzen versorgt und betreut hatte, nun in den Armen eines geliebten Menschen liegen durfte. Das schien auch ihnen neue Hoffnung zu geben.

Ein älterer Arzt, der ihm vage bekannt vorkam, trat in Lukas' Blickfeld. Mit einem müden und zugleich sehr traurigen Lächeln stellte er sich vor und bat ihn: „Nehmen Sie Rebecca bis morgen mit. Sie braucht dringend Ruhe. Auf mich hört sie ja nicht. Aber, junger Mann: Morgen muss ich ihre Wunde versorgen, und sie hat hier viel zu tun."

Lukas wollte ihm gerade versichern, dass er nicht vorhabe, ihm seine Helferin wegzunehmen, als eine andere

Krankenschwester herbeieilte, wild gestikulierte und nicht minder aufgeregt auf den Arzt einredete.

Rebecca schälte sich nun doch aus Lukas' Armen, was dieser einerseits bedauerte, andererseits begrüßte, da die ihnen mittlerweile zuteilwerdende Aufmerksamkeit ihm eher unangenehm war. Er lachte innerlich. Zu welchen lapidaren Empfindungen er plötzlich wieder in der Lage war – nun, da er Rebecca gefunden hatte.

„Was ist denn passiert?", fragte Rebecca den Arzt.

„Jetzt ist unser Sterilisator auch noch ausgefallen. Eine Schwester hat einen elektrischen Schlag erhalten, als sie ihn anstellen wollte." Der Mediziner klang verzweifelt. Lukas, um die in diesem Chaos ohnehin grenzwertigen hygienischen Bedingungen wissend, hielt den im Davoneilen begriffenen Mann am Arm zurück.

„Ich schaue mir das Gerät mal an." Er folgte der noch immer leise vor sich hin schimpfenden Krankenschwester und hörte noch, wie Rebecca dem Arzt versicherte: „Wenn einer das Ding wieder zum Laufen bringt, dann er."

Er blieb stehen, drehte sich um und suchte ihren Blick. Eigentlich wollte er nicht von Rebecca fort, auch nicht angesichts des noch immer herrschenden Desasters und der hinfälligen Apparatur. Jede Faser seines Körpers und jeden Bereich seiner Seele zog es zu ihr zurück, doch ihre Worte, die von so viel Vertrauen in ihn zeugten, waren letztendlich der Auslöser weiterzugehen.

Erneut entsprach das, was da mit ihm geschah, weder seinen Wünschen, noch hätte es in seine Pläne gepasst – wenn er dazu gekommen wäre, welche zu schmieden. Dennoch war es richtig.

„Ich habe es ja kapiert", sagte er und grinste zum dunklen Himmel hinauf, dorthin, wohin er als kleiner Junge immer geblickt hatte, weil er gedacht hatte, dass dort oben Gott wohne.

„Meinst du mich?" Michael trat ihm in den Weg.

„Ich muss zu einem defekten medizinischen Gerät. Geh du mal nach da hinten zu deiner sehr lebendigen Schwester."

Er ließ Michael stehen, drehte im Gehen jedoch noch mal den Kopf. Michael sah ihm mit offenem Mund nach, dann glätteten sich die Falten auf seiner Stirn, und er stürmte in die Dunkelheit davon. Lukas fühlte sich wohltuend leicht, als sei der vormals schwere Stein in seinem Herzen in Millionen winzige Körnchen zersprungen.

Alfred und Marianne hatten sich zu einer Mittagsmahlzeit gezwungen, saßen nun am Tisch mit dem kalt gewordenen Essen auf den Tellern und waren beide in ihre eigenen Gedanken versunken. Das Leben war zum Stillstand gekommen. All das vormals Wichtige, das anscheinend Drängende, das sie hatten erledigen wollen, versank in einer von Angst und Qual beherrschten Nichtigkeit. Vom Christbaum fielen raschelnd Nadeln zu Boden, die niemand wegkehrte, die heruntergebrannten Kerzen wurden weder ersetzt noch weggeräumt. Der Glanz der roten Kugeln schien verblasst, der Zauber der Weihnacht war verloren, weggewischt von einem Wort, das neu in den Sprachschatz der Familie aufgenommen worden war: *Tsunami*.

Selbst die Kleinen, die noch kaum sprechen konnten, kannten es mittlerweile. Einige Enkel flüsterten es beinahe ehrfurchtsvoll, andere brachen in Tränen aus, wenn sie es hörten. Sie wussten, dass ihre Tante womöglich von einer riesigen Welle getötet worden war, und ihr Respekt vor dem Teich im Garten ihres Großvaters war beträchtlich angewachsen. Vermutlich würde keines der Kinder jemals mehr heimlich das Verbot umgehen, ohne Begleitung eines Erwachsenen an diesem zu spielen.

Alfred betrachtete die untätigen Hände in seinem Schoß, spürte seinen Herzschlag, lauschte auf das leise Geräusch seines Atems. Das Feuer im offenen Kamin war erloschen. Kälte breitete sich in dem großen Wohnraum aus – und in seinem Inneren. Er drohte zu erfrieren, äußerlich wie innerlich. Tief in seinem Herzen wusste er: Das Leben würde auch ohne Rebecca weitergehen. Es musste auch ohne sie weitergehen. Und eines Tages würde er sie an einem besseren Ort wiedersehen. Dennoch wehrte sich alles in ihm dagegen, ihren Tod zu akzeptieren.

Der Mensch war darauf angelegt zu leben. Kaum etwas war stärker als der Überlebenswille einer menschlichen Seele. Warum war das so? Weil es die Menschen davor bewahrte, zu schnell aufzugeben? Weil selbst diejenigen, die an ein Leben nach dem Tod, an eine Ewigkeit glaubten, dadurch ihr Leben nicht einfach wegwarfen, sondern es nutzten – mit ihren Begabungen, in ihrem Umfeld, über die eigene Bequemlichkeit und den eigenen Tellerrand hinaus, gegen die Strömungen der Gesellschaft?

Alfred seufzte müde auf, im gleichen Augenblick klingelte das Telefon. Er schrak zusammen, Marianne war wie so oft schneller als er. Sie sprang auf. Ihr Stuhl kippte hintenüber, was sie ignorierte, um möglichst schnell das Gerät ergreifen zu können, das derzeit dauerhaft auf Lautsprecherfunktion gestellt war.

„Ja?" Seine Frau klang gehetzt. Sie nahm sich nicht einmal die Zeit, sich mit ihrem Namen zu melden.

„Hallo, Mama!"

Rebeccas Stimme durchflutete den Raum. Alles schien aufzuhorchen: die Tannennadeln, die Vorhänge, das kalte Essen. Alfred meinte zu sehen, dass die Baumkugeln ihre kräftigen Farben zurückerlangten, die Orchideen an den Fenstern die Blütenköpfe hoben. Der Eindruck war unsinnig, das wusste er. Aber das war ihm egal. Sollte man ihn doch einen alten Narren nennen. Er hörte Rebeccas Stimme! Das war es, was zählte.

Auf das allgemeine Schweigen hin fragte sie nach: „Mama?"

Marianne brachte keinen Ton heraus. Sie hielt lediglich das Telefon an ihr Ohr, presste die andere Hand auf ihren Mund und weinte lautlos.

„Papa? Bist du da?"

Niemals zuvor hatte es schöner geklungen, dass Rebecca ihn „Papa" nannte. Er erhob sich, viel zu langsam, wie es ihm vorkam. Vorsichtig zog er Marianne das Telefon aus der Hand und schob ihr gleichzeitig einen Stuhl hin, auf den sie sank, als hätten alle Kräfte sie verlassen.

„Mein Mädchen!", stieß er hervor, eher ein Schluchzen, tief in seiner gepeinigten Seele geboren.

„Mir geht es gut, hört ihr? Ich bin nur leicht verletzt." Ihre Stimme war gewohnt kräftig, selbstbewusst, kämpferisch. Wie sein kleines Mädchen nun einmal klang. Weil sie schon immer hatte kämpfen müssen, das erste Mal bereits kurz nach ihrer Geburt …

„Hier. Mach du das!", hörte Alfred sie plötzlich tränenerstickt raunen. So hingegen hatte er Rebecca selten erlebt. Sie ging lieber mit dem Kopf durch die Wand, als eine Schwäche zuzugeben. War sie ebenso ergriffen, die Stimmen ihrer Eltern zu hören, wie er sich beim Klang der ihren fühlte? Weil sie, als der Tsunami sie erfasst hatte, nicht geglaubt hatte, überleben zu dürfen? Was hatte sein wildes Mädchen erlitten …?

„Ich bin es, Michael."

„Du hast sie also gefunden?"

„Lukas war es, der sie gefunden hat, aber ja. Sie ist ein bisschen ramponiert, war aber schon wieder mit dem Herzen und den Händen bei den anderen Verletzten."

„Wer hätte gedacht, dass sie damals, als sie bockig ihren Berufswunsch durchgesetzt hat, tatsächlich ihrer Berufung gefolgt ist?"

Marianne entriss Alfred plötzlich das Telefon. „Du bringst sie sofort nach Hause. Sofort!", rief sie, als müsse sie die vielen Kilometer zwischen ihnen allein mit ihrer Stimmgewalt überbrücken. „Tust du das, Michael?"

„Das mache ich, Mama."

„Sag ihr, dass wir sie lieb-"

Die Verbindung wurde ein weiteres Mal unterbrochen. Noch immer waren die Mobilfunknetze haltlos überlastet. Ob Marianne genau das befürchtet hatte? Hatte sie deshalb so vehement den Punkt zur Sprache gebracht, der ihr am meisten am Herzen lag? Sie wollte Rebecca unverzüglich zurückhaben, damit sie sich vergewissern konnte, dass es ihr gutging. Marianne wollte ihre Tochter in die Arme schließen und sie bemuttern – zumindest so lange, bis Rebecca mit einer neuen Rebellion antworten würde.

Alfred lachte laut auf. Marianne drehte sich zu ihm um, schaute ihn irritiert an und warf sich dann in seine Arme. Weinend sanken sie zusammen auf die Knie, überwältigt von einem niemals zuvor erlebten Gefühlskarussell, das sie auf und ab, hin und her schleuderte; sie zugleich lachen und weinen ließ.

„Sie lebt! Sie lebt!", schluchzte Marianne immer und immer wieder, als müsse sie es sich ständig aufs Neue vergegenwärtigen.

Irgendwann erhoben sie sich. Alfred rief Karsten an und bat seinen jubelnden Ältesten, die anderen zu informieren. Anschließend setzte er sich ganz nah neben Marianne auf die Couch, und sie blickten aus dem Fenster auf die verschneite Wiese und den Waldrand.

„Wir müssen es ihr sagen."

Alfred runzelte die Stirn, nahm Mariannes Hand und schüttelte leicht den Kopf. „Wir hatten uns damals darauf geeinigt, es ihr nie zu sagen. Entweder hätte sie gleich mit dem Wissen aufwachsen müssen, oder sie sollte es niemals erfahren."

„Was wäre gewesen, wenn sie ein Spenderorgan gebraucht hätte? Niemand aus dieser Familie eignet sich dafür. Soll sie es eines Tages womöglich so erfahren?"

„Marianne ..."

„Sie liebt uns, und sie weiß, dass wir sie lieben."

„Sie hat von Anfang an um ihren Platz in der Familie gekämpft – als wüsste sie es", sinnierte Alfred, unschlüssig darüber, ob nun wirklich der Zeitpunkt gekommen war, seinem Wildfang die Karten, die das Leben gemischt hatte, offen auf den Tisch zu legen. „Manchmal hatte ich den Verdacht, dass einer unserer drei Ältesten, die sich noch daran erinnern, dass Rebecca nicht von vornherein zu unserer Familie gehört hat, ihr etwas verraten haben könnte. Oder einmal etwas angedeutet hat, woraus sie schließen konnte ..."

Marianne atmete tief durch. „Rebecca hatte einen schweren Start ins Leben. Womöglich hat sie immer gespürt, dass sie anders ist. Vielleicht haben die Stunden im Müllcontainer ausgereicht, um sie tief zu prägen, bevor ich meiner Großcousine entlocken konnte, wo sie ihr Baby entsorgt hat ... Wer weiß das schon? Sie hat so gar nichts von Margot. Margot war immer ängstlich, fügsam, unterwürfig. Rebecca scheint unbewusst sogar gegen das Wesen ihrer leiblichen Mutter rebelliert zu haben."

„Es würde auch Michael und unsere beiden Töchter schockieren, die Ehepartner unserer Kinder, unsere Enkel …" Alfred schüttelte zweifelnd den Kopf. Die Tragweite von Mariannes plötzlichem Entschluss, Rebecca reinen Wein über ihre Herkunft einzuschenken, wurde ihm erst nach und nach klar.

„Es geht nicht um die anderen. Es geht um Rebecca."

„Aber ihr jetzt die Wahrheit zu sagen könnte sie uns entfremden, Marianne. Sie könnte – und du musst zugeben, dass sie das perfekt beherrscht – mal wieder genauso reagieren, wie wir es überhaupt nicht erwarten würden."

„Indem sie es ruhig und gelassen hinnimmt?"

Alfred stutzte, und dann schlich sich das erste Lächeln auf sein Gesicht, seit Karsten in ihr Wohnzimmer gestürmt war und den Fernseher mit den grausigen Nachrichten eingeschaltet hatte.

„Einigen wir uns darauf, dass wir erst einmal abwarten, wie Rebecca in ein, zwei Tagen zu uns zurückkehrt. Und was sie mit Lukas Becker vorhat", schlug Alfred vor.

„Das klingt vernünftig."

Sie lehnten sich zurück, hielten sich weiterhin an den Händen und mussten die Freude darüber, dass sie Rebecca ein zweites Mal geschenkt bekommen hatten, erst einmal tief in sich nachwirken lassen.

Alfred betete voll Dankbarkeit. Ja, er war glücklich, denn seine Tochter hatte überlebt! Aber er wollte keinesfalls all die anderen vergessen, die noch suchten und litten, zweifelten und hofften … und deren Hoffnungen sich zerschlugen …

Lukas schraubte das Gehäuse wieder zu, wuchtete es mithilfe eines anderen Touristen zurück auf seinen Platz und pfriemelte den Netzstecker in die Steckdose. Noch nie hatte er so gehetzt gearbeitet, so sehr darauf gehofft, auf Anhieb den Fehler gefunden und ausgemerzt zu haben. Seine Gedanken drehten sich nur um eines: Er wollte zurück zu Rebecca! Es gab so vieles, was er sie fragen wollte, und kaum weniger, was er ihr erzählen musste. Und er wollte sie sehen, sie berühren, sie spüren, sich erneut vergewissern, dass sie diese flüssigen Monster, die nach ihrem Leben gegriffen hatten, ausgetrickst hatte, dass sie eine gemeinsame Zukunft hatten.

Er startete den Sterilisator, sah die Funktionslichter aufleuchten, spürte sein leichtes Vibrieren, hörte ihn sanft brummen. Zufrieden lächelnd winkte er der Krankenschwester. Sie strahlte ihn an und befüllte das Gerät sofort mit den sorgfältig verpackten Instrumenten.

Lukas hastete durch die Flure. Er überquerte den überfüllten Betonübergang, schlängelte sich im Treppenhaus an den Verletzten und Suchenden vorbei in die dunkle Nacht hinaus, die von einigen flackernden Lampen und kleinen Feuern erhellt wurde. Die Planen leuchteten in sanften Farben, Grillen zirpten, gedämpfte Stimmen erfüllten die Luft. Noch immer lag der Schrecken des Geschehens über dem Krankenhaus und der Umgebung, doch in Lukas' Herzen war Ruhe eingekehrt. Zumindest so lange, bis er auf Michael und Rebecca traf. Die Geschwister stritten sich unübersehbar.

„He! Was ist denn hier los?" Aufgebracht darüber, dass Michael Rebecca an den Oberarmen gepackt hielt, drängte Lukas sich zwischen die beiden und schob Rebecca einige Schritte zurück, wobei er sie mit erhobenen Augenbrauen vorwurfsvoll ansah.

„Was schaust du mich denn so an?", schalt sie.

„Es ist viel zu dunkel, als dass du sehen könntest-"

„Dieses Feuer ist hell genug-"

Lukas beugte sich vor und verschloss ihren Mund mit einem Kuss. Das war nicht nur praktisch, sondern auch das, was er ohnehin am liebsten tun wollte. Sie stand stocksteif da, wehrte sich aber nicht und blieb, als er sich von ihr löste, ganz still. Er sehnte sich danach, sie in die Arme zu ziehen und sofort wieder zu küssen, doch eine Hand auf seiner Schulter hielt ihn davon ab.

„Das ist eine Möglichkeit, diesen Dickschädel zum Schweigen zu bringen, die ich nicht habe." Michael grinste, und für einen Augenblick war alle Not um sie her vergessen.

Allerdings zerstörte Rebecca zielgerichtet den kleinen Moment schweigsamen Einvernehmens zwischen den beiden jungen Männern. „Es ist mir egal, ob du es Mama versprochen hast oder nicht. Sie würde auch nicht einfach abhauen, wenn es für sie noch so viel zu tun gäbe, wie es das für mich gibt."

„Worum geht es?", hakte Lukas nach und griff nach Rebeccas Hand, die sie ihm, dem Aufruhr in ihrem Inneren zum Trotz, erstaunlich bereitwillig überließ. Sie verblüffte ihn immer wieder.

„Meine Mutter hat mich am Telefon gebeten, Becci unverzüglich nach Hause zu bringen."

„Sie weiß aber nicht, wie es hier zugeht", setzte sich Rebecca gegen die Bevormundung zur Wehr.

„Verstehst du denn nicht? Wir alle haben furchtbare Ängste um dich ausgestanden. Die Eltern und Geschwister wollen dich sehen und dich wieder um sich haben."

„Mir geht es gut, und das habe ich Papa auch gesagt. Er gibt es bestimmt sofort an die Meute weiter."

„Becci …" Lukas verstummte, als sie ihm ihre Hand entwand und ihn herausfordernd anfunkelte.

„Schaut euch doch um. Ich werde hier dringend gebraucht, vielleicht noch zwei, drei Wochen lang. Medizinische Hilfe ist das, was hier am dringendsten benötigt wird. Und ich bin dazu ausgebildet."

Rebecca zog die unverletzte Schulter hoch, und Lukas beobachtete, wie sie sich selbst zu beruhigen versuchte. Das Zirpen der Grillen war inzwischen so laut, dass es ihm in den Ohren schrillte, und er fühlte eine bleierne Müdigkeit in sich aufziehen.

„Eigentlich wollte ich mich heute noch einem THW-Trupp anschließen", murmelte er.

„Du … hattest nicht geplant, sofort nach Deutschland zurückzufliegen?" Rebecca klang überrascht und ergriff erneut seine Hand. Ihr Blick hatte etwas von dem bewundernden Staunen, mit dem Regina so oft Marty angesehen hatte.

„Ich plane gar nichts mehr", gab er trocken zurück, in Erinnerung an die Lektionen, die er in den vergangenen Stunden gelernt hatte.

„Das würde mit diesem Mädchen an deiner Seite auch keinen Sinn machen", brummte Michael.

„Damit bleibt Becci wohl vorerst hier und ich suche mir einen THW-Trupp, dem ich mich anschließen kann. Es wäre super, wenn du versuchen könntest, dich zu Malee durchzuschlagen. Sie muss unbedingt erfahren, dass wir die Dahlberg-Kinder und Rebecca gefunden haben. Und du kannst dort Benno und Marty helfen."

Michael, der sämtliche der erwähnten Menschen nicht persönlich kannte, stemmte die Hände in die Hüften. „Hattest du nicht eben gesagt, du würdest nichts mehr planen?"

„Ich plane ja nicht für mich, sondern für dich."

Lukas sah, wie Michael die Augen verdrehte, gleich darauf schweifte sein Blick allerdings über den Eingang des überfüllten Hospitals. Rebeccas Bruder betrachtete die noch immer eintreffenden Rettungswagen und die gewaltige Zeltstadt mit den vielen Verletzten, Helfern und Suchenden.

Zwar verdeckte die Dunkelheit die Details, aber das Weinen und die verzweifelten Rufe, die mal hastigen, mal schleppenden Schritte und die hell erleuchteten Fenster des kleinen Krankenhauses, hinter denen sich geschäftige Schatten bewegten, verdeutlichten grausam genug, dass das Meer wieder ruhig daliegen mochte, die Wellen jedoch noch immer erbarmungslos ihr Werk verrichteten, sei es an körperlichen oder an seelischen Wunden.

„In Ordnung. Ich rufe zu Hause an und suche mir dann eine Mitfahrgelegenheit zu dieser Malee", seufzte Michael.

„Danke." Rebecca klang ungewohnt kleinlaut, gleichzeitig zutiefst dankbar.

„Lukas, bitte sorg dafür, dass sie einige Stunden schläft. Und finde eine Möglichkeit, deinen Handyakku aufzuladen. Ich will nicht den Kontakt zu euch verlieren."

Auch diese Bevormundung ließ Rebecca kommentarlos über sich ergehen. Lukas warf ihr einen besorgten Blick zu und sah, wie sie schwankte. Offenbar war nicht nur er restlos erschöpft. Er nickte und legte vorsichtig den Arm um sie, was sie veranlasste, sich an ihn zu lehnen. Sie suchte Halt. Bei ihm.

Michael streichelte seiner Schwester sanft über die unverletzte Wange, boxte Lukas kräftig vor die Brust und verschwand wenig später in der Dunkelheit.

„Wo kannst du dich hinlegen?" Mit dieser Frage wandte Lukas seine ungeteilte Aufmerksamkeit der jungen Frau in seinem Arm zu.

„Ich habe keine Ahnung."

Prüfend sah Michael an dem Baum hinauf, unter dem sie standen, dann zuckte er mit der Schulter. Jeder Platz war gleich gut.

Er half Rebecca aus dem Arztkittel, breitete ihn auf dem Boden aus und setzte sich hin, mit dem Rücken an den Stamm gelehnt. Rebecca zögerte einen Moment, bevor sie sich auf den weißen Baumwollstoff legte und ihren Kopf auf seine Oberschenkel bettete. Er zog vorsichtig den Zopfgummi aus ihrem Haar und betrachtete mit zusammengebissenen Zähnen die Verletzungen in ihrem Gesicht, die vom Schein eines flackernden Feuers hervorgehoben wurden. Die Frage, ob sie wohl Narben zurückbehalten würde, schob er weit von sich. Wichtig war nur, dass in ihrer Seele keine Vernarbungen blieben ...

„Schlaf ein bisschen, Becci", flüsterte er ihr zu und strich ihr sanft über das Haar.

„Ich bin so froh, dass du da bist", sagte sie schleppend.

Lukas lächelte in die Nacht hinein.

„Michael hat mir von Sven, Bo und Liska erzählt, von Malee und Alaya. Du musst mir das aber noch genauer berichten, auch, wie es dir, Benno und Marty ergangen ist."

„Morgen, Becci. Gleich morgen früh."

„Ist gut."

Lukas lehnte seinen Hinterkopf an den Stamm und blickte in die orange flackernden Flammen, deren Hitze auch in seinem Herz Einzug hielt. Morgen würde er sich von Rebecca trennen müssen, denn sie wurde hier gebraucht und er woanders. Heißer Widerstand flammte in ihm auf. Er hatte Rebecca doch gerade erst wiedergefunden. Er durfte, er wollte sie nicht schon wieder verlassen. Aber das war ein Wunsch, der sich mit der Tatsache stritt, dass sowohl Rebeccas als auch seine Hilfe hier dringend gefragt war und die Situation es erforderte, dass man die eigenen Interessen zurücksteckte.

Lukas schloss müde die Augen. „Ich liebe dich, Becci", drängte es ihn zu sagen, da er nicht wusste, was die nächsten Tage mit sich bringen mochten. Er zuckte leicht zusammen, als er eine leise Antwort erhielt, war er doch davon ausgegangen, dass Rebecca bereits eingeschlafen war.

„Ich liebe dich auch."

17. Kapitel

Lichter und Lärm, Stimmengewirr und unsäglicher Schmerz überfielen Lara, als sie die Lider hob. Sie hatte keine Ahnung, wo sie sich befand, abgesehen davon, dass sie in Thailand sein musste. Ihre Erinnerung reichte bis zu dem Augenblick zurück, als die zweite Welle klatschend an dem Gebäude hinaufgeklettert war, auf dessen Dach sie sich gerettet hatte. Was danach geschehen war, verschwand in einem Nebel aus Verdrängung, Schmerz und Ohnmacht.

Lara blinzelte in dem Versuch, mehr als nur Licht und Schatten zu erkennen. Sie lag auf einer hochrädrigen Trage und wurde geschoben. Seltsame Ungetüme verschiedenster Größen kamen in ihr Blickfeld, gleich darauf blendeten sie grässlich helle Lichtquellen. Neben ihr lief ein Mann und hielt einen Infusionsbeutel, dessen Schlauch wohl irgendwo an ihr befestigt sein musste.

Langsam dämmerte ihr, dass sie noch lebte. Dies war nicht der Tod. Nicht das Nichts. Und auch nicht das, was Rebecca die wunderschöne Ewigkeit nannte. Das Hier und Jetzt war weit davon entfernt, schön zu sein. Es gab nur dunkle Nacht, grelle Lichter, monströse Umrisse irgendwelcher Flugzeuge und Gebäude, Lärm, Hitze und Schmerz. Vielleicht wäre die Alternative besser? Das Nichts – oder viel lieber noch Rebeccas Paradies?

Die Schattengestalt an ihrer Seite trat in den Lichtschein eines Scheinwerfers, und Lara erkannte Benno.

„Was tust du hier?", brachte sie mühsam über die trockenen Lippen. Ihre Worte glichen mehr einem Krächzen als irgendetwas, das annähernd an eine menschliche Stimme erinnerte.

„Ich begleite dich bis zur MedEvac." Benno zeigte ein trauriges Lächeln. Lara schloss wieder die Augen. Warum diese Traurigkeit? Sie lebte doch. Oder hatte man ihm gesagt, dass sie keine Überlebenschance hatte? Aber warum brachte man dann nicht statt ihrer einen Schwerverletzten in die Militärmaschine, der eine Chance aufs Überleben hatte ...

Ihre Gedankengänge krochen langsam, als hielten unsichtbare Hände sie fest. Vermutlich lag das an einem Schmerzmittel, wenngleich dieses nicht ausreichte. Jeder noch so kleine Stoß des Gestells, auf dem sie lag, jagte Feuerzungen durch ihren Körper.

Dennoch kam ihr ein Gedanke in den Sinn, der endlich genau das machte: Sinn. Weshalb war Benno bei ihr, wo er doch sicher eine Menge Freunde und Verwandte, vielleicht sogar seine Eltern suchen musste?

„Was tust du hier?", wiederholte sie ihre Frage, gleichzeitig kam die Schnauze eines wuchtigen grauen Flugzeugs in ihr Blickfeld.

„Ich habe dich in den Trümmern der Anlage gefunden und nach Phuket gebracht. Jetzt begleite ich dich, bis du in der Maschine gut untergebracht bist."

„Warum machst du das?"

Benno warf ihr einen Blick zu, der noch trauriger wirkte als der vorige. Lara wagte nicht, sich zu bewegen, jedes Wort kam nur schwer über die Lippen, sie wünschte sich die Besinnungslosigkeit zurück. Dort war sie des Nachdenkens enthoben, musste nicht fühlen, nicht erkennen, was ihr Herz plötzlich erfasste.

„Benno, geh zu deiner Familie!" Sie wollte es ihm zurufen, brachte aber nicht mehr als ein Flüstern zuwege.

„Gleich, sobald du da drin bist."

„Benno, ich bin es nicht wert, dass du deine Zeit mit mir verplemperst. Ich bin dir dankbar, ja. Aber ich bin hier in guten Händen."

Sich zur Wehr zu setzen, zu sagen, was ihr auf dem Herzen lag, überanstrengte sie. Der Schmerz nahm überhand, ihre Gedanken stoben davon wie aufgescheuchte Vögel.

„Lara, weißt du-"

„Verstehst du denn nicht? Du bedeutest mir nichts. Ich war nur auf der Jagd nach einem Mann, nach einem möglichst wohlhabenden Mann."

Sie lachte, es klang vermutlich noch irrer, als es sich in ihren eigenen Ohren anhörte. Jedenfalls verhärtete sich Bennos Blick für einen Augenblick. Doch auch er war, ähnlich wie Marty, ein herzensguter Mensch, der gern nur das Allerbeste von seinem Gegenüber annahm.

Also musste sie ihm die Wahrheit offen ins Gesicht sagen, damit er begriff, was sich ihr selbst eben erst erschlossen hatte: „Ich bin auf der Suche nach Glück, nach einem bequemen Leben, nach Liebe. Aber ich fürchte, ich muss diese Suche anders anpacken. Vielleicht genügt es, mich zur richtigen Zeit einfach beschenken zu lassen."

„Dann lass mich dich beschenken."

„Verstehst du denn nicht? Ich wollte dich ausnutzen, Benno!" Sie stieß einen erstickten Schrei aus, als die Trage über eine Unebenheit holperte, fügte jedoch sofort hinzu: „Aber jetzt bin ich schon beschenkt. Durch ein zweites Leben."

Wie gut sie plötzlich Marty verstand. Ob er nach seinem Unfall ebenfalls erkannt hatte, dass er sein neues Leben tiefer, ehrlicher, wahrhaftiger führen musste, dass er sich nicht länger nur durch die Tage treiben lassen durfte, sondern sie mit Sinn füllen, sich den Fragen des Daseins stellen sollte?

Lara zwang sich, die Augen zu öffnen und Benno anzusehen. Was sie sah, verwirrte sie. Es war weniger ein Erschrecken oder gar Ärger darüber, dass sie ihn hatte ausnutzen, im Grunde seine Gefühle hatte missbrauchen wollen als vielmehr Verwunderung über ihre Offenheit. –Vielleicht kannte er dieses Spielchen schon … der Fluch des reichen Elternhauses?

Schmerzen an Leib und Seele veranlassten sie, die Augen wieder zuzupressen, sie knirschte hörbar mit den Zähnen. Sie wusste nicht mehr, was richtig und falsch, was Wahrheit und was Trug war.

„Ich habe geahnt, dass du im Herzen ein aufrichtiger Mensch bist, Lara. Ich wusste es spätestens, als du mir erzählt hast, wie oft du Dinge verlegst oder verwechselst. In diesem Moment warst du ehrlich zu mir und hast mir nichts vorgespielt. Da wusste ich, dass unter deiner gespielt perfekten Oberfläche ein ehrlicher, gutherziger Mensch steckt.“

„Ich verstehe nicht …“ Sie fühlte sich schrecklich schwach und müde, aber auch seltsam leicht.

„Das macht nichts. Werde gesund, setze das um, was du dir vorgenommen hast, und vielleicht finde ich ja einen Platz in deinem neuen Leben.“ Er streichelte ihr über die Wange.

Als Lara das nächste Mal die Augen aufschlug, lag sie in der MedEvac, umgeben von Schläuchen und Gerätschaften, Knöpfen und Lichtern. Ein Arzt nickte ihr knapp zu. Das Flugzeug war bereits in der Luft und auf dem Weg zurück ins kalte Deutschland. Doch ihr Herz fühlte sich warm an, so warm wie vielleicht noch niemals zuvor.

Der Zustrom der Verletzten ebbte nur langsam ab. Tage nach der verheerenden Katastrophe trafen noch immer Menschen ein, die es nicht früher geschafft hatten, die Trümmerlandschaft zu verlassen, oder die jetzt erst von Rettungsteams gefunden und hergebracht worden waren. Rebecca war froh darüber, dass die Arbeit in dem Hospital in Takuapa sie vollauf beschäftigte, klangen die immer höheren Zahlen der vermuteten Todesopfer doch niederschmetternd. Viele von ihnen waren längst verbrannt worden. Sie wollte das alles nicht sehen – das, was sich bereits in ihr Gedächtnis eingebrannt hatte, war schlimm genug. Selbst hier im Krankenhaus starben noch immer Menschen, wobei sich unter ihnen keine Touristen mehr befanden. Diese waren mittlerweile alle in ihre Heimatländer ausgeflogen worden oder lagen, bis sie transportiert werden konnten, in Phuket oder in Bangkok.

Rebecca hatte weder von Michael noch von Lukas etwas gehört, seit sie an diesem dritten Morgen nach dem Tsunami Takuapa verlassen hatten, doch das beunruhigte sie nicht. Michael hatte die Aufgabe übernommen, ihre Bekannten zu suchen, und er würde ihr gewissenhaft nachgehen. Lukas war mit einem THW-Team in das schwer getroffene Gebiet Banda Aceh gereist und richtete dort Trinkwasser- und Stromversorgungen ein, installierte Beleuchtungen und allerlei mehr.

Mittlerweile war im Hospital eine Art Routine eingekehrt. Das Krankenhaus hatte einen Arzt und mehrere Angestellte des Pflegepersonals und auch der Verwaltung verloren, es gab kaum Mitarbeiter ohne einen Todesfall in der Familie. Dennoch arbeiteten sie weiter, versuchten zu helfen und zu retten, was und wen es zu retten gab.

In ihrer kleinen Enklave hörte Rebecca, dass aus aller Herren Länder Spendengelder flossen, unzählige Helfer eingetroffen waren und die ersten Einwohner des Landes bereits angefangen hatten, die Trümmer aufzuräumen. Ob Khao Lak jemals wieder so sein würde wie zuvor? Selbst wenn die äußere Zerstörung beseitigt war und die Pflanzenwelt sich erholt hatte, würden wohl Narben bleiben. Mit dem Namen Khao Lak wie auch mit Banda Aceh oder anderen Gebieten, die den Indischen Ozean umgaben, würde man von nun an immer den zweiten Weihnachtsfeiertag des Jahres 2004 in Verbindung bringen. In den Herzen der Menschen, die ihn erlebt hatten und die geliebte Menschen verloren hatten, lebte der Tsunami fort.

Am deutlichsten wurde Rebecca diese Erkenntnis, als plötzlich Malee vor ihr stand.

Rebecca sprang auf, verließ das Bett des Patienten, den sie gerade versorgt hatte, und fiel der kräftigen Frau um den Hals, wobei sie dieses Mal gern die Tatsache ignorierte, dass Buddhisten nicht gern berührt wurden.

Malee weinte lautlos in ihrem Arm, das Zittern ihrer Schultern und ihrer Stimme verriet ihren inneren Aufruhr. „Entschuldige bitte. Es tut mir so leid. Entschuldige, liebe Rebecca. Ich habe nicht gut genug auf dich aufgepasst. Ich hätte für dich da sein sollen. Und für all die anderen … Es tut mir so leid …"

Malee ließ sich kaum beruhigen. Schließlich schob Rebecca sie aus dem Krankenzimmer, über den Flur und ins Freie hinaus. „Warum bist du gekommen, Malee?"

„Ich habe Marty mit einem Motorrad hergefahren. Er hat sich an der Hand verletzt. Keine Angst, es ist nichts Schlimmes. Er ist zum Nähen hier."

„Er hätte ein Tuk-Tuk nehmen können. Du hast doch sicher viel im Hotel zu tun. Und Michael hat dir doch bestimmt gesagt, dass ich in Ordnung bin?"

„In Ordnung?" Malee rollten noch immer die Tränen über das eingefallene Gesicht. Sie streckte die Finger zu Rebeccas zerschrammter, blutiger und inzwischen blauer Gesichtshälfte aus, ließ die Hand aber schnell wieder sinken.

„Das heilt wieder."

„Du hattest so ein wunderschönes Gesicht."

„Malee, bitte." Rebecca setzte sich in den Schatten des Baumes, unter dem sie in Lukas' Armen geschlafen hatte, und zog sie mit sich. „Was ist mit Alaya? Mit deiner Tante und deinem Onkel?"

„Alaya geht es gut. Sie räumt im Hotel auf und ist sehr fleißig. Lung und Ba ..." Malee stockte und drehte den Kopf weg. „Sie waren in unserem Heimatdorf. Sie haben nicht überlebt – wie so viele dort."

„Es tut mir leid, Malee. Unendlich leid."

„Nein! Mir tut es leid. Ich habe nicht gut genug auf unsere Gäste aufgepasst."

„Du konntest nichts tun. Die Welle kam zu plötzlich."

Malee nickte, vielleicht in Erinnerung daran, wie urplötzlich die Welle auch über sie hergefallen war.

„Erzähl mir, was du weißt. Bitte", drängte Rebecca. Es war verwirrend, dass sie meist nur über Dritte von dem Ergehen der anderen erfuhr.

„Dein Bruder hat mir alles von den Kindern erzählt. Er, Benno und Marty sind bei mir untergekommen."

„Das ist gut."

„Benno hat Lara gefunden. Sie ist schwer verletzt."

Rebecca hielt den Atem an. Markierte diese Sekunde den Beginn einer Kaskade schlechter Nachrichten? Bis jetzt war sie vor der grausamen Realität, was ihre Bekannten betraf, geschützt gewesen, sie hatte sich in ihrer Arbeit und in dem kleinen Hospital erfolgreich verstecken können.

„Er hat sie nach Phuket gebracht. Sie wird mit einer deutschen Militärmaschine nach Deutschland geflogen."

Rebecca nickte. Obwohl sie Angst vor dem hatte, was sie nun erfahren würde, drängte es sie doch dazu, genau das zu hören. *Wie widersprüchlich das Leben manchmal sein kann*, ging es ihr durch den Kopf, als sie zusah, wie Malee sich mit beiden Händen über das noch immer tränennasse Gesicht strich. Diese Frau war jetzt wohl die Eigentümerin eines Hotels. Malee und Alaya mussten es nur irgendwie fertigbringen, es wieder aufzubauen ... Und doch wäre es den Cousinen sicher lieber, wenn ihre Verwandten noch am Leben wären ...

„Es ist so ... schwer." Die Thai presste die Fäuste auf ihre Augen, als wolle sie die Tränen mit aller Gewalt daran hindern, erneut zu fließen.

„Was, Malee? Was?" Rebecca lief ein eiskalter Schauer den Rücken hinunter und schien sich als beißender Schmerz in ihrer Wunde an der Schulter festzufressen. Als müsse die Verletzung sie daran erinnern, was sie durchgemacht hatte, und daran, dass so viele der Menschen, die sie kannte und gernhatte, genau derselben Naturgewalt ausgesetzt gewesen waren.

„Ingrid ist tot." Malee holte hörbar Luft, womöglich um zu erzählen, wie und wo man die Mutter von Bo, Sven und Liska gefunden hatte, doch sie schloss den Mund wieder. Es brauchte keine Details, um in Rebecca einen Anflug von Übelkeit auszulösen.

„Wir wissen nichts von Henrik. Nur dieses grässliche Handy von ihm hat auf der Veranda gelegen, als das Wasser abgelaufen war."

Rebecca biss die Zähne zusammen, versuchte, den Tränen Einhalt zu gebieten.

„Martys und Bennos Vater ist tot."

Rebecca schloss die Augen, dennoch fanden die Tränen ihren Weg, die einen über ihre unversehrte Wange, die anderen über die verletzte.

„Mrs Jason ist bereits zurück in den USA. Sie wurde hier notoperiert, die nächsten Operationen sollen dann in Texas durchgeführt werden." Malee stockte, ehe sie sagte: „Aber sie wird überleben!"

Rebecca neigte den Kopf, lehnte ihre Schläfe an die der Freundin. Plötzlich war das Geschehen wieder allzu präsent, die Erinnerung zurück. Sie glaubte das Zischen und Donnern des Wassers zu hören, den Geschmack von Salz und Schmutz auf ihrer Zunge zu spüren, fühlte jede einzelne kleine Schramme an ihrem Körper. Sie sehnte sich Lukas herbei. Und Michael. Vor allem deshalb, weil die beiden hier in Takuapa nicht so nah am Meer sein würden wie dort, wo sie sich wohl im Augenblick aufhielten ...

„Martys Frau-"

„Regina?" Rebeccas Zittern nahm an Intensität zu. Der Gedanke an die schüchterne Regina, die einen Tag vor dem Tsunami endlich ihren Marty geheiratet hatte, verstärkte den Anflug von Übelkeit. Ihr Puls hämmerte förmlich gegen ihre Schläfen. Sie wollte nicht hören, was mit Regina passiert war. Oder doch? Erneut verspürte sie diese Verwirrung der Gefühle, den Widerstreit zwischen Verdrängung und dem Willen zur Wahrheit.

„Der für ihren Bungalowbereich zuständige Stewart sagt, sie sei an dem Morgen noch nicht beim Frühstück gewesen. Sie hat wohl noch geschlafen."

Regina war von der Wucht der ersten Welle im Schlaf überrascht worden, weit vorn, in einem Bungalow der besten Lage. Sie hatte keine Chance gehabt.

„Sie werden sie niemals finden, Becci. Niemals", schluchzte Malee verzweifelt, rollte sich zusammen und legte ihren Kopf in Rebeccas Schoß.

„Becci?"

Die Angesprochene hob den Blick. Vor ihr stand Marty, mit dick verbundener Hand, in einem viel zu engen Hemd, mit wild vom Kopf abstehendem Haar und tief eingesunkenen Augen. Ein Schatten seiner selbst, ein menschliches Wrack.

„Ach, Marty!", stieß Rebecca hervor. Marty fiel vor ihr auf die Knie, und Rebecca umarmte ihn mit ihrem rechten Arm, während ihre linke Hand auf dem Rücken von Malee liegen blieb. Sie bildeten ein eigenartiges Trio, vereint in ihrem Schmerz, Trost suchend und spendend.

Als Marty sich aus Rebeccas Umarmung gelöst hatte, lehnte er sich neben sie an den Baum. Lange schwieg er, lauschte wie die Frauen dem Rascheln der Blätter über ihnen, den Schreien der Geckos und den verhaltenen Stimmen aus den Zelten, die jetzt nicht mehr so überfüllt waren wie zu Beginn dieser Tage des Schmerzes.

Als Marty sprach, klang seine Stimme hohl: „Ich bin so dankbar, dass du überlebt hast, Becci. Weißt du, ich hatte ursprünglich nicht vor, dich und Lara zu dieser Hochzeit einzuladen. Erst als ich bemerkt habe, wie sehr Lukas … Er war von dem Augenblick an von dir fasziniert, als du auf der Grillparty alle Avancen deiner Verehrer ignoriert und wenig später lieber auf dem Parkplatz die Sterne beobachtet hast, als dich in das Partygetümmel zu werfen. Ich habe die Einladung an Lara und dich nur wegen meinem Freund Lukas ausgesprochen, was ich ihm bis heute noch nicht verraten habe. Wenn du bei dem Tsunami …" Er brach ab und versank wieder in Schweigen.

Auch Rebecca blieb still, zumal Marty offenbar keine Antwort erwartete. Was sollte sie auch sagen? Er empfand das Chaos der unterschiedlichsten Empfindungen offensichtlich ebenso wie sie.

„Malee?"

Die Thai hob den Kopf, als Marty sie ansprach.

„Wenn es dir nichts ausmacht, würde ich gern zurückfahren. Noch bin ich nicht bereit aufzugeben …"

Die junge Frau stand auf, beugte sich jedoch nochmals herunter und drückte Rebecca voll Zuneigung die Hand.

Schweigend, beide mit hängenden Schultern, die Augen in eine unbestimmte Zukunft gerichtet, gingen Malee und Marty davon. Rebecca schaute dem ungleichen Paar nach, das die Katastrophe miteinander verbunden hatte, bis sie zwischen geparkten Fahrzeugen, Bäumen und Fußgängern verschwanden.

Erst dann erhob sie sich ebenfalls. Ihr Blick fiel auf die quadratischen Gebäude des Hospitals, und sie straffte die Schultern, ehe sie es erneut betrat.

Nachdenklich drehte Lukas das Handy des Afroamerikaners in seinen Händen. Er hatte es nicht mehr als zwei-, dreimal benutzt, dennoch war es ihm wie eine unschätzbare Kostbarkeit vorgekommen. Was er bisher als Selbstverständlichkeit erachtet hatte, nämlich mit jedermann zu jeder Zeit Kontakt aufnehmen zu können, war in Thailand nach dem Tsunami zu einem Privileg geworden. Nie wieder würde er vergessen, dass es eben nicht normal war, immer zu wissen, wo sich die Menschen aufhielten, die man liebte, und jederzeit erfragen zu können, ob es ihnen gutging. Dies war ein Geschenk, ein Segen dieser modernen Welt.

Etwas unschlüssig tippte er das Telefonregister bis zum H durch und drückte schließlich doch auf die Wahltaste, als er den Eintrag *Home* erreicht hatte. Es läutete, dann meldete sich eine männliche Stimme. Sie klang unüberhörbar perplex. Vermutlich hatte sein Gesprächspartner seine eigene Nummer wiedererkannt.

„Hallo, ich rufe aus Deutschland an."

„Du bist der, dem ich mein Telefon überlassen habe?"

„Richtig. Ich bin gestern zurückgekehrt-"

„Gestern erst?"

„Ich habe in der Krisenregion noch geholfen."

„Ah, sehr gut."

„Ich habe dein Telefon möglichst wenig benutzt. Danke dafür, dass du es mir überlassen hast. Ich wollte dich nach deiner Adresse fragen, damit ich dir das Gerät zuschicken kann, und ich möchte die entstandenen Kosten überweisen."

„Ich habe inzwischen ein neues und bezahlen musst du mir die paar Einheiten nicht. Aber es ist gut, dass du anrufst. Dann weiß ich jetzt, dass ich die Nummer sperren lassen kann, ohne Schaden anzurichten."

„Und das Telefon?"

„Ich brauche es nicht mehr."

„Danke nochmals."

Die beiden schwiegen, Lukas empfand eine eigenartige Mischung aus Vertrautheit aufgrund des gemeinsamen Erlebens und Distanz – immerhin waren sie sich nur zweimal kurz begegnet.

„Hast du deine Rebecca gefunden?" Die Frage des US-Amerikaners kam zögernd, wohl wissend, wie viele Urlauber ohne ihre Liebsten nach Hause hatten zurückkehren müssen.

„Ja, ich habe sie gefunden. Sie war nur leicht verletzt, und sie ist immer noch in Khao Lak und hilft in einem Krankenhaus."

„Das ist gut, Mann."

„Ja, sehr gut! Wie geht es deiner Freundin?"

„Sie hat das Schlimmste überstanden. Und sie hat meinen Heiratsantrag angenommen."

„Hey, Glückwunsch."

„Danke. Eigentlich hatten wir nie vor … aber jetzt will ich, dass wir richtig zusammengehören – und sie auch, verstehst du?"

„Ja, sehr gut."

„Okay, dann …"

„Danke nochmals."

„Das war doch selbstverständlich."

Lukas beendete das Gespräch und betrachtete nachdenklich das Mobiltelefon. Er schaltete es ab, erhob sich von der Couch, trat an die schmale Glasvitrine, in der er seine Muschel- und Seesternfunde, außergewöhnlich geformten Steine und sonstigen Erinnerungen an seine Reisen und Surftripps aufbewahrte, und stellte das Handy dazu. Wie lange er es dort lassen würde, wusste er nicht, denn zwischen den Naturfundstücken war es ein Fremdkörper. Allerdings sollte es ihn für einige Zeit daran erinnern, dass es Menschen gab, die anderen bereitwillig beistanden, und dass es heute noch Wunder gab.

Mit diesen Gedanken erweckte er seinen Computerbildschirm zum Leben und machte sich auf die Suche nach der Telefonnummer von Annalisa-Marie und Nathanael Seefeld. Er wurde schnell fündig. Doch das Gespräch mit ihrem Sohn bestätigte ihm, dass Wunder in dieser Größenordnung, wie es nun einmal in ihrer Natur lag, nicht alltäglich waren.

Annalisa-Marie war tot, Nathanael galt nach wie vor als vermisst. Vermutlich würde der Ozean auch ihn niemals wieder hergeben. Irgendwie tröstete Lukas der Gedanke, dass sie gemeinsam von dieser in eine bessere Welt gegangen waren.

18. Kapitel

Sommer 2006

Erstaunt fischte Rebecca ihr klingelndes Handy zwischen einem Buch, einem Kugelschreiber, einem Block und sonstigem Kleinkram aus ihrer Strandtasche. Sie bekam selten einen Anruf, denn bis auf ihre Familie und die engsten Freunde hatte niemand ihre Nummer. Und die wussten alle, wo sie war, und schrieben sie nur per SMS an.

Rebecca kannte die angezeigte Nummer nicht, was sie dazu verleitete, das Gespräch einfach wegzudrücken.

Ihr Blick glitt über den Sandstrand, vorbei an Michael und seiner unübersehbar schwangeren Frau Ninni. Gemeinsam mit ihren beiden Töchtern bauten sie eine Sandburg. Sie entdeckte den blaugrünen Drachen, der zwischen Himmel und Meer schwebte und Lukas auf seinem Surfbrett antrieb. Die grauen, schaumgeschmückten Wellen der Nordsee schlugen donnernd an Land. Und genau sie waren es, die Rebecca daran hinderten, ihren ersten Tag am Meer zu genießen.

Es hatte einige Tage gedauert, bis sie unter der Dusche oder in einer Badewanne nicht ständig die Bilder einer schäumenden, braunen Welle vor Augen gehabt hatte, und ein ganzes Jahr mit vielen Besuchen in verschiedenen Schwimmbädern, bis sie wieder halbwegs ruhig in die Becken eintauchen konnte. Nun hatte Michael sie und Lukas eingeladen, zwei Wochen mit ihnen in einem Ferienhaus in Dänemark zu verbringen. Lukas war sofort von der Idee begeistert gewesen, während sie Rebecca mit Schrecken erfüllt hatte.

Es war das erste Mal seit ihrem Thailandaufenthalt, dass sie sich an einem nicht klar abgegrenzten Gewässer befand, dessen gegenüberliegendes Ufer sie nicht sehen konnte ... und das machte ihr Angst.

Anstatt zu lesen oder mit den Kindern zu spielen, waren ihre Augen ununterbrochen auf die Wellen und auf den dunklen Streifen des Horizonts gerichtet. Jede vom Wind herbeigeblasene, tief hängende Wolkenformation brachte ihr Herz zum Rasen, trieb sie beinahe zur Flucht. Erst als sie sich absolut sicher sein konnte, dass es sich wirklich nur um eine Wolke handelte und nicht um eine große Welle, setzte sie sich wieder.

Ob das jemandem auffiel, wusste sie nicht. Sie wollte weder Michael und seiner Familie den Urlaub verderben noch Lukas, der so viel Freude an Wind und Wellen hatte und bereits seit mehr als zwei Stunden draußen auf dem Meer kitesurfte.

Erneut klingelte das Telefon. Da sie es noch in der Hand hielt, den Blick prüfend auf die Nordsee gerichtet, nahm sie das Gespräch an.

„Hallo, Becci! Hier ist Liska. Papa hat endlich die Nummer deiner Eltern rausgefunden, und sie haben mir deine Handynummer gegeben."

„Liska?"

„Du erinnerst dich doch an mich?" Die Stimme klang erstaunt und verletzt zugleich, ganz ähnlich wie damals in Khao Lak.

„Aber natürlich, Liska Dahlberg, erinnere ich mich an dich", versicherte Rebecca.

Sie war völlig perplex, hatte sie von dem Mädchen doch nichts mehr gehört, seit Michael ihr versichert hatte, dass sie in eine Klinik nach Bangkok geflogen worden war.

„Wie geht es dir?", fragte sie mechanisch.

„Gut. Es geht mir gut."

„Und deinen Brüdern?"

„Auch ihnen geht es prima. Sven will nachher noch mit dir sprechen. Bo ist im Kindergarten."

„Ich freue mich so über deinen Anruf!", sagte Rebecca, als sie endlich die Mischung aus Verwunderung, Freude und Schmerz einsortiert hatte.

„Ich wollte unbedingt wissen, wie es dir geht. Es ist irgendwie seltsam: Wir haben so viel zusammen durchgestanden und uns doch aus den Augen verloren."

„Und jetzt hat Henrik unsere Telefonnummer herausgefunden."

„Ja."

„Wie geht es deinem Vater?"

„Er … ist noch immer sehr traurig. Stell dir vor: Er wollte für uns ein Kindermädchen einstellen. Aber dann hat er für sein Unternehmen ein Kindermädchen eingestellt und nennt es Geschäftsführer." Liska kicherte wie ein ganz normaler Teenager, und Rebecca lächelte darüber mit tränenfeuchten Augen. Nicht alles hatte sich zum Schlechten gewandelt …

„Papa arbeitet jetzt fast ausschließlich von zu Hause aus und nimmt sich viel Zeit für die Jungs."

„Und für dich?"

„Na ja, das will er schon. Aber ich … bin ja nicht mehr klein."

Erneut breitete sich ein Schmunzeln auf Rebeccas Zügen aus. Auch in dieser Hinsicht entwickelte sich Liska also ganz ihrem Alter entsprechend.

„Wie geht es Lukas? Oder hast du keinen Kontakt mehr zu ihm?"

„Dem geht es gut. Ich sehe ihn gerade vor mir, wenn auch weit draußen auf der Nordsee auf seinem Surfbrett."

„Das ist gut, dass ihr zusammen seid."

„Ja, das finde ich auch." Rebecca schaute zu, wie Lukas hoch in die Luft gehoben wurde, dort eine perfekte Drehung zeigte und sicher wieder auf der Wasseroberfläche landete. Ja, sie liebte diesen Mann, der mit einer unglaublichen Geduld ihre kleinen und großen Macken hinnahm. Allerdings fragte sie sich, wann dem ehemals so akribischen Pläneschmieder wohl einfallen würde, dass es an der Zeit war, einmal eine gemeinsame Zukunft mit ihr zu überdenken.

Tatsächlich verbiss er sich nicht mehr krampfhaft in die Durchführung seiner Vorstellungen, sondern konnte mit einem bewundernswerten Stoizismus seine Pläne neuen Gegebenheiten anpassen oder sie sogar fallen lassen. Das ließ ihn bei seiner Arbeit erstaunlicherweise noch erfolgreicher werden als früher, und auch privat war er lockerer, ohne jedoch oberflächlich oder leichtlebig zu erscheinen.

Aber nicht nur ihn hatte das Geschehen am 26. Dezember 2004 verändert. Auch Rebecca war ruhiger und ausgeglichener als zuvor, ihre offenen Kämpfe um Eigenständigkeit gehörten ebenso der Vergangenheit an wie die eher unbewusst geführten um Anerkennung, Aufmerksamkeit und Liebe. Sie musste nicht mehr mit dem Kopf durch die Wand, war selbst dann gelassen geblieben und sich der Liebe ihrer Familie gewiss, als ihre Eltern ihr zwei Wochen nach ihrer Rückkehr, Mitte Februar 2005, erzählt hatten, dass sie nicht ihr leibliches Kind war. Es war seltsam, wie das neu erlangte Wissen um ihre Herkunft, gemeinsam mit dem Erlebnis in Khao Lak, ihr dabei half, einige ihrer Sehnsüchte und Ängste, die sie oft genug hinter ihrem Trotz versteckt hatte, zu verstehen und loszulassen.

„Hast du etwas von Malee gehört?" Liskas Frage drang in ihre Gedanken vor.

„Ja, wir haben Kontakt. Ihr geht es gut. Sie führt jetzt mit Alaya das Hotel. Es ist wieder aufgebaut und erweitert worden, da Malee einen Teil des nebenan liegenden Brachlandes kaufen konnte."

„Ehrlich?"

„Marty hat ihr dabei geholfen."

„Marty? Der Mann, der einen Tag vorher geheiratet hatte?"

Rebecca nickte, bis ihr bewusst wurde, dass das schwedische Mädchen sie nicht sehen konnte.

„Genau dieser Marty. Er hat damals mehrere Wochen in dem halb zerstörten Hotel gelebt, bis er es irgendwann aufgeben musste, nach seiner Frau Regina zu suchen. Und dann wollte er sich für Malees Hilfe und Gastfreundschaft revanchieren."

„Er tut mir so leid", seufzte Liska voller aufrichtiger Anteilnahme, obwohl sie Marty und Regina eigentlich nicht gekannt hatte. Aber sie hatte in den Wellen ihre Mutter verloren und wusste, wie es sich anfühlte, nie mehr mit einem geliebten Menschen sprechen zu können …

„Marty ist sehr tapfer", sagte Rebecca, um es Liska etwas leichter zu machen. Sie unterließ es jedoch, ihren leisen Verdacht zu äußern, dass Martys häufige Aufenthalte in Khao Lak neuerdings weniger mit Trauerarbeit oder seiner Investition zu tun hatten als vielmehr mit einer jungen Thai mit bezaubernd einnehmendem Lächeln …

„Du, Becci? Mein Vater hat gesagt, ich soll dich und Lukas einladen, uns bald mal in Schweden zu besuchen. Weil ihr euch so toll um uns gekümmert habt und weil du Sven das Leben gerettet hast."

„Ich habe Sven in der Welle verloren, Liska. Ich bin ganz sicher nicht für seine Rettung verantwortlich."

„Ein bisschen bestimmt. Und Lukas doch auch! Er hat Sven gefunden und ins Krankenhaus gebracht."

Rebecca zögerte, dann erwiderte sie ehrlich: „Es wäre schön, euch alle mal wiederzusehen."

„Dann überlegt ihr es euch?" Liska klang aufgeregt und freudig, im Hintergrund war ein Jubeln zu vernehmen. Offenbar lauschte Sven aufmerksam dem Telefonat.

„Ich kann doch mit meinem Rollstuhl nicht so gut verreisen."

Rebecca wäre beinahe das Handy in den Sand gefallen. Die Erinnerung daran, wie Michael Liskas Zustand beschrieben hatte, kam ihr in den Sinn. War die Lähmung also geblieben?! Und dennoch hörte sie sich so heiter und zufrieden an, ganz anderes als damals in Thailand, als ihre familiären Probleme sie zu überfordern schienen.

Jetzt liefen Rebecca die lange zurückgehaltenen Tränen über die Wangen. Sie war dankbar für die Haarsträhnen, die der Wind ihr ins Gesicht blies und hinter denen sie die Spuren des Schmerzes verstecken konnte. „Ich speichere eure Nummer, Liska, und bespreche das mit Lukas."

„Versprich mir, dass ihr bald kommt", forderte der Teenager nun.

„Versprochen."

Liska lachte glücklich auf, und im Hintergrund war erneut der siegessichere Jubel von Sven zu hören.

„Ich gebe dir mal noch Sven, ja?"

„Gern. Und Liska: Vielen Dank für deinen Anruf. Es ist wunderschön, deine Stimme zu hören."

„Ja, mir geht es auch so. Ich hab dich sehr, sehr lieb, Becci."

Rebecca unterdrückte mühsam ein Aufschluchzen, spürte, wie die Tränen auf ihre Oberschenkel tropften ... wie unermesslich wertvolle Perlen, die bezeugten, dass Liebe und Vertrauen selbst die schlimmste Katastrophe überdauerten.

Rebecca schob das Handy in ihre neue Strandtasche und hob den Blick, um erneut Lukas zu suchen. Erst beim Anblick des stahlblauen Wassers stellte sie fest, dass sie minutenlang den Horizont aus den Augen gelassen, dabei am Telefon mit Sven gescherzt und gelacht und sich rundum wohlgefühlt hatte. Vor allem, als auch der halbwüchsige Junge es frei heraus gewagt hatte, ihr zu sagen, dass er sie lieb hatte. Offenbar hatte die Familie Dahlberg gelernt, ihre Gefühle anderen gegenüber auszudrücken ...

Lukas glitt in Richtung Strand, der Drachen fiel in sich zusammen und wenig später wuchtete er sein Board hinter Rebecca und legte den aufgewickelten Drachen darauf. Wassertropfen rannen über seine gebräunte Haut und den kurzen Neoprenanzug, als er sich mit vor der Brust verschränkten Armen breitbeinig vor ihr aufbaute.

„He, faules Fleisch."

„Von wegen. Ich plane gerade unsere nächste Reise."

„Und wohin?" Lachend ließ er sich neben sie auf das gelbrote Strandtuch fallen, wirbelte dabei Sand auf und spritzte Salzwasser in Rebeccas Richtung.

„Schweden."

„Hört sich gut an."

„Zu Sven, Liska, Bo und Henrik."

„Hm?" Lukas, der sich auf einen Arm stützte und begonnen hatte, versonnen mit dem Zeigefinger über die kaum sichtbaren Narben auf Rebeccas Wange zu streichen, machte einen reichlich abwesenden Eindruck. Rebecca kicherte leise. Auch für sie waren seine Berührungen wie eine Art Rausch, dem sie nur allzu schnell verfiel. Da war es gut, Michael und die anderen ganz in der Nähe zu wissen. Allmählich war es wirklich an der Zeit, dass sie heirateten …

„Was hast du gesagt?"

„Die Dahlbergs haben uns eingeladen." Rebecca musterte Lukas' Profil mit dem Zweitagebart. Sein Blick war auf das Meer gerichtet, er wirkte eigentümlich weit entfernt.

„Schweden ist ein schönes Land, gut geeignet für eine Hochzeitsreise." Ihr Puls raste förmlich bei ihren Worten. Doch Lukas sprang einfach auf die Füße und streckte ihr beide Hände entgegen. Als habe er ihre letzten Worte gar nicht gehört, sagte er: „So, Becci. Nächste Lektion: bis zur Taille ins Meer."

Mechanisch und weil ein nicht zu unterdrückender Schmerz in ihrem Herzen Einzug hielt, ließ sie sich von ihm auf die Beine ziehen. Hatte Lukas sie wirklich nicht gehört? Oder wollte er ihren Wink mit dem Zaunpfahl nicht bemerken?

Lukas ließ sie los, sobald sie aufrecht stand, und ohne sich anzusehen gingen sie an den anderen vorbei bis zur Wasserlinie, wo die Wellen in gleichmäßigen Vor- und Rückwärtsbewegungen ausliefen. Kritisch betrachtete Rebecca die Dünung, das Heben und Senken des Wasserspiegels, die Gischtkronen, hörte auf das Donnern der Brandung … und hätte am liebsten die Flucht ergriffen. Die Angst, die sie mit kalten Fingern umfing, und die Verwirrung über Lukas' Zögern, was ihre Zukunft betraf, waren zu viel für sie. Sie drehte sich um, wollte nur fort vom Wasser, von ihrer Erinnerung an die braunen Monster und von Lukas, den sie plötzlich nicht mehr verstand.

„Hiergeblieben!", rief er ihr nach, folgte ihr und ergriff ihre Hand. Nur widerwillig blieb sie stehen. Eine Welle des Zorns, wie sie ihn lange nicht mehr gespürt hatte, überkam sie, und ihre freie Hand ballte sich zur Faust. Sich nicht auf Pläne zu versteifen war ja schön und gut. Aber es ging nun mal nicht immer ohne … sie musste endlich wissen, woran sie mit Lukas war.

Dieser warf einen Blick auf Michael und dessen Familie, die gut 200 Meter entfernt im Sand saßen und sie nicht zu beachten schienen.

„Schau mich an, Trotzkopf."

Rebecca tat ihm den Gefallen, fauchte dabei allerdings: „Ich weiß, es ist nur Wasser. Es ist nur die Nordsee. Ohne Seebeben, ohne Tsunami, ohne …" Sie wollte ihm ihre Finger entwinden, doch er hielt sie so eisern fest, dass es schmerzte.

„Schweden über Weihnachten hört sich verlockend an, Trotzkopf. Verschneite Landschaft, vereiste Seen und romantische Nordlichter. Aber vorher …"

Wieder blickte er in Richtung Dünen zurück, ehe er sie losließ, dafür aber ihr Gesicht sanft mit seinen Händen umfasste. „Ich liebe dich, Rebecca."

Rebecca schluckte. Lukas gebrauchte eigentlich immer die Koseform ihres Namens, die ihre Familie ihr gegeben hatte. Ein Zittern durchlief ihren Körper, als ihr klarwurde, was folgen würde. Lukas hatte sehr wohl Pläne, diese aber offensichtlich so lange zurückgehalten, bis sie von sich aus signalisiert hatte, dass er es wagen durfte, ihr mit einem so lebensverändernden Vorschlag zu kommen. Das hatte sie gerade getan, und nun wollte er keine Zeit mehr verlieren.

„Wir kennen uns jetzt seit fast zwei Jahren. Es waren auch schwere Zeiten darunter, weshalb ich behaupte, dass wir mittlerweile gut wissen, wie der jeweils andere in den verschiedensten Situationen reagiert."

Rebecca nickte; zu mehr war sie nicht imstande. Der Druck seiner Handflächen auf ihren Wangen nahm zu, seine Finger spielten leicht in ihrem Haar. Aus ihrer Nervosität und dem Ärger von eben wurde ein berauschendes Prickeln. Sie vergaß die möglichen Beobachter genauso wie das schäumende Wasser, das gelegentlich ihre Knöchel umspielte. Tief die warme, nach Seetang und Salz schmeckende Luft einatmend, legte sie ihre Hände auf seine Brust.

„Ich frage mich allerdings seit Monaten, wie du wohl auf einen Heiratsantrag von mir reagieren wirst."

Rebecca sah das Blitzen in seinen braunen Augen, das siegesgewiss statt zweifelnd aussah. Er hatte also gewonnen.

„Mit einem Ja", kam sie ihm keck zuvor.

„Hör mal, ich hab dich doch noch gar nicht ... Ja?"

„Ja!"

Sie verharrten reglos, schauten sich einfach nur in die Augen. Dann, als sei das vorangegangene Gespräch nicht mehr als eine Fata Morgana gewesen, ließ Lukas sie los und ergriff stattdessen erneut ihre Hand.

„Wir gehen jetzt da hinein", beschloss er und zeigte auf die gut eineinhalb, nahezu zwei Meter hohen Wellen.

Rebecca nickte, kämpfte, wollte gewinnen. Sie drückte fest seine Hand und klammerte sich mit der anderen zusätzlich an sein Handgelenk. Schritt für Schritt gingen sie voran, immer tiefer in das brodelnde Nass hinein. Die Wellen schlugen klatschend und aufspritzend gegen ihre Körper, drohten sie umzureißen, doch sie hielten stand und waren schließlich umgeben von Wellen und Wellentälern, weißen

Schaumkronen und dem blauen, durch wenige Federwolken überzogenen Himmel.

„Das reicht", sagte Lukas laut über das Rauschen und Donnern hinweg und deutete in Richtung Land. Dort gab es nur noch die sandigen Dünen zu sehen, Michael und seine Familie waren von den Wellen verdeckt.

Rebecca lachte auf. Es ging Lukas also nicht nur darum, sie wieder an das Meer zu gewöhnen. Prompt zog er sie an sich, sodass die Wucht der nächsten Welle ihre Körper kräftig aneinanderdrückte. Rebecca schnappte unwillkürlich nach Luft, und ein zweites Mal, nachdem Lukas sie innig geküsst hatte.

„Ich werde den Dahlbergs für ihren Anruf mein Leben lang dankbar sein", scherzte Lukas, ehe er sie erneut küsste.

Nachwort

Verschiedenartigkeit

Die Beben im Indischen Ozean am Morgen des 26. Dezember 2004 und die daraus entstehenden Flutwellen haben sich wohl für immer in unser Gedächtnis eingebrannt, vor allem auch deshalb, weil es durch die unzähligen Aufnahmen der Betroffenen mit ihren Video- oder Handykameras eine der wohl am besten dokumentierten Naturkatastrophen neuerer Zeit ist. Auf ihnen ist zu sehen, wie unterschiedlich die Menschen auf die nahende Bedrohung reagierten.

Die einen waren gelähmt vor Faszination oder Schreck – oder beides zugleich –, andere rannten um ihr Leben, sobald sie die Gefahr erkannten. So konträr, wie sie reagierten, so verschieden sind die Menschen an sich.

Lernen und Veränderung

Wir mussten erfahren, dass wir zwar viel über die Natur und ihre Kräfte wissen, sie berechnen und ein Stück weit auch nutzen können, aber sie letztendlich nicht beherrschen. Aber wir lernen aus dem, was wir sehen und erleben.

Wir lernen – ein Leben lang. Und das ist der Grund, weshalb ich von dem Sprichwort „Was Hänschen nicht lernt, lernt Hans nimmermehr" nicht sehr viel halte. Wir unterliegen ständig der Veränderung, lernen aus den Fehlern, die wir machen, werden geprägt durch unser Umfeld, durch das, was mit uns geschieht, was wir geschehen lassen, was wir wagen …

Ich glaube, dass Menschen sich verändern können – zum Guten wie zum Schlechten – und dass dieser Prozess niemals endet. Manchmal genügt ein Lächeln, eine kleine Aufmerksamkeit, ein Gespräch oder das Gefühl, geliebt zu sein, um Veränderungen zu bewirken. Gelegentlich sind es aber auch die großen Stürme, die unser Leben durcheinanderwirbeln, die diese Dinge in Gang setzen, die uns aufzeigen, was gut und was schlecht, was wichtig und was unwichtig ist. Sie können unsere Prioritäten zurechtrücken, unser Bild auf die Mitmenschen und die Welt beeinflussen – wie auch den Blick auf uns selbst.

In diesem Roman habe ich versucht, die Thematik der Veränderungen im Leben verschiedener Menschen zu beleuchten, und dabei habe ich meinen Romanfiguren nicht einmal „schwerwiegende" Probleme mitgegeben, vielmehr ging es mir um Alltägliches. Dafür habe ich ein paar (fiktive!) Personen an die malerischen Küste Thailands gestellt.

Miteinander

Besonders hervorheben möchte ich an dieser Stelle die selbstlose Hilfe sowohl der Touristen als auch der eingereisten Helfer, vor allem aber die der thailändischen Bevölkerung nach dem Tsunami. Obwohl viele von ihnen nicht viel zum Leben hatten, in den Fluten selbst noch das Wenige verloren hatten, Angehörige vermissten oder unter den Toten wussten, haben sie die gestrandeten Touristen bei sich aufgenommen, versorgt, eingekleidet oder in die verschiedenen Hospitäler gebracht ... Ein liebevolles Miteinander über kulturelle und religiöse Grenzen hinweg ist möglich!

An den Küsten Thailands, Malaysias, Indiens und Sri Lankas wurden Tausende Fischerdörfer hinweggefegt; Muslime, Christen, Hindus und Buddhisten gehörten zu den Opfern – und zu den Helfern.

Die Schlagzeilen rund um das „Weltbeben" sind längst wieder in Vergessenheit geraten, zumindest die touristischen Orte wieder aufgebaut, exklusiver und schöner als zuvor. Die Wunden derer, die den Tsunami 2004 erlebt und überlebt haben oder die Angehörige verloren haben, sind ein Stück weit verheilt, haben aber für immer Narben hinterlassen.

Mit diesem Roman möchte ich keine davon wieder aufreißen, aber vielleicht kann ich ein bisschen dazu beitragen zu beleuchten, warum die Menschen, die damals die Flutwellen erlebt haben, sich verändert haben, einen anderen Blick auf Gott und die Welt entwickelten.

Denn Menschen können sich verändern, und wie schon oben geschrieben, reicht dafür manchmal schon ein freundliches Wort, ein offenes Ohr, eine hilfreiche Geste oder ein Lächeln ...

Wissenswerte Fakten

Tsunamis (japanisch = Welle im Hafen) entstehen infolge von erheblichen Erdbeben, Erdrutschen, Vulkanausbrüchen, Meteoriteneinschlägen und Explosionen, da es in diesen Fällen zu einer plötzlichen Verdrängung riesiger Wassermassen kommt. Hauptverantwortlich für Tsunamis sind jedoch Seebeben.

Ein Seebeben muss mindestens eine Stärke von 6,5 bis 7,0 auf der Momenten-Magnituden-Skala aufweisen, um genug Energie freizusetzen, damit die über dem Epizentrum befindliche Wassersäule in Schwingungen gerät. Darunter sind Flutwellen eher unwahrscheinlich. Zudem muss das Beben in weniger als 50 Kilometer Tiefe stattfinden und sich die Erdkruste dabei entweder heben oder senken.

Die Größenangaben der Stärke von Beben ist logarithmisch, das heißt, ein Beben der Stärke 6 ist zehnmal kräftiger als ein Beben der Stärke 5. Von einem Beben der Stärke 6 geht etwa 30-mal mehr Energie aus als von einem der Stärke 5, zwischen 7 und 5 steckt damit schon eine etwa tausendfach höhere Energie.

Erdbewegungen mit einer Magnitude von 2 bis 3 sind gerade noch spürbar, das heftigste je auf der Erde gemessene Beben hatte eine Magnitude von 9,5. Ein Beben der Stärke 10 ist so gut wie unmöglich, da sich in der Erdkruste nicht unbegrenzt Spannungen aufbauen können.

Tsunamiwellen können in tiefem Wasser bis zu 800 Stundenkilometer schnell werden, in flacherem Gewässer werden sie gebremst und bauen sich durch das von hinten schneller anrollende Wasser in die Höhe auf.

Die Energie eines Seebebens kann so gewaltig ausfallen, dass der Erdball noch einen Tag lang vibriert. Das Seebeben im Indischen Ozean am 26. Dezember 2004 wird von den Geologen mit einer Stärke von 9,0 bis 9,3 angegeben und damit als zweit- oder drittstärkstes bisher aufgezeichnetes Beben gewertet. Die freigesetzte Energie kann mit 100 Gigatonnen TNT verglichen werden. Die Erdachse wurde dabei um 2,5 Zentimeter verschoben. Die Inselgruppe der Nikobaren wurde dauerhaft um 15 Meter nach Südwesten verrückt, 15 kleinere Inseln sind versunken, Teile der Küsten verschwunden,

Riffe beschädigt, landwirtschaftliche Anbauflächen nachhaltig beeinträchtigt, Trinkwasserquellen verunreinigt worden. Eine detaillierte Angabe der Opferzahlen ist nicht möglich, vermutlich wurden aufgrund der Dunkelziffern die offiziellen Zahlen weitaus übertroffen. Diese belaufen sich auf 230.000 Tote, davon rund 170.000 aus Indonesien, dem Land, das es am schlimmsten getroffen hat.

Etwa 2.300 Personen aus Nichtanrainerstaaten starben an diesem 2. Weihnachtsfeiertag, die meisten von ihnen Touristen aus reichen Industrieländern. Besonders betroffen waren Schweden und Deutschland. Die Zahl der Todesopfer aus Deutschland liegt bei 534 (seltsamerweise schwanken auch hier, je nach Quelle, die Angaben). Mehr als 110.000 Menschen wurden verletzt, über 1,7 Millionen Küstenbewohner obdachlos. Insgesamt waren Menschen aus über 40 Staaten direkt vom Tsunami betroffen.

Anders als im Pazifischen Ozean gab es im Indischen Ozean kein Frühwarnsystem. Indonesien hat im Jahr 2008, mit der Unterstützung von Forschern aus ganz Deutschland unter Federführung des Geoforschungszentrums Potsdam, ein Tsunami-Frühwarnsystem installiert.

Eine zehnjährige Britin hatte kurz vor ihrem Urlaub in Thailand in der Schule das Thema *Tsunami* durchgenommen und erkannte, was es bedeutete, als sich das Meer zurückzog. Sie und ihre Eltern informierten die Angestellten des Hotels, die daraufhin den Strand evakuieren ließen. Dieser Abschnitt ist einer der wenigen Strände auf Phuket, an dem der Tsunami keine Toten oder Schwerverletzten hinterließ.

Falls Sie sich darüber wundern, dass ich sämtliche Einheimische ohne Nachnamen belassen habe, bzw. die fiktiven Figuren sich im Romanschauplatz Thailand sofort mit Vornamen ansprechen, so liegt das daran, dass Nachnamen in Thailand wenig Bedeutung beigemessen wird. Es gibt sie überhaupt erst seit Beginn des 20. Jahrhunderts, als jede Familie verpflichtet wurde, sich einen Familiennamen zuzulegen. Dabei wurde darauf geachtet, dass es möglichst keine Doppelungen gab, weshalb man davon ausgehen kann, dass gleichlautende Nachnamen verwandtschaftliche Verhältnisse wiedergeben. Hätte ich also willkürlich einen thailändischen Nachnamen für eine meiner Romanfiguren ausgesucht, hätte ich diese fiktive Person somit in eine Familie „gepresst", anders als in Deutschland, wo Nachnamen nicht automatisch einer bestimmten Familie zugeordnet werden können.

Die im Roman benutzten Vornamen sind Spitznamen. Zum einen, da sie für uns leichter auszusprechen sind als die vollen Vornamen, zum anderen, weil diese in Thailand im Alltagsgebrauch üblich sind. Die offiziellen Vornamen werden meist nur beim postalischen und amtlichen Schriftverkehr oder auf Urkunden verwendet.

Dank

Mein herzlicher Dank für die Hilfestellung rund um thailändische Namen, Ortschaften etc. geht an Patjarin Srichan Korn und Roland Korn. Falls Sie einen Urlaub in Khao Lak planen, sollten Sie die beiden unbedingt kennenlernen. Informationen erhalten Sie unter www.dalamassage.com oder auf der Facebook-Seite Dala-Massage&Bungalow.

Ebenso danke ich Moni Korn für die Vermittlung dieses hilfreichen Kontakts.

Des Weiteren bedanke ich mich bei den Mitarbeitern von Gerth Medien für euer Vertrauen in mich, auch den schwierigen Hintergrund dieses Romans anpacken zu können.

Ein ganz spezieller Dank geht an Dr. Jörn Lauterjung, Koordinator des German Indonesian Tsunami Early Warning Systems (GITEWS) beim Deutschen GeoForschungsZentrum (GFZ) Potsdam. Ohne Ihre Hilfe hätten sich in die Szenen rund um die Vorgänge des Seebebens und des Tsunamis einige Fehler eingeschlichen.

Bedanken möchte ich mich zudem bei allen Lesern für eure Treue und Begeisterung und bei allen Lesungsveranstaltern für die fröhlichen Stunden in euren Räumlichkeiten.

Wie immer übernehme ich die Verantwortung für alle Recherche-Fehler. Falls Sie Lob oder Kritik, eine Anmerkung oder Ihre eigene Geschichte zu den Themen im Roman loswerden möchten, können Sie mir gern auf Facebook oder via Mail schreiben. Die Mail-Adresse finden Sie auf meiner Homepage.

Mehr von unserer Bestsellerautorin

„Ein großartiger, wichtiger und gut recherchierter Roman, der eindrucksvoll zeigt, dass selbst die dunkelsten Kapitel in unserem Leben heller werden, wenn wir die Hoffnung nicht aufgeben und darauf vertrauen, dass Gott uns in seiner starken Hand hält."

Leserstimme

Potsdam, 1945: Karla, eine junge Deutsche, steht vor den Trümmern ihres Lebens. Sie lernt Joan Bright kennen, eine außergewöhnliche Britin mit dem Spitznamen „Moneypenny", und freundet sich mit ihr an – obwohl sie von ihr im sowjetischen Sektor in gefährliche Heimlichkeiten verstrickt wird. Karlas Suche nach ihren als vermisst geltenden Brüdern und ihre verbotene Liebe zu einem Briten sind somit bei Weitem nicht die größten Herausforderungen, denen sich die junge Frau stellen muss ...

GerthMedien

Elisabeth Büchle • Der Sommer danach
Gebunden • 432 Seiten • ISBN 978-3-95734-843-2

© 2016 Gerth Medien in der SCM Verlagsgruppe GmbH, Berliner Ring 62, 35576 Wetzlar

2. Auflage unter neuer ISBN 2024
Bestell-Nr. 817944
ISBN 978-3-95734-944-6

Umschlaggestaltung: Hanni Plato
Umschlagfoto: Shutterstock, buchpetzer
Satz: Apel Verlagsservice, Celle
Druck und Verarbeitung: GGP Media GmbH, Pößneck
Printed in Germany

www.gerth.de